VERDADES DE VAPOR

VERDADES DE VAPOR

ANA SEGARRA

MUNYX FANTASÍA

Primera edición: septiembre, 2024
Verdades de vapor. La perdición de Vestalia.

www.munyxeditorial.com

Impreso en España.

ISBN: 978-84-125415-4-0
Depósito Legal: V-2118-2024

Para Arturo,
mi fiel compañero en este viaje

La fe perdida es la raíz de un bosque olvidado,
que espera medrar una vez más.

El rey marcado, Leigh Bardugo

me has prendido un fuego que no acaba en los ojos
y en la palma abierta de la mano, un fuego
que repite inquebrantable cada uno de tus nombres.
has hecho de mí un pájaro nuevo que interroga
el último verso del poeta y tras el humo, tras
el polvo y la sombra, se hace todo.

El hombre, la casa, la luz, Patricia García-Rojo

VESTALIA
SELÁN
EL PASO
LAGO DE MINU
CRÓTAZ
HASTÍA
CORDILLERA MELIDIANA
LAGO MERIÁN
MÉLIDO
RÍO ÍN
DESIERTO DE KROS
GOLFO DE KROSI
MAR ROCOSO
ARCHIPIÉLAGO SÚRIO
CABO DE INCATÉ

N
O
E
S
MAR DE AGUAS TROCEADAS
ARCHIPIÉLAGO NÍGALO
DILLERA
LÁNTICA
RÍO DULIO
BÁBILOS
RÍO LONDEO
RÍO AMAT
LLANURA DEL ESTE
RÍO ÍSCELSOR
ASUA
ESTACIÓN DEL NORTE
LÓMAZ
VÉSTICUM
ESTACIÓN DEL SUR
INCATÉ
MAR ARGENTO
ARCHIPIÉLAGO MERGÓN

PRÓLOGO

No era más que una sombra.

Una sombra de que lo que un día fue. Le costaba acordarse de su nombre, de su aspecto y, a veces, hasta de su propia historia.

La imagen que le devolvían las aguas del arroyo que desembocaba en el mar no solo le era del todo extraña, sino que además le confirmaba su sospecha de que los años no habían pasado en balde. Lo notaba en la piel acartonada, en el pelo lacio que hacía tiempo que había dejado de intentar domar, en las plantas de los pies, duras como rocas. Lo sentía incluso en su carácter: se había vuelto huraño, desconfiado e incluso un poco paranoico.

Y eso que Eneas no se había cruzado con nadie en los cinco años que llevaba en la isla de Mergón.

Aun así, a pesar de que no había avistado ninguna embarcación y tampoco se había llevado la sorpresa de encontrase a alguien paseando por la que ya consideraba su playa, no era capaz de separarse de las armas que él mismo había fabricado. Al principio pensó que no lo lograría, que construir algo con lo que defenderse —algo que de verdad sirviera para ello y que no se quedara en una ridícula intentona— no se encontraba dentro de sus capacidades. Había conseguido colocar unas cuantas ramas que, tapadas con hojas, hacían las veces de chamizo bajo el que guarecerse. También había descubierto cómo pescar y cazar los pequeños animales que se dejaban ver por la arena. Por supuesto, había invertido tiempo en descifrar cuáles eran las frutas de las que podía alimentarse y cuáles, según las malas experiencias vividas, era mejor no llevarse a la boca.

Cinco años daban para mucho.

Al principio encontró en la tinta de calamar y en las hojas de palmera secas un buen entretenimiento, pero hasta eso consiguió cansarle pasado un tiempo. Adoraba pintar, claro que sí, pero la idea de que esos iban a ser los únicos lienzos que iba a tener el resto de su vida hizo que mirara aquellos pinceles improvisados de una manera muy distinta. Ya ni siquiera se molestaba en hacer dibujos en la arena. Eso pertenecía a otro Eneas, a uno que se había quedado muy lejos de donde él estaba y con el que jamás se reencontraría.

Así era su pesar.

Así era su día a día.

Casi no pensaba en lo que había ocurrido tiempo atrás. Casi no recordaba el rostro ni la voz de sus padres, antes tan presente dentro de su cabeza, y que ahora eran un susurro lejano que a veces no encontraba la fuerza suficiente como para apartar el resto de pensamientos que le invadían todo el tiempo.

Esos pensamientos se basaban en, prácticamente, estudiar cada una de las alternativas para salir de la isla de Mergón. En un primer momento se convenció de que estaba bien allí, de que no le vendría mal alejarse del que había sido su infierno personal durante los últimos meses. Sin embargo, con el paso de los días, de los años, comprendió que no podía quedarse a vivir en aquella isla para siempre. Acabaría perdiendo la cabeza. «Si hasta hablas solo», se dijo. Y era cierto. Cuando llegó a la isla, se sorprendió a sí mismo hablando en voz alta después de haberse pasado casi diez días sin decir ni una sola palabra. Eso hizo que le doliera la mandíbula, hasta entonces apretada, y también que su voz saliera ronca y, al principio, inaudible.

Pero hablar solo no tenía nada que ver con mantener una conversación con alguien. A veces sentía que necesitaba un estímulo, algo que le hiciera pensar, que le retara. Era en esos instantes en los que aparecía por su mente una Carey lejana a la que trataba de olvidar con todas sus fuerzas. Solo en los momentos de debilidad, esos en los que ya no aguantaba más la soledad y la cabeza le jugaba una mala pasada, se permitía pensar en su sonrisa ladeada, en su cabello castaño con ese flequillo largo que tenía que soplar todo el tiempo para que no se le metiera en los ojos del color del hielo. En su forma tan peculiar de vestir, siempre con esos chalecos con engranajes que recordaban a un mecanismo intrincado. Le había costado mucho tiempo comprender que eran una completa declaración de intenciones. Carey era como esos engranajes: complicada, difícil de entender y tan atrayente que era imposible apartar la vista de ella ni un solo segundo.

A pesar de ello, por mucho que Carey se empeñara en pasearse por su mente —lo que le dejaba muy claro lo débil que era en realidad—, él se esforzaba todavía más por sacarla a la fuerza de sus pensamientos. No quería pensar en ella, no quería tenerla presente. Quería olvidarla y no volver a saber nada de ella jamás.

Al fin y al cabo…, había matado a sus padres.

Al principio trató de no darle vueltas a ese tema, como si negando la realidad estuviera convenciéndose a sí mismo de que todo había formado parte de una pesadilla horrible. Pero después la cosa cambió. En sus momentos de debilidad no podía evitar darle vueltas al hecho de que había besado a la asesina de sus padres. De que había deseado hacer suya a la asesina de sus padres. De que se había enamorado de la asesina de sus padres.

¿En qué lugar le dejaba aquello? ¿En qué lo convertía?

«En un monstruo», se decía Eneas una y otra vez.

Por eso no quería pensar en ella, porque se le hacía imposible enfrentarse al hecho de que, si en un hipotético futuro volviera a encontrarse con Carey, no sabía si sería lo suficientemente fuerte como para no perdonarla.

PRIMERA PARTE

CAPÍTULO I

Tobyas Jhonson
En algún lugar del mar Argento

Lo primero que le explicaron cuando entró en la Flota fue que el mar Argento se llamaba así por los reflejos que creaba la luna en su superficie. Claro que Tobyas Jhonson sería capaz de apreciar mucho mejor ese detalle si el mar estuviera un poco más tranquilo y si la comodora Flancon le dejara un par de segundos libres para poder mirar más allá de las tablas que tenía que fregar una y otra vez.

Aunque los integrantes de la Nueva Gobernacía se habían esforzado mucho para convencer a algunos chicos y chicas de que el futuro en la Flota era muy prometedor, lo cierto era que con Tobyas no hizo falta que pusieran demasiado empeño. Después de ver cómo asesinaban a Aiden, después del derrumbe, después de haberse pasado dos días enteros enterrado debajo de aquellas piedras que un día formaron el castillo de Brítacor, después de haber sobrevivido, después de haber tenido que empezar de cero, supo que se iría con el bando ganador sin pedir explicaciones. Quería vivir, costara lo que costase, y si tenía que unirse a la Flota para ello, lo haría sin dudar.

Así que llevaba casi cinco años metido en el Fuego Sagrado recorriendo los mares de Vestalia, hasta entonces inexplorados.

Una de las medidas de la Nueva Gobernacía fue sacar partido a todos esos puertos que en un pasado funcionaron y que, desde que se inventó el sistema de las mentiras, quedaron inutilizados. Se harían con una flota de barcos, elegirían a algunos representantes para que actuaran en nombre del Gobierno en caso de que hiciera falta y conseguirían un séquito de fieles que trabajarían para ellos a bordo.

Tobyas no comprendía por qué esos mares no habían llamado la atención de los antiguos dirigentes. «Tal vez estuvieran demasiado ocupados ideando cómo destrozarnos la vida y no tenían tiempo para pensar en barquitos», le dijo uno de sus compañeros cuando expresó en voz alta sus dudas. Esa excusa le sirvió tan bien como cualquier otra; en realidad, prefería no darle demasiadas vueltas a lo que existía antes de la Flota; no quería volver a revivir nada de lo ocurrido y para ello era mejor olvidarse de que hubo una vida antes del derrumbe.

La Nueva Gobernacía fue muy dura con los supervivientes de lo que se empezó a conocer como el Gran Cataclismo. Nadie se atrevía a llamarlo por su nombre: un asesinato masivo que afectó a todas y cada una de las ciudades de Vestalia, llevado a cabo por los fanáticos que ya entonces actuaban en nombre de la verdad.

Aunque su objetivo principal fue derruir todos los edificios que tuvieran algo que ver con la Gobernacía y aniquilar a los que estuvieran en su interior, la catástrofe no se quedó ahí: los ciudadanos de a pie sufrieron las consecuencias como los que más. Perdieron sus casas, sus fincas, sus trabajos y todo lo necesario para salir adelante. Muchos murieron. Consiguieron su objetivo: que no quedara ni un solo miembro de la Gobernacía con vida, y no les importó en absoluto que los daños colaterales, como ellos los llamaban, fueran tan devastadores.

Cuando el pueblo se repuso lo suficiente —aunque no lo bastante como para analizar con detenimiento lo que acababa de ocurrir—, la Nueva Gobernacía reclutó uno a uno a todos los supervivientes de la explosión. Les proporcionaron agua, comida y cobijo, y, una vez que recuperaron las fuerzas, les dieron a elegir entre ser fieles al nuevo régimen que se iba a imponer en Vestalia o morir. Muchos lo tuvieron claro: no se doblegarían ante aquellos que habían asesinado a sus familias, que habían destruido el mundo tal y como lo conocían, así que acabaron colgados en juicios masivos que se celebraban tres veces al día ante la atenta mirada de los que todavía estaban indecisos. Otros tantos... otros tantos prefirieron seguir viviendo.

Fue el caso de Tobyas.

Una vez que prometió fidelidad a la Nueva Gobernacía, le pusieron en la solapa de la chaqueta la insignia con forma de uve invertida y le dieron a elegir a qué parte del nuevo sistema quería unirse. Se le dio la opción de trabajar en la defensa, en la construcción, en las expediciones o incluso en la tecnología, opciones que con el paso del tiempo se fueron volviendo inexistentes, pues hacían que los nuevos integrantes trabajaran de lo que se les ordenara. Tobyas, que nunca había sabido muy bien cuál era su destino y cuya existencia había consistido en ir de un lugar a otro movido por los vientos que hubiera en ese momento, decidió que unirse a la Flota sonaba bien. Se embarcaría y recorrería los mares de Vestalia en busca de no sabía qué. Tampoco le importaba. Lo único que se repetía una y otra vez era que, al menos, estaría lejos de ese infierno en el que se había convertido la tierra firme.

A pesar de que esta decisión fue completamente voluntaria, e incluso llegó a hacerle ilusión en algún momento que otro, Tobyas no podía parar de repetirse que seguro que había alguna opción mejor que pasarse los días y las noches limpiando las tablas apestosas de aquel barco. Si al menos la tripulación fuera más limpia..., pero los marineros parecían demasiado ocupados como para tomarse la molestia de hacer sus necesidades en los cubos preparados para ello o para ser más cuidadosos a la hora de eviscerar los peces que acababan en las redes y que servían de alimento principal.

Le costó varios días aclimatarse a aquel horrible olor y comprender que ese iba a ser el ambiente en el que iba a vivir durante los próximos años. Aunque lo había preguntado en alguna ocasión, nadie le daba una respuesta clara sobre cuánto tiempo pensaban estar enrolados en aquella misión, ni si habría otra cuando la terminaran. A los pocos meses de entrar en la Flota, descubrió que la intención de la comodora Flancon era no abandonar las aguas más que para lo esencial. Recorrerían cada rincón de los mares de Vestalia y volverían a tierra firme cuando fuera estrictamente necesario o cuando algún hallazgo importante les indicara que era hora de regresar a casa.

Aun así, a pesar de que cada vez que se subía a aquel barco al que le encantaría llamar hogar lo hacía sabiendo que era muy probable que pasaran varios meses antes de volver a pisar tierra firme, no pudo evitar enamorarse.

Se llamaba Otila Larson y tenía los ojos más negros que había visto jamás. Se conocieron en Vésticum cuando él volvía de uno de sus viajes. Él se encontraba indispuesto y necesitaba una cama en la que pasar la noche y un plato caliente, y ella regentaba La Piel del Oso, uno de los bares más famosos de la ciudad. Tobyas estaba tan enfermo que, una vez en cama, cayó rendido en un duermevela del que solo salía para comer lo que Otila le ofrecía. Cuando tuvo la suficiente fuerza, se dio cuenta de que lo que sentía cada vez que miraba a la mujer tenía un nombre. Fue algo instantáneo, un amor de esos que llega al corazón al momento y contra el que es imposible luchar. Tampoco quiso hacerlo.

La primera vez que la besó supo que estaba perdido y que todo él se había quedado encadenado a esa melena rizada de aspecto salvaje. Poco le importó que ella estuviera casada o que tuviera planes en los que él no estaba incluido. Lo único que sabía era que cada vez que volvía a puerto la encontraba en la misma taberna de siempre, detrás de la misma barra, sirviendo el mismo vino y dispuesta a darle todo ese amor que él anhelaba durante los largos meses de travesía. Otila lo significaba todo, y pensar en ella hacía que las expediciones transcurrieran más deprisa. Al menos tenía la certeza de que, cuando volviera a tierra, tendría un lugar seguro en el que pasar unas cuantas horas. Volver al barco con el olor de Otila todavía en su piel y en sus ropas suponía un aliciente para no pensar en los duros meses que le aguardaban por delante.

En esas expediciones, aunque la comodora Flancon había invertido todo su conocimiento y ganas, no habían descubierto gran cosa. Habían empezado por el mar Rocoso, al oeste de Vestalia, y se habían pasado los últimos cinco años analizando palmo a palmo aquellas aguas oscuras. A pesar de que habían puesto todo el empeño que se podía poner, no habían encontrado más que alguna que otra isla desierta poco fructífera y enormes animales que huían de ellos en cuanto los avistaban. Nada que mereciera la pena reseñar y, por supuesto, nada que les cubriera de gloria, como la comodora Flancon pensaba que ocurriría cada vez que iniciaban una expedición. Dejaron el mar de Aguas Troceadas, al norte de Vestalia, para el final, ya que se decía que las grandes tormentas y las horribles corrientes hacían que todo barco que se atreviera a navegar por allí acabaría en el lecho. Decidieron ir a lo seguro y continuar por el mar Argento. Habían relegado para lo último el mar más cercano a Vésticum porque tenían la sensación de que allí no encontrarían gran cosa, que los habitantes anteriores al antiguo régimen ya habrían explorado aquellas islas que los días de sol se intuían desde la costa, pero dado que no habían encontrado nada en todo ese tiempo, tendrían que abrazar esa última opción.

Tobyas, en esos años, había perdido la esperanza de hallar algo de interés en esas aguas. Sabía que se decía que los puertos habían quedado inutilizados cuando se instauró el sistema de mentiras, pero empezaba a sospechar que, en realidad, se había debido a que no había nada más allá del horizonte que mereciera la pena explorar. Hasta que escuchó la voz emocionada de uno de los marineros cuando comenzó a gritar sin parar que estaba avistando algo.

Había vivido varios momentos como aquel durante los últimos años y aun así siempre se sorprendía por la rapidez con la que cambiaba el ambiente en el barco. Sin que nadie tuviera que decir nada, todos ocupaban sus posiciones: las velas se plegaban, las anclas se preparaban, el timón se sujetaba con fuerza y los ojos se clavaban en aquello que suponía un halo de esperanza. Tobyas había tratado de encontrar una explicación al hecho de que esas expediciones supusieran una esperanza para los marineros, pues no entendía qué podrían encontrar en tierras lejanas que fuera tan importante. Sin embargo, jamás había hallado una explicación. Aunque él tenía una teoría: querían encontrar libertad. Algo lo suficientemente bueno como para que la comodora Flancon y, sobre todo, la cúpula de la Nueva Gobernacía decidieran que ya era hora de dejar de hacer expediciones. Por lo que, suponía Tobyas, nadie sabía lo que estaban buscando y, al no saberlo, cualquier hallazgo era sinónimo de una posible victoria.

Había una cosa que tenía que admitir: ese entusiasmo era contagioso. A pesar de que, en lo más profundo de su ser, Tobyas sabía que moriría en ese barco, que sus compañeros se pusieran a cantar canciones infantiles cuando avistaban un nuevo objetivo hacía que su visión se volviera un poco más optimista. Así que él, lejos de dejarse llevar por sus oscuros pensamientos, corría a la borda para contemplar qué era eso que tanta alegría prometía.

Entonces lo vio: tierra. Y parecía fértil. Estaba llena de árboles y no había rocas a su alrededor que amenazaran con destrozar el casco del barco. Si, por un casual, lo que estaba buscando la Nueva Gobernacía era un lugar para seguir expandiendo el territorio de Vestalia —teoría que cobraba más sentido cada vez que la pensaba—, sin duda, aquel parecía el más adecuado de cuantos habían descubierto hasta la fecha. Desde luego, las islas que habían avistado en el mar Rocoso eran tan yermas e infértiles que nadie querría empezar una vida allí. Por no hablar de las grandes bestias marinas que rodeaban esos archipiélagos... A Tobyas se le ponía la piel de gallina con tan solo pensar en esas aletas amenazantes sobresaliendo del agua. Sin embargo, aquella isla... Sí, aquella isla parecía un lugar bonito en el que empezar una nueva vida. Seguramente tuviera agua dulce —por todos los dioses, cómo echaba de menos un buen río donde darse un chapuzón— y también fruta y algo que no fuera pescado para comer.

Aunque le habría encantado, no pudo seguir navegando en sus pensamientos porque la comodora Flancon salió de su camarote y se puso a dar órdenes. Los botones dorados de su traje azul marino brillaban tanto que daba la sensación de que los acababa de pulir hacía tan solo unos segundos.

—¡Tú, amarra mejor esas velas! ¿Es que nadie va a recoger este desastre? ¿No veis que se acerca una tormenta?

Tobyas dirigió la vista al cielo y se dio cuenta de que la comodora tenía razón: una nube negra se cernía amenazante sobre ellos.

—¿Dónde está Camille? —continuó la mujer—. ¡Camille!

Un sonido de cacharros salió de debajo de las escaleras. A los pocos segundos, una chica de rostro ruborizado y pelo rojo y alborotado salió por una de las escotillas.

—¡Camille! Necesito que eches un vistazo a esto. Dirígete a la proa y cuéntame qué ves.

La chica obedeció enseguida, aunque con la cabeza gacha y con el rostro más encendido de lo normal, lo que siempre parecía imposible. Tobyas había tratado de hablar con ella en más de una ocasión, pero nunca lo había conseguido. Era escurridiza como una morena y se escondía en las cocinas cuando alguien intentaba interactuar con ella. Era innegable que había pensado en esa chica, mucho, pero siempre movido por la curiosidad que despertaba en él. ¿Qué hacía alguien como ella en un barco como aquel? ¿Por qué vivía en las cocinas si no era la cocinera? ¿Por qué la comodora Flancon confiaba en ella para que le dijera si era oportuno detenerse en un terreno?

Teniendo en cuenta todo aquello, no era de extrañar que los rumores hubieran empezado a instalarse en la nave. Tobyas, en los ratos en los que se dedicaba a fregar las maderas, había escuchado de todo: que si era una bruja, que si tenía poderes o incluso una visión extraordinaria que hacía que pudiera ver a decenas de millas. El chico opinaba que todas esas suposiciones no eran más que tonterías sacadas de las cabezas aburridas de los marineros. Aunque a veces había llegado a escuchar teorías muy elaboradas que, en caso de no controlar sus pensamientos, habrían acabado por convencerlo. Lo cierto era que Tobyas pensaba que Camille era una chica corriente a la que la comodora Flancon, por el motivo que fuera, trataba de contentar. Tal vez fuera la hija de algún magnate de la Nueva Gobernacía, tal vez la comodora solo trataba de hacer que se sintiera especial. Porque si una cosa estaba clara era que Camille no tenía nada de extraordinario. No hacía falta más que verla. O al menos eso se repetía Tobyas una y otra vez para que no se le olvidara sin querer que todas sus atenciones y todos sus pensamientos se debían a una única mujer: Otila.

La chica, pasados un par de minutos, se acercó al oído de la comodora y susurró algo inaudible para el resto del barco. A Tobyas poco le importaba saber qué había dicho, le bastó ver el rostro de Flancon para darse cuenta de que esta vez sí que iban a parar.

Por fin, después de unos cuantos meses, iba a pisar tierra firme.

CAPÍTULO 2

Carey Regminton
Bábilos, al noreste de Vestalia

El olor a comida rancia y a sudor se coló por debajo de su bufanda, que le cubría buena parte de la cara.

Su corazón estaba acelerado, como siempre ocurría antes de momentos como aquel, pero lejos de ser una sensación molesta o que le preocupara, Carey se dejaba llevar por esa euforia que acompañaba a los rápidos latidos.

Ni siquiera reparó en la posibilidad de que no fuera capaz de hacerlo, un pensamiento como ese no tenía lugar en su cabeza. Así que cuando se vio en aquella situación, con su hogar destruido, la certeza de saber que se había quedado sola y con los disparos de los fanáticos como única banda sonora, decidió que tendría que buscarse la vida como fuera.

—De acuerdo, señores —dijo mientras levantaba su pistola. Le había sacado brillo aquella misma mañana, así que los engranajes dorados soltaban sutiles destellos que terminaban de darle la elegancia necesaria a la escena—, esto es un atraco. Las manos levantadas donde yo pueda verlas. Vamos a calmarnos, por favor; les prometo que será rápido.

Siempre había pensado que era tan buena mintiendo porque no cuestionaba demasiado sus actos. Era como si entrara en una suerte de trance que le hacía no ser consciente de lo que estaba ocurriendo, aunque en el fondo sí que controlaba cada uno de sus movimientos. En aquellos instantes no pudo evitar pensar en lo que había acontecido unos años atrás, aunque eso no le impedía en absoluto mantener la concentración en todos los movimientos de los que ya tenían las manos levantadas y una mueca de horror pintada en los rostros.

Después de la explosión, la oscuridad lo invadió todo. En un primer momento se concentró en seguir respirando. El polvo del derrumbe le había inundado los pulmones y comenzaba a tener dificultades para llenarlos de oxígeno. Se esforzó por toser, hasta que por fin consiguió limpiar un poco las vías y dejar pasar aire limpio. Después de aquello, se quedó en silencio para tratar de comprender qué estaba ocurriendo. No se atrevió a abrir los ojos, pues prefería dejarse guiar por sus otros sentidos. Sabía que, en una circunstancia como aquella, la vista era el sentido menos fiable de todos. Trató de escuchar, pero al no oír nada, decidió que era el momento de enfrentarse a la realidad.

Cuando abrió los ojos se dijo a sí misma que hubiera sido preferible mantenerlos cerrados para siempre.

Lo primero con lo que se topó fue con el cuerpo magullado de Caronte, su padre, que yacía en el suelo en una posición imposible. Tenía sangre y tierra por todas partes, y una mueca de dolor que, a pesar de no estar sintiéndolo ya, no parecía querer abandonarlo. Se abalanzó sobre él. Poco le importó que hubieran pasado tan solo unos minutos desde que descubrió que la había estado engañando durante toda su vida. No pensó en Hamica, ni siquiera en todas las posibles verdades que se llevaría a la tumba. Era su padre, el único que había estado a su lado; el único que, al fin y al cabo, había creído en ella.

Recordaba perfectamente cómo miró a su alrededor, en busca de algún signo de vida, y cómo se derrumbó cuando comprendió que no había nadie más allí. Sabía dónde estaba, por supuesto que sí. Su padre le había enseñado cada rincón del castillo de Brítacor cuando era pequeña. Estaba en los túneles. Aunque su función principal era la de conducir aguas residuales, había algunos que eran perfectamente transitables y que quedaban a salvo de las inmundicias. Había recorrido esos pasajes un millón de veces mientras se escondía de los soldados de Caronte. Habían sido su refugio cuando, en la adolescencia, necesitaba un sitio donde llorar a solas por sentirse incomprendida, y cuando no quería ir a clase. Los túneles, que tantas otras veces la habían salvado —si bien de manera distinta—, se habían convertido de nuevo en su salvoconducto.

Pensó durante unos segundos qué hacer con su padre, aunque el instinto de supervivencia enseguida le dio la respuesta: no podía hacer nada salvo cerrarle los ojos y dejarlo descansar en el que había sido su hogar. Aquella decisión le dolió, aunque no tanto como se podía esperar al haber perdido a un progenitor. Quizás fue la necesidad de vivir que se apoderó de ella hasta obligarla a no pensar en la muerte de una manera triste, o tal vez fuera que no estaba preparada para comprender que se había quedado sola en el mundo y que, sin la ayuda de su padre, difícilmente podría salir adelante. Debido a una cosa o a otra, el dolor se quedó resguardado en un lugar recóndito de su corazón, esperando el momento oportuno para aparecer y hacer saltar esas lágrimas que entonces se negaron a salir.

Después de comprobar que no tenía ningún hueso roto —a aquellas alturas todavía no comprendía la suerte que había tenido—, se dispuso a salir del castillo dejándose guiar por su instinto.

Hasta que lo oyó…

Un susurro la llamaba.

Se dio la vuelta, esperanzada por que fuera su padre y enfadada consigo misma por no haberse dado cuenta de que en realidad estaba vivo. Sin embargo, ninguno de los dos sentimientos duró demasiado dentro de ella, porque pronto se dio cuenta de que no era Caronte el que la estaba llamando. Era…

—Ni se te ocurra dar ni un paso más —dijo calmada. Si algo había aprendido de su padre era a no dejar creer al enemigo que tenía más poder que ella. Incluso dejó las cortesías de tratarlos de usted—. Vuelve donde estabas y no me obligues a disparar.

Aquello se le daba bien, pero había días en los que se topaba con grupos más difíciles que otros. El de hoy parecía que no le iba a poner las cosas fáciles.

—Ya os lo he dicho: si os estáis tranquilitos acabaremos muy pronto y podréis volver a seguir bebiendo como si no os importara no volver a despertar.

Uno de los hombres, que se había medio escondido detrás de la barra, soltó lo que pareció ser una carcajada. Carey pensó que en los grupos difíciles también había gente con humor.

—Verdad número veintidós mil cuatrocientos ocho de Bábilos. Druno Malyor roba todas las noches pasteles en el puesto de Vindren Clim. Repetimos. Verdad número veintidós...

Carey dejó de escuchar. Aquellas grabaciones que salían por los altavoces repartidos por toda Vestalia conseguían sacarla de quicio. Tanto que no había parado hasta encontrar en el mercado de contrabando unos dispositivos que, metidos en el oído, cancelaban por completo esa voz metálica. Le habían costado más de lo que jamás admitiría, pero tenía que reconocer que era la mejor compra que había hecho jamás. No los llevaba siempre, pero al menos podía disponer de ellos cuando necesitaba descansar de ese sistema horrible que le martilleaba la cabeza cada vez que pisaba la calle.

—De acuerdo, vamos a hacer lo siguiente —atrajo la atención de los que se habían distraído con la grabación. Sabía que cuando llevaba esas enormes gafas para proteger su identidad perdía uno de sus puntos fuertes: su mirada de hielo; así que tenía que reclamar esa atención a través de su lenguaje corporal—. Uno a uno vais a ir dejando encima de la mesa todo lo que tengáis, me da igual lo que sea, cualquier cosa. Si descubro que me estáis engañando o que intentáis algo que no debéis, dispararé.

—¿Cómo sabemos que no vas de...?

Carey apretó el gatillo antes de que el hombre, agazapado detrás de una banqueta que cojeaba ante el temblor de sus manos, pudiera terminar la frase. Las virutas de madera del techo volaron por la taberna, llenando el ambiente de polvo.

—No queráis saber de lo que soy capaz.

El silencio lo inundó todo. Justo en ese momento pareció que los hombres se daban cuenta de que aquello no era ningún juego, de que Carey no dudaría ni un solo segundo en volver a disparar si era necesario.

Uno de ellos se levantó con las manos en alto y gesto sumiso. Carey lo analizó y comprendió lo que ocurría: siempre había uno que daba el primer paso.

Se acercó a ella y metió las manos en los bolsillos. Sacó un pañuelo bordado que había pasado por mejores momentos, un catalejo pequeño y una manzana diminuta. Le dio la vuelta a la tela de los bolsillos para hacerle entender a Carey que eso era todo lo que tenía.

Otro imitó sus pasos, mientras, los demás miraban y guardaban silencio. Poco a poco, los ocho hombres que había en la taberna le siguieron.

Carey chascó la lengua al ver el botín que había conseguido. «No son más que migajas», pensó, pero era mejor eso que nada. Lo metió todo en un saco de tela que había llevado consigo y caminó hacia atrás hasta que rozó la puerta con la mano en la que no llevaba el arma.

Entonces uno de los clientes realizó la mayor estupidez que podía cometer en esos instantes: de debajo de la barra sacó una pistola y apuntó a Carey.

La chica lo analizó y comprobó que le temblaba el pulso demasiado, que tenía la frente perlada de sudor y que apretaba la mandíbula hasta tal punto que parecía que se le iban a saltar los dientes.

—No hagas ninguna tontería —le advirtió.

Sin embargo, el hombre, lejos de seguir el consejo de Carey, apretó el gatillo.

Ella, en el último segundo, se agachó y evitó que la bala le diera en el hombro. Miró al tirador con gesto incrédulo. Quiso decirle que era un inconsciente por haber disparado, que no tenía ni idea de a quién se estaba enfrentando, pero al final comprendió que aquello no serviría de nada. El tiempo, los golpes y la soledad le habían hecho aprender a marchas forzadas que había veces en las que no servía de nada quedar por encima. Aprovechó el jaleo que se había montado —pues el resto de hombres se vieron con fuerzas para recuperar lo que la chica les acababa de quitar— y salió corriendo por las puertas batientes de la taberna. Mientras huía, escuchó cómo los clientes se increpaban entre sí y comenzaban a echarse la culpa unos a otros de que una muchacha les hubiera arrebatado las pocas pertenencias que les quedaban; además del orgullo.

«Siempre tiene que haber un valiente», pensó al tiempo que sopesaba qué ruta era mejor tomar.

En los últimos meses se había dedicado a memorizar cada rincón de Bábilos. Era una ciudad en la que había estado varias veces cuando su padre la mandaba a alguna misión, pero lo que veían sus ojos en esos momentos no era más que una sombra de lo que había sido una majestuosa ciudad. Ya no quedaba nada de los grandes edificios que había entonces, ni de las columnas retorcidas que decoraban cada rincón. Las fuentes clásicas que presidían las plazas ahora no eran más que piedras amontonadas unas encima de otras, por no hablar de las estatuas ecuestres, tan famosas en Bábilos, que habían desaparecido sin dejar rastro.

Ningún rincón de Vestalia se había librado del derrumbe. Los fanáticos lo tenían todo pensado: habían decidido acabar con la vida conocida hasta entonces de una sola tacada. Habían llenado cada rincón con pólvora en un operativo que tan solo duró un par de días. Carey le había dado muchísimas vueltas a cómo había sido posible que cuatro locos hubieran acabado con el sistema establecido en toda Vestalia. ¿Tan buena organización habían tenido? ¿De tantos recursos disponían? Con el paso del tiempo, mientras sus ojos eran testigos de cómo los fanáticos —que ahora se hacían llamar la Nueva Gobernacía— levantaban un nuevo imperio en cuestión de semanas, se dio cuenta de que sí, de que disponían de todos los recursos necesarios para hacerse con el poder y librarse de los enemigos.

«Solo que conmigo no han podido», se rio por lo bajo mientras seguía corriendo. Echó un rápido vistazo hacia atrás para cerciorarse de que seguía teniendo ventaja y se alegró al ver que el vino caliente había hecho mella en aquellos hombres. Le encantaba atracar tabernas por eso: estaban llenas de presas fáciles.

Carey había conseguido despistar a los fanáticos durante aquel tiempo. Ni siquiera les había otorgado la satisfacción de dejarse capturar y que le dieran a elegir entre ser fiel a la Nueva Gobernacía o morir en un juicio público. Se había escondido como una comadreja que huye de un depredador y que se sabe todos los escondites del país. Porque se los sabía, por supuesto que sí. Después de haberse pasado tantos años viajando por Vestalia mintiendo, no había ni un solo rincón que le fuera desconocido. Por no hablar de los contactos que tenía en cada ciudad. Si bien era cierto que no eran muchos los que habían sobrevivido, todavía quedaba algún viejo amigo de esos que le debía un favor importante. Y había llegado el momento de cobrárselo.

Continuó corriendo un poco más hasta que llegó a las afueras de la ciudad. Volvió a mirar hacia atrás una última vez para asegurarse de que había despistado a los hombres de la taberna y, todavía con la bufanda bien subida y con las gafas oscuras bien ajustadas, se deslizó por un pequeño hueco que había en el suelo.

Había descubierto aquel sitio de casualidad. Precisamente, porque se cayó dentro de él. Iba hablando, distraída, y, de repente, el pie se le coló entre las rocas y la madera. Cuando se acostumbró a la oscuridad, se dio cuenta de que estaba en lo que había sido una casa. Supuso que se derrumbó por la explosión. Sin embargo, el interior estaba casi intacto. Tan solo tendría que quitar unas cuantas piedras para que entrara un poco más de luz natural y poner otras tantas de forma estratégica que impidieran el paso del agua. Sería un trabajo fácil y, en cuestión de horas, tendría un nuevo hogar en el que asentarse durante unos meses.

Menos mal que había aprendido a deslizarse por el hueco de una forma mucho más elegante que aquella primera vez. Su piel, que al principio acababa magullada cada vez que entraba por el hueco, se lo agradeció enormemente.

Dentro olía de maravilla. A romero, ajo y nostalgia. Por mucho que quisiera negarlo y dárselas de dura diciendo que prefería la soledad y que se las podía apañar sola, lo cierto era que tener compañía no estaba tan mal. Sobre todo como en aquel momento, en el que llegaba agotada después de haber tenido que huir de un atraco, sudorosa y sin fuerzas ni para quitarse las botas.

—¿Cómo ha ido?

Carey la miró y soltó una sonrisa de medio lado, de esas que querían decir «¿Tú qué crees?».

—Podría haber ido mejor, pero no ha estado mal.

Cogió la bolsa, que había sujetado con fuerza durante la carrera, y la volcó encima de la mesa de madera que, aunque un poco astillada, todavía cumplía su cometido.

La chica se acercó al botín y trasteó en busca de algo que no encontró. O al menos eso indicó el gesto de desilusión que no pudo evitar que se reflejara en su rostro.

—Solo son baratijas —dijo decepcionada.

—Pero menos es nada. Con esto tendremos para una semana, más o menos. Creo que conozco a alguien a quien podría interesarle este reloj, aunque tiene el cristal bastante rayado...

—Carey, tenemos que apuntar más alto —sentenció la otra chica mientras examinaba un catalejo en miniatura que tenía la mirilla rota—. Si seguimos atracando tabernas no conseguiremos más que bagatelas. Y ya sabes que nos exponemos muchísimo cada vez que salimos de aquí. Tenemos que aprovechar...

—Sí, lo sé. Tenemos que aprovechar cada oportunidad cuando salimos de estas ruinas. —Carey, después de haberla escuchado un millón de veces en esos cinco años, se sabía aquellas palabras de memoria—. Pero las tabernas son fáciles. Sea la hora que sea, la clientela está borracha, lo que me permite huir fácilmente.

—Sí, eso es cierto. Pero tampoco conseguimos mucho a cambio de exponernos. Esto... ¿esto es un trozo de queso mohoso?

La chica se lo acercó a la nariz y compuso una mueca de asco que le indicó a Carey que no necesitaba ninguna respuesta por su parte.

—Las cosas están muy mal en Vestalia —le recordó mientras se sentaba en una butaca medio rota y se quitaba las botas—. Y tenemos que conformarnos con lo que sea. Solo hay que salir ahí afuera para darse cuenta de cómo ha cambiado todo.

La chica guardó silencio. Carey tenía razón. Vestalia no era más que una sombra de lo que había sido. Por no hablar de la gente... La mitad de los supervivientes de la explosión acabó colgada de una soga y la otra mitad hacía lo que fuera con tal de vivir un día más. Los que habían rendido pleitesía a la Nueva Gobernacía —ya fuera por convicción propia o porque no les quedó otro remedio— sabían que las cosas no iban a ser fáciles a partir de entonces.

—A veces me pregunto qué habría sido de nosotras si hubiéramos aceptado formar parte de este nuevo gobierno. Supongo que la vida se vería distinta si lleváramos una de esas insignias decorando nuestro pecho.

Carey se levantó de golpe, todavía con las botas de cuero en la mano. Se acercó a la chica como un vendaval y se quedó a un par de palmos de su cara. Desde ahí se hacía más evidente la diferencia de altura que existía entre ellas. Carey le sacaba por lo menos una cabeza.

—Escúchame —le dijo mientras la apuntaba con un dedo—, eso no lo pienses ni en broma. Nos habrían matado sin darnos ni siquiera la opción de elegir.

—Pero…

—¡No! Ya hemos tenido esta conversación un montón de veces, y sigo pensando lo mismo: si nos llegan a coger vivas nos habrían tratado como trofeos. Nos habrían matado sin miramientos y habrían utilizado nuestros cadáveres para darse importancia. Habríamos sido la parte más deliciosa de su plan. Se lo habrían pasado en grande desollándonos y luciendo nuestras cabezas en la plaza de Vésticum.

—No sé, Carey…

—Hamica —sentenció sin un ápice de duda en lo que iba a decir a continuación—, por algo somos las hijas de Caronte Regminton, el mayor enemigo de la Nueva Gobernacía. No habríamos durado vivas ni un solo segundo.

CAPÍTULO 3

Dorothia Allinghanm
Vésticum, al sureste de Vestalia

La arropó y le acarició la mejilla. «Cuánto ha crecido», pensó.

Cuando la recogió de la calle casi no podía respirar. Su cuna se había salvado de milagro, aunque estaba repleta de escombros y polvo. Igual que ella, que tenía la boca llena de tierra y casi no podía abrir los ojos por toda la suciedad que se había posado en sus pestañas. Por el color amoratado de su piel, dedujo que llevaba tiempo sin llorar, y esa no era una buena señal en absoluto. Así que la cogió en brazos, le limpió con un pañuelo el interior de la boca y le abrió un poco las fosas nasales con cuidado. También se esmeró en quitarle el polvo de los párpados, lo que pareció funcionar al instante, porque el bebé enseguida la miró.

Tenía los ojos color miel más bonitos que había visto en su vida.

Decidió llamarla Estrella. Sería su lucero a partir de entonces, su guía en la noche y la certeza de que siempre que la mirara hallaría el camino de vuelta a casa. Aunque en esos momentos no sabía muy bien cuál era esa casa que tanto ansiaba tener.

Las explosiones habían funcionado a la perfección, su plan había salido tal y como ella quería. Sabía que, a pesar de que se decía lo contrario, en el asentamiento en el que vivía antes sí que existía una jerarquía. Sabía que Lantio y Carl eran los que llevaban la voz cantante. Sabía que sus ideas movían a más gente, y lo que era más importante: casi nunca eran cuestionadas. Sin embargo, Dorothia se fue haciendo un hueco en el campamento. Consiguió caer muy bien al resto de compañeros y se ganó la confianza de unos cuantos. Eso fue clave a la hora de llevar a cabo su plan: necesitaba gente que la apoyara desde dentro pero que no fuera del todo fiel a Lantio y a Carl.

Al principio fue muy complicado, pues su estrategia pasaba por pedirles que engañaran a sus propios líderes, pero poco a poco fue construyendo un discurso que cada día convencía más dentro de aquel pequeño asentamiento. Y no solo dentro de él: aprovechaba las misiones para encontrar aliados que, llegado el momento, harían que su plan funcionara a la perfección.

Dorothia pensaba mucho en el hecho de que tanto Carl como Lantio conocían la existencia de ese propósito, pues todos allí sabían que había una tienda dedicada exclusivamente a guardar la pólvora, el aceite y las telas que después usaron de mechas.

Había tardado meses en recopilar aquellos materiales, sobre todo la pólvora, ya que traerla desde el norte sin que fuera interceptada era casi una misión imposible. Tuvo que sobornar a muchos conductores de carros y a otros tantos agentes de seguridad y crear una logística que hacía que pasara muchas noches sin dormir. Al principio no sabía muy bien de dónde sacar la pólvora, pero entonces recordó que en las faldas negras del volcán Iflag había una pequeña fábrica dedicada a extraer el azufre de las rocas que, junto al carbón que conseguían en las minas de Mélido, permitían crear esa pólvora que luego se usaba para recargar las armas de la Gobernacía. Ella, al igual que lo hizo en su día Regina Rei, se ganó la simpatía de los dueños y consiguió proveerse de una cantidad ingente de pólvora. Sin preguntas, tan solo con sobornos.

Dorothia se había cuidado mucho de compartir todos los detalles con Carl y con Lantio. Se había hablado en algún consejo de la posibilidad de volar por los aires alguna parte de Vestalia, pero era un plan a largo plazo y, desde luego, no implicaba el lanzar por los aires cada rincón del país. Carl, con su moral intachable, jamás lo habría permitido. Por eso ella fue ganando terreno poco a poco. La muerte de Lantio, por decirlo de alguna manera, fue el detonante. Sin él, Carl se sentiría confuso y trataría de convencer al grupo de que estaban yendo por el camino equivocado. Sin él, el asentamiento se desmoronaría un poquito más.

Y justo en ese momento, en ese preciso instante en el que los demás estuvieran esperando una respuesta, aparecería ella y llevaría a cabo su plan. Les guiaría por el camino correcto y ellos no opondrían resistencia. No la cuestionarían.

Lo que no esperaba era que fuera a salir tan bien. Sabía de sobra que la lealtad era una amante caprichosa y que cualquiera podría delatarla e ir con el cuento a Carl. Menos mal que no fue así; se cercioró de ello en el momento en que la tierra comenzó a temblar. Había conseguido su objetivo. Después no volvió a saber nada de él y se imaginó que su cuerpo habría acabado sepultado.

—Venga, cariño, es hora de levantarse.

Estrella se revolvió en la cama, perezosa. Abrió un poco los ojos y se estiró.

—Cinco minutos más —rogó a la vez que ponía la mejor de sus sonrisas.

—Hoy no te va a funcionar, pequeña. —Dorothia comenzó a destaparla para después levantarla en brazos—. Lo máximo que te ofrezco es llevarte hasta la cocina y prepararte un buen desayuno.

La niña se rio. Sabía de sobra que cuando su madre se ponía cabezona no había nada que hacer. Dorothia bajó las escaleras con cuidado de no caerse, tarea nada sencilla teniendo en cuenta que Estrella cada día estaba más grande. «Hace nada era tan solo un bebé», pensó mientras hundía con disimulo la nariz entre su pelo. Le encantaba ese olor a inocencia y a dulzura. «Ojalá no creciera tan rápido».

—¿Qué hay para desayunar? —preguntó la niña cuando avistó las cocinas.

—Te he hecho suflé de lima, tu preferido.

A pesar de que a Dorothia le encantaba cocinar, sabía que debía permitir que otros lo hicieran por ella, pues su tiempo era demasiado valioso como para pasarlo entre fogones. A excepción del desayuno: le había prometido a Estrella que se encargaría personalmente de prepararle sus dulces favoritos cada mañana, siempre que pudiera.

Dejó a la niña en la silla de madera y le sirvió una buena taza de leche con una generosa porción de suflé.

Se colocó un mechón pelirrojo detrás de la oreja mientras miraba a su alrededor; desde que se había cortado las trenzas, su pelo era mucho más rebelde que antes. Ni en sus mejores sueños aparecía una cocina como aquella, y todavía le costaba asimilar que era suya. Viendo cómo quedó el castillo de Brítacor, reducido a cenizas y escombros, le parecía increíble que ahora estuviera allí, delante de esa encimera de mármol blanco que valía más que todo lo que pudo haber tenido en su vida anterior.

Lo cierto era que los obreros habían hecho un trabajo impecable. Sobre todo porque siguieron al pie de la letra las órdenes que ella les dio: quería reconstruir el Liceo, donde asentaría la Nueva Gobernacía, y debía ser lo más fiel posible al edificio original. Los obreros, vecinos de Vésticum de toda la vida, quisieron cuestionar esta decisión —¿por qué esa mujer volaba por los aires un castillo antiquísimo si después quería reconstruirlo tal y como era?—, pero pronto se dieron cuenta de que con Dorothia era mejor no hacer ese tipo de preguntas. La opción más sensata era la de obedecer y volver a sus hogares con sus familias cuanto antes.

Dorothia sabía que había tenido que sacrificar muchas cosas para llegar hasta donde había llegado. Sabía que aquella explosión había matado a la mujer que fue y que lo que se podía ver ahora era un renacimiento de sus propias cenizas. Y no le había resultado fácil: el gatillo más difícil de apretar es el de la pistola que está apuntando a uno mismo. Dorothia había apretado ese gatillo, y gracias a ello ahora estaba sentada en su hogar perfecto con su hija perfecta.

—Te ha quedado muy rico. —Estrella tenía siempre un apetito voraz, y a su madre le encantaba. Al menos sabía que las horas que se pasaba delante del fogón eran recompensadas después—. Pero algún día tienes que probar a hacerlo de naranja.

—¿Naranja? ¿Tú crees que eso estaría rico? —Dorothia acarició la mejilla de la niña a la vez que le limpiaba de forma disimulada un poquito de leche que se le había quedado en la comisura de los labios. Estrella odiaba que hiciera eso; decía que ya era lo suficientemente mayor como para limpiarse ella sola.

—Quedaría increíble —confirmó sin ningún género de duda. Eso era algo que también adoraba de ella: su decisión. Se necesitaba decisión para llegar a ser alguien en la vida—. Y tal vez con chocolate derretido por encima.

Su madre sonrió y se sirvió un trozo de suflé. Quizás su hija tuviera razón, la naranja y el chocolate combinaban muy bien, aunque en ese momento las cosas estaban un poco complicadas como para poder encontrar dulces fácilmente. Eran muchas las personas que trabajaban para ella y que hacían que tuviera la despensa llena, pero todavía se podían ver los efectos de la explosión en los pobres puestos de los mercados. Había muerto mucho ganado, por no hablar de los destrozos en los campos de cultivo, que habían provocado la escasez de trigo y avena. Las llanuras de Lómaz habían perdido su fertilidad, en parte debido a las explosiones y, sobre todo, a que la mayoría de personas que se dedicaba a mantenerlas había preferido morir antes que someterse a la Nueva Gobernacía. Al final, todo ello había derivado en una hambruna generalizada que duró un par de años hasta que por fin tuvo listo el nuevo sistema de abastecimiento: las verdades.

Era algo que tenía planeado desde hacía mucho tiempo, y a pesar de que había estudiado cada detalle, siempre se topaba con algo que hacía que tuviera que empezar de nuevo. Aunque le costara admitirlo, el sistema de las mentiras funcionaba a la perfección. Había tanta gente implicada en aquella tecnología que no existía ni una sola fisura en su engranaje, y si existía, ella no la había encontrado. Su misión era conseguir lo mismo. Así que, antes de que se produjera la explosión, aprovechó sus viajes para contactar con los que podrían ayudarla. Al principio fue muy complicado, pero poco a poco fue dando con la gente adecuada que enseguida la ayudó a poner en marcha su plan. Necesitó personas inteligentes, constantes, trabajadoras y, sobre todo, con muchísima imaginación a las que no les diera miedo sobrepasar los límites. Contactó con ingenieros, matemáticos, físicos, incluso con filósofos. Cualquier mente pensante era bien recibida. Y al final lo consiguió: creó un sistema adelantado a su época, alejado de toda la tecnología que se conocía hasta la fecha y que le garantizaría el poder.

Después de la explosión —cuyo objetivo principal era acabar con todo rastro del antiguo régimen— comenzó a poner en funcionamiento lo que tenía planeado. Y, para su sorpresa, funcionó.

Supuso que los habitantes de Vestalia, los supervivientes, estaban tan asustados con lo que había ocurrido que no iban a dejar pasar la oportunidad de agarrarse al único clavo que tenían delante, aunque este estuviera al rojo vivo. Todo con tal de seguir respirando un día más. Así que cuando las cenizas por fin se posaron y las pavesas se enfriaron, Dorothia se alzó ante las ruinas más altas de Vésticum y gritó a los cuatro vientos que se declaraba la jefa de la Nueva Gobernacía. Aquel que se opuso recibió como regalo un balazo de uno de los esbirros de Dorothia. Era una parte del plan que no le gustaba pero que había que llevar a cabo. «Una lástima —pensó con pesar—, los que se levantan suelen ser los más valientes».

Y ella necesitaba valientes.

Sacudió un poco la cabeza para olvidar aquellas escenas que, de vez en cuando, todavía le invadían la mente. Y no le molestaba que eso ocurriera, lo que de verdad le molestaba era que le quitaban tiempo para disfrutar de lo que verdaderamente importaba: su pequeña Estrella.

—Cariño, ¿querrás que hagamos hoy algo juntas? Puedo tomarme el día libre.

La niña la miró y alzó una ceja, interrogante. A Dorothia no le gustaba que se saltara las clases —le había costado muchísimo encontrar al mejor profesor de Vestalia, así como convencerle de que se quedara en el castillo de Brítacor para dedicarse única y exclusivamente a la enseñanza de Estrella—. Sin embargo, estaba dispuesta a hacer una excepción. Le apetecía muchísimo pasar una mañana con su hija.

—Podríamos ir al parque. Hace mucho que no vamos al parque.

Dorothia asintió. Estrella tenía razón. Durante las últimas semanas había estado tan ocupada que apenas había conseguido sacar un ratito para estar a solas con su hija. La Nueva Gobernacía la tenía tan absorbida que sentía que todas sus energías las dedicaba a tratar de solucionar los problemas que día a día iban surgiendo. No pudo evitar pensar en que estos cada vez eran más numerosos, y aunque era algo con lo que contaba, no sabía si terminaba de estar preparada para ello.

Era consciente de que después de una catástrofe, de una guerra, de un cambio, la gente deambulaba confusa por las calles, tratando de encontrar una explicación a lo que había ocurrido, empeñada en recomponer las piezas de sus vidas que todavía quedaban en pie. Pero también sabía que cuando ese sentimiento de pérdida y abandono se iba, lo sustituía otro mucho más fuerte y peligroso: el de la venganza.

Y no había nada más peligroso que una persona que se había quedado sin absolutamente nada y que estaba dispuesta a hacer lo que fuera con tal de conseguir que su vida volviera a ser como antes. Aunque fuera del todo imposible.

CAPÍTULO 4

Eneas Lockwood
Archipiélago de Mergón, al este de Vestalia

«Los fantasmas regresan, y a veces lo hacen para quedarse». Eso fue lo que pensó Eneas cuando se despertó, sudoroso, de aquel sueño horrible. Le costó unos segundos acostumbrarse a la oscuridad que le rodeaba, y cuando lo hizo se dio cuenta de que todavía tenía el pulso acelerado.

Hacía mucho tiempo que no soñaba con ella. Hacía mucho tiempo que no *pensaba* en ella, y haber roto esa promesa que se hizo a sí mismo de no volver a dejar que invadiera su mente le dolió como una puñalada en el pecho.

Carey.

Con su sonrisa ladeada, siempre dispuesta a demostrar que era mejor que nadie. Carey… Esa a la que había amado y a la que ahora odiaba con toda su alma. Se prometió no volver a pensar en ella. Y sin embargo…, sin embargo, ella se las apañaba para colarse hasta en sus sueños.

Sabía que algún día tendría que enfrentarse a aquella situación, decidir si prefería continuar odiándola lo que le quedaba de existencia o, por el contrario, perdonarla para poder vivir en paz. Ya no se trataba de vivir en paz con ella, sino consigo mismo. Porque él había besado a la asesina de sus padres, se había enamorado de la persona que les había disparado sin ningún tipo de contemplación y que después le había encandilado mientras se guardaba para ella el peor de los secretos. ¿Cómo podía perdonarse si sabía que se había dejado engatusar por la mejor mentirosa de Vestalia? Esa que había jugado con él y con sus sentimientos, que se había reído en su cara sin ningún tipo de miramiento. Ahora pensaba en esa sonrisa irónica, la que tantas veces había deseado besar, y lo único que le invadían eran unas ganas tremendas de vomitar.

No, no podía perdonarla.

Tampoco podía perdonarse.

No después de saber todo lo que sabía.

A veces pensaba que quizás, si hubiera tenido tiempo de explicarse, de contarle su versión, habría comprendido por qué hizo todo lo que hizo. Sin embargo, ¿qué excusa podía tener una persona para asesinar a los padres de alguien y después hacer que se enamorara de ella?

Eneas se levantó de la cama que él mismo había construido usando ramas de palmera y hierba seca y se dijo que todo aquello no importaba ya. «Al fin y al cabo, Carey está muerta». De nada servía seguir martirizándose, como había hecho cuando llegó a la isla, y preguntándose qué hubiera pasado si el escenario hubiera sido distinto.

Salió fuera de la que ahora era su casa, construida, como casi todo, a base de ramas y barro, y se dio cuenta de que el amanecer comenzaba a despuntar. Dio gracias al ver que el fuego no se le había apagado —se esforzaba muchísimo por mantener una pequeña hoguera siempre encendida, pues le costaba horrores empezar una fogata de cero, a pesar de que todavía conservaba aquel artilugio cobrizo que se encontró entre los escombros de Vésticum y que aún era capaz de emitir una pequeña llama— y se dispuso a prepararse un té.

Tomó una de las varias jarras de arcilla que había fabricado en esos años y la llenó con agua dulce que conseguía de un río cercano. Después escogió unas cuantas hierbas de té que guardaba dentro de un coco ya vacío y esperó a que el agua hirviera. Recordaba el día que encontró las plantas del té y la felicidad absoluta que le invadió al darse cuenta del descubrimiento. En su vida anterior no era un asiduo de esa bebida, pero solo el hecho de imaginarse saboreando algo que no fuera un coco hizo que el estómago le rugiera. Se esmeró en conservarlas y, una vez que pudo recoger los frutos, también se cercioró de que el proceso de secado fuera el correcto. Beberse una taza de té —o dos o tres— le hacía sentir que no había abandonado del todo su vida anterior, aunque muchas veces se esforzara por convencerse a sí mismo de que eso era lo que en realidad quería.

«Los fantasmas regresan, y a veces lo hacen para quedarse».

Maldita Carey. Ahora que había pensado en ella ya le resultaba imposible sacársela de la cabeza. Pero tenía que hacerlo si quería seguir respirando. Se había dicho mil veces que no podía vivir en el pasado, no si esperaba levantarse cada amanecer. Tampoco sabía muy bien cuál era el propósito de su existencia a aquellas alturas (¿saldría algún día de la isla, moriría solo en la cama que él mismo había fabricado, lo atacaría algún animal salvaje mientras dormía…?), pero lo que tenía claro era que no se había rendido. No todavía.

—¿Tú qué opinas?

Eneas clavó la mirada en una roca sobre la que descansaba un sombrero que había confeccionado con hojas de palma. Por muy humanos que parecieran, los ojos que había pintado usando tinta de calamar no le devolvieron la mirada. Por supuesto, tampoco la boca se movió ni un ápice. Aun así, Eneas encontraba un consuelo absurdo en saber que podía hablar con alguien, aunque fuera una roca.

—Yo opino que debería seguir experimentando hasta dar con la fórmula. Sí, ya sé que he fracasado muchas veces —le reprochó a la piedra—, no me lo repitas. Sin embargo —dijo mientras levantaba el dedo índice y sonreía—, sé que algún día daré con la solución. No puede ser tan difícil construir una balsa, ¿no crees?

La piedra le devolvió una silenciosa respuesta.

—Tienes razón. —Eneas se sentó a su lado y le pasó un brazo por encima—. Lo complicado no es fabricar la balsa, sino conseguir que se mantenga a flote hasta llegar a la península. Supongo que tendría que estudiar a fondo los cambios de viento, seguro que hay un patrón. También podría centrarme en las mareas, elegir la que mejor me convenga para llegar a tierra. ¡Y las tempestades! ¡No se me pueden olvidar las tempestades! No sería demasiado oportuno que la balsa cargara con el agua de una lluvia inesperada.

Eneas se levantó de golpe y cogió una pequeña ramita. Con ella empezó a escribir en la arena todo lo que se le había ocurrido. Hizo una especie de esquema que pretendía ir rellenando a medida que tuviera las respuestas a sus preguntas.

—Espero que no llueva —le dijo a la roca mientras seguía escribiendo y dibujando flechas por doquier—, aunque, bueno, creo que no olvidaré nada de esto. Pero, por si acaso... Sí, por si acaso lo dejaré todo apuntado.

Bajo la atenta mirada de la roca, Eneas siguió escribiendo un buen rato hasta que se dio por satisfecho.

—No sé... —dudó cuando por fin se sentó delante de su nueva obra—, son demasiadas cosas, ¿no crees? Llevo ya unos cuantos años aquí, tal vez debería haber empezado a estudiar todo esto desde que llegué. Seguro que, de haberlo hecho, ya no estaría en esta isla. ¿Qué? ¿Cómo dices? Sí... tienes razón, no hace falta que me lo repitas. Ya sé que no tengo claro si deseo salir de aquí o no. Pero quiero tener la posibilidad, ¿lo entiendes? Es... como una paradoja, solo que en realidad no lo es. Quiero tener la posibilidad para después decidir.

El chico se quedó mirando a la piedra.

—No, no es un acto de cobardía —le rebatió a su muda respuesta—. Es un aprovisionamiento. Como aquella vez en la que cogí decenas de cocos sin saber si me gustaría su sabor o no. Los cogí y los guardé. Y cuando los necesité, dispuse de ellos. Menos mal que sí que me gustaron. ¡De no ser así creo que ya estaría muerto! —se rio de forma escandalosa. Después, se tumbó en la arena con las manos debajo de la cabeza. El viento movía las nubes, tan blancas como el algodón; de no haber estado tan concentrado en su plan, que ahora no se podía quitar de la cabeza, habría dedicado unos minutos a encontrar formas en ellas, uno de sus pasatiempos favoritos—. Es solo una opción, ¿vale? No significa que me vaya a ir, ni que te vaya a abandonar. Por supuesto, vendrás conmigo a donde quiera que vaya.

Eneas dijo esto último un poco más bajito de lo normal. En el fondo, sabía que esa roca no sería más que un lastre si por fin tomaba la decisión de embarcarse en su futura aventura.

—¿Sabes qué? Creo que me voy a poner manos a la obra. —Se levantó de un salto y se quedó mirando a la piedra. Era consciente de que había dicho esto último para tratar de no herir sus sentimientos. Al fin y al cabo, había sido su única amiga en el tiempo que llevaba en la isla. La única que le escuchaba y que le daba buenos consejos—. Aunque no sé muy bien por dónde empezar. Tal vez buscando ramas que floten, o palmeras… ¿Tú qué opinas? La verdad es que no tengo ni idea de cómo se construye una balsa. Bueno —dijo mientras se encogía de hombros—, supongo que todo será probar. Tendré que equivocarme antes de dar con la fórmula, ¿no? Así funcionan los experimentos. En realidad, así funciona la vida en general.

Al decir esto último, sintió como si estuviera recibiendo una patada en el estómago. Por supuesto que los inventos se conseguían a fuerza de errar, lo sabía muy bien. Había visto cómo su padre se equivocaba un millón de veces. Se dedicaba a la repostería y, aunque se le daba muy bien y era muy bueno en su trabajo, de vez en cuando le gustaba experimentar con los ingredientes. Le encantaba ofrecer postres nuevos en el mercado, y para ello tenía que equivocarse una y otra vez. «La vida es un poco como la repostería —le dijo en una ocasión después de ver cómo las magdalenas de arándanos y chocolate blanco que tenía en el horno se habían quedado duras y feas—: si se tiene un objetivo, hay que ir a por él con todas las ganas, aunque se pierda por el camino». Ese día, las magdalenas no salieron, pero su padre descubrió de dónde venía el fallo: el líquido de los arándanos le pedía una pequeña dosis extra de levadura. Al día siguiente, su puesto se vació en cuestión de segundos cuando los vecinos vieron el éxito del nuevo postre.

—Así es la vida —le dijo a la roca—, a veces se gana, y otras… supongo que también.

CAPÍTULO 5

Hamica Clayton
Bábilos, al noreste de Vestalia

Hamica se había pasado la noche en vela. La oscuridad del que ahora era su cuarto no le traía más que intranquilidad. A través de la fina pared escuchaba la respiración profunda y pausada de Carey. Eran muchas las ocasiones en las que la envidiaba, y aquella era una de ellas: su hermana podía dormir bajo cualquier circunstancia, sin importar la presión o el peligro que acechara detrás de la puerta. Tenía las prioridades muy claras, y parecía que su cuerpo la obedecía sin problema en cuanto ella emitía una orden.

Había analizado mucho ese sentimiento, el de la envidia hacia Carey. No se sentía orgullosa de él, pero hacía tiempo que había comprendido que era más que natural que se manifestara dentro de ella. Carey representaba todo lo que Hamica no había logrado en la vida. Ella sí que había disfrutado de un padre que la comprendía y que la quería con todo su corazón, a la manera en que su corazón entendía el amor. Había vivido una existencia plena hasta que el Liceo se vino abajo y, aun así, después de aquel suceso que hizo que los cimientos de su vida se tambalearan peligrosamente, Carey supo recomponerse de forma casi mágica. Incluso ahora, escondidas en un cuchitril en mitad de una ciudad que a esas alturas ya clamaba por sus cabezas, su hermana era capaz de sacarle partido a la situación. Cada vez que salía para atracar alguna taberna demostraba un buen humor que Hamica envidiaba con toda su alma. ¿Por qué no podía ella ver el lado positivo de las cosas? ¿Por qué no podía olvidar el pasado y disfrutar de esa vida de aventuras que le estaba tocando vivir?

Hamica, en el fondo, se decía que era imposible que Carey fuera así de verdad, que tan solo era una fachada que mostraba para que los demás la admiraran más de lo que ya lo hacían. Aunque, por otra parte, la chica sabía que ese pensamiento no tenía demasiado sentido, puesto que allí, en Bábilos, solo estaban ellas dos; y no hacía ninguna falta que su hermana se comportara de esa manera todo el tiempo. Ella se derrumbaba casi de forma constante, y no pasaba nada. No sentía vergüenza cuando se echaba a llorar, desesperada por no saber qué preparar al ver la despensa vacía. No se sentía mal cuando su vena negativa se apoderaba de ella y le impedía ver con claridad uno de los siguientes atracos que iban a llevar a cabo.

No, Hamica no creía que esos sentimientos no fueran válidos.

Lo que ella no entendía era que su hermana no los tuviera. Y eso hacía que sintiera unos celos horribles.

Sin pensárselo más, se levantó de la cama y se dirigió a ese habitáculo que Carey llamaba «salón». Para ella no lo era, tan solo era una estancia medio derruida con algunos muebles esparcidos por aquí y por allá que, sin duda, habían pasado por mejores épocas. A veces se preguntaba cómo era posible que Carey estuviera tan a gusto allí, dado que había crecido en el Liceo. Había tenido todos los lujos de Vestalia a su disposición, jamás le había faltado de nada. No le había dado tiempo a ver su habitación, pero estaba segura de que estaría decorada con un gusto exquisito. «Claro que cualquiera puede tener un gusto exquisito cuando nadie se atreve a decirte que no», pensó Hamica.

Ese pensamiento le dejó un regusto amargo. Su hermana no tenía la culpa de haber crecido donde lo había hecho, ni de que ella hubiera terminado en mitad de un desierto donde el mayor lujo que había conocido había sido un melocotón que le consiguió su amiga Gruta porque tenía una bula que le permitía mentir siendo menor. No, Carey no tenía la culpa. El único culpable de aquella situación era Caronte, que fue quien tomó esa decisión y al que no le importó apartarla del Liceo.

«Culpa de Caronte y de mi madre, quienquiera que sea».

Esa figura, a la que era incapaz de poner rostro, se paseaba por su mente de vez en cuando, invadiéndola de una sensación que no sabía muy bien cómo explicar. No era rencor, no era odio, era un sentimiento mucho más profundo que, por más que se esforzaba en que fuera de otra manera, seguía siendo inefable a aquellas alturas.

—*Mentira detectada, mentira detectada, mentira detectada.*

Corrió a ponerse los auriculares que siempre tenía a mano, pero que en ese momento descansaban en la encimera de la cocina. No recordaba de dónde los había sacado —seguramente aparecieron en un botín de algunos de sus atracos, como todo lo que poseía—, pero desde entonces en rara ocasión se los quitaba. Tenían una tecnología que permitía omitir las ondas de los altavoces repartidos por todas las ciudades de Vestalia y, por lo tanto, las verdades que se contaban una detrás de otra.

«Pobre alma de cántaro», pensó. Si los altavoces decían que una mentira había sido detectada, eso significaba que alguien había tratado de hacer pasar por verdad algo que en realidad no lo era. El futuro de esa persona, sabía a ciencia cierta, era más negro que el té que estaba deseando tomar. Si había algo que los vecinos odiaban más que a los que contaban verdades era a los que trataban de engañar al sistema para conseguir lo que fuera a cambio.

Puso una tetera —si es que a aquel trasto destartalado se le podía seguir llamando así— en la pequeña cocina de leña que encendían solo por la noche para que el humo, que se camuflaba con la bruma nocturna del mar, no las delatara. La tetera tenía un agujero en un lateral, así que solo podía llenarla hasta la mitad y la obligaba a estar muy pendiente de cuándo empezaba a hervir para que no se saliera el agua. Cuando fue a ponerle la tapa, esta se le resbaló de las manos y cayó al suelo haciendo un ruido estrepitoso.

Hamica cerró los ojos durante unos segundos, suplicando por que Carey no lo hubiera oído, pero el sonido de los tablones al otro lado del pasillo le dijeron que sus plegarias no habían sido escuchadas.

—¿Se puede saber qué haces levantada a estas horas?

Hamica la miró con cara de pocos amigos. Así era Carey. Dormía con una facilidad envidiable y sus ronquidos traspasaban cada pared de la casa, y aun así se atrevía a echarle en cara que estuviera despierta. Jamás se daba cuenta de que el mundo no giraba en torno a ella. Tomó una buena bocanada de aire y se sentó en uno de los taburetes medio roto. No, Carey tampoco tenía la culpa de que ella no pudiera dormir. Debía alegrarse de que al menos una de las dos fuera capaz de conciliar el sueño. «Supongo que algún día llegará mi turno», se consoló.

—¿Quieres un té? —decidió evitar la pregunta de su hermana a propósito. No quería discutir.

—Sí, aunque me temo que quizás sea la última taza que nos tomemos. —Cogió una lata de uno de los armarios, cuya puerta amenazaba con caerse, y la agitó lo justo para darse cuenta de que tan solo quedaban unas cuantas briznas en su interior—. Tendremos que conseguir más, pero creo que va a ser complicado.

Hamica se encogió de hombros, prefería no pensar en esas cosas. Bastante le agobiaba el hecho de no saber qué iba a comer al día siguiente, como para tener que preocuparse por una dichosa taza de té.

—En la parte de fuera he visto unas plantas que tienen buena pinta, si las cortamos y las dejamos secar…

—Carey, no vamos a hacernos una infusión con cualquier planta que nos encontremos. Ni tú ni yo tenemos ni idea de botánica, y es muy posible que acabemos envenenándonos, o peor, medio borrachas en mitad de la ciudad mientras alucinamos con duendes y sirenas.

—Qué poca fe tienes en mí —dijo su hermana mientras se peinaba el pelo con los dedos. En ese tiempo le había crecido muchísimo y ahora solía llevarlo en una trenza que cada día era más elaborada. Aunque seguía manteniendo su flequillo, ese seguía en el mismo lugar, metiéndosele en los ojos y haciendo que tuviera que resoplar cada pocos segundos para apartárselo de la cara—. Tampoco puede ser tan complicado, hay unas plantas que tienen mejor pinta que otras.

Hamica elevó una ceja. En el fondo le divertía esa forma de ser que tenía Carey, esa vanidad que le hacía creer que era perfecta en todo y que la vida no podía ser tan complicada como para no comprenderla. También la envidiaba un poco en ese aspecto.

—Mira, si no encontramos té de aquí a una semana, te dejo hacer lo que quieras con esas dichosas plantas —accedió. Sabía que era lo que Carey quería escuchar, al igual que era consciente de que jamás llevaría a cabo ese plan. Ni bajo la amenaza de no volver a tomarse una infusión en la vida cometería la locura de probar una planta desconocida—. Pero de momento vamos a centrarnos en seguir vivas aunque sea un día más. ¿De acuerdo?

—Sabes que lo haré.

Hamica se sobresaltó cuando su hermana corrió hacia el fuego. El agua había empezado a hervir y ya comenzaba a desparramarse por el agujero de la tetera. La apartó rápidamente, procurando no quemarse, y dispuso las pocas hebras que quedaban en dos tazas que, no sabía cómo, todavía estaban intactas.

—¿Cuál es el plan para hoy? —preguntó Carey mientras esperaba a que su bebida infusionara.

Al principio, cuando huyeron de Vésticum, se había empeñado en llevar la voz cantante y en demostrar que ella sabía más de estrategia que su hermana; pronto se dio cuenta de que Hamica era muy buena en idear planes. Así que, resignada, le cedió el puesto, no sin haber dejado claro antes que allí ninguna de las dos mandaba sobre la otra y que no estaba dispuesta a poner su vida bajo las decisiones de una persona a la que acababa de conocer. Hamica todavía recordaba el tono condescendiente que Carey había utilizado al decirle que delegaba en ella el poder de decisión sobre la estrategia. Todavía no la conocía lo suficiente como para comprender que Carey tan solo lo estaba haciendo como una forma de protegerse a sí misma. Le costaba muchísimo ceder y si lo había hecho en aquella ocasión solo se debía a que realmente era la única forma de que las dos siguieran vivas al menos un día más.

—Creo que ya estamos preparadas —susurró después de pensárselo unos segundos. La duda en su voz le hizo ver a Carey que en realidad no se creía ni sus propias palabras.

—¿No es demasiado pronto?

—A mí también me va a costar muchísimo dar el paso, pero me temo que vamos a tener que hacerlo. Y cuanto antes, mejor.

—¿Por qué piensas eso? Tal vez si aguantamos unos meses más conseguiremos fortalecernos. No sé, seguro que nos hacemos con más munición, con algo que merezca la pena. —Los ojos de Carey se dirigieron a un lado del salón, donde descansaban su pistola y unas cuantas balas que guardaba con todo el recelo de Vestalia.

—Sí, eso es cierto, pero también es verdad que el tiempo que dejemos pasar será tiempo que Dorothia utilice para seguir creciendo y captando adeptos.

Dorothia… A Carey le entraban arcadas solo con escuchar ese nombre. Aquella mujer le había robado todo lo que tenía. La había sacado a la fuerza de su anterior vida, le había arrebatado su pasado y su futuro. La había matado en vida. Lo supo cuando su nombre comenzó a sobrepasar las fronteras de Vésticum, cuando las calles se llenaron con carteles con su rostro en los que se anunciaba que era la nueva gobernadora del país.

—Ahí tienes razón —cedió, más para que Hamica no reparara en la mueca de asco que estaba poniendo que para que supiera que le gustaba la idea. A veces, cuando hablaban de Dorothia, no era capaz de reprimir sus sentimientos y su hermana siempre terminaba dándole una monserga sobre lo importante que era mantener la mente fría—. ¿Pero en serio crees que es capaz de ganar más adeptos?

Un escalofrío recorrió la espalda de Carey. Sabía la respuesta, no le hacía falta que su hermana la dijera en voz alta. Las dos habían salido a la calle y las dos habían visto con sus propios ojos la capacidad de Dorothia de mover masas. La habían observado en las sombras, escondiéndose en callejones y ocultándose entre la gente. Sabían de lo que era capaz. Y no solo eso: estaban seguras de que no pararían hasta capturar a Carey Regminton, la única persona viva de toda Vestalia que había tenido contacto directo con el funcionamiento de las mentiras y que podría poner en peligro el sistema de verdades.

—Ya lo hemos hablado en alguna ocasión —dijo Hamica mientras se sentaba a su lado—. No sé si es por miedo o por convicción propia, pero lo que está claro es que cada día más gente está de acuerdo con su forma de hacer las cosas.

—La gente tiene la capacidad de raciocinio de un cuenco de avena —bufó Carey—; no tienen ni idea de lo peligroso que puede llegar a ser el sistema creado por Dorothia. ¿Contar verdades? ¿En qué cabeza cabe?

Hamica la miró divertida. Le encantaba cuando su hermana se ponía así de gruñona. Aunque le dieron ganas de bromear sobre lo que pensaba, se quedó en silencio. Sabía que estaba hablando en serio y que de verdad sentía todo aquello. También ella pensaba que el sistema que había impuesto Dorothia era una locura. Si las mentiras eran malas, las verdades eran atroces. Ahora la gente no pagaba con mentiras: lo hacía con los secretos de otras personas, secretos ocultos que jamás deberían salir a la luz.

Las mentiras provocaban incendios, pero las verdades eran capaces de arrasar con todo a su paso.

—¿Es que no se dan cuenta de lo peligroso que es? —Carey se levantó dispuesta a dar uno de esos discursos a los que tan acostumbrada estaba Hamica a esas alturas—. No se pueden ir desvelando las confidencias de las personas. Todos tenemos derecho a guardar secretos. Las mentiras al final eran eso, mentiras, invenciones, ¿no? Pero desvelar las mayores intimidades de la gente…

A Hamica no le hacía falta que Carey la convenciera. Estaba de acuerdo con todo lo que decía. Sabía que, de haber tenido esa conversación hacía cinco años, jamás habrían opinado del mismo modo, pero ahora se daba cuenta de lo equivocada que estaba entonces. Las personas necesitaban un modo de sobrevivir, y mejor si era a base de mentiras que de verdades. La intimidad era un derecho valiosísimo, lo más importante que podía tener una persona, y no debía quedar en manos de nadie. Tal vez en la época en la que estaba en el asentamiento habría comprado el discurso de Dorothia —era algo en lo que prefería no pensar para no estar en guerra con su yo del pasado—, pero lo que tenía claro era que en esos momentos le parecía una de las mayores atrocidades que se habían podido diseñar.

—Supongo que todos nos agarramos a un clavo ardiendo —dijo al fin.

—No, de eso nada. Tú y yo nos las estamos apañando para no tener que utilizar esos auditorios. No hemos ido ni una sola vez.

Eso era cierto. De hecho, Hamica se moría por visitar el auditorio de Bábilos, una gran fortaleza de muros inexpugnables construida en un saliente en el mar de Aguas Troceadas. Contaban que desde el interior se escuchaban las olas chocando contra esos muros que llevaban siglos resistiendo las inclemencias de uno de los mares más bravos de Vestalia. Sin embargo, sabía que eso era imposible, jamás entraría allí. De hecho, Hamica le quiso decir que ese no era un argumento válido por dos razones. La primera: seguramente las dos eran las personas más buscadas de Vestalia en esos momentos y entrar en un auditorio no era la mejor de las opciones. Y la segunda: ellas no eran mejores que nadie, al fin y al cabo, seguían vivas gracias a los atracos que cometían.

No, no eran mejores que nadie.

Tan solo se dedicaban a sobrevivir.

CAPÍTULO 6

Eneas Lockwood
Archipiélago de Mergón, al este de Vestalia

A los pocos meses de llegar a la isla, Eneas se había dado cuenta de que la lluvia no era una visitante frecuente de aquel lugar. Así que justo en el momento en el que le cayó una gota en la frente, se levantó corriendo de la arena y se dispuso a poner en marcha los mecanismos que él mismo había fabricado.

A pesar de que estaba agotado después de haber pasado la noche planeando cómo construir una barca para salir de allí y de haber gastado las que creía que eran sus últimas fuerzas en pescar algo para desayunar, puso todo su empeño en aprovechar cada una de las gotas que estaban cayendo.

Con restos de palmeras había fabricado una suerte de sistema que hacía que el agua de lluvia se concentrara en una roca convexa que le costó varios días enterrar en la arena. Los troncos de las palmeras también distribuían el agua por la zona en la que había montado su asentamiento, de manera que tenía varios depósitos que le servían para lavarse, beber y regar el pequeño huerto que había tardado tantos meses en cultivar con las semillas que había ido encontrando por la isla. Al principio pensó que no haría falta nada de aquello, que la lluvia se encargaría de regar las plantas y los árboles y que podría comer de ellos sin problema, pero pronto se dio cuenta de que allí la lluvia escaseaba y que si quería agua dulce tenía que desplazarse hasta un río que estaba a bastante distancia de su asentamiento, por lo que lo mejor era invertir tiempo y esfuerzo en construir un sistema que le facilitara un poco la vida.

Enseguida comprendió que aquella era una de esas tormentas a las que tanto temía. Si bien los días de lluvia eran escasos, cuando llegaban arrasaban con todo lo que tenían por delante. Se levantó un fuerte viento que hizo que su cabaña se tambaleara, por lo que tuvo que correr hacia ella para tratar de sujetar con más fuerza los palos que la mantenían en pie.

Estiró unos vientos que había construido a base de hebras vegetales y los ancló como pudo a unas rocas cercanas. Hasta ahora había conseguido que la cabaña resistiera, pero el rugido del vendaval y el color negro que se adueñó del cielo de repente le dijeron que quizás en aquella ocasión no se diera el mismo resultado. «Sin cabaña estoy perdido», se dijo, como si la presión que sentía en el pecho en esos momentos no fuera suficiente. Quería salir de la isla, cada vez lo tenía más claro, pero no sabía cuándo podría hacerlo, y hasta que ese día llegara necesitaba un sitio en el que dormir y, sobre todo, protegerse de los animales que pudieran acechar por la noche. Necesitaba un techo, algo que le recordara que seguía siendo una persona, algo que no le hiciera olvidar que todavía quedaba un resto de humanidad en él.

No pudo seguir pensando en qué haría si la cabaña salía volando, porque tuvo que poner todo su empeño en que las tuberías que había improvisado para coger el agua no se movieran de su sitio. El viento era cada vez más fuerte y no tenía tantas manos como para encargarse de todos los frentes que tenía abiertos en esos momentos.

Debía elegir: agua o techo.

Soltó una maldición que se ahogó entre los truenos que ya comenzaban a oírse y se decantó por la cabaña. En adelante, si quería agua tendría que ir hasta el río, pero prefería eso antes que dormir a la intemperie.

Puso todo su empeño en sujetar bien los palos maestros, esos que había anclado con todas sus fuerzas en una arena que habría deseado que fuera un poco más consistente. También se preocupó de meter dentro de la cabaña algunos de los utensilios que había fabricado y que le servían para pescar. Con la fuerza que estaba tomando el viento, no le extrañaba que salieran volando de un momento a otro. Y si perdía eso... si perdía eso ya no le quedaba nada.

Cuando pensaba que el viento no podía arreciar más, una ráfaga repentina casi lo levanta del suelo. «Esto va en serio», se dijo. Dudaba entre meterse en la cabaña y sujetar los pilares desde dentro o quedarse fuera e intentar hacer más fuerza. «Venga, Eneas, piensa, piensa». Se dio unos golpecitos en la cabeza, como si así su cerebro fuera a trabajar más deprisa. Sin embargo, esa presión a la que él mismo se estaba sometiendo no hizo más que aumentar su agobio, impidiéndole pensar con claridad.

En aquel tiempo que había estado en la isla, jamás había tenido que enfrentarse a una tormenta como aquella, y ahora se estaba regañando por no haber previsto que algo así pudiera ocurrir. Había tenido mucho tiempo libre, «¡todo el del mundo!», se increpó, y aun así no había dedicado ni un solo segundo a pensar qué hacer en caso de que una tormenta de dimensiones gigantescas se cerniera sobre él.

Intentó consolarse a sí mismo, al fin y al cabo, ¿qué posibilidades había de que ocurriera algo así? Cuando estaba en Selán, jamás había presenciado una tormenta de aquella magnitud, a pesar de que las ventiscas y las borrascas eran más que frecuentes en el norte de Vestalia. Por supuesto, el tiempo en Vésticum casi siempre era apacible, así que no, no había previsto que algo así pudiera ocurrir. Y ya era tarde. Perdería todo el trabajo de los últimos meses, ¡de los últimos años! Y cuando la tormenta pasara y llegara la calma tendría que empezar de cero, tal y como había hecho el día que pisó la arena blanca de aquella isla por primera vez.

No sabía si estaba preparado para enfrentarse a un nuevo comienzo.

Tampoco tuvo mucho tiempo para pensar en ello porque por el rabillo de ojo, entre la lluvia torrencial que no paraba de caer, vio algo en mitad del mar que llamó su atención.

¿Eso era…?

«No puede ser», se repitió una y otra vez. Lo había imaginado en tantas ocasiones que aquello no debía ser más que otra mala jugada de sus pensamientos. Un reflejo, un espejismo, un deseo que en cinco años no se había cumplido jamás.

Sin embargo, fijó la vista todo lo que pudo y se acercó a la orilla de una playa que amenazaba con desaparecer entre las enormes olas. Poco le importó que el viento derribara uno de los pilares maestros de su construcción. Ni siquiera un rayo que cayó a escasos pasos de él consiguió que dejara de mirar hacia ese punto en mitad del mar.

Sus ojos no le estaban engañando. Su mente no estaba jugando con él. Y con cada segundo que pasaba se cercioraba más de ello.

Entre las olas, en medio de esas aguas enfurecidas que ahora eran del color de la noche, se podía ver un barco.

Eneas dudó unos segundos. Dudó entre ponerse a saltar para llamar la atención de la tripulación o, por el contrario, huir selva adentro para no ser detectado.

¿Y si eran enemigos?

¿Y si querían hacerle daño?

¿Y si eran su salvación?

¿Y si suponían la única oportunidad para salir con vida de esa isla?

Cualquiera de las posibilidades era tan plausible como la anterior y, aunque la tentación de huir le resultó demasiado jugosa, al final se centró en la idea de que aquella era su única esperanza para salir de la isla. Y más cuando los materiales que había conseguido reunir para construir la balsa, que hasta entonces era su única vía de escape, yacían desparramados por la arena, rotos y descompuestos.

No se lo pensó más. Se puso a gritar y a dar saltos bajo la lluvia. No sabía si podrían verle desde el barco, pero la luz que empezó a parpadear en la cubierta, tan tenue que costaba distinguirla entre la negrura de la tempestad, le dijo que sí, que lo habían visto.

Se dio prisa: debía recoger los pocos enseres que tenía antes de que sus salvadores llegaran. Saltó por encima de los listones caídos y de las ramas de palmera que ahora no eran más que palos rotos que de nada servían. Se quedó mirando indeciso el interior de su cabaña. ¿Quería conservar algo de aquellos últimos años? ¿Es que acaso el collar de conchas marinas le traería buenos recuerdos cuando lo mirara tiempo después? ¿Tal vez el peine que se había fabricado a base de espinas de pescado le recordaría quién había sido durante ese tiempo?

Negó con la cabeza. No, ese Eneas iba a dejar de existir. No quería nada que le recordara que estaba solo en un mundo al que parecía no pertenecer. Porque estaba solo, eso lo tenía tan claro como las aguas de ese mar cuando estaba en calma.

Estaba solo en la isla, y estaba solo en Vestalia.

Sin embargo, una punzada de alegría se posó en su corazón cuando se dio cuenta de que esa situación iba a cambiar muy pronto. En cuanto ese barco llegara, ya no tendría la necesidad de hablar con una roca para pasar el rato, ya no tendría que mirarse en los charcos de la arena para no olvidar lo que era un rostro humano, ya no tendría que hablar solo para no perder la sensación de oír algo más que el rumor de las olas.

El barco tardó más de lo que le habría gustado, pero teniendo en cuenta la mala mar que había y que el viento no parecía querer dar una tregua, era entendible.

Eneas se quedó mirando las luces de la cubierta fascinado. Hacía mucho tiempo que no veía una luz que no procediera del fuego o del sol. Se le había olvidado que el ser humano podía crear cosas increíbles y que la tecnología se estaba abriendo hueco en la sociedad poco a poco. *Tecnología*: hacía años que no pensaba en esa palabra.

Entre el ruido que hacía la tormenta, pudo escuchar unas voces. Empezó a haber movimiento en la cubierta. Varias personas se movían de aquí para allá. Gritaban. Eneas supuso que intentaban no chocar contra las piedras que quedaban justo a la derecha de donde se hallaba él, pero estaba siendo complicado, ya que el viento y las olas no se lo ponían nada fácil a la embarcación. Si las aguas estuvieran tranquilas no habría problema, pero la corriente se empeñaba en empujar el barco hacia allí.

«Es demasiado grande —pensó—, no lo va a conseguir».

Y a pesar de que la intuición de Eneas no iba desencaminada, la destreza de quienquiera que llevara el timón le demostró que estaba equivocado. A los pocos minutos, se desplegó una rampa por la que bajaron tres hombres que enseguida empezaron a nadar hacia la orilla, salvando la poca distancia que quedaba entre la embarcación y Eneas.

Al chico se le aceleró el pulso. Ya no había marcha atrás. «Tendrías que haber cogido algo para defenderte», se regañó cuando se dio cuenta de que quizás esos hombres no venían con tanta amabilidad como cabría esperar. Pero ya era tarde. Estaban cada vez más cerca.

—¡Hola! —gritó cuando pensó que ya le podían oír. Optó por mostrarse cordial, así evitaría que los hombres pensaran que era un enemigo—. ¡Qué bien que hayáis venido! ¡Menuda tormenta! Por un momento creí que no lo lograríais.

Era extraño hablar con alguien que no fuera él mismo, pero sentaba bien, aunque la voz le salió más aguda de lo que esperaba. Se decantó por ser optimista y una enorme sonrisa le inundó el rostro; por fin su vida iba a cambiar.

Sin embargo, algo en el gesto de los hombres, que ya pisaban la arena de la playa, le dijo que no tenía por qué ser a mejor.

—¡Atrapadlo!

A Eneas no le dio tiempo a huir. Ni siquiera pudo girarse para contemplar por última vez el que había sido su hogar durante aquellos años.

Uno de los hombres se abalanzó sobre él y le propinó un buen golpe en la cabeza. Eneas, mareado, sintió que su mundo se venía abajo. Supo que no podría oponer resistencia, que no podría luchar contra esos brazos de acero que estaban reduciéndolo y tapándole los ojos.

Había perdido la cuenta de la cantidad de veces que se había imaginado siendo rescatado, hablando por fin con alguien que no fuera una simple roca con unos ojos pintados con tinta de calamar. Y, aunque al principio le había costado, lo cierto era que en la gran mayoría de esas ocasiones se imaginaba a sus rescatadores como gente amable y comprensiva, y que lo sacarían de aquella isla convertida en prisión de buenas formas. Desde luego, no privándole de la visión y dándole golpes en la cabeza.

Pensó que así era la vida: que por mucho que uno se imaginara escenarios y tratara de estar preparado para cuando estos se cumplieran, jamás se llegaba a acertar del todo.

Sabía que su fin estaba muy cerca. Y lo peor de todo fue que, dadas las circunstancias, no le importó demasiado.

CAPÍTULO 7

Tobyas Jhonson
Archipiélago de Mergón, al este de Vestalia

«Tendríamos que haber desembarcado antes».

Los pensamientos enfurruñados de Tobyas se remitían a esa frase una y otra vez. No entendía por qué, cuando la comodora Flancon había avistado tierra, no había dado la orden de desembarcar inmediatamente, y más viendo lo que se cernía sobre sus cabezas. ¿A qué esperaba? Si incluso su mayor secuaz, la rarita de Camille, había asentido cuando había visto la isla que tenían delante. La comodora había interrumpido los cánticos de los marineros y les había dado la orden de esperar. Para la desgracia de Tobyas, esa espera se había traducido en la llegada de una horrible tormenta que había hecho peligrar la embarcación y que había provocado que no quedara ni un solo palmo de su cuerpo que no estuviera empapado y entumecido.

Por un momento temió lo peor: se había visto a sí mismo estampado contra las rocas que bordeaban la isla, hecho pedazos. Y lo pensó de verdad, tanto que se tuvo que imaginar en varias ocasiones la cara de Otila para que esta fuera la última persona que estuviera en sus pensamientos antes del fatal desenlace. Sin embargo, los marineros —al contrario que él— tenían mucha experiencia, y con su habilidad consiguieron que el barco se mantuviera intacto y que sorteara las puntiagudas piedras que asomaban entre las aguas y que, de no haber habido viento, no habrían supuesto la menor amenaza.

Cuando la comodora Flancon le dijo que él debía ser uno de los que se bajaran del barco, sintió cómo su mundo daba vueltas. Él no era el más ducho en ese tipo de actividades y no sabía de qué podía servir una vez en tierra. «Sí que lo sabes —se dijo—, vas a ser la avanzadilla, el que va a dar la cara, el que va a morir para que los demás vayan sobre seguro». Pero, supuso, no le quedaba otro remedio que obedecer. Así que, ante la atenta mirada escurridiza de Camille, cuyo rostro era tan inescrutable como el de la comodora y que había conseguido que su corazón latiera de una forma que no le gustaba en absoluto, descendió por una de las escaleras laterales y se zambulló en las aguas enfurecidas del mar Argento.

Los pensamientos negativos se esfumaron en cuanto vio lo cerca que estaba de la tierra. Estaba tan emocionado por volver a sentir la arena bajo los pies que tuvo que concentrarse cuando uno de los marineros gritó:

—¡Daos prisa y atrapad lo que sea que haya en la orilla!

Aquel hombre salió corriendo hacia un bulto que había en la playa. Desde aquella distancia, Tobyas no podía distinguir de qué se trataba, pero era tal la urgencia en la voz del marinero que no se atrevió a cuestionar la orden.

Cuando llegó a la orilla, agotado por haber tenido que luchar contra el oleaje y por acarrear con sus prendas empapadas, se dio cuenta de que sus compañeros le estaban atando las manos a un chico que yacía en la arena. Le habían tapado los ojos con una tela —después comprendería que había sido arrancada de una de las camisetas de los marineros— y le increpaban para que se estuviera quieto.

—¡Tranquilos! —gritaba el chico—. No opondré resistencia, ¡lo juro! Pero soltadme, ¡me hacéis daño!

Los marineros se miraron entre ellos con gesto divertido. Tobyas comprendió que aquello les gustaba, a juzgar por los chascarrillos que no paraban de soltar y las bromas que hacían sobre el prisionero que ya se había dado por vencido.

Tobyas, lejos de unirse a la fiesta, se dedicó a analizar aquella porción de la isla. Dedujo que el viento, que ya empezaba a ser más débil, había destrozado lo que parecía ser una cabaña. Y no solo eso: entre los restos de madera y palmas pudo observar que había toda clase de artilugios rudimentarios. ¿Cuánto tiempo llevaba aquel chico viviendo allí? ¿Habría alguien más con él?

—¡Eh! —le gritó uno de los marineros—. ¡Ven a ayudarnos!

—Yo… —Tobyas dudó. Estaba contento por pisar tierra después de tanto tiempo, pero no estaba seguro de querer hacer daño a nadie.

—¿Qué pasa? ¿Acaso no has entendido las órdenes de la comodora?

Eran muchas las órdenes que Flancon daba día tras día subida en aquella tarima que engrosaba tanto su voz como su ego, pero Tobyas desde luego que recordaba una que, según ella, era de las más importantes: cazar antes de ser cazado. Nadie sabía a qué se podían enfrentar cuando llegaban a un lugar nuevo, y no solo se refería a animales: podía haber humanos preparados para defender su territorio. Por eso no se permitían preguntar. Primero tenían que actuar y después ya comprobarían si habían acertado o no.

Tobyas se acercó corriendo a los otros dos marineros y mientras sujetaba al prisionero por las manos, atadas a la espalda, susurró:

—Puede que haya más.

Sus compañeros lo miraron extrañados y después se giraron y observaron lo que había detrás de ellos. Entonces cayeron en la cuenta de que aquellos artilugios parecían demasiado elaborados para haber sido fabricados por un solo hombre.

—No hay más, estoy solo. Bueno, está mi roca, con la que hablo, pero no supone ninguna amenaza, ¡os lo juro!

Uno de los marineros le dio una colleja a modo de reprimenda.

—¡Calla! ¡Nadie te ha dado permiso para hablar!

—Definitivamente, tiene que haber más —concluyó el otro marinero—. Este no está muy bien de la cabeza... No le veo capaz de sobrevivir aquí ni una noche sin ayuda de nadie.

—Os estoy diciendo que no hay nadie más. Llegué solo a esta isla y no me he cruzado con ningún ser humano en los cinco años que llevo aquí. Hay algún mamífero que otro, y reptiles a patadas, pero ni una persona.

—¿Cinco años? —preguntó Tobyas sin querer darle importancia a lo de los reptiles.

—Sí, ya sabes, desde que ocurrió lo que ocurrió.

Al chico no le pasó desapercibido el tono que había utilizado, sin duda parecía querer evitar ese tema.

—¿Te refieres al Gran Cataclismo?

—No sé cómo demonios lo llamáis, pero sí, supongo que sí.

Tobyas se quedó unos segundos en silencio. Si aquel chico no sabía que en Vestalia todo el mundo se refería a las explosiones como el «Gran Cataclismo» eso significaba que llevaba mucho tiempo en aquella isla. Casi tanto como desde que se produjeron. Entonces comprendió a qué venía aquella barba rubia que le llegaba hasta la mitad del pecho, así como el pelo largo y enmarañado que clamaba por un buen corte. ¿De verdad se podía vivir durante cinco años en una isla?

—¿Cómo llegaste aquí? —preguntó sin tomarse la molestia de dar un rodeo.

—¿No te parece que esta es una postura un poco incómoda para mantener una charla? —El prisionero se revolvió un poco debajo de Tobyas, lo que obligó a este a hincarle la rodilla en la espalda para que no se moviera—. Sí, desde luego esto no es lo que yo entiendo por una charla agradable.

—¡Contesta! —Aquel chico estaba empezando a sacar de quicio a Tobyas, que se había quedado solo con el prisionero. Sus compañeros habían decidido ir a explorar el campamento destrozado en busca de algo que todavía fuera de utilidad.

—No… No lo sé —dudó—. Todo explotó y yo… yo conseguí salir de allí. Y el mar me trajo hasta aquí.

—¿Así de simple?

—¡Sí! ¡Eso es lo que pasó!

—¿Me estás diciendo que la casualidad hizo que llegaras a esta isla y que nosotros, con un barco y marineros, hemos tardado años en dar con ella?

Estaba seguro de que en ese momento tenía el rostro tan encendido por la ira que las pecas, a juego con su pelo castaño, se le habrían camuflado. Tobyas tampoco iba a detenerse en explicarle que en realidad aquella isla era la más cercana a Vésticum y que lo más lógico habría sido empezar por ella porque no quería dejar mal a la comodora delante de un desconocido, pero era tal la convicción de ese pensamiento que tuvo que esforzarse mucho por morderse la lengua.

El prisionero se rio por lo bajo.

—Supongo que unos tienen más suerte que otros.

—¡Oye! —gritó uno de los marineros—. ¡Este tipo tenía mucho tiempo libre!

Tobyas vio que tenía algo entre las manos, pero desde aquella distancia no consiguió distinguir qué era.

—¡Y mucha imaginación! —dijo el otro—. A la comodora le va a encantar, seguro que puede arreglarnos unas cuantas cosas del barco que necesitan unas manos hábiles.

—No es por nada —comentó el prisionero—, pero no me apetece demasiado ir con vosotros. Ya sabéis, por eso de que no os conozco y de que la bienvenida no ha sido la más cálida de Vestalia.

Tobyas disminuyó un poco la presión que estaba haciendo con la rodilla. ¿Era posible que, dadas las circunstancias, a aquel chico todavía le quedara una pizca de humor?

—Me temo que no tienes elección.

Los dos marineros volvieron entre risas. Tenían los brazos cargados de artilugios y aparatos.

—Se los llevaremos a Flancon, seguro que ella es capaz de encontrarle alguna utilidad. Vosotros dos —se dirigió a Tobyas y al otro grumete—, encargaos del prisionero.

—¿No vamos a echar un vistazo a la isla? Igual encontramos algo interesante.

—De eso nada —dijo el hombre mientras se daba la vuelta y observaba el panorama con una ceja levantada—. Aquí no hay nada que ver. La tormenta ha destrozado el campamento y si el prisionero dice la verdad, no hallaremos nada de valor entre esos árboles.

—Pero…

—Nada de peros. Le diremos a la comodora que esta isla está llena de serpientes venenosas y que es muy peligroso desembarcar.

Tobyas quiso protestar de nuevo; no entendía por qué aquel marinero no quería descubrir más cosas sobre ese terreno. Sí, después del destrozo que había provocado la tormenta, habría que hacer un gran trabajo de reconstrucción, pero aquel lugar parecía un sitio amable. Y si el prisionero había conseguido sobrevivir cinco años él solo, significaba que no había grandes bestias contra las que luchar ni temibles amenazas, por mucho que dijera lo contrario. Fue a rebatir y a dar sus argumentos cuando vio que el tripulante que había tomado las riendas de la situación ya se había metido en el agua, que le llegaba por la cintura. Hacía malabares para tratar de avanzar sin que los artilugios que había recogido se le cayeran de las manos. Tobyas miró al otro marinero, que estaba de pie sin saber muy bien qué hacer. Al final, se encogió de hombros y cumplió las órdenes.

Levantó al prisionero y lo dirigió hacia el agua.

—Venga, acabemos con esto de una vez —le dijo.

Para su sorpresa, el chico no opuso resistencia. Ni siquiera cuando, una vez desatadas las manos y con la confianza de los hombres puesta en que no haría ninguna estupidez, tuvo que nadar a ciegas hasta llegar al barco; tampoco cuando le hicieron subir por una escalera y mucho menos cuando el silencio de los marineros lo rodeó de forma inevitable.

—Átale las manos, mételo en un camarote y asegúrate de que coma y beba —ordenó la comodora Flancon después de examinarlo en silencio durante varios minutos. Su gesto, impertérrito, hacía que fuera imposible saber qué le pasaba por la cabeza, quizás por eso nadie se atrevía a decir ni una sola palabra.

Tobyas obedeció y no tardó en encontrarle un camarote pequeño pero en buen estado, de esos que no tenían goteras y que estaban lejos de la apestosa despensa. De camino, se hizo con una bota llena de agua y también con un poco de pescado seco. No tenía muy buena pinta, pero estaba seguro de que aquel chico había comido cosas peores en el tiempo que había pasado solo en la isla. Tampoco sabía por qué se preocupaba por él, podía ser un indeseable que se pusiera a la defensiva en cuanto se quedaran a solas.

Una vez dentro, aún con miedo de que reaccionara de forma estúpida y decidiera atacarlo, Tobyas se aventuró a quitarle las ataduras de las manos. El prisionero, lejos de arremeter contra él, se desprendió de la tela que le cubría los ojos.

Había pasado tanto tiempo que era normal que hubiera olvidado su voz, pero aquellos ojos verdes eran inconfundibles.

Tobyas nunca había creído en las casualidades ni en el destino; era de los que pensaban que el camino lo labra uno mismo con sus acciones. Cada uno recogía lo que había sembrado, por eso era importante cuidar todas las decisiones que se tomaban a lo largo de la vida.

Y quizás, precisamente por eso, no entendía qué clase de broma le estaba gastando el destino en esos momentos, ya que tenía delante al culpable de todo. A la persona que había desencadenado el caos en Vestalia, cuya llegada había provocado el Gran Cataclismo. Por su culpa, ahora vivía en un barco; lejos de Otila, lejos de un hogar y de una tierra que añoraba cada segundo de su existencia. Pensó que a veces los fantasmas eran incapaces de quedarse quietos y relegados en el lugar en el que se suponía que debían estar: en un olvido constante que hiciera que jamás regresaran con los vivos.

—Tobyas Jhonson —dijo el prisionero cuando comprendió quién era la persona que tenía delante.

—Eneas Lockwood.

Sin duda, el último individuo al que querría haberse encontrado en mitad de un mar enfurecido.

CAPÍTULO 8

Eneas Lockwood
En algún lugar del mar Argento

Había perdido la cuenta de las veces que había vomitado. No es que fuera un habitual de las mareas, pero no recordaba así de pésimo aquel viaje en barca que dio con Aiden a su llegada a Vésticum. Claro que aquello fue un paseo agradable por las tranquilas aguas del río Íscelsor que nada tenía que ver con la furia que se alojaba en el mar Argento en esos momentos.

Una punzada de dolor le invadió al recordar a Aiden. Hacía muchísimo tiempo —años, en realidad— que no pensaba en él. Después de enterarse de su muerte supuso que el hombre había hecho todo lo posible por sobrevivir. ¿Acaso no era lo que habían hecho todos, él incluido? Quizás sus prácticas no fueran las más éticas, ni su forma de ver la vida, ¿pero cuáles eran las correctas? ¿Las suyas? ¿Las de Caronte? ¿Las de Carey? Eneas sacudió la cabeza. No debía seguir por ese camino o terminaría enfadándose muchísimo y estampando el cubo de vómitos contra la pared del camarote sin importarle tener que convivir después con ello.

Por más que lo intentaba, no podía entender cómo el pasado había vuelto tan de repente. De hecho, tenía la sensación de que se había estrellado contra él como si fuera un tren que se choca contra la pared de una montaña. ¿Tobyas? ¿Tobyas Jhonson? ¿Qué hacía él en los confines de Vestalia? No es que hubiera esperado encontrarse con un conocido en aquellas circunstancias, pero, de haber tenido a alguien en mente, Tobyas habría sido el último de la lista. Lo que más le había extrañado fue el hecho de que, después de que se reconocieran mutuamente —cosa asombrosa si se tenía en cuenta el poco tiempo que habían pasado juntos—, el chico hizo como si no supiera quién era. Salió del camarote en silencio, igual que si hubiera visto un fantasma allí dentro. No le dijo a nadie que habían coincidido en una vida pasada. «No les ha pedido que me suelten —pensó—, aunque, por otra parte, tampoco les ha dicho que deben matarme». Eneas supuso que la balanza estaba en el centro y que si Tobyas no había revelado su verdadera identidad sus motivos tendría.

Un golpe lo sobresaltó. Alguien había empujado la puerta del camarote, abriéndola de par en par. Era una mujer que vestía un traje de chaqueta y pantalón azul con ribetes dorados. La parte posterior de la chaqueta le llegaba hasta las rodillas, rozando unas botas de cuero altas que, dedujo Eneas, la protegían de mojarse los pantalones.

—Quiero saber qué hacías en esa isla, y quiero saberlo con pelos y señales, así que no te dejes ni un solo detalle.

Su rostro autoritario y su voz contundente y seria lo dejaban claro: allí la que mandaba era ella.

—Tengo sed —dijo como única respuesta. Y era cierto, tenía la sensación de que su boca estaba llena de arena, y los vómitos constantes no ayudaban en absoluto.

—No sé si sabes que estás ante la comodora Flancon y que aquí las cosas se hacen a mi manera. Beberás cuando hables. Quiero que me lo cuentes todo.

La mujer tenía una larga cabellera negra, tan enmarañada como las olas del mar Argento, y unos ojos marrón oscuro como los barriles arrumbados al fondo de la despensa. Sin embargo, pese a toda la parafernalia que suponía su ropa —sombrero ladeado incluido—, lo que más llamaba la atención era la cicatriz vertical que rozaba la comisura de sus labios rojos. Le daba un aspecto tan fiero y desafiante que a Eneas le tembló un poco la voz cuando, después de carraspear, consiguió hablar:

—No... no puedo.

Y era verdad. Cuando lo encerraron en aquel camarote gritó y gritó hasta casi quedarse sin voz. Quería una explicación. Se conformaba con que alguien le aclarara qué hacía en ese barco y a dónde se dirigían. Comprendía que era un prisionero y que, aunque no había hecho nada para merecerlo, lo tratarían como tal, pero necesitaba una explicación, por vaga que fuera. Necesitaba saber si sus días iban a acabar en aquel mar enfurecido o si todavía tenía la oportunidad de pisar tierra una vez más.

La mujer resopló de forma exagerada, tal vez aguantando las ganas de demostrar que se había dado por vencida, y salió del camarote dando un portazo. Eneas escuchó que le gritaba algo a alguien. A los pocos minutos entró Tobyas con una bota de agua que le ofreció sin atreverse siquiera a mirarle a la cara.

—¿Qué estoy haciendo aquí? —preguntó después de dar buena cuenta del agua—. ¿A qué os dedicáis?

Tobyas lo miró con desconfianza.

—Te estoy haciendo una pregunta —insistió—. ¿O es que vas a fingir toda la vida que no me conoces de nada?

—Tú eres el culpable de todo —musitó el marinero entre dientes, sin hacer caso de la cuestión. No sabía si la comodora seguiría detrás de la puerta o si se habría marchado a hacer otras labores más importantes mientras el prisionero se tranquilizaba y se decidía a cooperar con ella—. Tú me destrozaste la vida.

La mueca de sorpresa que inundó el rostro de Eneas dejó claro que no tenía ni idea de qué estaba hablando.

—¿Qué estás diciendo? ¿Acaso has perdido la cabeza?

—El único que ha perdido la cabeza aquí eres tú. —Un dedo acusador se dirigió al pecho de Eneas—. Todo iba bien hasta que llegaste. Tú desataste el caos, tú fuiste el culpable de que todo estallara.

Si Eneas hubiera tenido fuerzas, habría saltado encima de Tobyas y le habría dado el tortazo que se merecía. Sin embargo, el agotamiento que le apresaba le impidió levantarse del rincón en el que estaba sentado. Bajó la cabeza y la hundió entre las rodillas abatido. No tenía fuerzas para discutir.

—¿De qué manera crees que desaté yo el caos? —preguntó después de dar un largo suspiro.

—Te enamoraste de la hija de Caronte e hiciste todo lo posible por conseguirla. Poco te importó cargarte el Liceo y lo que había dentro.

Eneas no pudo hacer otra cosa que soltar una risa irónica. En parte porque le parecía inverosímil que a aquellas alturas de la historia estuviera teniendo esa conversación, en parte porque todos esos lugares, nombres y datos a los que estaba haciendo referencia Tobyas parecían sacados de otra vida, una que ni siquiera le había pertenecido a él mismo.

—Y crees que yo fui el culpable de que Vestalia saltara por los aires —confirmó. No había atisbo de duda en sus palabras.

—Exacto. No sé cómo lo hiciste, pero sé que fue tu culpa.

—Mira…, Tobyas —hizo hincapié en su nombre—, sé que, después de que ocurra algo como lo que ocurrió, cada cual trata de encontrar un culpable, hallar esa causa que explique por qué las cosas sucedieron como lo hicieron. Y entiendo que lo más fácil ha sido culparme a mí. Quizás es una teoría que ha cobrado sentido en tu cabeza en el momento en el que me has encontrado. Lo más probable es que ni siquiera te hubieras acordado de mí hasta que no me viste tirado en la arena debajo de esos dos matones.

—¡Cállate! —le gritó Tobyas—. No quiero escuchar tus sucias explicaciones.

—Así que sí, quizás ahora las conexiones que faltaban han cobrado la fuerza suficiente para convencerte de que estás en lo cierto —continuó Eneas sin hacer caso a las órdenes del otro chico—, y quizás ahora entiendas que va a ser mucho más fácil vivir sabiendo que tienes a alguien a quien culpar de lo que ocurrió. Es más —dijo, y una sonrisa ladeada apareció en su rostro—, yo diría que, si te atrevieras a matarme, sentirías un profundo alivio. Sentirías que has terminado con el origen de tus males, de tus preocupaciones. Podrías empezar de cero, de nuevo, pero esta vez con la certeza de que has hecho las cosas bien. O que, al menos, lo has intentado. Que has tratado de restaurar el orden, el equilibrio.

Tobyas lo miraba con los ojos entrecerrados. Eneas estaba seguro de que en esos momentos lo que más quería era estrangularlo hasta que su rostro se volviera morado, hasta que la ira que Tobyas reprimía se fuera junto con el alma de Eneas.

—A lo mejor sí que podría matarte —espetó por fin Tobyas—. A lo mejor podría hacer que te tiraran por la borda del barco para que te convirtieras en pasto de algún bicho marino hambriento.

—Sí, podría ser un buen plan —coincidió el chico—, pero ¿qué le dirías a esa jefaza tuya? Por lo que he visto, no termina de convencerme la idea de que vaya a tener en cuenta tu opinión. Me da la sensación de que aquí no eres demasiado importante.

—¡Cállate! ¡Estás intentando confundirme! —gritó Tobyas.

Las vueltas que empezó a dar por el camarote, unido al hecho de que parecía querer taparse los oídos con las manos —y no por vergüenza—, le indicaron a Eneas que había acertado de pleno. En todos los sitios existía una jerarquía, y estaba claro que Tobyas no se encontraba en las esferas más altas dentro de aquel barco.

—Sabes que tengo razón —insistió. Tenía la sensación de que si seguía por ese camino al final conseguiría que Tobyas se derrumbara—. Nadie te haría caso si subieras allí ahora mismo y dijeras que lo mejor es matarme. Y, por supuesto, si decidieras terminar conmigo aquí, en este camarote, el próximo en ser pasto de las bestias serías tú. No sé para qué me quiere esa mujer, y tú tampoco, pero lo que está claro es que algo busca. De otra manera… ya me habría matado, ¿no crees?

—Quiere información, ¿de acuerdo? Eso es lo único que le interesa. —El pecho de Tobyas subía y bajaba con rapidez. Sin embargo, al decir aquellas palabras, pareció como si su respiración se relajara un poco. Sentaba bien poder hablar de ese tema con alguien.

—¿Información sobre qué?

—Sobre lo que puede encontrar en el mar. Llevamos años surcando las aguas en busca de algo que todavía no ha encontrado. Tú eres el primer humano con el que nos topamos desde que dejamos Vestalia.

—Y, si tan interesada está por saber qué hay por ahí, ¿por qué no se ha quedado en la isla donde me habéis encontrado?

—No lo sé —se sinceró Tobyas—. Cuando te vi, lo primero que pensé fue que por fin íbamos a asentarnos en un lugar, que montaríamos un campamento en la isla y que la exploraríamos a fondo. En teoría eso es lo que hacemos nosotros: explorar. Pero no sé por qué razón hemos dado media vuelta. Es como si el sentido de todo esto se hubiera esfumado con tu presencia.

—¿A qué te refieres? —Eneas estaba realmente intrigado. Por lo que recordaba, Tobyas era un chico muy especial y, aunque un poco miedica e indeciso, recordaba que cuando estaban en el Liceo le daba la sensación de que tenía un gran potencial.

—No lo sé.

—Venga, piensa un poco. ¿Por qué no le interesa a esa mujer quedarse en una isla en la que, está claro, se puede vivir?

Tobyas lo miró con desconfianza.

—Mira, no sé qué piensas que hice en el pasado. Te juro que cuando tengamos tiempo te contaré toda la historia de principio a fin, pero ahora mismo creo que no disponemos de ese margen. Debes confiar en mí. Por lo que he visto, aquí tu opinión no se valora demasiado y es cuestión de tiempo que terminen prescindiendo de ti. Así que, dime, ¿por qué motivo no habéis atracado y os habéis asentado en la isla?

La duda era evidente en el rostro de Tobyas. Parecía querer hablar, pero a la vez intentaba retener dentro de él las palabras. Eneas lo comprendía perfectamente. Al fin y al cabo, hacía muchísimo tiempo que no sabían nada el uno del otro, y tampoco era que estuvieran muy unidos en la época del Liceo. Sin embargo, Tobyas contestó:

—Porque no estamos buscando un lugar, sino personas.

—Exacto. —Eneas se alegró de que el chico hubiera llegado a la misma conclusión que él.

—Quieren evitar cualquier amenaza, quieren tener controladas a todas las personas, y lo consiguen impidiendo que nadie viva fuera del sistema.

—Y yo lo he hecho durante muchísimo tiempo.

—Eso me temo. —Tobyas echó un rápido vistazo al camarote, como si de repente llamara su atención de forma irremediable. Después de unos segundos, continuó hablando—: No pueden permitir que nadie los desafíe. Siempre habrá tiempo para volver a esta isla, pero es mucho más importante averiguar cómo te las has apañado tú solo tanto tiempo y asegurarse de que entras en el sistema. Es cosa de la Nueva Gobernacía.

—¿La qué?

—Después del Gran Cataclismo, una gente nueva llegó al poder. El sistema cambió por completo y se instauró lo que ahora mismo se conoce como la Nueva Gobernacía.

—¿Ya no… ya no existen las mentiras? —Eneas estaba confuso. Había pensado en ese tema en numerosas ocasiones, pero jamás había llegado a una conclusión clara de lo que habría podido ocurrir después de que el Liceo se viniera abajo.

—Ya no existen las mentiras —confirmó Tobyas—. Eso forma parte del pasado. Ahora hay otro sistema que ya te explicaré con más calma en otro momento.

Eneas se quedó en silencio unos segundos, tiempo que aprovechó para escudriñar el rostro del grumete. Estaba claro: le estaba diciendo la verdad.

—¿Cómo sobreviviste? —le preguntó el prisionero por fin—. ¿Cómo conseguiste salir del Liceo?

—Gracias a los túneles —contestó Tobyas como si fuera evidente.

—Claro… Lógico.

—¿Conocías su existencia?

—Sí, pero por casualidad. Cuando llegué al Liceo me llamó la atención el sistema de drenaje del castillo, nunca había visto nada igual. Sin embargo, jamás me imaginé que fueran más que meros desagües. Después de la explosión comprendí que estaban conectados entre sí, que había toda una red de túneles que permitieron que algunos sobreviviéramos.

—¿Y después? —preguntó el chico. Los recuerdos le estaban llegando tan bruscamente que no pudo evitar sentir un pequeño mareo.

—¿Después de la explosión? Tocó elegir para sobrevivir.

—No comprendo. —La confusión era patente en el rostro de Eneas.

—Se nos dio la opción de vivir sometidos al nuevo régimen o morir en nombre de las mentiras. Es evidente lo que elegí yo… —musitó mientras bajaba la vista hacia la insignia en forma de uve invertida.

—No voy a juzgarte —dijo Eneas antes de que Tobyas pudiera excusarse—. Jamás haría algo así, y menos sabiendo las circunstancias en las que estabas. Yo no tengo ni idea de qué habría hecho en tu lugar. —Tobyas lo miró de soslayo—. Te lo estoy diciendo en serio. Todos hemos hecho cosas de las que nos arrepentimos, y las hemos hecho, seguramente, porque no nos quedaba más remedio. Así que yo no soy quién para juzgarte.

Los hombros de Tobyas se relajaron, como si hubieran estado en tensión durante toda la conversación.

—Nos dieron a elegir —dijo después de unos segundos. El gesto que puso al hablar le demostró a Eneas que hacía mucho tiempo que no pronunciaba esas palabras en voz alta—. O estábamos a favor de la Nueva Gobernacía o nos mataban. Yo no dudé.

—Tomaste la decisión correcta.

—Solo lo dices porque quieres que te saque de aquí.

—Sí, quiero que me saques de aquí, pero no lo digo solo por eso. —Sabía que era la oportunidad de poner a Tobyas de su parte—. Es cierto. Ante una situación así... La verdad es que cualquier decisión es válida. En mi otra vida elegí mentir, bien lo sabes, y acarrearé con las consecuencias durante el resto de mi existencia. Tomamos decisiones, en eso consiste la vida.

Tobyas se quedó en silencio, como si estuviera pensando en las palabras que acababa de oír.

—¿Qué... qué sabes de los demás? —se atrevió a preguntar Eneas. Fue casi un susurro, como si en realidad no quisiera saber la respuesta, o no estuviera preparado para escucharla.

—Nada. La explosión desató el caos y si me crucé con algún miembro del Liceo no lo reconocí. La gente corría despavorida, todos iban tan cubiertos de polvo que era imposible distinguir nada.

—Ya... —Eneas recordaba muy bien esos momentos. Él tampoco se paró a analizar quién pasaba por su lado y quién no. Solo quería huir de allí—. En fin —dijo para cambiar de tema—, ¿se sabe qué quieren hacer conmigo?

—Me temo que la respuesta no te va a gustar.

CAPÍTULO 9

Carey Regminton
Bábilos, al noreste de Vestalia

—Con ese chaleco llamas demasiado la atención.

Carey puso los ojos en blanco ante el comentario de Hamica.

—Siempre estás igual —le reprochó—. No sé cuántas veces te he dicho que no puedo ir a ningún sitio sin él.

—Lo sé, pero al menos ponte una capa o algo que lo tape un poco. Estoy segura de que todo Bábilos te conoce ya como la chica del chaleco.

Carey sonrió. Le encantaba esa idea. Su antiguo chaleco se había destrozado en la explosión, pero, después de mucho buscar, encontró uno que fue personalizando poco a poco. Ahora, sobre una base de tela damasco granate y morado, se podían ver decenas de artefactos como engranajes o manecillas de reloj. Por no hablar de las gafas: a pesar de haberlas encontrado en unas condiciones indecentes, con paciencia había conseguido que volvieran a relucir. Eran redondas y se le ajustaban tan bien a la cara que ni siquiera en los tiroteos le entraba una mota de polvo en los ojos. Lo malo, según ella pensaba, era que sus cristales negros ocultaban sus iris azules, cuya frialdad habría hecho temblar a más de uno.

—¿Lo llevas todo? —preguntó Hamica mientras revisaba por quinta vez el contenido de su bolsa. Habría dado lo que fuera por poder desayunar una taza de té caliente y quitarse el frío que dormía en su interior, pero la noche pasada habían gastado las últimas briznas. Ni siquiera aquel vestido —el verde botella al que no había parado de añadir capas para que fuera todavía más cálido— había conseguido que su cuerpo se templara.

—Sí, ya te lo he dicho mil veces. —Carey, agotada, se dejó caer en una silla—. Me he pasado la noche recogiendo. Tampoco es que tengamos que llevarnos nada en especial, pero sí que he dispuesto de lo mínimo para poder llegar hasta Vésticum sanas y salvas.

A Hamica se le revolvió un poco el estómago. No le gustaba la idea de abandonar Bábilos, pero sabía que en algún momento tendrían que hacerlo. En eso habían quedado después de mantener una charla extremadamente intensa donde ninguna de las dos se ponía de acuerdo. Había sucedido al poco tiempo de llegar a Bábilos y Carey insistía en que lo mejor era regresar a Vésticum, tratar de arreglar las cosas desde allí; Hamica estaba segura de que ellas dos no tenían nada que hacer contra la Nueva Gobernacía. De hecho, comprendía ese deseo de Carey por terminar con las personas que habían enterrado su vida anterior, pero también creía que era algo que estaba fuera de su alcance. Al fin y al cabo, tan solo eran dos muchachas que habían sobrevivido esos años como habían podido a base de asaltar tabernas y bares de mala muerte.

—Perdona —cedió Hamica agotada. Carey sabía que no había podido dormir nada la noche anterior y el hecho de que tuvieran que dejar esa casa en cuestión de minutos tampoco ayudaba demasiado—. Creo que esto me sobrepasa. A veces pienso que lo de querer derrocar a la Nueva Gobernacía nos queda demasiado grande. Tan solo somos dos chicas sin ninguna idea de estrategia ni de armas.

—Habla por ti.

—Bueno, sí, sé que tú te manejas con la pistola y a mí no se me da mal estudiar qué tascas asaltar, pero me da la sensación de que hay cosas contra las que no podemos luchar.

Miró con pesar a Carey, tal vez buscando un poco de consuelo o tal vez porque de verdad creía que no podía con esa situación. Sin embargo, su hermana sabía que había ocasiones en las que su obligación era tirar de ella. Así funcionaba un equipo: uno debía mantenerse fuerte cuando al otro le flaqueaban las fuerzas. Habían hablado muchísimo sobre cómo proceder: llegarían a Vésticum, se colarían en los edificios de la Nueva Gobernacía y darían con la persona que estuviera al mando. Después... después tendrían que improvisar.

Hamica tenía la sensación de que lo único que quería Carey era acabar con la persona que había matado a su padre, y eso le parecía mucho más lógico que ansiar derrocar un sistema entero, así que le había estado siguiendo el juego durante ese tiempo esperando que se diera cuenta de que su plan no era más que una locura imposible de llevar a cabo.

—Mira, Hamica, sé que es complicado y sé que estamos arriesgando muchísimo, pero tenemos que hacerlo. El trato era ese: nos esconderíamos aquí durante el tiempo que fuera necesario y después atacaríamos, asumiendo todas las consecuencias que pudieran venir.

»Podemos hacerlo —dijo convencida—. No tengo ninguna duda.

—Menos mal que tú estás tan segura. —La forma en la que seguía comprobando el contenido de su bolsa dejaba claro que necesitaba algo más que cuatro frases motivadoras para que se le contagiara ese espíritu.

—Pues claro que lo estoy. Y tú deberías estarlo también. Que no se te olvide que somos las hijas de Caronte Regminton; lo llevamos en la sangre.

Carey sabía que ese hecho le había supuesto un conflicto a Hamica, sobre todo al principio, pero también era consciente de que poco a poco lo había ido aceptando y a aquellas alturas ya consideraba a Caronte como su padre. Incluso, a veces, una sensación parecida al orgullo la inundaba cuando hablaban de él. Como le había dicho a Carey en alguna ocasión, construir el Liceo desde cero le habría tenido que costar muchísimo, y ganarse los favores de Regina Rei, la que entonces estaba al mando de la Gobernacía, seguro que no fue una tarea fácil. No se trataba de que hubiera olvidado a su familia, esa a la que ella solía referirse como la «familia de verdad». Sus padres, los que la habían criado y que habían hecho todo lo posible para que saliera adelante, tenían un lugar especial en su memoria. Era cierto que, en un inicio, cuando descubrió cuál era su verdadera identidad, el sentimiento que más predominaba en su interior era el resentimiento, tal y como le confesó una noche a Carey después de unos cuantos chupitos de algo que en su día debió de estar rico. Esa sensación nacía del hecho de que sus padres, las personas más importantes de su vida, le habían ocultado una información tan trascendental como esa: la de cuáles eran sus verdaderos orígenes.

Sin embargo, los días, y después los meses, dieron paso a una percepción diferente. O tal vez fue la cordura, que por fin decidió instalarse dentro de ella. Fuera cual fuera el motivo, Hamica comprendió que sus padres hicieron todo lo posible por protegerla, por mantenerla al margen de una vida que podría acabar con ella. Hicieron todo lo que estuvo en sus manos para que fuera una niña feliz alejada de las garras de las mentiras.

Hamica soltó una pequeña carcajada que no pasó desapercibida para Carey. Qué irónica era la vida y qué caprichoso el tiempo. No había entrado en la rueda de las mentiras, pero ahora se disponía a atracar una taberna. Otra más. ¿En qué lugar la dejaba aquello?

—Baja de las nubes. —Carey la miraba con cariño, sabía perfectamente en qué estaba pensando su hermana. Por algo sentía que, a esas alturas, la conocía como si se hubieran criado juntas—. Tenemos que salir ya.

Por la manera en la que Hamica no dejaba de mirar a su alrededor, Carey intuyó que le estaba costando demasiado dejar aquella casa, y eso que al principio la consideraba un cuchitril. Por fin, seguramente porque si no lo hacía sin rodeos nunca conseguiría abandonar el que había sido su hogar durante ese tiempo, cogió la bandolera donde había metido las cuatro cosas que quería conservar, se ató bien los cordones de sus botas altas, se alisó la falda del vestido verde de volantes y mangas acuchilladas y se dispuso a subir las escaleras que la separaban del mundo real.

A Carey le costó un poco menos que a ella. Tal vez porque no acostumbraba a romantizar tanto las situaciones o, lo más probable, porque estaba harta de vivir en aquel lugar donde casi nunca entraba la luz del sol. Quería volver a su hogar, aunque sabía que iba a ser duro darse cuenta de que ya no existía nada de lo que ella recordaba. «Siempre me quedará la luz de Vésticum», se dijo. Y tenía razón. En ningún lugar de Vestalia podía encontrar una luz como aquella.

Salieron de la casa decididas. Iba a ser su último golpe y tenían que esforzarse al máximo para que nada saliera mal. No tuvieron que decir ni una sola palabra: las dos sabían a la perfección dónde tenían que ir y qué tenían que hacer. Hamica trataba de calmar los nervios como podía; no le gustaba la sensación previa a un asalto, empezaba a sudar y le era imposible sacarse los pensamientos negativos de la cabeza. Nada que ver con Carey, que se crecía ante la tensión que le generaba no saber cómo iba a acabar el día. Dentro de ella se sucedía una serie de reacciones inexplicables que hacían que estuviera alerta, concentrada, como si nada pudiera escapar a su control. Adoraba esa sensación y no entendía por qué Hamica no podía disfrutarla igual que ella.

Carey sabía que la calle que tenían que cruzar a continuación ponía un poco nerviosa a su hermana. Era una que quedaba muy cerca del auditorio y que tenían que atravesar para llegar a la taberna que querían asaltar. En su día debió de ser una calle magnífica, presidida por estatuas ecuestres que ahora eran poco más que restos y escombros. «Al menos se han dignado a conservar lo que han podido», pensó al ver lo que parecían ser las patas de un caballo que debía de estar a dos patas dirigido por algún jinete con una historia merecedora de ser recordada.

—Carey… —Su hermana la tomó por el brazo.

Había urgencia en ese gesto, y la chica pronto entendió por qué: un poco más adelante, casi llegando al auditorio, se habían concentrado varias personas que jaleaban furiosas.

—¿Qué estará pasando?

—No lo sé, pero no deberíamos acercarnos más. Nos busca demasiada gente en esta ciudad.

Hamica tenía razón, pero la curiosidad era algo innato en Carey. Era incapaz de darse la vuelta y hacer como que nada ocurría, así que se adelantó unos pasos.

—Tan solo quiero saber qué pasa. Igual nos atañe.

Su hermana puso los ojos en blanco y suspiró: cuando a Carey se le metía algo entre ceja y ceja era imposible sacárselo de la cabeza.

Cuidándose mucho de no llamar la atención, se quedaron detrás de un edificio desde el cual podían ver qué ocurría. No tardaron mucho en darse cuenta de que, para su alivio, aquello no iba con ellas. Delante de esa horda de gente que cada vez gritaba con más fuerza, había un hombre tirado en el suelo. Decir que vestía con harapos sería quedarse corto; llevaba la pobreza dibujada en la frente. Lloraba de forma desconsolada y se tapaba la cabeza como podía para esquivar los objetos que habían empezado a tirarle.

—¡Es un heredero! ¡Hay que acabar con él!

—¡Muerte a los Herederos de la Verdad!

A Carey no le hizo falta más. Tomó a su hermana por el brazo y la sacó de allí.

—Esto no nos incumbe.

En otras circunstancias a lo mejor habría intercedido, habría roto una lanza por aquel hombre que a esas alturas ya pedía clemencia. Era un «heredero de la verdad», alguien que se había dedicado a vender verdades. Algo muy parecido a lo que hacía ella en su anterior vida, solo que Carey no violaba la confianza que la gente tenía en ella traicionándolos de aquella manera.

—No entiendo por qué existen —musitó Hamica mientras se alejaban—. Son personas horribles.

—Son personas desesperadas.

—¿Y por qué no cuentan ellos mismos la verdad? Son unos cobardes.

Carey sabía que aquel tema era mucho más complejo, que no se podía reducir a una mera frase.

—Tal vez no pueden arriesgarse, tal vez tienen mucho que perder.

—Entonces, que se busquen la vida sin dañar a los demás.

No pudo evitar mirar a su hermana con una ceja levantada.

—Hamica, no puedes decir eso mientras vamos camino de asaltar una taberna.

—No es lo mismo.

—Es delinquir. Es violar la ley. Es dañar a los demás. ¿Qué más da de una forma o de otra?

Sabía que había tocado la fibra sensible de su hermana porque esta miró al frente y apretó los dientes para no decir lo que pensaba.

—Concentrémonos, ¿de acuerdo? —Tenían que mantener la mente fría para lo que venía a continuación—. No podemos dejarnos llevar por esto ahora. Nuestro futuro depende de lo que hagamos en los próximos minutos.

Miró a Hamica para comprobar que entendía la gravedad del asunto y, cuando ella asintió, suspiró.

—Venga, estamos llegando.

No tardaron demasiado en alcanzar la puerta de la taberna elegida. Ese día habían escogido una un poco más... pudiente. Si es que aquella palabra se podía utilizar en esa situación. Estaba claro que en Vestalia, después de la gran explosión, la pobreza se había abierto camino por cada rincón del país, pero parecía que, poco a poco, había lugares que iban recuperando algo que recordaba al viejo esplendor que tuvieron tiempo atrás. Era el caso de esa taberna, donde los más ricos de Bábilos se reunían para hablar sobre política y la situación actual. Las chicas no pretendían sacar un botín enorme, se conformaban con obtener unos cuantos objetos para intercambiar que les permitieran llegar a Vésticum de una forma holgada. No querían tener que atracar a nadie en el camino, esa vida debía quedarse atrás. Así que necesitaban conseguir lo suficiente como para olvidarse de los atracos para siempre y empezar la nueva vida que tanto ansiaban.

Como si fueran unas marionetas dirigidas por alguien que sabe a la perfección cuáles son los pasos a seguir, ambas se cubrieron la mitad de la cara con un pañuelo. Hamica, al igual que su hermana, también se había puesto unas gafas de cristales anchos y oscuros, aunque bastante menos ostentosas que las de esta. Con eso, eran del todo irreconocibles.

—De acuerdo, caballeros. Esto es lo que va a suceder —Carey entró con decisión en el local, lo que provocó que los allí presentes se volvieran de inmediato hacia la puerta para comprobar qué era lo que ocurría—: vamos a atracaros. Eso es así, es un hecho. Pero os prometo que, si todos nos portamos bien, en cuestión de cinco minutos mi compañera y yo estaremos lejos de aquí y no nos volveréis a ver en la vida. En cambio, si decidís ir por la vía errónea y nos complicáis el trabajo, no tendremos más remedio que mataros y hacer que esta situación se vuelva un poco más engorrosa.

El movimiento que hizo con la pistola a la vez que decía esas palabras dejó claro que iba en serio. El tintineo que hicieron los engranajes cuando movió el arma resonó contra las paredes de la taberna. Mientras su hermana hablaba, Hamica se había dedicado a comprobar la situación. Era observadora, así que no le costó demasiado trabajo ver cómo un cliente se llevaba la mano a la parte trasera de su pantalón.

—No, amigo —le dijo sin un ápice de duda en la voz. Era increíble cómo los nervios y el miedo que sentía antes de un atraco se desvanecían en el mismo momento en el que cruzaba la puerta de un bar—, yo que tú no lo haría.

El hombre, que se había quedado pálido al instante, levantó las manos en gesto de sumisión. No lo dijo en voz alta, pero sin duda ese fue el momento exacto en el que se dio cuenta de que aquellas dos no les estaban gastando ningún tipo de broma.

—Muy bien —continuó Carey—, ahora que hemos comprendido cuál es la situación y cuál es la posición de cada uno, quiero que vaciéis el contenido de vuestros bolsillos en la bolsa que va a pasar mi compañera. Echad absolutamente todo lo que tengáis, me da igual lo valioso que sea. Ya nos encargaremos nosotras de hacer una criba después.

Carey era consciente de lo que se crecía en aquellas situaciones. Era como si fuera otra persona, como si el espíritu de un ladrón se apoderara de ella sin remedio y no hiciera nada por evitarlo. Si incluso sonreía debajo del pañuelo; tal era la satisfacción.

Sin perder más tiempo, Hamica se dispuso a pasar la bolsa, como bien había dicho su hermana. Los hombres, uno a uno, fueron depositando en ella diferentes tipos de artilugios. Con el rabillo del ojo, Carey pudo ver que había lapiceros, monóculos o incluso petacas. Haciendo cálculos creía que, de ser todos tan generosos, podrían sacar lo suficiente como para mantenerse unas cuantas semanas sin necesidad de llamar más la atención.

Quizás fueron las ganas que tenía de que aquel asalto terminara de una vez —aunque en realidad hubiera empezado hacía tan solo unos momentos— o tal vez que, aunque le costaría reconocerlo después en una conversación con Carey, no estaba todo lo centrada que debía estar. Cualquiera de las dos excusas habría explicado muy bien por qué no vio venir el cuchillo que, en cuestión de segundos, aprisionaba su cuello desde detrás.

Era posible que Hamica se hubiera dado cuenta de lo que estaba ocurriendo más por la expresión que puso su hermana que por el frío metal que pronto se convirtió en calor ante el contacto con su sudorosa piel.

—Ya está bien de jueguecitos. ¿Pero vosotras quiénes os habéis creído que sois?

Hamica fue a hablar, pero Carey, sabiendo que diría alguna tontería como que aquella era la última vez, negó con la cabeza y se adelantó:

—¿De verdad crees que tomar una rehén te da algún tipo de ventaja en esta situación? —La chica no lo dudó ni un solo instante: dirigió su arma hacia la cabeza del hombre y cuadró su posición. No había ni un ápice de duda en ella, y cada pulgada de su cuerpo se ocupaba de confirmarlo.

—Por el amor de… —suspiró el hombre. Hamica notaba que, pese a sus palabras firmes, le temblaba un poco el pulso—. ¿A quién pretendéis engañar? No sois más que dos niñatas que juegan a ser ladronas. Ya hemos oído hablar de vosotras. Muy poco inteligente por vuestra parte eso de atracar siempre en la misma ciudad, ¿no creéis? Tarde o temprano íbamos a acabar con vosotras y a restaurar la paz que os estabais llevando de…

Si Carey no hubiera apretado el gatillo y acertado de lleno en mitad de la frente del hombre, estaba segura de que habría seguido cotorreando durante un buen rato más. Y no tenían tiempo que perder. No ahora que estaban a punto de abandonar Bábilos para reencontrarse con sus antiguas vidas.

El revuelo que se montó en la taberna después del disparo permitió que Hamica se reuniera con su hermana en la puerta de la misma. Ambas se miraron y asintieron: tendrían que correr mucho si querían salir vivas de aquella. Así que huyeron de allí sin darle la oportunidad a ninguno de los hombres de atraparlas. Eran rápidas y tenían estudiados todos los callejones y atajos de Bábilos. Habían repasado el plan una y mil veces y las dos sabían a la perfección cuáles eran las calles menos transitadas y las que tardarían menos tiempo en recorrer hasta llegar a su destino: el río Londeo.

El corazón de Carey martilleaba contra su pecho, quejoso. Y no era de extrañar. Todavía le costaba asimilar que segundos antes hubiera habido un cuchillo pegado al cuello de su hermana. Todavía no comprendía por qué el hombre no había apretado al recibir el balazo. Sin dejar de correr ni un instante, miró el lugar donde había descansado el filo y vio que una gota de sangre caía, pero por suerte no parecía nada que revistiera gravedad.

Cuando estuvieran a salvo —si es que ese momento llegaba algún día—, estaba segura de que Hamica le preguntaría que en qué demonios estaba pensando. «¡Podrías haberme matado!», le reprocharía. Sin embargo, Carey sabía que no tenía otra opción y, al fin y al cabo, el resultado no podía haber sido mejor. Aunque ahora serían buscadas no solo por asalto, sino también por asesinato.

—¡Deja de pensar en ello! —ordenó Carey cuando se dio cuenta de que Hamica aminoraba un poco el paso. No le hacía falta que su hermana dijera nada para saber qué era lo que se le estaba pasando por la cabeza.

—¡No puedo! Casi me matan.

—Mira que eres exagerada. Estamos vivas y huyendo con una bolsa llena de artilugios para intercambiar, ¿no? ¿Qué más necesitas?

Después de correr lo que a Hamica le pareció una eternidad, llegaron al río. Carey se tomó unos segundos para comprobar que no hubiera nadie cerca y, cuando se cercioró de ello, se escondió detrás de unos arbustos junto a su hermana. A los pocos minutos apareció una barca. Iba a la deriva, sin nadie que la condujera, así que Carey se dio toda la prisa que pudo en lanzar una cuerda que llevaba guardada en la bolsa y rezar para que se quedara enganchada en uno de los tantos ganchos que tenía la madera.

Elaborar ese plan les había llevado semanas. Necesitaban huir de Bábilos, y tenían que hacerlo de la forma menos llamativa posible. Eso significaba que no podían ir a pie, y mucho menos coger un tren. La única forma era ir por el río. Y sabían que nadie las iba a importunar porque aquel era uno de los ríos más peligrosos de Vestalia. Estaba lleno de rápidos y sus corrientes eran tan fuertes que nadie en su sano juicio se atrevía a usarlo como vía de transporte. Pero a ellas no les quedaba más remedio, así que encontraron a una persona dispuesta a prepararles una barca por una buena suma de artilugios para intercambiar. Su contacto no se conformó con poco y cada vez que se encontraban con él para preguntarle cómo iban los preparativos de la huida, él les exigía más y más a cambio. Al principio, Carey quiso dejarlo, buscar otro modo de salir de Bábilos, pero Hamica la hizo entrar en razón: ya le habían dado demasiadas cosas. Si no cedían al chantaje las perderían y tendrían que empezar de cero. Ese fue uno de los motivos por los cuales su huida de aquella ciudad se había demorado tanto, y también una de las razones por las cuales Carey se prometió que no volvería a confiar en nadie.

Hasta que no vio aparecer la embarcación río abajo y no se cercioró de que tenía innumerables ganchos —como habían acordado—, no estuvo del todo convencida de que el hombre fuera a cumplir. Lo que menos le apetecía en esos instantes era tener que regresar a la ciudad y encargarse personalmente de aquel indeseable, pero ese sentimiento se disipó en el momento en el que comprobó que su vía de escape existía: la barca estaba allí, delante de ella, y su puntería —y la buena suerte— habían querido que la cuerda se quedara atrapada en uno de los hierros.

Las dos chicas tiraron con fuerza, atrayendo la embarcación hacia ellas. Dentro vieron una lona que escondía algunos alimentos básicos y alguna garrafa de agua. «Ese tipo ha cumplido con su palabra», pensó Carey, y no dudó en dejarse seducir por el alivio que sintió en esos instantes.

Solo cuando se hubieron montado en la barca, ya rumbo a Vésticum, Carey, ante la mirada asombrada de su hermana, se permitió derramar una pequeña lágrima. Lloraba porque por fin iban a abandonar la horrible vida que habían llevado los últimos años. Ya no tendría que planear ningún asalto más, ya que no tendría que fingir ser una persona que no era. A partir de ese momento podría ser quien ella quisiera ser. Y eso merecía todas las lágrimas de Vestalia.

CAPÍTULO 10

Dorothia Allinghanm
Vésticum, al sureste de Vestalia

Aquel día la niebla se había impuesto como absoluta soberana de Vésticum. Precisamente porque era un fenómeno que no se solía dar en aquella parte del país, Dorothia decidió que era el momento perfecto para pasear.

No le gustaba demasiado salir del edificio de la Nueva Gobernacía. Tenía la suerte de no ser fácilmente reconocida por la calle, pero cuando eso ocurría la mujer se sentía muy incómoda. Muchos la paraban para alabar la decisión de haber implantado el nuevo sistema de verdades, aunque en alguna que otra ocasión recibía comentarios que ponían en duda su eficacia. Desde luego, jamás se había topado con nadie que defendiera el antiguo régimen. Y daba gracias por ello, ya que no le hacía gracia tener que mandar arrestar a alguien en una calle llena de transeúntes.

Los adoquines de piedra resonaban bajo sus tacones. Había elegido un atuendo un poco más extravagante de lo normal. Por un día había dejado de lado sus pantalones y chaqueta sobrios para enfundarse un vestido color crema de lana de una calidad inmejorable y un diseño que hacía que mucha gente se la quedara mirando, aunque quizás tuviera demasiada cola para su gusto y la crinolina no terminara de convencerla. Había dudado, ya que no quería llamar la atención, pero los halagos en los que la envolvió su hija al verla terminaron de convencerla. Tan solo necesitaba un sombrero de ala para ocultar un poco el rostro y así nadie la pararía por la calle.

Su estrategia parecía funcionar, pues la gente que paseaba a su lado no reparaba en ella más que para admirar su conjunto. Recibió algún halago que otro, a lo que respondía con una inclinación de cabeza y seguía caminando sin detenerse más que en comprobar que todo aquel con el que se cruzaba llevara bien visible la insignia de la Nueva Gobernacía.

Su vida había cambiado tanto… Quién le iba a decir a ella, una chica criada en las frías calles de Crótaz con la única ambición de ser fiel a sí misma, que iba a alcanzar todas las metas que se había propuesto. Si el idiota de Carl la viera… Daría lo que fuera por encontrarse con él una vez más, aunque solo fuera para decirle que no todos los caminos son correctos y que la fuerza de voluntad, las ganas y la perseverancia podían cambiar el rumbo de una vida entera. O de miles.

Se obligó a deshacerse de esos pensamientos. No, no quería pensar en Carl, y mucho menos en todos los del asentamiento que no creyeron en ella, que aseguraron que sus ideas eran demasiado ambiciosas y que no iba a conseguir nada de lo que se proponía.

Un ruido en la calle de al lado la ayudó a no pensar más en aquel asunto. Se escuchaban voces, griterío. La gente que había a su alrededor también se percató de ello, pues enseguida se dirigieron al tumulto. Dorothia, movida por la curiosidad, decidió ir también, aunque tomando todas las precauciones posibles; lo último que quería era ser reconocida en medio de una marabunta de personas que, por lo que sus oídos podían percibir desde aquella distancia, parecían enfurecidas.

Cuando dobló la esquina comprendió de dónde venían aquellas voces. Había un corrillo en mitad de una de las numerosas plazoletas de Vésticum. Llevaba tanto tiempo paseando entre esos escombros y suciedad que ya ni le llamaban la atención. La gente miraba al centro y gritaba enfurecida. Dorothia, movida por la curiosidad que se apoderó de ella, se abrió paso como pudo entre el gentío hasta que llegó a la primera fila. Entonces comprobó que sus sospechas eran ciertas: había una mujer en el medio del corrillo que estaba siendo linchada. La niebla la envolvía como si quisiera protegerla, solo que no lo hacía con demasiada fortuna, pues las piedras se estampaban contra su cuerpo haciendo saltar gotas de sangre por doquier.

La imagen, que no podía ser más desagradable, tenía un efecto hipnótico en Dorothia. Quería apartar la mirada, pero había algo en la sangre, en las heridas, en el sufrimiento de aquella mujer que le impedía hacerlo. Sabía que era grotesco, y aun así no podía parar de mirar.

—¿Qué... qué ha pasado? —preguntó a un hombre que había a su lado y que ya estaba preparado para tirar una piedra.

—¡Le ha destrozado la vida! —dijo sin volver la vista hacia ella—. ¡Ha desvelado el mayor de los secretos!

Dorothia no quiso preguntar más. No le hacía falta. Se imaginó perfectamente la escena: la mujer, con mayor o menor desesperación, había acudido a un auditorio para conseguir algo a cambio de una verdad. Le habría costado escoger cuál contar. Le habría dado unas cuantas vueltas, tal vez hasta habría hecho una lista que le permitiera analizar con perspectiva cuál era la mejor opción, y al final se habría decantado por una. Le habría supuesto un triunfo salir de casa, dar el paso, presentarse en el auditorio y descolgar ese auricular dorado que la separaba del bien deseado. Por su aspecto, no parecía que fuera una de las avariciosas, de esas a las que no les importaba lo más mínimo desvelar las verdades de sus vecinos con tal de conseguir un nuevo abrigo de piel. Tal vez tan solo quería unos guantes nuevos ahora que se acercaba el frío, o tal vez algo de comer que no pudiera encontrar en el mercado. Tal vez quería algo para unos posibles hijos.

Lo cierto era que nada de aquello importaba.

Lo único que contaba era que esa mujer estaba sufriendo en sus carnes el hecho de que la verdad elegida se hubiera desvelado. Ahora toda Vestalia sabía cuál era el secreto que había contado. Por mucho que hubiera dedicado tiempo y esfuerzo en elegir uno que hiciera el menor daño posible, su verdad había sido devastadora. Y por eso mismo, en aquel instante, estaba siendo apedreada por esa horda de personas enfurecidas que clamaban justicia.

—¡Ha tenido que ser ella! —gritó una mujer a su lado. Tenía los ojos tan amoratados de llorar que Dorothia supuso que era la afectada por la verdad—. ¡Era la única que lo sabía! Le confié el mayor de mis secretos y la muy rastrera me ha vendido.

Consiguió apartar la mirada, aunque le costó más minutos de los que le habría gustado admitir. Se dio la vuelta y se fue, aunque la imagen de la sangre recorriendo la cara y el cuerpo de esa mujer —que a esas alturas no podía jurar que seguía respirando— se quedaría grabada en su retina para siempre.

«Es el precio que hay que pagar», pensó. Por fin era capaz de escuchar sus pensamientos, ahora que unas cuantas calles la separaban de la marabunta enfurecida. Y no se decía esas palabras por decir: de verdad lo sentía así en su interior. Era de la opinión de que la gente tenía la capacidad de elegir entre todas las opciones que la vida les ofrecía, y que, si elegían de forma errónea, las consecuencias podían ser catastróficas. Quizás esa mujer se tendría que haber pensado mejor el hecho de contar una verdad sobre alguien conocido, tal vez tendría que haber analizado mejor sus palabras, elegir otra confesión, o a otra persona. Quizás fue la recompensa que pidió... Cabía la posibilidad de que el pueblo considerara que se trataba de una verdad demasiado cara para una recompensa demasiado nimia. Dorothia no sabía cuál de todas estas opciones era la que había llevado a la mujer a ser lapidada como si se tratara de un animal, pero lo que sí tenía claro era que ella se lo había buscado: había tenido la opción de elegir y había elegido mal.

Antes de poner rumbo al Liceo —había decidido dejar el antiguo nombre para que no se le olvidara jamás lo que había conseguido por sus propios medios—, se sentó en la terraza de una nueva cafetería que acaba de abrir. El dueño había tenido la consideración de quitar los escombros de la calle, y los adoquines que rodeaban su local estaban tan limpios que daban la sensación de haber sido barridos hacía tan solo unos instantes.

«Las cosas van mejor en Vésticum», se dijo segura de que era gracias a ella. Hubo un tiempo en el que las tabernas inundaban cada esquina, esperando clientes ansiosos de alcohol y dispuestos a olvidar todo lo que no fuera cómo seguir respirando. Sin embargo, de un tiempo a esa parte, Dorothia había podido comprobar que los locales menos rudimentarios habían empezado a emerger. Aquella cafetería, repleta de flores que decoraban los enormes ventanales y de la que salía un aroma a galletas recién hechas, era lo que Vésticum necesitaba en esos momentos. Vésticum —en realidad, Vestalia entera— necesitaba optimismo, una meta que alcanzar, un destino bonito, idílico y sin mentiras. Aquella cafetería era parte de ese camino. Al igual que esa barbería que había pintado sus paredes de los colores más llamativos y alegres posibles. Su dueño había entendido a la perfección el rumbo que debían tomar los nuevos comercios.

Se dijo a sí misma que el aire olía a cambio, aunque era algo muy complicado de explicar con palabras. Sin embargo, podía sentirlo en la piel. La gente estaba evolucionando, la vida civilizada se estaba abriendo paso a la fuerza entre tanta mentira. Las personas volvían a ser personas.

Dorothia sonrió orgullosa cuando la camarera, una chica joven que la atendió con unos ojos brillantes y sinceros, le preguntó qué quería tomar.

—Un té de bergamota con un toque de canela —contestó Dorothia decidida mientras posaba un bolso de cuero en la mesa como pago.

No había nada más reconfortante que beber un buen té con la sensación de saber que las cosas estaban yendo por el buen camino.

CAPÍTULO II

Tobyas Jhonson
En algún lugar del mar Argento

—Si sigues mirándola de esa forma va a acabar por lanzarte un hechizo.

Tobyas sacudió la cabeza. No se había dado cuenta de que se había quedado mirando a Camille con demasiada fijeza. Al contrario que uno de los marineros, que se había percatado a la perfección de lo difícil que le resultaba a Tobyas mantener la boca cerrada cuando pasaba al lado de la chica.

—Tengo novia, ¿sabes? —dijo como única respuesta.

Aunque eso no era lo único que le pasó por la cabeza. Estaba claro que Camille no era una bruja. Las brujas no existían, no eran más que leyendas que se les contaban a los niños para asustarlos. Y también estaba claro que él no sentía nada por esa chica extraña y callada. Él estaba enamorado de Otila, hasta el tuétano; en su mente solo había lugar para ella, y estaba deseando volver a Vésticum para tenerla entre sus brazos de nuevo. No, jamás podría llegar a sentir algo así por Camille, aunque sus ojos se fueran directamente hacia ella en cuanto se cruzaban.

—Una cosa no quita la otra, chavalito —se mofó el hombre—. Di que sí, todos nos merecemos alegrarnos la vista y dejar volar la imaginación de vez en cuando.

Tobyas compuso una mueca de asco ante aquel comentario. Una cosa era no poder desviar la mirada cuando Camille estaba delante y otra muy distinta…, otra muy distinta era hacerlo con la intención de la que hablaba aquel marinero.

—Bueno, bueno, tampoco hace falta que te pongas así —le dijo al comprender que el comentario no le había hecho ni pizca de gracia—. A ver si va a ser verdad eso que dicen.

—¿Y se puede saber qué es lo que dicen?

—Que eres tan rarito como ella. Igual os encontraron a los dos en el mismo sitio.

Tobyas fue a replicar. Estuvo a punto de decirle que él no tenía nada de raro en comparación con Camille, y que, si estaba insinuando que era una suerte de brujo o algo así, no tenía ni idea de lo que estaba diciendo. Sin embargo, un ruido proveniente de los camarotes se lo impidió.

—¿Pero qué…? —El marinero tiró al suelo el cubo repleto de agua con la que estaba limpiando uno de los mástiles y se dispuso a bajar las escaleras.

—¡No! —lo detuvo Tobyas—. Ya voy yo. Tú… Tú sigue limpiando.

El chico no le dio ni un segundo para reaccionar; la comodora Flancon le había dejado bien claro que lo que ocurriera en los camarotes era su asunto, y no quería más problemas con ella. Conforme pasó por su lado le tendió la fregona con la que estaba limpiando la cubierta y bajó los escalones de dos en dos. El ruido era ensordecedor y no se explicaba de dónde venía. Hasta que por fin se dio cuenta de que a medida que se acercaba al camarote en el que estaba encerrado Eneas el estruendo se hacía más y más fuerte.

Abrió la puerta con la llave que estaba colgada en un gancho exterior.

—¿Se puede saber qué estás haciendo?

Eneas tenía el brazo en alto y a punto estuvo de arremeter contra Tobyas. En la mano sostenía una taza de hojalata con la que, se imaginó el chico, había estado dando golpes en la puerta sin parar.

—Tengo hambre.

—Ya, bueno, todos tenemos, pero debes esperar tu turno.

—Hace más de un día que no como nada. ¡Ni bebo! Este no es un trato justo ni para un prisionero.

Tobyas entró en el camarote y cerró la puerta tras de sí. Allí olía a demonios y no sabía cuánto tiempo iba a aguantar. No le extrañaba que Eneas no parara de vomitar aunque ya no le quedara nada en el estómago.

—Esto es una tortura, Tobyas. No sé qué he hecho para merecer esto. Como me encuentre con esa comodora a la que tanto cariño le tienes te juro que…

—Yo no le tengo cariño —sentenció—, y no podrías hacer nada contra ella. ¿Tú te has visto? Estás flaco como un fideo y me apuesto lo que sea a que apenas tienes fuerza. En cambio, tendrías que ver cómo entrena cada mañana la comodora Flancon, ella sí que sabe mantenerse en forma.

—¿Te estás quedando conmigo? —Eneas no daba crédito a lo que oía—. ¿Cómo se supone que me voy a mantener en forma si estoy encerrado en este cuchitril y lo único que como son restos de pescado seco?

—Oh, venga —le animó Tobyas—, deja de quejarte. En nada estaremos en Vésticum y podrás volver a comer lo que te dé la gana. Pero ya sabes que mientras estés aquí, las cosas son un poco diferentes.

—¡Me estoy volviendo loco, Tobyas! Ni siquiera cuando me encerraron en aquella celda en Asua lo pasé tan mal. Y eso que allí las torturas iban incluidas con la estancia.

Tobyas no tenía ni idea de qué estaba diciendo Eneas. El tiempo que habían compartido en el Liceo no fue tan fructífero como para conocer ese tipo de detalles. Ahora que lo pensaba, en realidad no habían intercambiado más que cuatro palabras. Aquellos días ahora no eran más que un borrón en su cabeza, pero no podía olvidar la rapidez con la que ocurrió todo: el conocer a sus compañeros, el enfrentarse a sus primeras mentiras, el presenciar la muerte de Aiden. Aiden… Su rostro, descompuesto en un gesto abandonado a la fría muerte, enmarcado por aquellas trenzas que hacían dibujos a su antojo, todavía aparecía en sus más temidas pesadillas. Si antes de aquel suceso había tenido dudas sobre si había escogido el camino correcto, los inertes ojos de Aiden le indicaron la respuesta.

—¿Falta mucho para llegar? —peguntó Eneas después de darse cuenta de que a Tobyas lo último que le importaba en aquellos momentos era enterarse de qué había ocurrido en Asua.

—Lo cierto es que no. Los vientos han sido favorables y nos están ayudando bastante a avanzar más rápido de lo que teníamos previsto. Después del temporal que hemos tenido que atravesar, es algo de agradecer.

—¿Y qué va a ocurrir una vez que estemos en la ciudad?

—Ya te lo puedes imaginar.

—Lo cierto es que no. —Eneas se llevó una mano a la cabeza y se rascó la nuca pensativo—. No tengo ni idea de lo que voy a encontrarme allí. Cuando salí de Vésticum aquello era una ruina gigantesca que parecía no tener remedio, así que ahora me cuesta hacerme a la idea de que de nuevo sea un lugar funcional.

—¡Y tanto que lo es! La Nueva Gobernacía se ha esforzado muchísimo en levantar cada piedra de la capital para que los fieles pudiéramos vivir cuanto antes lo más dignamente posible. —La sombra que cruzó el rostro de Eneas hizo que Tobyas detuviera su discurso de golpe—. ¿Qué? ¿Por qué me miras así?

—Hablas como si fueras uno de ellos.

—¡Pero si ni siquiera sabes quiénes son! Además, me dijiste que no me juzgarías.

—No me hace falta. Sé muy bien qué tipo de gente habla así: los fanáticos, los que persiguen un ideal imposible de alcanzar, los que no temen pisotear a cualquiera con tal de subir escalones y escalones.

—No... No se trata de eso.

—Entonces, ¿de qué se trata? —preguntó Eneas curioso.

—La vida no es tan fácil como nos pensamos. Ningún sistema es perfecto, de acuerdo, pero al menos ahora no tenemos que inventarnos mentiras sobre otras personas para poder subsistir. No tenemos que engañar a nadie.

—Lo dices como si existiera una alternativa a las mentiras.

—Por supuesto que la hay: la verdad.

Eneas enarcó una ceja.

—Cuéntame más.

—Verás, la Nueva Gobernacía comprendió que era injusto que las personas viviéramos de contar mentiras sobre nuestros vecinos y familiares. Era un sistema demasiado fácil, demasiado... apetitoso. Tan solo teníamos que ir a un auditorio, despojarnos de los miedos y soltar por la boca barbaridades con tal de conseguir lo que queríamos.

»La Nueva Gobernacía le ha dado la vuelta a la historia: solo podremos pedir algo a cambio si contamos una verdad, algún secreto que sepamos sobre otra persona.

—Pero eso es todavía más horrible —susurró Eneas—. De la otra forma estábamos jugando con la imaginación. Ahora... Ahora nadie podría estar a salvo. Los secretos y la intimidad son lo más importante que tenemos, Tobyas, ¿es que no te das cuenta?

—Pues ahora es una moneda de cambio. El que no quiera ver aireados sus secretos por toda Vestalia, que no los tenga. Es así de fácil. —A pesar de que creía firmemente en lo que decía, no pudo evitar que un nudo se le instalara en la garganta.

—¿Así de fácil? ¿Es que acaso tú no tienes secretos?

Tobyas guardó silencio durante unos segundos. Por su mente pasó el rostro de Otila, y también el de Camille, que últimamente se empeñaba en no abandonar su pensamiento por más que él se esforzara en intentarlo.

—Pues claro que los tienes —concluyó Eneas por él—. ¡Todos los tenemos! Porque somos humanos. Si fuéramos un libro abierto solo nos ganaríamos enemigos.

—No sabes de lo que hablas. Llevabas mucho tiempo aislado en aquella isla, sin ningún contacto con nadie. Eso te impide pensar con claridad.

Eneas sonrió con sorna. Tobyas supuso que detrás de ese gesto había una historia, algo que no lograba discernir. Tampoco estaba seguro de querer saber qué significaba.

—¿Y qué pasa una vez que se cuenta esa verdad? —preguntó Eneas como si quisiera cambiar de tema.

—Se expone, como cuando se cumplían las mentiras.

—Pero con una pequeña diferencia —dedujo el chico—: en este caso no hay excepciones, ¿no? Lo que se cuente en un auditorio se sabrá sí o sí, no hay marcha atrás.

Tobyas asintió. Precisamente esa era la parte del sistema que menos le gustaba, pero también la que más justa le parecía. Al fin y al cabo, si una persona contaba una verdad, ya sabía de antemano que se iba a airear de forma instantánea. Así que solo aquel que ansiaba algo con verdadera premura se atrevía a entrar en un auditorio.

—Comprendo… A ti te parecerá un sistema justo, pero a mí me parece una auténtica barbaridad. No sé, llámame loco.

—Por supuesto que estás loco. Te vieron hablando solo en la isla. —La forma en la que los marineros que encontraron a Eneas lo contaron aquella misma noche mientras se emborrachaban hizo que a Tobyas se le encogiera el estómago. Él también habría perdido la cabeza de estar en esa situación.

—¿Y qué querías que hiciera?

Un silencio incómodo se interpuso entre ellos. ¿Cómo sería para Eneas volver a tener una conversación con alguien tantos años después? ¿Se habría imaginado ese momento? ¿Cómo sería toparse con su pasado de aquella forma tan brusca?

Unas voces urgentes llenaron el silencio existente. Venían de arriba.

—¿Qué ocurre? —preguntó Eneas al ver el cambio drástico que experimentó el rostro de Tobyas. Había perdido el color de repente y se había quedado muy quieto, como si así pudiera escuchar mejor.

Tobyas se llevó el dedo índice a los labios. Se acercó a la puerta y pegó la oreja a la madera.

—Creo que estamos llegando —susurró pasados unos segundos.

—¿A Vésticum?

El chico asintió. Eneas tragó saliva; el deseo por arribar a tierra firme y el pavor que eso le producía a su vez se entremezclaban en su interior y no lo dejaban pensar con claridad. ¿Qué sería de él?

—¿Tienes miedo? —preguntó Tobyas. No le pasó inadvertida la forma en la que el gesto del prisionero se descompuso.

—Es que no sé qué va a ser de mí cuando lleguemos a Vésticum. ¿Qué? No pongas esa cara, no ayudas.

—Lo siento. —Tobyas se había dado cuenta de que en esos momentos era como un libro abierto. Era incapaz de ocultar lo que pensaba—. No te lo van a poner fácil, esa es la verdad. Seguramente te hagan un juicio público y tendrás que elegir.

—¿De qué estás hablando? ¿Qué es eso de un juicio público?

—Bueno… La Nueva Gobernacía se toma muy en serio la fidelidad de la gente y no quiere que haya traidores por ahí sueltos. —Se señaló la insignia que adornaba su chaqueta.

—Qué gracioso que piensen así, precisamente esta Nueva Gobernacía nació de los traidores que había del antiguo sistema.

Tobyas sonrió de medio lado. Aquel detalle le había pasado desapercibido, pero era tan real como el mar que estaban surcando.

—Quizás por eso han querido tener todos los cabos atados —dedujo—, asegurarse de que no vuelve a ocurrir lo que ya pasó, aunque hubieran sido ellos quienes lo provocaron. El caso es que todas las personas deben someterse a un juicio público para demostrar su lealtad al nuevo sistema, como ya te conté. Al principio fueron más que numerosos: cada día, cada hora, cada segundo, tenía lugar un juicio en alguna de las plazas de cada una de las ciudades de Vestalia. Ahora ya casi no se dan, pero todavía suceden algunos, gente que ha estado escondida o cuyos actos hacen sospechar de su lealtad.

—Entiendo. Entonces, ¿quieres decir que me van a exponer delante de todo Vésticum y me van a dar a elegir?

—Y no solo eso. De tu elección dependerá lo más importante que tienes: tu vida. Si decides ser leal al antiguo sistema, serás ejecutado de inmediato.

CAPÍTULO 12

Hamica Clayton
En algún lugar entre Bábilos y Vésticum

No lo quería reconocer, pero haber dejado atrás esa barca roñosa por la que se colaba más agua de la que debería había sido todo un alivio. Durante las horas que estuvieron en el río, le dio la sensación de que Carey lo estaba hasta disfrutando.

Se guardó para sí las quejas y procuró no parecer demasiado gruñona, a pesar de que al poco rato de achicar agua le empezaron a doler varios músculos que no sabía ni que existían. No quería que Carey pensara que no era lo suficientemente valiente ni válida para enfrentarse a un viaje como aquel. «De hecho, por supuesto que lo soy», pensaba Hamica una y otra vez. Al fin y al cabo, ella había cruzado el desierto de Krosi con la única compañía de las ganas de encontrar a Carl y el asentamiento; se había infiltrado en él y había conseguido que la trataran como a una más. ¡Incluso la habían mandado a alguna misión que otra! Si eso no era ser valiente… que bajaran los dioses y lo vieran.

—Ahora tendremos que caminar.

Las palabras de Carey la sacaron de su ensimismamiento. Una vez que llegaron a la orilla, empezaron a actuar como autómatas. No tenían ni una sola duda sobre lo que debían hacer, por algo habían hablado de ello más veces de las que eran capaces de contar. Cuando llegaran a un punto determinado, tendrían que sacar la barca del río y esconderla de forma que ningún viandante pudiera hallarla a simple vista. Después se cambiarían de ropa y se pondrían algo más discreto —la discreción no entraba en los planes de Carey en cuanto a atracos se refería— y, sobre todo, que estuviera seco, y después ya podrían comenzar a caminar. Debían cuidarse de no ir por los caminos de la Gobernacía, aquellos que se crearon en su día para que las comunicaciones entre las ciudades fueran mucho más fluidas, pues el tráfico de personas y carros era mayor que el que se podía dar en los caminos alternativos. Estos también resultaban más peligrosos: por todos era conocido que los vándalos y los asaltantes preferían sorprender a sus víctimas en estos lugares, donde la posibilidad de que pasara alguien que pudiera socorrerlas era casi inexistente. Aun así, se decantaban más por tener que enfrentarse a un ladrón que a un miembro de la Nueva Gobernacía. Sabían que si las capturaban las someterían a un juicio público, y era posible que Hamica pensara con frialdad en un momento como aquel, pero Carey no estaría dispuesta a defraudar a su padre aunque con ello le prometieran la vida eterna.

«No he conocido persona más fiel a sí misma», pensó Hamica. La observó mientras tapaba la barca con unas cuantas ramas. Era metódica, de eso no cabía duda, y obstinada. Cuando algo se le metía entre ceja y ceja no paraba hasta conseguirlo. Era ambiciosa y no pestañeaba al ponerse a trabajar para conseguir sus metas. «Supongo que por eso seguimos vivas a estas alturas».

—Bueno, esto está listo —Carey se dirigió a ella mientras se limpiaba las manos en los pantalones. Miró a su alrededor para comprobar que no había dejado ninguna pista que pudiera indicar que habían pasado por ahí—. Es hora de comenzar a caminar.

—¿No tienes miedo de lo que nos podamos encontrar en Vésticum? —aquella pregunta había rondado su mente durante demasiado tiempo, pero nunca había encontrado el momento de formularla.

—¿A qué te refieres? ¿A la Nueva Gobernacía?

—No. Me refiero... —Hamica titubeó, no sabía cómo expresarlo sin hacerle demasiado daño—, me refiero al Liceo, a tu pasado. Supongo que haber vivido todos estos años alejada de Vésticum te ha permitido pensar con más desapego, pero ahora los sentimientos van a estar a flor de piel. ¿No te asusta no saber reaccionar?

Carey la miró de soslayo y soltó una media sonrisa que, más que alegría, lo único que transmitía era tristeza.

—Me da mucho miedo, Hamica —dijo con sinceridad—. Estar en Bábilos, con tanta tierra de por medio, me ha ayudado a ver las cosas desde otra perspectiva. Pero sí, me da mucho miedo contemplar con mis propios ojos que no queda nada de mi vida anterior. Supongo que es normal. —El encogimiento de hombros que acompañó a esa última frase le indicó a Hamica que Carey era un saco de dudas a pesar de que pretendía simular lo contrario.

—Todo saldrá bien. —Sabía que no era cierto, pero a veces una mentira a tiempo valía más que cualquier verdad a medias.

—Eso espero.

Ambas decidieron, de forma tácita, que era hora de ponerse en marcha y dejarse de charlas. Quizás por eso comenzaron a andar en silencio, sin mirar atrás, aunque sin perder de vista cada una de las sombras que parecían acechar en el camino. Sabían que en cualquier momento podían ser asaltadas, que en un instante su viaje podía torcerse y acabar de la peor manera posible; por eso tenían que prestar atención a su alrededor. Por suerte para las dos, el sendero parecía desierto y no se cruzaron más que con algún animalillo despistado que corrió despavorido al verlas.

—Creo que es hora de descansar —dijo Carey cuando vio unas luces a lo lejos.

La noche se les estaba echando encima con una rapidez asombrosa y haberse topado con un hostal justo en ese momento les pareció una señal casi divina.

—¿Crees que es buena idea dormir ahí? —preguntó Hamica dudosa.

—Necesitamos dormir, y dormir bien. La noche que hemos pasado en la barca ha sido horrorosa y no nos vendría mal comer algo caliente y darnos un buen baño. Solo tendremos que andarnos con más cuidado, eso es todo.

Hamica dejó de escuchar cuando su hermana mencionó el baño caliente. No le importaba la cama, ni siquiera la comida —aunque su estómago no opinara lo mismo—, pero le resultaba imposible decir que no a un buen baño.

—¿Crees que nos darán una habitación?

Carey asintió convencida.

—Parece que este lugar no lo frecuenta demasiada gente, así que no pedirán mucho a cambio de una habitación. Además, con el último botín que hemos conseguido creo que no podrán negarse.

Hamica le quiso decir que tendrían que tener cuidado de no gastarlo demasiado rápido, que el viaje todavía no había llegado a su fin y que tendrían que conservar cosas suficientes para subsistir en Vésticum una vez que llegaran. Sin embargo, Carey parecía tan segura de sí misma que Hamica no pudo hacer más que seguirle la corriente. Igual se trataba del cansancio, que se estaba apoderando de ella, o tal vez se debiera a que la confianza que tenía en su hermana estaba empezando a ser tan grande que le era más fácil obviar sus propias dudas que cuestionar sus decisiones.

Ambas se colocaron bien las bufandas que siempre llevaban para tratar de disimular el hecho de que no llevaban insignia y entraron en el hostal, que estaba tenuemente iluminado por unas lámparas de gas. Por dentro, el sitio parecía mucho más antiguo de lo que en un principio se podría intuir por la fachada. Las alfombras desgastadas y polvorientas tapaban un suelo que, a todas luces, necesitaba unas cuantas horas de trabajo. Las maderas crujieron bajo el peso de las chicas, que se acercaron a la recepción donde un hombre corpulento las miraba con cara de pocos amigos.

—¿En qué... puedo... ayudarlas..., señoritas? —preguntó. Arrastraba las palabras como si estuviera haciendo un esfuerzo titánico para que salieran de entre sus labios.

A Carey no le pasó desapercibido el detalle de que su bigote, gris y descomunal, tapaba unos dientes podridos que amenazaban con caerse en cualquier momento. Hamica se fijó en que el hombre, antes de mirarlas siquiera a la cara, había examinado sus ropas en busca de la insignia de la Nueva Gobernacía. Su corazón se aceleró. «Si se da cuenta de que no la llevamos, estamos perdidas». Por suerte, Carey se adelantó y no le permitió hacer esa pregunta que ya asomaba entre los labios.

—Necesitamos una habitación, señor. Y también algo de comer. —Sacó a relucir todo su encanto a través de una sonrisa y un parpadeo que duró más de lo normal.

—¿Y qué... estáis... dispuestas a dar... a cambio?

—Oh, señor, eso no será ningún problema —dijo Carey mientras rebuscaba en la bandolera donde tenía guardado su botín—. Quizás le venga bien este reloj. Sé de primera mano lo valioso que es y estoy segura de que podrá darle un buen uso.

El hombre se inclinó en el mostrador, todo seriedad.

—No... necesito más... relojes. Ya no... valen nada. —Señaló con la cabeza la pared de detrás de las chicas para que estas, al girarse, comprobaran que estaba repleta de relojes de todos los tipos, tamaños y colores.

Hamica se puso tan nerviosa que estuvo a punto de decirle a Carey que aquello estaba siendo una pésima idea. Menos mal que su hermana se dio cuenta y se apresuró a arreglar la situación:

—De acuerdo, señor, veo que es usted un hombre listo; solo estaba tanteando el terreno.

Hamica levantó una ceja, aunque rápidamente hizo que volviera a su sitio antes de que el hombre del bigote reparara en el hecho de que era un manojo de dudas.

—Tal vez este catalejo sea más de su agrado. —Carey rebuscó en la bolsa y sacó un artefacto dorado repleto de engranajes de color bronce que, a simple vista, parecía carísimo.

Hamica quiso decirle que no estaba muy segura de que deshacerse tan pronto de aquel artilugio, que tanto esfuerzo les había costado conseguir, fuera una buena idea. Sin embargo, pensándolo fríamente, le daba igual el precio a pagar con tal de poder darse ese baño que tanto deseaba. Si cuando llegaran a Vésticum tenían que ingeniárselas para encontrar nuevas cosas que intercambiar, ese era un problema del que ya se encargarían llegado el momento.

El hombre le quitó el objeto a Carey de una forma tan brusca que pareció que se lo estaba arrancando de las manos. Se lo acercó a la cara —demasiado, para el gusto de las chicas— y lo inspeccionó a conciencia.

—No sé… para qué querría… algo así.

—Señor, si me permite decírselo —se apresuró a contestar Carey—, es tremendamente valioso. Seguro que por aquí pasan muchos viajeros que estarían interesados en adquirirlo; que darían cualquier cosa a cambio. He recorrido cada palmo de Vestalia y le aseguro que no es muy común encontrarse con algo así. Vale mucho más de lo que se imagina.

—¿Y… por qué… estaríais dispuestas… a deshaceros… de algo tan… valioso?

—Porque necesitamos un lugar seguro en el que pasar la noche —dijo Hamica antes de que Carey pudiera responder—. Llevamos muchas horas en estos caminos, y todos sabemos lo peligrosos que son. Tan solo buscamos un lugar donde descansar, comer bien y sentirnos seguras. Y está claro que este es el sitio indicado. —Una fugaz mirada alrededor acompañó a esas palabras. Hamica rezó para sus adentros por que el hombre no se diera cuenta de que estaba interpretando uno de los papeles de su vida.

—Está... bien. Podéis quedaros... una noche. La habitación... es la de arriba... a la izquierda. Se servirá... la cena... en media hora. Mañana... os quiero... fuera de aquí.

Carey cogió la llave que el hombre le tendía antes de que se pudiera arrepentir y se dispuso a subir las escaleras seguida por su hermana.

—Pensé que no lo conseguiríamos —dijo esta última cuando entraron en la habitación.

No se trataba de que Carey se hubiera hecho ilusiones en cuanto a qué encontrar detrás de aquella puerta de madera, pero, de habérselas hecho, se habrían destrozado en ese mismo momento. La habitación dejaba tanto que desear que hasta agradeció que tan solo tuviera una luz en una esquina —aparte del resplandor que emitía la chimenea encendida— que alumbrara lo poco que había que ver.

Por el gesto que estaba poniendo Hamica, esta pensaba lo mismo. Su modesta casa de Bábilos no era gran cosa —de hecho, a veces tenía la sensación de que no podía llamarse siquiera *casa*—, pero al menos estaba limpia y olía bien. Aquel sitio..., aquel sitio distaba mucho de eso. Carey reconoció un rastro de olor a moho, podredumbre y lo que parecía ser vinagre. Alguien había intentado limpiar las tablas del suelo, y era evidente que lo había hecho de forma infructuosa.

—Al menos tenemos una cama —comentó Hamica al darse cuenta de las caras que estaba poniendo su hermana al examinar cada palmo de la habitación.

—Sí... y una bañera. Podría ser peor.

Hamica ni se lo pensó dos veces, cogió el caldero que descansaba sobre las brasas de la chimenea y, agradeciendo a los cielos que estuviera lleno, vació su contenido en una bañera que a duras penas se mantenía en pie. Continuó llenándola con el agua que salía de un grifo rudimentario que tenían en la habitación hasta que por fin estuvo lo suficientemente llena. Se desnudó, sin importarle que Carey estuviera en la misma habitación —esa era una barrera que habían derribado hacía mucho tiempo— y se metió en el agua. El murmullo que salió de entre sus labios dejó claro que no había nada en toda Vestalia que pudiera complacerla más en esos momentos.

Carey dijo que ella prefería bañarse después de cenar, pues con el ruido que estaba haciendo su estómago iba a ser imposible relajarse por muy placentero que fuera el baño, así que en cuanto Hamica estuvo lista y vestida, bajaron al comedor.

Buscaron un rincón discreto, aunque lo cierto era que no había demasiada gente por allí. Tan solo tres o cuatro mesas estaban ocupadas, pero prefirieron alejarse lo máximo posible; no querían llamar la atención.

A los pocos segundos de sentarse, una mujer entrada en años se acercó a ellas y les puso sendos platos repletos de algo que parecía un potaje de cardos con lo que, en otros tiempos, debieron de ser garbanzos. También les tendió un par de vasos que contenían un líquido granate y caliente que desprendía un olor que se debatía entre la canela y otra especia indescriptiblemente fuerte.

—No te voy a mentir —dijo Carey—: tengo tanta hambre que hasta esto me parece apetecible.

Hamica no la estaba escuchando, pues le había faltado tiempo para hundir la cuchara en el guiso que todavía humeaba. «Podría ser peor», se dijo. Y se rio para sus adentros al darse cuenta de que últimamente su vida se resumía en eso: en conformarse con lo que tenía porque, estaba segura, siempre había algo peor a lo que enfrentarse.

Cuando estaban a punto de terminar los platos —y los vasos, que resultaron contener un vino caliente aromatizado con clavo que el hombre de la recepción preparaba y que tenía fama de aliviar todas las penas—, una mujer se acercó a ellas.

—¿Puedo sentarme? —preguntó.

Carey la miró con cara de pocos amigos. Estaba cansada y, con el estómago lleno, lo único que ocupaba sus pensamientos era la imagen de la cama que la estaba esperando unos escalones más arriba. Fue a decirle que no, que habían dado por terminada la velada esa noche, cuando Hamica se le adelantó:

—Por supuesto, ¿qué se le ofrece?

La chica ignoró por completo la mueca de disgusto que le dedicó su hermana; parecía estar conteniéndose para no resoplar y demostrar cuál era su postura.

—He visto que teníais los vasos vacíos, y eso es algo que no permito en mi hostal.

Alargó la mano, cogió una botella de cristal que descansaba en la mesa contigua y rellenó los recipientes.

—Vaya, gracias —dijo Hamica mientras daba un pequeño sorbo. No estaba tan caliente como el que le habían servido al principio, pero agradeció igualmente el ardor que le bajó por la garganta al tragar. No era mucho de beber alcohol, pero reconocía que esa noche le hacía mucha falta.

—Me llamo Gladis —se presentó la mujer mientras les tendía la mano—, ¿de dónde venís?

—Del norte —contestó Carey de forma cortante antes de que su hermana pudiera decir algo. Le alivió el hecho de que no les preguntara su nombre. En un gesto de protección, se subió un poco la bufanda para taparse más la zona donde debería estar la insignia.

—Ya veo… Todo el que pasa por aquí viene del norte, o del sur, o de algún lugar impreciso que demuestra la poca confianza de los transeúntes.

—Solo estamos de paso —se apresuró a decir Hamica. No sabía por qué, pero aquella mujer le caía bien. Encontrarse a alguien amable después de tanto tiempo era algo que debían aprovechar—. Pasaremos una noche aquí y luego continuaremos nuestro camino hacia Vésticum.

Si las miradas pudieran atravesar corazones, la que le lanzó Carey en ese instante habría hecho que se desangrara allí mismo. El pisotón con el que acompañó a ese gesto también le dejó claro a Hamica que se había ido de la lengua.

—Así que Vésticum, ¿eh? ¿Qué se les ha perdido a dos muchachitas como vosotras en la ciudad del pecado?

Carey levantó una ceja; jamás había oído a nadie referirse así a la capital del país.

—¿Es que acaso no sabéis a dónde os dirigís? Vésticum es la cuna de todos los horrores que han pasado en Vestalia. Primero con las mentiras, ahora con las verdades... Mismo perro con diferente collar.

Hamica asintió; no podía estar más de acuerdo con aquella mujer.

—No os aconsejo recurrir al truco de la bufanda cuando estéis allí —comentó mientras se miraba las uñas distraída.

—¿Perdón?

—Ay, chiquilla —se dirigió a Carey mientras le dedicaba una mirada fría—, aquí nadie os va a juzgar, pero en Vésticum las cosas son mucho más complicadas. La Nueva Gobernacía está deseando encontrar carne fresca, y vosotras lo lleváis pintado en la cara.

—No sé a qué...

—No pasa nada, a mí no tenéis que darme explicaciones. Y quizás allí encontréis lo que estáis buscando. He oído que todavía hay un pequeño reducto de personas que quieren volver al sistema de mentiras, ¿no seréis vosotras...?

—Por favor, no sé por quién nos has tomado —cortó Carey antes de que pudiera seguir por ahí.

A ellas también les habían llegado esos rumores, de hecho, Carey le había confesado a Hamica que había pensado muchísimo en ello y que, en el fondo, las ganas de ir a la capital se debían mayormente a esas personas, aunque le costara muchísimo admitirlo. No tenía ni idea de qué haría en caso de que tuviera la posibilidad de cambiar las cosas, hacia qué lado movería la balanza. Pero no le disgustaba tener la oportunidad de hacerlo.

—Lo siento si os he importunado, solo quería deciros que os andéis con mucho ojo en la capital. Se ha convertido en un lugar peligroso.

—Es usted muy amable; lo tendremos en cuenta —dijo Hamica mientras daba otro sorbo, esta vez más grande, a su vaso de vino—. Pero por suerte ya conocemos Vésticum. Sobre todo Carey, ella se crio allí, y más cerca de las mentiras de lo que podrías imaginarte.

El guiño con el que acompañó a la frase, así como el hipido que se escapó entre sus labios, fue la señal que Carey necesitaba.

—Creo que ya hemos tenido suficiente por hoy. —Se levantó de la silla y cogió a su hermana por el brazo, que parecía no querer despegarse ni del asiento ni del vaso—. Ha sido un placer..., Gladis, pero tenemos que descansar. Me temo que estamos agotadas y el vino no ha hecho más que acuciar el cansancio. No tengas en cuenta nada de lo que dice, tiene demasiada imaginación.

—Sí..., imaginación, ya lo veo. —Gladis se puso en pie también y les tendió la mano—. Ha sido un placer. Si necesitáis algo no tenéis más que tocar la campana que hay en la puerta de vuestra habitación. Será todo un placer poder ayudaros en lo que sea.

Con un enfado tremendo que podría haber hecho que a Carey le saliera humo por las orejas, agarró con más fuerza el brazo de su hermana y la condujo escaleras arriba.

—¿Es que acaso has perdido la cabeza? —la reprendió en cuanto entraron por la puerta de la habitación—. ¡Le has dicho mi nombre a esa desconocida!

Hamica hipó y soltó una pequeña carcajada.

—¿Es que no te das cuenta de lo que eso significa? —siguió—. ¿Y si es una de esas que solo quiere descubrir las verdades ajenas?

—¿Una... heredera? —Hamica se llevó una mano a la boca después de pronunciar esa palabra, como si lo que hubiera dicho fuera un pecado.

Sabía quiénes eran. Eran los culpables de que nadie pudiera confiar en nadie. Una cosa era que un vecino pudiera delatar a otro, y otra muy distinta encontrarse con una persona decidida a embaucar a alguien para sonsacarle todos sus secretos de una forma nada ética para después venderlos al mejor postor.

Hamica pensaba en que realidad era obvio que existiera un grupo así: lo más normal era que una persona no quisiera mentir sobre alguien que conocía, así que compraba una verdad a un heredero y se cubría las espaldas.

—Sí, una «heredera de la verdad» —confirmó Carey—. Ya sabes que hay gente que se dedica a eso, a rebuscar en la vida de los demás para después aprovecharse de los secretos ajenos. Y ahora esa mujer sabe cómo me llamo y que he vivido mucho tiempo en Vésticum. Si conoce a las personas adecuadas, podría atar cabos y acabar descubriendo quién soy. Y si le da por ir a un auditorio, toda Vestalia se enterará de que estoy viva y vendrán a por mí y...

Hamica se lanzó hacia ella y la abrazó con todas sus fuerzas.

—Shhh —murmuró en su oído—, eso no va a ocurrir. Sabe tu nombre, ¿y qué? Tendría que tomarse demasiadas molestias para descubrir algo más, así que tranquila.

Hamica, aunque ya estaba un poco borracha por efecto del vino, sabía lo que decía. Estaban hablando de probabilidades muy remotas, pero eso no le restaba importancia al hecho de que hubiera bajado la guardia. Ni siquiera el cansancio extremo ni la poca tolerancia al alcohol podían excusarla de haber metido la pata de esa manera.

—Métete en la cama —le ordenó Carey mientras hacía un esfuerzo inhumano por no decir lo que realmente estaba pensando—. Yo voy a bañarme. Necesito despejarme. Alguien tiene que mantener la cabeza fría.

CAPÍTULO 13

Eneas Lockwood
Vésticum, al sureste de Vestalia

Saber que cuando pisara tierra sería sometido a un juicio público que podía costarle la vida no hizo que las ganas por bajarse de aquel odioso barco disminuyeran ni un ápice. De hecho, cuando un marinero abrió la puerta de ese camarote que había sido su infierno personal durante los últimos días —¿o habían sido semanas?—, casi se muere de la emoción.

Esperaba ver a Tobyas, que se había dejado caer por su cuarto de vez en cuando, lo más seguro, según suponía el chico, que contra las órdenes y la voluntad de esa comodora que estaba al mando. Tampoco le habría importado que fuera ella, al fin y al cabo, tenían unas cuantas conversaciones pendientes y así podría saciar de una vez la curiosidad que empezó a crecer en él en cuanto la vio por primera vez. En realidad, le daba igual a quién ver con tal de encontrarse un rostro amable al otro lado de la puerta de su camarote. La soledad en la isla había sido demoledora, pero no era lo mismo saber que no tenía a nadie en muchas millas alrededor que estar al corriente de que estaba en un barco repleto de gente con la que era casi imposible hablar. Era una soledad distinta y mucho más dolorosa, así que, aunque la cara del tripulante que fue a buscarlo no era la más amable de Vestalia, no le importó demasiado.

Cruzó el barco con relativa alegría. El marinero tan solo le dijo que había llegado la hora de abandonar la nave —cosa que empezó a intuir cuando el leve balanceo que hacían al surcar el mar se paró de repente— y que debía recoger sus cosas, pues ya no podría volver si las olvidaba. Eneas se rio con ese último comentario, convencido de que el chico le estaba soltando un chascarrillo para aliviar la tensión, pero después se dio cuenta de que lo decía totalmente en serio y que, tal vez, aquel grumete no se hubiera enterado todavía de que él se había pasado varios años en una isla con la única compañía de una piedra. «Tiene que haber ineptos en todas partes», se dijo Eneas mientras negaba con la cabeza. En ese momento, sin querer, se acordó de Caronte y de su capacidad por reclutar siempre a los mejores, aunque en un principio no lo parecieran. ¿Acaso él era bueno? ¿Acaso cuando entró en el Liceo no era un pardillo que no sabía ni cómo funcionaba un auditorio? «Al menos la comodora ha pensado igual que Caronte en lo que respecta a Tobyas».

Al bajar del barco casi se cae. Sus piernas, atrofiadas por haber estado sentado tanto tiempo, se tambalearon como si estuvieran hechas de un material endeble. Sin embargo, a pesar del malestar que le recorrió el cuerpo, el miedo que sentía y la incertidumbre que ya se estaba apoderando de él, no desperdició ni una pizca del aire fresco que lo recibió con los brazos abiertos.

—¡Andando! —gritó el soldado que no había tenido la consideración de soltarle la cuerda que hacía que tuviera los brazos atados a la espalda.

Antes de obedecer, se dio la vuelta para echar un vistazo al barco. Le pareció ver a Tobyas recogiendo unos utensilios de la cubierta. También a otros muchos tripulantes que trajinaban de acá para allá, sin perder ni un solo segundo. Y la vio a ella: a la comodora Flancon. Su chaqueta larga del color del mar enfurecido llamaba la atención sobre la madera del barco. Toda ella era una oda a la elegancia y a la perfección, a excepción de su pelo, oscuro como una noche sin luna y tan alborotado como indomable. Pensó que le daba un aspecto fiero y le gustó que no tratara de amaestrarlo. Se la veía radiante, como si no hubiera pasado los últimos meses de su vida surcando unas aguas bravas y vengativas. Estaba dando órdenes a los marineros, que, a pesar de que parecían exhaustos, obedecían lo más rápido posible. El chico supuso que estarían deseando terminar cuanto antes para retomar esas vidas que se quedaron en tierra meses atrás.

—Te he dicho que te muevas.

—Ya va, ya va. —Eneas se giró y perdió de vista aquel mar que ahora le separaba del que había sido su hogar durante cinco años.

Comenzó a caminar guiado por el marinero, que le empujaba con premura. Si el aire limpio le había recibido con los brazos abiertos, Vésticum lo hizo con el más amargo de sus rostros. No había nada que reconociera, nada de lo que en su día propició que se enamorara de aquella ciudad. La majestuosidad que lucía años atrás ahora no era más que una sombra decorada con ruinas y edificios en construcción. Se notaba que la gente se había esforzado por devolverle el esplendor a la capital de Vestalia, al igual que era evidente que no lo habían conseguido. Los acabados de los edificios eran pobres, rudimentarios y en absoluto bonitos. Nada quedaba de aquellas construcciones magníficas donde cada detalle había sido mimado hasta el infinito, donde el cristal comenzaba a ser protagonista entre tanto ladrillo y donde los interiores de las viviendas se podían ver engalanados a través de las ventanas. Ahora solo había cortinas tupidas que tapaban, sin duda, las ganas de volver al pasado.

«Aun así, no está tan mal para el poco tiempo que ha pasado», pensó Eneas al darse cuenta de que todo lo que estaban viendo sus ojos no existía hacía cinco años. La Nueva Gobernacía se había dado prisa en borrar las huellas de lo que fue Vésticum en su día, y no lo había hecho del todo mal.

Entonces una voz metálica detuvo todos sus pensamientos. Alzó la vista y comprobó que venía de unos altavoces que estaban colgados de las farolas de forja:

—*Verdad número ciento dos mil trescientos cuatro de Vésticum. Gitreon Rutlok ha estado intercambiando objetos de oro que en realidad son de latón. Repetimos. Verdad número ciento dos mil trescientos...*

—¿A dónde me llevas? —Eneas, al darse cuenta de lo que estaba escuchando, hizo esa pregunta para tratar de acallar aquella voz metálica. «Esto no puede ser real».

Solo obtuvo silencio como respuesta. Al girar la cabeza comprobó que el marinero lo miraba con indiferencia. Estaba seguro de que deseaba terminar aquel trabajo para volver a su vida y disfrutar del tiempo que pudiera estar en tierra. Sin embargo, no fue necesario que dijera nada: Eneas pudo comprobar con sus propios ojos cuál era el destino que le deparaba.

En mitad de una plaza que años atrás fue la más esplendorosa de Vésticum, habían levantado una suerte de palestra de madera que se elevaba imponente. Varias banderas —a rayas rojas y negras que Eneas, a pesar de no conocer, dedujo que serían las que representaban a la Nueva Gobernacía— ondeaban alrededor de la estructura. Debajo del escenario, cientos de personas se agolpaban impacientes. Estaban esperando. Y no pudo hacer otra cosa que tragar saliva y seguir andando cuando comprendió que lo estaban aguardando a él y que no podía cambiar el sino que ya estaba escrito en esa tarima.

«Esto no va a ser fácil», pensó. Pero a ese oscuro pensamiento le siguió otro. Uno más amable, uno que le recordaba que había pasado por cosas peores a lo largo de su vida. Si había llegado hasta ahí, sería capaz de continuar un poco más.

No hizo falta que el marinero le dijera nada. Cuando vio que un par de personas se subían a la plataforma supo que no tenía alternativa. Aquellos hombres —o mujeres, no podía saberlo con certeza porque las capuchas de las capas granates que llevaban les tapaban completamente el rostro— tenían una misión: enjuiciarle. Y esta vez no podría utilizar ninguna de sus artimañas para escaparse. Eneas supuso que, debajo de esas capas, estarían armados hasta los dientes y que, casi con total seguridad, habría más como ellos repartidos entre el público, que ya empezaba a mostrarse impaciente de más.

Eneas salvó la distancia que lo separaba del escenario pisando con toda la seguridad de la que pudo armarse en esos momentos. Cuando subió los escalones, su corazón se estremeció casi tanto como la madera bajo su peso. No había vuelta atrás.

Se quedó de pie en medio de las figuras encapuchadas y giró un poco la cabeza, lo justo para darse cuenta de que el marinero que le había acompañado hasta uno de los momentos más difíciles de su vida había desaparecido sin dejar rastro. De nuevo, estaba solo. Las palabras de Tobyas resonaron en su conciencia, sobre todo las que le pedían que no lo juzgara.

Como si no hubiera sido capaz hasta ese momento, Eneas se dio cuenta de dónde estaba. De repente, una sensación a la que no sabía ponerle nombre le invadió y se apoderó de sus cinco sentidos. Le faltaba el aire, sentía que se mareaba, que se caía. Llevaba solo tanto tiempo, sin hablar con nadie, que estar rodeado por tantas personas consiguió abrumarle. Cayó en la cuenta de que no había experimentado esa sensación en el barco, quizás porque había estado encerrado en ese camarote donde estuvo solo casi todo el tiempo. Sin embargo, ahora comprendía que no había vuelta atrás. Que ya nunca estaría en una isla solitaria, que tendría que enfrentarse a los problemas, ser una persona funcional más dentro de ese engranaje que era la sociedad.

La multitud empezó a jalear, aunque Eneas no entendía por qué. Eso le obligó a volver al presente, a seguir respirando y a decirse que era el momento de enterrar todos esos miedos que le asolaban en silencio. No había hecho nada malo y se suponía que aquello era un juicio, no una sentencia directa. No obstante, aquellas personas ya lo habían condenado con anterioridad. El chico estaba seguro de que creían que iba a decir que no apoyaba el régimen de la Nueva Gobernacía. Y eso que nadie lo conocía.

Entonces cayó en la cuenta de que su aspecto no debía de ser el que más confianza daba en un momento como aquel. Llevaba los mismos pantalones y camisa que vestía cinco años atrás, cuando el tiempo se paró. Los había remendado como había podido utilizando hilos vegetales y una espina de pescado, pero los años no pasaban en balde y tanto su piel —ahora curtida, sucia y seca— como su ropa los habían sufrido.

Si había una cosa que tenía clara a aquellas alturas de la vida era que la gente prejuzgaba basándose en lo que veía. Y la imagen que estaba mostrando en esos momentos no era la más amigable.

Se acordó de aquella vez en Selán en la que una horda furiosa de gente se había creído con el derecho a enjuiciar a un adicto. El recuerdo del hombre ardiendo en una pira hizo que ahogara un pequeño grito. No sabía cómo se sintió aquel hombre, pero sin duda podía imaginárselo. Su destino, igual que el de aquel, ya no dependía de sí mismo. Ya no era dueño de su futuro.

—Nombre.

Eneas se sobresaltó. Aquella voz de mujer provenía de una de las capas que tenía a la derecha. No sabía qué decir, ojalá Tobyas le hubiera dado más pistas sobre lo que se iba a encontrar en el juicio. Sin embargo, ahora solo estaban él y su ingenio. Pensó en mentir, pero algo le dijo que no le serviría de nada; si la Nueva Gobernacía tenía la mitad de recursos de los que disponía la antigua, no les costaría demasiado averiguar la verdad.

—Eneas Lockwood —contestó. El sonido de su propio nombre saliendo de entre sus labios, cosa que no había ocurrido en mucho tiempo, le resultó incluso desconocido.

Esperó que le preguntaran dónde había estado esos años, qué había hecho con su vida y cómo se había escondido del nuevo régimen, pero eso no ocurrió.

—¿Prometes, Eneas Lockwood, que serás fiel a la Nueva Gobernacía y que rechazarás cualquier sistema que no sea el de la verdad?

«No les importa nada más que el futuro —dedujo entonces—, es como si quisieran borrar todo lo que hubo antes de ellos».

No podía pensar con claridad, y eso que se estaba esforzando de una manera inimaginable. Trató de hacer memoria y recordar las palabras de Tobyas. Este le dijo que solo tenía dos opciones: ser fiel al nuevo régimen o morir.

Morir… Sonaba demasiado bien, sobre todo después de tanto tiempo. Él no había tenido valor de acabar con su vida, aunque, si era sincero, había pensado en ello en más de una ocasión, en especial durante aquellos días en los que el hambre se hacía más patente o cuando la soledad lo aplastaba como una losa. Y lo cierto era que se había planteado muchas veces las opciones que tenía —tirarse al mar y dejar de respirar, adentrarse en la selva y ser atacado por un depredador, comerse todas las bayas que encontrara y esperar que alguna fuera venenosa, subirse a la palmera más alta de la isla y lanzarse al vacío—, pero ninguna de ellas le convencía. A veces pensaba que era un cobarde, aunque después se daba cuenta de que quizás lo que ocurría era que tenía muchas ganas de seguir viviendo.

Y eso que no tenía muy claro por qué desearía seguir en un mundo en el que ya no le importaba a nadie y en el que la única persona en la que creía confiar resultó ser la que mató a sus padres.

Entonces lo tuvo claro: debía seguir con vida para encontrar a Carey. Para descubrir si había sobrevivido al derrumbe y así decirle a la cara que era una asesina y que la odiaría hasta el día en que dejara de respirar. Y ese día no había llegado todavía.

—¿Prometes, Eneas Lockwood, que serás fiel a la Nueva Gobernacía y que rechazarás cualquier sistema que no sea el de la verdad? —la mujer repitió la pregunta, palabra por palabra, pero esta vez utilizó un tono mucho más severo y más urgente, si es que eso era posible.

Eneas habría dado lo que fuera por poder mirarla a la cara, por desenmascarar lo que ocultaba aquella capucha. Le habría encantado ver su rostro cuando contestó:

—Por supuesto. Prometo ser fiel a la Nueva Gobernacía.

Si, en vez de aquellas palabras, hubiera sido su propio corazón el que hubiera salido por su boca, no le habría extrañado en absoluto. Lo sentía en la garganta, impidiéndole respirar y haciendo que se preguntara si había tomado la decisión correcta. Trató de tranquilizarse a la vez que se decía que ya no había vuelta atrás y que, para bien o para mal, había tomado una decisión.

Escuchó algunos aplausos tímidos, y cuando miró hacia delante advirtió que la gente estaba confusa. Todavía podía ver la sentencia en sus rostros, y también la duda que les generaba que hubiera aceptado ser fiel al nuevo régimen. También halló decepción en algunos de ellos, algunos que seguramente querían contemplar a Eneas colgado de una soga por el simple hecho de ver morir a alguien aquel día. Entonces un grupo de personas comenzó a aplaudir con más ganas, y también a vitorear, lo que provocó que en cuestión de segundos todos los allí presentes se unieran al aplauso. Al contrario de lo que ocurrió con el adicto de Selán, allí no había insultos, no había verduras podridas ni malos deseos. Allí había júbilo, del de verdad, y eso hizo que Eneas frunciera el ceño, aunque de forma casi imperceptible. ¿Cómo era posible que aquellas personas estuvieran tan a favor de un régimen como aquel? ¿Es que no habían aprendido nada? ¿Es que habían olvidado lo que era vivir siendo esclavos de las mentiras?

«Ya eres uno de los suyos».

—En ese caso —la mujer tuvo que elevar mucho la voz para poder ser oída entre aquel alboroto repentino, consiguió con ello que el chico volviera al momento presente—, gracias al poder que me otorga la Nueva Gobernacía, decido que, a partir de ahora, tú, Eneas Lockwood, vas a pertenecer al cuerpo de la Guardia. Y así lo dicto y sentencio en el día de hoy y así será hasta el último de tus días.

Si la gente siguió vitoreando, Eneas no lo escuchó. Tan solo podía oír el flujo de la sangre contra sus oídos. No tenía la menor idea de las consecuencias que iba a traerle aquella decisión, no podía imaginarse cómo cambiaría su vida ahora que formaba parte de esa guardia de la que no había oído hablar jamás. Y supuso que nada de eso importaba, porque no tardaría demasiado en dar respuesta a todas las preguntas que entonces le invadieron.

CAPÍTULO 14

Carey Regminton
Vésticum, al sureste de Vestalia

Cinco años daban para mucho.

Daban para crecer, madurar, comprender aspectos de la vida que hasta entonces eran desconocidos, sufrir, amar, volver a sufrir, tal vez descubrir la verdadera felicidad o incluso perder una fe tan arraigada como las raíces de un roble.

Durante esos cinco años, Carey había hecho varias de esas cosas; sin embargo, la que más se había repetido era la de imaginarse cómo sería ahora su nuevo hogar. Después de huir de Vésticum de la mano de Hamica, empezó a tener muchísimos problemas para dormir, y dado que los métodos tradicionales no le funcionaban en absoluto, tuvo que improvisar e inventarse uno propio. Ese método consistía en imaginarse cada rincón de la ciudad donde había crecido reconstruido de la manera que a ella le gustaría. Vésticum siempre le había parecido demasiado modesta para el potencial que tenía. «Por lo más sagrado, ¡es la capital de Vestalia!», le decía a su padre cada vez que se le presentaba la ocasión, así que imaginarse teniendo la oportunidad de darle el esplendor que se merecía se había convertido en su pasatiempo favorito. Además, la relajaba tanto que antes de diseñar el exterior de la fachada de aquella perfumería ya se había abandonado a los brazos del sueño.

No se lo había contado a Hamica, por supuesto, y precisamente por eso esta no supo leer la decepción que se dibujó en el rostro de Carey al descubrir que su imaginación no se había acercado lo más mínimo a la realidad.

—Esto es horrible. —Las palabras casi se atascaban en su garganta, temerosas de hacer real una desolación que ya era patente.

—¿Qué esperabas encontrar? —No había rastro de mala intención en aquella pregunta de Hamica, tan solo curiosidad.

—No lo sé… Bueno, era consciente de que mis ensoñaciones no se iban a cumplir —comentó como si Hamica supiera de qué estaba hablando—, pero no esperaba encontrarme con esto. Quiero decir, han tenido cinco años para reconstruir la ciudad, para devolverle el brillo que le quitaron los muy…

—Tranquila —la interrumpió su hermana antes de que empezara a lanzar un juramento tras otro—, no arreglamos nada poniéndonos así. Ya has visto lo que ha pasado en Bábilos, allí están igual que aquí.

—Podrían haberse esforzado un poco, aunque fuera en arreglar los adoquines sueltos. —La patada que le dio Carey a una de las piedras que antes formaba parte del precioso suelo de la ciudad dejó claro que aquello no le gustaba en absoluto—. No sé para qué querían hacerse con el poder si después no son capaces de usarlo correctamente.

Estaba tan enfadada que su rostro no tardó ni cinco segundos en tornarse del color de las amapolas. Aquella visión —que, aunque no lo quería reconocer, sí que se había imaginado alguna vez que otra— fue como recibir una patada en el estómago. Su ciudad, la que la había visto crecer, donde había sido tan feliz, ahora no era más que unos cuantos edificios venidos a menos y caras tristes y desoladas.

—Deberíamos escondernos.

Hamica tenía razón. Con la luz de los primeros rayos del sol abandonaron el hostal donde habían pasado la noche, muy atentas de no encontrarse con Gladis. Carey intuía que su hermana sentía una profunda vergüenza por lo que había pasado durante la cena, así que se guardó de decirle nada; no hacía falta. Acababan de llegar a la ciudad gracias a un buhonero que se llevó un par de relojes a cambio de su silencio y no podían ser descubiertas. Hamica podría pasar desapercibida —a pesar de su llamativa melena casi plateada—, pero Carey... Nadie olvidaba el rostro de Carey, y ser vista significaba dictar su sentencia de muerte. Por eso quizás entró en una tienda seguida de una Hamica que no comprendía lo que estaba pasando. Cuando la miró interrogante, la chica se llevó un dedo a los labios y le dedicó un guiño lleno de picardía.

—Típico de ti —susurró su hermana a la vez que ponía los ojos en blanco.

La tienda olía como siempre, a aromas antiguos y lejanos, a magia y misticismo.

—Disculpad, ahora mismo salgo. —Las cortinas de la trastienda, aquellas que en su día estuvieron compuestas por cristales brillantes y ahora eran tan opacos como el resto de la ciudad, dejaron pasar esa voz que Carey tan bien conocía.

Gaia jamás había visto un fantasma, a pesar de la imagen que transmitía y que hacía que todo Vésticum se pensara que era una bruja, y tampoco creía en ellos. Sin embargo, tuvo que cerciorarse varias veces de que lo que estaban viendo sus ojos no provenía del más allá. De donde sí venía era de una vida pasada, una que parecía quedar tan lejos que resultaba hasta confuso encontrarse con ella de repente.

—¿Qué...?

—Te recordaba más elocuente, vieja amiga.

La emoción por ver un rostro familiar hizo que Carey escondiera los sentimientos encontrados que tenía hacia Gaia. Recordaba a la perfección cómo les salvó la vida a ella y Eneas —aunque ese era un nombre en el que prefería no pensar— y cómo después les pidió una vida humana a cambio. Se había encontrado con gente rastrera a lo largo de su existencia, pero aquello fue demasiado. Aun así, tenerla delante le hizo comprender que esos recuerdos que de vez en cuando se pasaban por su mente eran tan reales como el olor a almizcle y romero que inundaba la tienda.

Al contrario de lo que había esperado, Gaia no se abalanzó sobre ella para darle un abrazo, ni siquiera compuso una sonrisa a juego con la de Carey. Estaba seria, y no le habría extrañado en absoluto que en ese momento hubiera decidido echarlas del local.

—Creí que habías muerto.

—Yo también me alegro de verte. —Carey se cruzó de brazos.

¿A qué venía esa actitud? Ella había cumplido con su parte del trato, a pesar de que por el camino los fanáticos atraparan a Eneas y ellos dos estuvieran a punto de morir.

—No es momento de sacar a relucir tu ironía, Carey. Pensaba que habías muerto *de verdad* —un rastro de culpabilidad tiñó estas últimas palabras.

—Bueno, pues siento decepcionarte, pero no es así; conseguí escapar. Tú también podrías haber muerto.

—Las explosiones esquivaron esta parte de la ciudad, aunque los temblores del suelo sí que nos afectaron. —Carey pensó que aquellos cinco años no habían pasado en balde para la mujer. Tenía las arrugas más marcadas que antes y las canas empezaban a campar a sus anchas—. Al principio no supe qué era lo que ocurría, solo escuché ruidos y gente gritando, pero el polvo que inundó la ciudad me dio una pista.

—¿No vinieron a por ti? —fue la primera vez que Hamica intervino.

Carey comprobó que miraba fascinada el maquillaje extravagante que decoraba los ojos de Gaia.

—Supongo que tú eres…

—Hamica —dijo Carey con un leve rastro de orgullo en la voz—, mi hermana.

Las cejas de Gaia se elevaron.

—Caronte sigue siendo una caja de sorpresas incluso desde la otra vida —suspiró, conocía de sobra a Carey y sabía que ese era un tema que deberían tratar con una taza de té delante y no allí, de pie en mitad de la tienda—. En fin, por supuesto que vinieron a por mí, pero yo me escondí en un armario del sótano. Estuve allí metida durante tres días y solo me permitía salir por la noche para coger algo de comer y de beber para Matilda y para mí.

«Así que Matilda», pensó Carey, que no había parado de preguntarse dónde estaría aquel bebé que casi le cuesta la vida.

—Y, sin embargo, terminaron por encontrarte —dedujo Hamica.

—Eso me temo. —La mujer se dejó caer en uno de los butacones de terciopelo que decoraban el local. Incluso la tela, en otros tiempos esplendorosa, parecía triste y apagada—. No podíamos quedarnos encerradas para siempre, teníamos que salir y enfrentarnos a lo que fuera que estuviera asolando esta ciudad.

»No tardaron ni un día en enjuiciarme —fue tal la tristeza de su voz que por un instante Carey pensó que no podría continuar hablando. Jamás la había visto así de derrotada. ¡Era Gaia, por el amor de los dioses!—. No tuve alternativa. Una mujer de la Nueva Gobernacía, a mis espaldas, a duras penas conseguía sujetar a Matilda, que no paraba de llorar muerta de hambre.

—No tenías elección —comentó Carey antes de que Gaia se excusara.

Sabía perfectamente lo que se sentía cuando se abandonaba el orgullo. Gaia había sido fiel al antiguo sistema y al Liceo de una manera incondicional. De hecho, era habitual verla frecuentando el auditorio de Vésticum, orgullosa de ser una de las mejores mentirosas de la ciudad.

La mujer se levantó del sillón incómoda. Se dirigió a una mesita auxiliar donde descansaba una botella de cristal con uvas talladas y unos vasos a juego. Levantó la botella para ofrecerle una bebida a las chicas, pero estas rehusaron. Hamica, después de lo de la noche anterior, prefirió alejarse de las bebidas espirituosas durante un tiempo. A la mujer no le importó: se sirvió un poco y se lo bebió de un trago.

—Por supuesto que no. Ganas de mandarlos al infierno no me faltaban, pero no podía dejar a mi hija sola, no en esa Vestalia desconocida y regentada por unos tiranos. Solo imaginarme a Matilda retorciéndose entre los brazos de esa mujer hizo que me hirviera la sangre.

—Y mentiste —volvió a deducir Hamica mientras miraba su insignia.

—Por supuesto, querida, creo que soy una experta en eso. Mentí, dije que iba a ser fiel a la Nueva Gobernacía y que aceptaba el régimen de la verdad. Y lo hice de una manera tan convincente que no tardaron ni medio minuto en desatar las cuerdas que aprisionaban mis manos.

»Entonces la gente no jaleaba cuando alguien se unía al nuevo régimen. Entonces solo había caras de preocupación al ver que un conocido había mentido una vez más. Todos lo hicimos. Bueno, casi todos.

Carey la miraba con seriedad. Le parecía extraño escuchar a Gaia hablar de aquella manera, como si estuviera narrando un cuento protagonizado por otra persona completamente ajena a ella. Sin embargo, después se dio cuenta de que así era la nueva vida en Vestalia: una carrera interminable por seguir un día más con vida.

—¿Mami?

Hamica y Carey dirigieron la vista hacia la cortina de cuentas de cristal por la que había aparecido Gaia hacía unos instantes; una niña con cara de dormida sujetaba una muñeca de trapo tan deteriorada que parecía que iba a caerse en pedazos allí mismo.

—Cariño —el rostro de la mujer se suavizó con tanta rapidez que dio la impresión de que era otra persona—, deberías estar en la cama, es la hora de tu siesta. Ya sabes que si no duermes la siesta…

—Sí, si no duermo la siesta mamá se vuelve un poco loca.

—Eso es, mi amor. ¿Hay algo que te preocupe?

La niña, con unos bucles dorados que le llegaban casi hasta la cintura y unos ojos de cervatillo asustado, centró su atención en las dos desconocidas y las señaló con timidez.

—Tranquila, cielo, son amigas.

—¿Amigas de verdad?

Gaia las miró interrogante. Carey pensó que, en realidad, había confiado en ellas demasiado rápido y ni siquiera les había preguntado qué hacían allí. Podían delatarla, podían contar una verdad sobre ella, podían explicar de dónde había salido Matilda, dado que seguramente Carey era la única persona viva que sabía aquella confidencia. Podían vender sus secretos, que no eran pocos.

Hamica asintió antes de que Carey pudiera hablar.

—Amigas de verdad —confirmó la chica—. Me encanta tu pelo, seguro que tu mamá te hace unas trenzas preciosas.

Aunque la desconfianza no se desvaneció del todo de los ojos de la niña, esta pareció relajarse un poco.

—Venga, cariño, vuelve a la cama. Te prometo que esta noche te cuento la historia de la mariposa de bronce.

—¿De verdad?

—De verdad de la buena.

Aquellas palabras revolvieron el estómago a Carey. Tal vez porque la palabra *verdad* para ella había perdido todo el significado o tal vez porque ese era su cuento favorito de niña, el único que su padre se sabía y que, las noches que no terminaba abrazado a una botella desesperado por olvidarse de una larga jornada de trabajo, le contaba antes de dormir.

Matilda obedeció contenta con el trato.

—Es agotador —dijo Gaia mientras se dejaba caer de nuevo en el sillón—. Pero también es reconfortante. Jamás me imaginé que ser madre sería así.

Carey tuvo que morderse la lengua. No paraba de pensar en que Gaia no era la verdadera madre de Matilda, que esta le había sido arrebatada de los brazos a una mujer que, a día de hoy, seguiría llorando una pérdida tan repentina como inexplicable.

—En fin, dejémonos de tonterías. ¿Qué hacéis aquí?

Hamica y Carey volvieron a compartir una mirada, esta vez de extrañeza. El tono de la mujer había cambiado de forma radical, al igual que su rostro.

—Y lo más importante, no sé por qué me da que estáis huyendo y que, por lo tanto, no habéis jurado lealtad al nuevo régimen.

La tensión podía cortarse con un cuchillo. Las hermanas no habían hablado del pequeño detalle de cuál iba a ser la historia que iban a contar. ¿Dirían la verdad? ¿Se inventarían un pasado, un futuro? Carey se quitó la bufanda para que Gaia comprobara que su teoría era cierta.

—¿Cómo sabemos que no trabajas para ellos? —Carey no se aguantó más—. ¿Cómo estamos seguras de que no vas a vendernos?

—Si de verdad te preocupara eso no habrías cruzado la puerta de mi local, querida Carey —las palabras de Gaia fueron tajantes—. ¿Es que acaso has olvidado nuestras vidas pasadas?

«En absoluto —pensó—, ni en un millón de años podría hacerlo».

—Me temo que en este tablero en el que se ha convertido Vestalia no tenéis demasiadas jugadas posibles. Es cierto que se podría decir que mi negocio subsiste gracias a la Nueva Gobernacía, pues son muchísimas las personas que cuentan verdades a cambio de alguno de los productos de la Maison du Parfum, pero esa es la única relación que me une con ellos.

»Carey —se dirigió a la chica sin ningún tipo de miramiento—, tú me diste lo que más ansiaba, mi razón de ser, así que no hace falta que te diga que esta es tu casa y que jamás estarás en peligro mientras te halles bajo mi techo. Y eso incluye a tu hermana, por supuesto, aunque no haya parado de mirarme como si estuviera apuntándola con una pistola.

—Yo… —Hamica se sonrojó al instante.

—Tranquila, querida. Ya te acostumbrarás a mi humor.

CAPÍTULO 15

Tobyas Jhonson
Vésticum, al sureste de Vestalia

Si le hubieran preguntado cuál era su sonido favorito no habría tenido ninguna duda en responder que el tintineo que hacían los cascabeles de la taberna La Piel del Oso cuando alguien abría la puerta. Aquel tañido era como música para sus oídos, le recordaba que estaba en el lugar donde más feliz podía ser, que estaba cerca de ella.

Tenía tanta hambre que podría haberse comido una marmita entera de lo que fuera que preparan ese día para acompañar la cerveza que, por otra parte, también se moría por probar; pero no era aquello lo que había hecho que sus pies se dirigieran de forma automática a la taberna en cuanto pisó tierra. No tenía nada que ver con la comida ni con la bebida. Tenía que ver con ella, con Otila, que lo miró con asombro desde la barra del bar cuando cruzó la puerta.

Él se acercó, cauteloso, a la vez que echaba un rápido vistazo alrededor para cerciorarse de que el marido de la chica no anduviera por allí. Era buena hora, pues el bar estaba prácticamente vacío, a excepción de un par de feligreses que ocupaban sendas mesas del fondo y que no habían reparado en su presencia.

—Necesito algo caliente —repitió esas palabras, las mismas que había dicho la primera vez que entró en la taberna casi cuatro años atrás cuando, después su primera expedición, que duró tantos meses que estaba seguro de que se habría olvidado de cómo caminar en suelo firme, habría dado lo que fuera por un plato de guiso de carne.

Ella lo miró y guardó silencio. En otras circunstancias le habría soltado algún chascarrillo que habría hecho que Tobyas se sonrojara y le entraran todavía más ganas de ir a esa habitación en la que había pasado las mejores horas de su vida. Sin embargo, la dureza de sus ojos y la forma en la que sus labios parecían estar sellados le indicaron que algo iba mal.

—Debemos hablar.

Aquellas palabras dolieron más que el silencio. Fueron demoledoras. Tobyas habría mentido si hubiera dicho que no se había imaginado varias veces ese escenario —de hecho, se lo había imaginado cada una de las ocasiones que había cruzado la puerta de la taberna—, pero escucharlo de verdad, saliendo de los labios color canela de Otila y no de su pesimista imaginación, era algo para lo que en realidad no estaba preparado. Asintió, ¿qué otra cosa podía hacer?, y la siguió cuando puso rumbo a la planta de arriba.

—Pévol —llamó al camarero que estaba organizando la cocina—, quédate al cargo de la barra.

Él chico, un rubio y tan corpulento que a su lado la encimera del bar parecía de juguete, puso los ojos en blanco, pero obedeció. Al principio, Tobyas temía por su lealtad; pensaba que lo suyo con Otila —que, aunque trataban de ocultarlo, a veces parecía un secreto a voces— era demasiado jugoso como para no contarlo en un auditorio, pero lo cierto era que Pévol había demostrado ser muy leal a Otila, que también era su jefa. Después de unas cuantas visitas comprendió por qué: Pévol odiaba al marido de Otila, sabía que no era un buen hombre y que ella siempre estaba deseando que se fuera de la taberna para poder respirar con tranquilidad. Compartían el local y jamás habían llegado a un acuerdo para poder separarse en paz y que uno de ellos se quedara con el negocio. Así que habían decidido continuar, aunque ello acarreara intentos de continuar con un matrimonio agónico que les hacía infelices a los dos. Así que Pévol, le había dicho Otila a Tobyas en una ocasión, se alegraba mucho de que el muchacho se pasara por allí de vez en cuando, pues solo cuando estaba con él era realmente feliz. Por lo que jamás los delataría.

El marinero, lejos de preocuparse por Pévol, centró todas sus dudas en la conversación que vendría a continuación, cuando estuviera en una de las habitaciones que utilizaban de hospedaje.

Tobyas sintió más calma de la habitual. Recordaba la última vez que había estado allí: era pleno invierno y Otila y él terminaron en el cuarto donde guardaban los aparejos de limpieza porque el resto de habitaciones estaban ocupadas. A él no le importó, ni todas las escobas de Vestalia podían frenar el deseo que sentía.

—¿Va... va todo bien? —a pesar de que no quería saber la respuesta, supuso que no le quedaba otro remedio que preguntar.

—Has tardado mucho en volver —aquello sonó a reproche.

—Nos pilló una tormenta en mitad del mar Argento y nos encontramos con un imprevisto con el que no contábamos.

—¿Algo interesante?

—Lo cierto es que sí. —Tobyas se dejó llevar y le contó el hallazgo que habían hecho en las islas de Mergón. Tal vez fueron las ganas que tenía de compartir con alguien querido todo lo que se había guardado durante meses o tal vez que vio en ello la excusa perfecta para alejar las malas noticias que no tardarían en salir de la boca de Otila.

—¿Y ese chico trabajó para el Liceo, como tú? —Estaba al tanto de la vida anterior de Tobyas, de hecho, no había nada de su pasado que no hubiera compartido con ella. Tal era el amor que le profería.

—Sí, entró casi a la vez que yo, aunque no coincidimos demasiado porque al poco tiempo de entrar..., bueno, ya sabes lo que ocurrió.

Ella asintió. Tobyas le había contado cómo se había sentido al tener que enfrentarse a la muerte de Aiden con tan poca experiencia dentro del Liceo. Él venía de una familia del suroeste de Vestalia, tan humilde que a duras penas conseguía subsistir. La Gobernacía les había dado una finca preparada para hacer vasijas de barro, y eso, en temporadas malas, no les daba para comer. Así que lo tuvieron claro: en cuanto Tobyas cumplió los dieciocho años lo mandaron al Liceo, a ese lugar que le garantizaría un techo y un plato caliente a cambio de un puñado de mentiras. Él no estaba demasiado decidido, pero al ver la súplica en los ojos de sus padres no le quedó otro remedio que aceptar. En el momento en que vio cómo moría Aiden fue consciente de que había errado en su elección, que debería haber seguido haciendo vasijas porque tal vez así no sabría lo que era vivir la muerte en primera persona.

No había día que no se preguntara por sus padres, por ese camino que había dejado atrás. ¿Seguirían en la finca? ¿Tendrían para comer? ¿Habrían aceptado el nuevo régimen? ¿O tal vez...? No sabía qué pensar. Sus padres eran fieles a sus ideas —de hecho, casi nunca habían mentido, tan solo en ocasiones en las que era estrictamente necesario, como aquella vez en la que a Tobyas se le rompieron las botas para ir a clase y no había manera de encontrar unas en el mercado—, pero también sabía que harían cualquier cosa con tal de sobrevivir. Al fin y al cabo, a él lo habían mandado al Liceo, y eso que iba en contra de sus ideales.

Eran demasiados los días que había estado tentado de volverse a Mélido, de comprobar con sus propios ojos cómo estaba su familia, pero le daba demasiado miedo la posibilidad de descubrir que se había quedado solo en el mundo y que la única persona que tenía era una mujer casada a la que veía una vez cada no se sabía cuántos meses. Le daba pánico enfrentarse a la verdad, y quizás por eso se refugiaba en la idea de que, si dejaba la navegación, la Nueva Gobernacía lo perseguiría hasta los confines de Vestalia y acabaría tan muerto como las esperanzas que a esas alturas ya yacían en lo más hondo del mar.

—¿Sigues conmigo? —Otila le acarició un brazo. Aunque no veía demasiado a Tobyas, lo conocía a la perfección y sabía que el chico llevaba un buen rato lejos de allí.

Él asintió y se obligó a poner toda su atención en aquellos ojos negros que tanto había deseado contemplar. Había perdido la cuenta de la cantidad de horas que se había imaginado allí, a su lado, respirando el mismo aire que ella, enredado en sus rizos oscuros, compartiendo latidos.

—¿De qué querías hablarme? —Se despojó del miedo que le daba la respuesta. Aquello que tenían, fuera lo que fuese, también podía componerse de malas noticias.

—¿Qué?

—Abajo. Me has dicho que teníamos que hablar.

—Oh… —Otila se colocó un mechón de pelo detrás de la oreja—, se me ha olvidado. No te preocupes, no sería tan importante.

Tobyas mentiría si dijera que el lastre que sentía en el estómago no se esfumó de inmediato con aquellas palabras. Por un segundo pensó que Otila en realidad sí que se acordaba de lo que quería decirle, pero le gustó mucho más la idea de que de verdad se hubiera olvidado. Una batalla que no tendría que lidiar esa noche.

—Entonces, si no estamos aquí para hablar…

A pesar de que fue Tobyas el que lo propuso, fue ella quien tomó la iniciativa. Eso era lo que más le gustaba de la chica: que sabía lo que quería y no dudaba ni un instante en conseguirlo. Él había ido abriéndose poco a poco y con cada encuentro que tenían le costaba menos arrancarse y sacar ese deseo que dormía dentro de él y que se despertaba en cuanto pensaba en ella, pero le había costado muchísimo, y Tobyas tenía claro por qué: no se trataba de que no hubiera estado con ninguna chica antes que con Otila y que su inexperiencia le supusiera un nudo en el estómago, era más bien que sentía que a la chica le gustaba que las cosas se hicieran a su manera, y eso implicaba también los asuntos de la cama.

Aquel día no fue diferente, aunque fue el marinero quien atrapó el cuerpo de Otila entre sus piernas y la obligó a ponerse debajo de él. A pesar de ese pequeño arranque que consiguió que la chica le regalara una sonrisa de sorpresa, esta no tardó en dejar claro su papel. Lo besó con ganas, demostrándole que se había imaginado ese beso más de un millón de veces durante todos esos meses en los que no se habían visto. Tobyas, en una confesión muda hecha a base de caricias, le correspondió.

—Cómo te he echado de menos —le susurró al oído.

—Seguro que no tanto.

Tobyas sabía perfectamente a qué se refería Otila. Habían tenido esa conversación muchísimas veces y era consciente de que, si la contradecía, acabarían discutiendo. Era Camille, siempre era Camille. Otila sentía unos celos desmesurados por la chica del pelo rojo, aunque Tobyas se decía a sí mismo que tan solo era la manera de decirle que le encantaría ser ella la que estuviera en el barco con él y no aquella chica de mirada extraña. «Seguro que te hace conjuros para que te enamores de ella», le dijo una vez, lo que hizo que Tobyas se echara a reír. No pensaba que Otila fuera de esas que creían en habladurías de brujos y hechiceros, pero dada la seriedad con la que afirmó aquello, no le quedó más remedio que cambiar de idea. Así que la mayor parte de sus encuentros se caracterizaban por haber pasado un rato inolvidable en una de las habitaciones de la taberna y por haber tenido una conversación interminable en la que Tobyas trataba de convencer a Otila de que ni siquiera había cruzado cinco palabras con Camille en todo el viaje.

Aquel día Tobyas no quería discutir. No después de haberse encontrado con Eneas y haberse topado con su pasado de frente. No después de recordar lo frugal que era la vida —si es que lo había olvidado— y lo muchísimo que echaba de menos a aquella mujer que ahora le suplicaba al oído que no parara.

Tan solo la quería a ella.

Tal y como era, con sus ataduras y su desconfianza; con su amor infinito y su mal genio; con su forma de pedirle más y la manera en la que se derrumbaba cuando sentía que Tobyas era la única ancla que le quedaba en ese mundo todavía desconocido.

La amaba, más de lo que había amado a nadie jamás, y la echaba de menos a partes iguales. Porque sabía que no era suya y que nunca podría serlo. Amar algo que sabía que iba a perder era lo más difícil a lo que podría enfrentarse en la vida. Eso Tobyas Jhonson lo sabía muy bien.

CAPÍTULO 16

Hamica Clayton
Vésticum, al sureste de Vestalia

Mentiría si dijera que se había olvidado de lo reconfortante que podía llegar a ser una taza de té caliente en un momento como aquel. Habría agradecido muchísimo que su hermana le hablara de Gaia antes de aparecer en su perfumería, sobre todo porque se habría preparado para el interrogatorio que se le vino encima en cuanto se asentaron.

Carey se lo contó todo, con pelos y señales. Le dijo que Hamica era también hija de Caronte, dónde había vivido hasta llegar a Vésticum y el motivo por el cual su padre la tenía oculta. Ni siquiera se dejó en el tintero el hecho de que lo hizo porque no quería cometer los mismos errores que con Carey. Hamica escuchó en silencio, sin poder mediar palabra. Le pareció extraña la manera en la que su hermana era capaz de contar su vida con tantos detalles, como si no hubieran estado separadas ni un segundo, como si se hubieran criado juntas.

Gaia, lejos de contentarse con las respuestas, seguía preguntando, y cada vez más. Tan solo después de saber en qué sitios se habían escondido una vez sucedió el Gran Cataclismo pareció conforme y decidió dejar que se relajaran un poco.

Había llegado el mediodía y, con él, el momento de cerrar la perfumería durante un par de horas. Ese era el rato que la mujer aprovechaba pasar salir con Matilda. Comían algo en algún restaurante y paseaban mientras miraban escaparates y apuntaban otra cosa más en esa lista interminable de deseos.

—No sé si agradezco más que nos haya dejado solas un rato o que nos haya preparado esta tetera antes de hacerlo —dijo Carey al tiempo que servía una taza.

—Desde luego, usar una tetera que no tiene un agujero por el que se sale el agua es algo de agradecer. ¿Siempre ha sido así? —Hamica se aferró a aquella taza caliente como si fuera un adicto después de contar una mentira.

—Eso me temo. Gaia es muy inteligente y te garantizo que no iba a dejar que pasáramos aquí la noche sin interrogarnos antes.

—¿Y eso que dijo de que tú le habías dado lo más valioso que tenía?

Una sombra oscura atravesó el rostro de Carey.

—Tuve que mentir para conseguir ese bebé. —El suspiro que acompañó a esas palabras dejó claro que a la chica le había costado muchísimo hacer aquello.

—Eso significa…

—Sí, significa que maté a alguien para poder darle un bebé a Gaia.

—Eso es horrible. —Hamica sabía que Carey no había matado directamente, que no había empuñado un arma contra nadie para arrebatarle su bebé; pero entendía a lo que se refería: su mentira había acabado con una persona inocente, y no conocer su identidad no le restaba importancia.

—Nos salvó la vida —atajó Carey; seguramente quería excusarse antes de que su hermana la juzgara de manera equivocada—. Eneas y yo estábamos huyendo de los fanáticos —pronunció esta última palabra sin ánimo de ofender a Hamica— y ella nos escondió en este mismo local hasta que se marcharon.

—No debería haberos pedido nada a cambio. No se puede ayudar a alguien porque esperes algo de vuelta.

—No conoces a Gaia. Te he dicho que es una de las personas más inteligentes de Vestalia, pero también de las más ambiciosas.

Te garantizo que, si no lo fuera, no estaría donde está en estos momentos.

Hamica no quiso decirle que con ese acto lo único que habían conseguido era arrebatar a Matilda a su verdadera madre. Quizás ni siquiera ese fuera su nombre; seguro que no. No se podía decir que con ella hubiera sucedido lo mismo, pues fue su padre el que de forma voluntaria la entregó a otros brazos, pero sí que la había privado de un montón de recuerdos que nunca fueron y que nunca serían.

—Este tema te sigue afectando, ¿no es así?

«Siempre se me olvida que Carey se da cuenta de todo lo que pasa a su alrededor, aunque parezca que no». Desvió la mirada, incapaz de contestar. La perfumería de Gaia era un lugar peculiar, arrastraba una suerte de esplendor de un tiempo pasado que ahora solo se reflejaba en las pesadas cortinas moradas y en los candelabros de plata que ya no brillaban por mucho que se los enluciera. Pensó en el lujo que se debería de haber respirado allí dentro, del orgullo que sería para la dueña que alguien entrara en la tienda y percibiera esa aura mágica. Se dio cuenta de que su mente no hacía otra cosa que divagar para no enfrentarse a la pregunta de Carey, así que se obligó a volver a aquella mesa, a aquel té, a aquellos ojos de hielo que la miraban desde escasos palmos.

—Bastante. ¿Sabes? Hay una cosa a la que no paro de darle vueltas. Es… —no sabía cómo abordar aquella conversación—. Es que siento que la decisión de Caronte de llevarme a Hastía no solo implicó perder a un padre, sino también un montón de recuerdos.

—¿A qué te refieres?

—¿No te has dado cuenta de que los recuerdos que poseemos de cuando no teníamos memoria no son más que los que nos narran nuestros padres cuando crecemos? Nuestra infancia, antes de ser capaces de recordar, no es un lienzo en blanco. Está pintado, aunque no sea con nuestros propios trazos.

Carey dio un sorbo a su té mientras miraba a Hamica. Rara vez tenían conversaciones tan profundas, tal vez porque ella no les daba demasiada importancia a esas pequeñas cosas o tal vez porque Hamica se empeñaba en darle vueltas a una misma idea hasta verla desde todos los ángulos posibles y hasta encontrarle un significado que nadie más que ella observaba.

—Como cuando nuestro padre me contaba la historia de la vez que me llevó a un tiovivo y yo me empeñé en que quería quedarme allí una vuelta más y otra más y al final, cuando me bajó a la fuerza, acabé vomitando sobre sus zapatos.

Hamica sonrió; Carey no le había contado nunca aquella historia.

—Si el recuerdo no era tuyo, sí, a eso me refiero.

—Nunca me había parado a pensar que ese recuerdo en realidad era de él, no mío. Yo era demasiado pequeña como para tener memoria.

—Y es injusto que yo no tenga nada de eso —susurró Hamica. Se escudó detrás de la taza de porcelana, como si eso pudiera hacer que las palabras no salieran de su boca.

—Pero tendrás los recuerdos que te contaron tus padres adoptivos, ¿no?

—Sí, pero no es lo mismo. Esos recuerdos no eran los que a mí me tocaba vivir, yo tendría que…

Carey se levantó y abrazó a su hermana. Habían hablado de ese tema en alguna ocasión y sabía lo difícil que era para ella.

—A veces te veo y pienso que es injusto que tú disfrutaras de esa vida que a mí me fue arrebatada. No me dieron a elegir.

—Ahí estás equivocada. —Carey volvió a su sitio y tomó la mano de su hermana, que descansaba encima de la mesa—. Yo también tuve una vida que me fue arrebatada, una que estaba muy lejos de las mentiras y en la que yo no me convertía en una mentirosa profesional. Una en la que no mataba a cambio de un bebé y en la que no apretaba el gatillo delante de personas inocentes.

Hamica nunca había visto a su hermana así de vulnerable. Pensó que se debería a que estaban en Vésticum, en la ciudad en la que se crio y donde los recuerdos dormían en cada adoquín.

—Me di cuenta muy tarde de que esa no era la vida que yo me merecía. Habría sido mucho más feliz estando en Hastía, ajena a las atrocidades de Caronte.

Nunca una conversación le había dolido tanto. No se trataba de que Carey invalidara sus sentimientos —sabía a ciencia cierta que su hermana no era ese tipo de persona—, pero no comprendía cómo era capaz de pensar que su vida no fue mejor que la suya. Carey había tenido todo lo que había deseado desde el mismo momento en que nació. Había sido el ojito derecho de un padre que bebía los vientos por ella, que besaba el suelo que pisaba. Le habría servido el mundo en una bandeja de plata si se lo hubiera pedido. No llegaba a cerrar la boca cuando Caronte hacía realidad ese deseo que acababa de pedir. Y por eso no conseguía comprender cómo no era capaz de ver que su vida había sido perfecta y que la suya en cambio…

—Yo no tengo la culpa —dijo Carey mientras buscaba sus ojos—. Yo no deseé crecer en el Liceo, a su lado. No pedí en ningún momento convertirme en la mayor mentirosa de Vestalia, no…

—Lo sé —se apresuró a contestar Hamica. Le dolía en el alma que aquella conversación hubiera desembocado en esos sentimientos—. No estoy diciendo que tú tuvieras la culpa, jamás se me ocurriría pensar algo así, pero sí que te puedo garantizar que tu vida, la que me fue arrebata a mí, fue mucho más plena que la mía.

Carey suspiró y le dio otro sorbo a la infusión. Cuando vio que se la había terminado, se sirvió más de la tetera. No tenía ni idea de cuándo volvería a tener la oportunidad de deleitarse con algo así de nuevo.

—No sabes lo equivocada que estás.

A Hamica le habría encantado contradecirla, explicarle los motivos que hacían que esa afirmación fuera la más errónea que podía salir de sus labios. Pero no lo hizo. No encontró las fuerzas. Veía una tristeza inmensa en los ojos de su hermana y no quiso ahondar más en ese tema que no iba a ninguna parte.

—Es como el tema de mi madre —dijo en su lugar.

—¿Tu madre adoptiva?

—No, la biológica, la que me dio a luz —utilizó esas palabras a propósito, unas que alejaban a esa figura de cualquier sentimiento maternal que pudiera tener hacia ella—. No sé más sobre ella que lo que me contó Caronte justo antes de morir.

—¿Qué te habría gustado saber?

—La parte más racional de mi cerebro te respondería que tan solo las enfermedades que padeció, para estar preparada en caso de que tuviera alguna hereditaria. Pero la verdad...

—La verdad es que te habría gustado saber cómo era, ¿no? —completó Carey.

Hamica asintió con tristeza.

—Es normal, y no debes castigarte por ello. Al fin y al cabo, ella te dio la vida, por injusto que suene.

—A veces pienso en eso y me pregunto si le gustaría tanto el té como a mí o si lo heredé de Caronte. Si le gustaba vivir en Selán o si prefería los climas más cálidos. Si llegó a querer a Caronte o si tan solo veía en él una oportunidad más para conseguir lo que ansiaba. Si alguna vez llegó a quererme a mí. Si me consideró un error.

Calló de golpe. Jamás había dicho aquellas palabras en voz alta. Le hacían sentirse una persona horrible, a pesar de que sabía que ella no tenía la culpa de la situación que le había tocado vivir. Y por primera vez, al exteriorizar de aquella manera lo que había en su interior, se sorprendió al no encontrarse con la rabia terrible que siempre la inundaba cuando pensaba en esa mujer.

—¿Y qué más da? —Carey la miró muy seria, con ese gesto que ponía cuando no aceptaba que la contradijeran—. Perdió el derecho a que te interesaras por ella el mismo día en que te rechazó. Si te va a dejar más tranquila, invéntate su vida. Piensa que odiaba el té y que en realidad le encantaba beber ron a las diez de la mañana. Piensa que adoraba el clima de Selán porque así podía ponerse los abrigos de piel que conseguía mintiendo. Piensa que dormía con serpientes si eso te hace feliz, porque no merece otra cosa.

Hamica sonrió con timidez. «Ojalá fuera tan fácil —deseó—, aunque tiene razón». A veces le encantaría ser más como ella, dejarse llevar por lo obvio y no darle tantas vueltas a las cosas.

—Por cierto, a Caronte le gustaba el té —confirmó Carey—. El negro, sin azúcar y con un poquito de leche fresca. Así que ya sabes de dónde viene tu afición.

Hamica quiso decirle que aquel había sido uno de los detalles más bonitos que había tenido con ella desde que sus vidas se cruzaron. Carey había sabido quitar las capas de las que se componía y había llegado hasta su alma. La conocía mejor que nadie, y eso hizo que se emocionara.

—Me muero de hambre —anunció antes de que las lágrimas comenzaran a hablar por ella.

Y era cierto. Hacía muchas horas que no comían nada y, a pesar de que le habían asegurado a Gaia que estaban bien y que preferían descansar en la perfumería —todo con tal de perderla de vista, aunque tan solo fuera un par de horas—, la verdad era que estaban hambrientas.

—¿Crees que podremos conseguir algo de comida por aquí? —preguntó Hamica deseando que la respuesta fuera afirmativa.

Carey dudó.

—Si lleváramos una insignia a lo mejor las cosas serían mucho más fáciles, pero no tenemos y aquí la gente está ojo avizor con los extraños…

—Pero no aguanto más, necesito comer lo que sea.

El suspiro que emitió Carey le indicó a Hamica que la había convencido.

—Bueno, ponte el abrigo, algo se nos ocurrirá. Tenemos un monóculo que seguro que alguien acepta a cambio de un plato caliente. Nos quedaremos en esta zona de la ciudad para no arriesgarnos demasiado y...

Hamica no se levantó.

—Venga, vamos, ponte tu abrigo, estás muerta de hambre.

—Carey, yo...

—¿Qué ocurre?

Echando la vista atrás, solo había conocido a una persona que se había preocupado tanto como ella: su amiga Gruta. Siempre estaba pendiente de lo que necesitaba, y movía cielo y tierra si hacía falta con tal de complacerla.

—Que he tenido muchísima suerte por haberte encontrado —dijo por fin—. Y eso también es algo que nunca perdonaré a Caronte, que nos hubiera mantenido tantos años separadas.

CAPÍTULO 17

Carey Regminton
Vésticum, al sureste de Vestalia

Esperaba que su hermana no se diera cuenta de todo lo que se le estaba pasando por la cabeza en esos momentos, pero sabía que a esas alturas ya era un libro abierto para ella.

Era imposible no experimentar ese tropel de sentimientos que se agolpaban en su interior, y eso que llevaba meses mentalizándose de que no sería fácil, de que encontrarse así con su pasado le iba a suponer una suerte de trauma con el que tendría que lidiar si quería seguir viva.

Comenzaron a pasear por las calles de Vésticum, aunque cada pocos minutos tenían que cambiar su ruta porque se encontraban con soldados de la Nueva Gobernacía. Carey intuyó que se trataban de soldados por los uniformes granates y por esa manera que tenían de observar a su alrededor como si todo supusiera una amenaza. Hamica también se dio cuenta, o eso le indicaba la forma en la que le cogía del brazo cada vez que veía uno.

—Tranquila —le decía su hermana cuando esto ocurría—, no nos conocen, estaremos bien.

En el fondo esperaba que Hamica no tuviera que hacer el mismo esfuerzo titánico que ella por creerse esas palabras, pero no quería vivir recluida el resto de sus días. Después de unos cuantos giros y cambios de rumbo, llegaron a una parte de la ciudad que parecía menos protegida, o al menos eso indicaba la falta de uniformados.

—¿Qué te apetece hacer? —le preguntó Hamica después de un buen rato, seguramente para quitarle importancia al hecho de que Carey se estuviera reencontrando con su pasado de una manera tan brusca.

—La verdad es que no lo sé. Te diría que podríamos ir a Becky's, que es la mejor pastelería de la ciudad, pero de camino aquí me ha parecido ver que no quedaban ni las ruinas del edificio.

»Es una pena, estoy segura de que te habrían encantado los bollos de canela.

—No pasa nada, seguro que encontramos otra pastelería con unos dulces igual de ricos.

—Seguro... —no quiso contradecirla, no merecía la pena, pero si hubiera llegado a probar esas delicias de canela jamás habría dicho tal tontería.

—Esta zona me suena —comentó entonces su hermana—. No pasé mucho tiempo en Vésticum la otra vez; cuando llegué fui directa a un hostal y al día siguiente me encontró Caronte.

—Típico de él, tan impaciente que se le olvidaba dejar disfrutar a los demás.

—Sin duda. —La risa de Hamica tenía algo tranquilizador—. De hecho... De hecho, creo que aquí estaba el hostal en el que me quedé, aunque es muy difícil saberlo, esto está irreconocible.

—Sí, no estás equivocada. Aquí tenía Baleen su negocio, la más cotilla entre las cotillas —dijo levantando un dedo; aquello le trajo muchos recuerdos—. No sé qué habrá sido de ella, aunque, conociéndola, seguro que está por ahí triunfando con otro negocio.

No quiso decirlo en voz alta, pero solo había dos posibilidades: que la mujer hubiera acabado sepultada bajo las piedras de su propio hostal o que ahora se dedicara a contar una verdad tras otra. No en vano tenía un don especial para hacer que la gente confiara en ella y acabara destapando sus secretos.

—Esto es muy raro para ti, ¿me equivoco? —Hamica se detuvo en seco. Estaban en una calle en la que la gente paseaba con tranquilidad entre los escombros y la basura, como si esto fuera tan natural como los árboles que un día decoraban las aceras.

—Pensé que sería distinto —reconoció—. A pesar de ser consciente de lo que ocurrió aquí, no esperaba ver la ciudad tan…

—¿Alguna vez piensas en él?

La sangre de Carey se espesó, amenazando con no seguir alimentándole el cuerpo. No hacía falta que dijera su nombre para saber a quién se refería. Le extrañó que le preguntara aquello, pues hacía mucho tiempo que había dejado claro que no era un tema del que le gustara hablar. Pero tenía razón. Eneas también formaba parte de esa desazón que sentía en su interior, de ese malestar que le hacía preguntarse cada día si había obrado de la mejor manera, de esos remordimientos que hacían que se pasara la noche en vela. Al final, asintió. No podía engañar a su hermana; la conocía demasiado bien.

—A veces me pregunto qué ocurriría si nos volviéramos a encontrar —confesó.

—Supongo que es normal. Vivisteis demasiadas cosas juntos.

—Ya no se trata solo de eso. —Carey sintió cómo esa presa que guardaba sus sentimientos de la manera más recelosa posible se rompía y arrollaba todo a su paso—. Es que no sé cómo reaccionaría si lo veo. Quiero decir…

—Sí, que mataste a sus padres.

Carey le había contado todo cuando escaparon de Vésticum, sin dejarse ni un solo detalle, y luego sentenció que no quería volver a tener esa conversación nunca más. Hamica obedeció sus deseos de una manera ten férrea que daba la sensación de que había olvidado todo lo referente a Eneas. Y Carey lo agradeció, aunque en alguna ocasión le habría gustado poder hablar de él con alguien que no fuera consigo misma. A pesar de que doliera como una puñalada.

—¿Tú me perdonarías? —Clavó su mirada de hielo en los ojos de Hamica. No pretendía intimidarla, era una pregunta sincera de verdad.

—No lo sé. No es que la vuestra fuera una relación sencilla. La respuesta es mucho más compleja que un sí o un no.

Lo sabía, pero le habría encantado que su hermana le dijera que sí, que era así de simple. Lo único en lo que pensaba cuando se hacía esa pregunta era que ninguno de los dos tenía una moral intachable. Era cierto que la de Eneas se había corrompido en el Liceo y que la suya ya estaba corrupta prácticamente desde que nació, pero eso no le quitaba importancia al hecho de que el chico hubiera hecho cosas de dudosa moralidad durante su vida.

—¿Y si fuera al revés? —le preguntó Hamica—. ¿Tú le perdonarías?

También había pensado en eso en muchísimas ocasiones. ¿Y si él hubiera matado a Caronte? ¿Y si él la hubiera dejado sola en el mundo?

—Yo no sabía que eran sus padres —susurró con menos seguridad de la que le gustaría—. Era mi trabajo, una misión más, una orden más. Si hubiera sabido que eran sus padres, jamás lo habría hecho.

—¿Ni aunque te lo ordenara Caronte?

—Por supuesto. —Sabía que Hamica no le hacía esa pregunta de una manera impertinente, deseaba conocer la verdad. Y la verdad era esa—. Yo… yo le quería —confesó—, como nunca había querido a nadie. Llegó para demostrarme que había otro mundo más allá de las mentiras y…

No pudo seguir hablando, Hamica no la dejó terminar. Le tomó el brazo y se lo apretó tanto que Carey soltó una maldición entre dientes.

—¿Se puede saber qué te pasa?

Cuando la miró, el rostro de su hermana estaba tan pálido que se confundía con el encalado de la pared.

—¿Eso es lo que creo que es? —su voz temblaba levemente.

Carey siguió la mirada de Hamica y se encontró con un cartel publicitario, uno de los tantos que decoraban cada rincón de Vestalia. En él se leían consignas de la Nueva Gobernacía y se animaba a todo el mundo a seguir el régimen y a contar cuantas verdades supieran. Solo que ese era diferente, sobre ese habían pintado con una tinta roja cuyos chorretones se deslizaban por la pared blanca. Aquellas dos letras tapaban las consignas hasta hacerlas ilegibles. Aquella «C» y aquella «R» revolvieron el estómago de Carey.

—Será casualidad —dijo entonces la chica, aunque por dentro sintió un temor que casi le impide hablar.

—No lo creo, Carey, son tus iniciales.

—Lo sé, pero seguro que significa otra cosa, no creo que yo...

Su rostro demudó cuando comprobó que el resto de los carteles de aquella calle estaban pintados de igual manera, con unas letras de las que emanaba una rabia incontenible.

—No puede ser, tiene que ser una casualidad —pronunció aquello más para convencerse a sí misma que a Hamica.

Pero entonces vio un cartel distinto entre todos los demás. Estaba tapado por el resto de anuncios de la Nueva Gobernacía, como si en su día hubiera sido importante pero ahora el tiempo se hubiera encargado de relegarlo al olvido. Lo rescató de debajo de esos panfletos manchados con tinta roja y lo que vio la dejó sin aliento. Era un dibujo de su rostro pintado a lápiz. No era totalmente fiel a la realidad —ella tenía la nariz un poco más respingona que la del boceto y, desde luego, los ojos mucho más grandes—, pero no había ninguna duda de que era Carey. Debajo de su rostro, unas letras mecanografiadas ofrecían una recompensa si la encontraban. Y encima, como una amenaza, aparecía su nombre y una advertencia que decía que era una enemiga de la Nueva Gobernacía. La presencia de los soldados la inquietó de pronto; seguramente tuvieran orden de capturarla en cuanto la vieran.

La chica sintió que se mareaba.

—¿Cómo es posible? ¿Y por qué me buscan a mí? Yo…

—Ya lo sé. —Hamica, que todavía le sujetaba el brazo, trató de tranquilizarla con unas caricias—. Pero piensa que eres la hija de Caronte.

—¿Y qué? ¿Qué se creen que voy a hacer?

Su hermana la miró con gesto divertido. Su ceja levantada reflejaba la ironía de la situación.

—¿Qué? ¿Qué pasa?

—Bueno, que en realidad estás aquí porque quieres acabar con el sistema de la Nueva Gobernacía… Un poco peligrosa sí que eres.

No sabía cómo lo hacía, pero Hamica siempre conseguía quitarle hierro a todos los problemas.

—Anda, venga, vamos a buscar otra pastelería. —Le habían entrado unas ganas tremendas de abrazarla, pero al final no lo hizo—. Solo dices tonterías porque tienes el estómago vacío.

CAPÍTULO 18

Eneas Lockwood
Vésticum, al sureste de Vestalia

El jaleo que se escuchó cuando juró lealtad a la Nueva Gobernacía hizo que el momento en el que uno de los encapuchados le puso la insignia en forma de uve invertida en el pecho y en el que lo bajaron de aquella tarima para dirigirlo a su nuevo hogar no fuera más que un borrón en su mente.

Solo cuando llegó al Liceo y reconoció lo que un día fueron los magníficos jardines de Papillón, comprendió dónde estaba. «Se tratará de una broma», pensó, pues no encontraba una razón más allá que la de regodearse en la sorna y el morbo que explicara por qué el nuevo régimen había querido asentarse en el edificio que había sido el centro de las mentiras en el pasado.

Se movió por el castillo como un autómata, sin ser capaz de fijarse en lo que le rodeaba y sin terminar de creerse del todo el lugar en el que estaba.

Volver a hallarse rodeado de tanta gente era algo que no llevaba demasiado bien. En el barco no había tenido oportunidad de adecuarse a ese drástico cambio, así que estar en el comedor del castillo de Brítacor, esperando a que alguien le sirviera la cena mientras el resto de gente conversaba de forma animada, hizo que volviera esa sensación de ahogo que había tenido antes del juicio.

Nunca se había considerado una persona especialmente social, pero siempre había estado rodeado de gente. La escuela, la familia, el Liceo… Sin embargo, vivir tantos años alejado de la civilización, hablando con una piedra y tratando de hacer malabares para no perder la cabeza había hecho mella en él. Tuvo que obligarse a respirar de nuevo, a decirse que todo iba a ir bien, y que cuando menos se lo esperara estaría en su habitación a solas.

No pudo refugiarse más en sus sentimientos: el alboroto de sus compañeros le devolvió a la realidad de golpe. «Una realidad demasiado artificial», se dijo mientras contemplaba los muros reconstruidos del castillo.

Él había visto cómo había quedado. Cuando salió de las ruinas, arrastrándose y casi sin poder respirar, aún tuvo tiempo para echar un rápido vistazo al que había sido uno de los edificios más bonitos de Vestalia. Y no solo por el castillo en sí, sino por todo lo que contenía. Tenía que reconocer que Caronte había hecho una gran labor por el arte del país, ya que, estaba seguro, nadie se había preocupado por reunir una colección como la que él había conseguido después de tantos años. Aunque no sabía muy bien si se debía a un verdadero interés por el arte o si simplemente se trataba de una manera de incrementar su ego, que con cada cuadro se iba ensanchando más y más.

Tenía la certeza de que el lugar donde se encontraba era artificial porque el revoco de las piedras lucía demasiado nuevo y, sobre todo, porque no había un solo cuadro en todo el castillo. No terminaba de comprender si era un movimiento deliberado —quizás la Nueva Gobernacía quería alejarse lo máximo posible del sello de Caronte— o si se trataba de que ni un cuadro se había salvado en la explosión. Daba igual la razón: las paredes desnudas hacían patente el hecho de que allí había tenido lugar un cambio, a pesar de que el nuevo régimen trataba de lanzar el mensaje contrario al haber reconstruido piedra por piedra el castillo de Brítacor.

Cuando le dijeron que, como miembro de la seguridad de la Nueva Gobernacía, tendría que vivir en ese castillo, no pudo evitar pensar en lo irónico que era el destino. ¿De verdad iba a volver allí? ¿De verdad iba a dormir bajo el mismo techo que casi lo manda a la tumba? ¿De verdad iba a tener que vivir en el lugar en el que había conocido a...?

—¿A qué estás esperando?

Eneas se dio la vuelta cuando comprendió que esa pregunta se la estaban haciendo a él. Veía tantas caras desconocidas que hacía un buen rato que había desistido en el intento por encontrar alguna familiar. Aquella no era la excepción.

—¿Perdona?

El chico, alto, fuerte y con unas ondas castañas que dejaban claro que se había pasado un buen rato domándolas, sonrió con desgana. Pero no fue una sonrisa amable, todo lo contrario.

—Llevo un buen rato observándote y no sé si te has fijado en que aquí cada uno se sirve lo suyo. —Miró a los que le acompañaban en busca de unas sonrisas cómplices que no tardaron en llegar—. O quizás es que simplemente te apetece estar sentado un rato sin hacer nada, pero si es así te aconsejo que vayas a una de las salas de descanso, pues aquí somos demasiados y las sillas escasean un poco.

»Eres nuevo, ¿verdad?

Eneas asintió. No sabía muy bien qué decir, no esperaba recibir una reprimenda nada más llegar. Y mucho menos ser el centro de atención de aquel grupito que parecía estar pasándoselo en grande a su costa. Entonces se giró y vio que en un rincón del comedor había una mesa de madera repleta de ollas y de platos. Sin decir nada —no estaba muy por la labor de incrementar el ego de ese chico dándole las gracias por la información no solicitada—, y bajo la atenta mirada de aquellos que le habían dejado claro que las cosas no iban a ser fáciles de ahora en adelante, se dirigió hacia allí.

Trató de disimular el hecho de que no le gustaba en absoluto estar rodeado de gente, que odiaba que lo miraran de arriba abajo, que cuchichearan cuando pasaban por su lado. Odiaba la ropa que le habían dado y que le hubieran obligado a recortarse la barba y el pelo. Odiaba las costuras, que se le clavaban por todo el cuerpo y que hacían que quisiera rascarse de forma constante. Odiaba el color granate de aquella chaqueta almidonada, las botas rígidas e incómodas, el sombrero ridículo que tendría que ponerse cada vez que saliera del castillo.

Y, cuando llegó a la mesa con las ollas, odió la comida.

Llevaba cinco años vistiendo con ropas roídas, bebiendo agua de lluvia y de río, comiendo crustáceos, peces y cocos. Y, aunque al principio le había parecido desesperante, después de tanto tiempo había comprendido que esa era su vida y que jamás volvería a estar sometido a la voluntad de alguien que no fuera él mismo. En la isla de Mergón podía elegir si se despertaba al amanecer o si se quedaba en aquella cama de palmeras durante una hora más. Podía decidir si pescaba o recolectaba, si fabricaba algo nuevo o arreglaba algo viejo. Era libre. Libre como jamás lo había sido. Y ahora… Ahora, volver a aquel lugar, tener que someterse a un régimen que acababa de conocer hacía tan solo unos días y tener que obedecer las órdenes de alguien le estaba sacando de quicio. ¿Y si a él no le apetecía comer? ¿Y si quería sentarse en aquella silla durante tres horas y no hacer más que mirar el vacío y esperar que llegara la hora de irse a dormir? ¿Y si quería volver a ser libre?

«Jamás volverás a ser libre», se regañó. Tenía el recuerdo de su madre diciéndole que nacer en Vestalia significaba nacer sin libertad, pero tampoco estaba seguro de si era un recuerdo que se había inventado o si había sucedido de verdad. Odiaba esa sensación de no poder fiarse ni de sí mismo, como si sus recuerdos estuvieran cubiertos por una nebulosa que se negaba a disiparse.

—Verdad número ciento dos mil trescientos veintiuno de Vésticum. Crina Dasili ha estado envenenando a los gatos del señor

Fredik Folden. Repetimos. Verdad número ciento dos mil trescientos...

Aquella voz metálica de nuevo. No creía ser capaz de acostumbrarse a esos comunicados constantes que salían por los altavoces que decoraban cada rincón de Vésticum.

Miró las ollas, y aunque su estómago rugió emocionado ante la idea de poder comer algo que no fuera lo mismo de lo que llevaba alimentándose tantísimos años, no consiguió decidirse por nada.

—El guiso de pollo está exquisito —le comentó una chica que ya estaba dando buena cuenta de ello—, y las gambas marinadas con arroz también están muy ricas. Lo que no te recomiendo son las coles con queso: los que llevamos por aquí un tiempo sabemos que no sientan demasiado bien, aunque la pimienta que le echan le da un toque muy especial.

—¿Qué? —Eneas era incapaz de procesar toda esa información.

Miró a la chica, pero en realidad no la vio, para él era tan solo un borrón que gesticulaba y parloteaba sin parar. No podía elegir, no se sentía con las fuerzas para ello, y en el fondo de su ser sabía que eso no tenía nada que ver con la comida.

Le dio a la chica el plato que había cogido, vacío, y ella lo miró con gesto extrañado.

—¿Te encuentras bien?

Eneas no contestó. Se dio la vuelta y salió del comedor corriendo. Cuando quiso darse cuenta, estaba fuera de los muros del castillo. Es más, cuando fue consciente de ello, había dejado atrás los jardines de Papillón y estaba en mitad de una calle asolada por los escombros y la inmundicia.

No sabía muy bien hacia dónde ir, así que se encaminó hacia el río Íscelsor, cuyas aguas verdes y llenas de basura nada tenían que ver con las cristalinas que había surcado años atrás. «Hasta esto han destrozado», pensó. Por no hablar de los dos puentes más famosos de la ciudad: los puentes Ton y Cron ahora tan solo eran unas ruinas a ambos lados del río.

Se sentó en el bordillo de un callejón por el que no pasaba nadie. Había empezado a tener dificultades para respirar de nuevo, había roto a sudar, incapaz de controlar la situación, incapaz de controlar su cuerpo. Necesitaba estar solo, y ese parecía el único rincón de Vestalia en el que no había alguien deambulando. Se sorprendió al darse cuenta de que echaba de menos la soledad. ¿No había tenido suficiente con toda la soledad que había sufrido los últimos años?

Se arrepintió de haber jurado lealtad a la Nueva Gobernacía, y lo hizo con todo el conocimiento de causa. Ahora estaba ligado a ellos de por vida, tendría que vivir en el Liceo y, lo que era peor, existir lidiando con los recuerdos que le bombardeaban cada instante. Aquel lugar le recordaba las decisiones que había tomado en el pasado, la forma en la que había entrado en un auditorio siendo menor de edad para salvar la vida de su madre, la manera en la que no lo consiguió. Recordó la primera vez que pisó el Liceo, el darse cuenta de que su existencia había cambiado tanto que si echaba la vista atrás no podría reconocerse en el Eneas del pasado. Y Carey, sobre todo Carey. Inundaba cada uno de sus pensamientos, por mucho que quisiera apartarla de ellos. Ese era el problema: los recuerdos. No quería enfrentarse a ellos, no quería pensar que él tenía algo que ver con la situación por la que estaba pasando el país. Tal vez si él no hubiera aparecido las cosas seguirían como antes.

—Esa es una forma de pensar demasiado egoísta —se contradijo en un murmullo. Había pasado muchos años hablando consigo mismo y volver a estar rodeado de gente no iba a impedir que lo siguiera haciendo—, que yo llegara no significaba absolutamente nada. Podría haberme quedado en Selán y los fanáticos habrían acabado con todo igualmente. Solo que quizás yo estaría muerto.

Se echó a llorar, como había hecho casi a diario desde la explosión. Sus ojos parecían saber a la perfección cómo soltar toda la rabia y la tristeza que Eneas acumulaba dentro de sí. Después... Después tuvo que frotárselos para cerciorarse de que no estaba viendo un espejismo como los que a veces se le presentaban cuando estaba en la isla.

La habría reconocido en cualquier parte, incluso yendo disfrazada, como era el caso.

Al principio pensó que eran imaginaciones suyas, que sus ojos llorosos le habían jugado una mala pasada, pero no, ni muchísimo menos. Era ella, estaba seguro. A pesar del gran gorro que llevaba, a pesar de las gafas enormes, a pesar del abrigo con el que trataba de ocultar un chaleco con... ¿engranajes? ¿Eran engranajes?

Sí..., sin duda era Carey, y la que estaba a su lado debía de ser Hamica, aunque a ella no la recordaba en absoluto. Le sonaba que tenía el pelo rubio, pero no podía jurarlo. Había pasado mucho tiempo y tan solo la había visto durante unos minutos.

Cada una llevaba en la mano un pastel, aunque Carey había dado buena cuenta del suyo. Parecían contentas, a pesar de que miraban constantemente a su alrededor para ver si alguien las perseguía. Esos movimientos rápidos de cabeza le dijeron a Eneas todo lo que necesitaba saber: no eran bienvenidas en Vésticum. Lógico, al fin y al cabo, eran las hijas de Caronte y, por lo tanto, la prueba de que en algún momento existió el sistema de las mentiras.

Había pensado muchas veces en qué ocurriría si se volvía a cruzar con Carey. Qué se le pasaría por la cabeza, cómo actuaría. ¿Iría directo hacia ella, la zarandearía, le echaría en cara todo lo que le había hecho? ¿Cerraría los ojos y se pondría a llorar? ¿Miraría hacia otra parte? ¿Se quedaría tan petrificado que no sería capaz de hacer absolutamente nada? Cada vez que se lo imaginaba —y habían sido muchas las ocasiones—, reaccionaba de una manera diferente.

Sin embargo, en ninguna de ellas hacía lo que estaba a punto de hacer.

Se puso en pie y abandonó sus lágrimas en aquel callejón. No quería llorar, y mucho menos por haber visto a Carey, eso jamás. Ya lo había hecho en demasiadas ocasiones, sobre todo cuando el sol se ponía y su imagen disparando a sus padres era lo único que se le venía a la cabeza y que no podía abandonar por mucho que se esforzara. Había llorado dormido y también despierto, cuando se culpaba por haber acabado así, cuando se preguntaba cómo habría sido su destino de no haberse cruzado con ella, cuando se imaginaba un futuro a su lado.

No quería pensarlo, no quería admitirlo, pero en realidad sabía muy bien a dónde se estaba dirigiendo. Sus pies marcaban el camino, decididos a incumplir cualquier orden que la cabeza les diera. Quería creer que, si se lo pensaba dos veces, terminaría por no hacerlo. Sin embargo, era tal la furia que sentía en su interior que estaba seguro de que por mucho que se lo pensara terminaría haciéndolo igualmente.

Había llegado el momento.

Era hora de vengarse.

Le había dado muchas vueltas a ese concepto, al de la venganza, y, cuando se imaginaba a sí mismo vengándose de Carey, algo incontrolable se apoderaba de él. Ya no existían las mentiras, ya no podía ir a un auditorio a contar que Carey se había quedado sin nada, o que la habían atracado en la calle, o que había enfermado tanto que no había ninguna medicina capaz de curarla. Sin embargo, sí que había una cosa que podía hacer y que le resultaría igual de satisfactoria que cualquiera de las otras opciones.

Se dirigió al auditorio de Vésticum, y cuando llegó allí se sorprendió al ver en qué se había convertido. No sabía hasta cuándo iba a durar esa perplejidad, no sabía cuándo se iba a acostumbrar al hecho de que nada de lo que había conocido en su vida anterior existiera más tal y como él lo había conocido. Ver aquel edificio, que era uno de sus favoritos de Vestalia, devastado de aquella manera hizo que la furia que sentía en su interior se acrecentara.

Los cristales, en su mayoría rotos, estaban tan sucios que apenas dejaban pasar la luz al interior. Y, por supuesto, allí dentro ya no había plantas exóticas de tamaño gigantesco. Tan solo estaban las mesas con los áureos encima, aquellos aparatos compuestos por un auricular y un micrófono que servían para contar la mentira en cuestión.

Aquel no era un lugar que invitara a compartir una verdad. Y ese era el cambio más significativo y que Eneas no conseguía comprender. Los auditorios estaban hechos para atraer a la gente, para hacerles sentir bien, tranquilos. Estaban estudiados para que toda aquella persona que entrara se animara a mentir. La Gobernacía —la antigua— se aseguraba de que la gente no cuestionara con tanta facilidad el sistema de mentiras.

¿Aquello? Aquello no tenía ningún sentido. Eneas estaba deseando salir corriendo de allí. Si ese sentimiento hubiera sido un poco más fuerte que el de la venganza, lo habría hecho. No entendía cómo habían cometido un error tan garrafal a la hora de diseñar ese nuevo sistema, aunque después pensó que, quizás, a la gente no le quedara otra opción que usar los auditorios, que la Nueva Gobernacía tal vez no tuviera la necesidad de hacer más atractivos aquellos edificios porque era tal la pobreza que asolaba Vestalia que la gente haría cualquier cosa con tal de comer durante un día más. De hecho, las personas que estaban haciendo uso de los áureos distaban mucho de las que lo hicieron años atrás. Donde antes había abrigos lujosos de piel, ahora había chaquetones de lana deslavada; donde antes había joyas y monóculos, ahora había uñas negras y pelo enmarañado; donde antes había zapatos de piel recién lustrados, ahora había botas de trabajo que pedían remiendos a voces.

Eneas se estremeció. Era horrible, tremendamente horrible. Y Carey tenía la culpa. Si su padre no hubiera jugado a mandar más de lo que debería, si no hubiera existido el Liceo, si no hubiera habido personas tan avariciosas como ella, los fanáticos jamás habrían dado el paso. Sin embargo…

No se lo pensó más. Estaba retrasando lo inevitable.

Se sentó en una de las sillas metálicas —que en tiempos remotos lucían una forja blanca con formas de hojas y flores— y descolgó el áureo.

Una voz metálica, parecida a la antigua pero mucho más ruda, si es que eso era posible, le habló:

—Nombre.

—Eneas Lockwood.

—¿Qué verdad quieres compartir con la Nueva Gobernacía?

El chico suspiró. Notó cómo se le aceleraba el corazón. Estaba a punto de hacerlo. Sí, lo iba a hacer, no había vuelta atrás.

—Carey Regminton sigue viva y está ahora mismo en Véstícum.

—Esa verdad es… —la voz metálica guardó silencio durante unos instantes, como si se estuviera pensando qué decir a continuación. Eneas se imaginó que era el momento en el que comprobaba que esa información no estuviera dada y que fuera importante— muy valiosa. ¿Qué quieres a cambio de tu verdad?

—Nada, no quiero nada.

CAPÍTULO 19

Hamica Clayton
Vésticum, al sureste de Vestalia

El sol del otoño se empeñaba en salir de entre las nubes, pero estas eran todavía más caprichosas y hacían todo lo posible por esconderlo detrás de ellas. Hamica lo agradecía. Después de haber vivido durante tanto tiempo en una zona tan calurosa como Incaté, adoraba poder llevar una chaqueta o un abrigo y dormir tapada por las noches. Lo que no le gustaba tanto era la lluvia, le parecía engorrosa y capaz de arruinar cualquier plan, pero eso no sería un problema en Vésticum, pues allí las nubes amenazaban, pero muy pocas veces llevaban a cabo sus propósitos.

Carey había decidido que quería pasar un rato a solas con la ciudad, de hecho, había utilizado esas mismas palabras. Y Hamica, que comprendía que volver allí tendría que ser durísimo para su hermana, le dijo que regresaría a la tienda de Gaia mientras ella se reencontraba con sus recuerdos. Había tratado de disuadirla diciéndole que debía tener cuidado, que a pesar de que ese cartel con su rostro parecía caído en el olvido, no debía perder de vista que había gente que la estaba buscando, pero Carey insistió en que necesitaba reencontrarse con su pasado y que tenía que hacerlo sola. Le aseguró que nadie la reconocería, que iba tan tapada que ni siquiera su propio padre se daría cuenta de que estaba delante de ella. A Hamica no le convenció demasiado aquello, pero sabía perfectamente cuándo había perdido una batalla contra su hermana, y aquella era una de esas ocasiones. Se imaginaba que Carey llevaba pensando en ese momento desde el mismo instante en que decidieron regresar a Vésticum, así que sería imposible convencerla de lo contrario.

Todavía le quedaba un buen trozo del pastel que habían conseguido intercambiar en un puesto por un artefacto que servía para escribir con la tinta que guardaba en su interior. No recordaba de dónde lo había sacado, seguramente de algún asalto, y le costó desprenderse de él porque le parecía un artilugio precioso y muy útil. Pero más útil le parecía calmar su estómago enfurecido.

Mientras se dirigía a la tienda, Hamica hizo un ejercicio por tratar de reconstruir Vésticum en su mente. Apenas había pasado un día en esa ciudad antes de la gran explosión y lo que más recordaba, muy a su pesar, era el hostal de Baleen, donde se había quedado a dormir aquella noche en la que todo parecía perdido.

Gaia les había cedido un cuarto en la trastienda de su local. Era pequeño, pero más que suficiente. Disponía de una cama que parecía cómoda —aunque rodeada por cajas que contenían esencias que no cabían en los expositores— y un armario con ropa que podrían usar. No le pasó desapercibida la calidad de las prendas, y eso le hizo corroborar la historia que le contó Carey sobre que Gaia era de la vieja escuela, de esas a las que no le importaba en absoluto mentir con tal de conseguir lo que fuera necesario. Quizás así había podido hacerse con el monopolio de los perfumes en Vésticum, porque tenía todas las fragancias que nadie pudiera imaginar y todos los utensilios necesarios para decantar las mezclas y conseguir los mejores perfumes. Por eso su tienda era tan famosa, y por eso, a día de hoy, todavía seguía vendiendo y provocando que la gente acudiera a los auditorios para conseguir una de sus esencias.

Aunque sabía que pasar más tiempo en la calle aumentaba el peligro de ser atrapada, y a pesar de la tristeza que se respiraba en cada esquina, a Hamica le habría encantado pasearse durante horas por la ciudad. No quería ser capturada por el nuevo régimen y mucho menos ser sometida a un juicio público para demostrar su lealtad. No tenía ni idea de qué haría cuando eso ocurriera, porque si de algo estaba segura era de que tarde o temprano ese futuro terminaría aconteciendo.

Gaia, que ya había vuelto de comer con su hija, salió a recibirla en cuanto sonaron los cascabeles de la entrada de la tienda. Llevaba un vestido morado y negro con tantos volantes que era difícil jurar que dentro de él hubiera un cuerpo. Los guantes de encaje y el velo negro que le tapaba media cara terminaban de completar un atuendo para nada discreto. Hamica se preguntó cuántas veces al día se cambiaba esa mujer, aunque a juzgar por el contenido del armario que les había prestado, podría hacerlo hasta cinco veces y sus opciones no escasearían.

Cuando la vio entrar, en un acto reflejo, se quitó los auriculares que llevaba puestos casi siempre para evitar escuchar las verdades. No dejaba de sorprenderle su tecnología, pues eran capaces de omitir aquellos comunicados respetando el resto de sonidos que pudiera haber a su alrededor. Aun así, a ella le parecía extraño hablar con alguien teniéndolos puestos.

—¿Dónde está Carey?

Si hubiera tenido más confianza con ella, le habría dicho que esas no eran formas de recibir a alguien, pero prefirió morderse la lengua. Algo le decía que a la mujer no le gustaban demasiado los chascarrillos.

—Quería dar un paseo por la ciudad.

—Esta chiquilla… —Gaia chascó la lengua—. No aprende, es que no aprende.

—Me imagino que ya sabrás lo difícil que es hacer que cambie de opinión. —Quiso preguntarle por los carteles, indagar para ver si ella sabía si suponía un peligro real, pero decidió guardarse sus dudas y tranquilizarse. «Es Carey, estará bien».

—Eso me temo. Ha sido así desde que nació y jamás cambiará. Aunque se las apaña bien, no sé por qué parece saber siempre lo que se hace.

Hamica sintió una leve tristeza al pensar que solo conocía una versión de Carey. ¿Cómo habría sido de niña? ¿Cómo habría sido jugar con ella? ¿Ser… su hermana? Ese era un sentimiento que cada día cobraba más fuerza en su interior; le hacía preguntarse si su relación sería diferente si hubieran estado juntas desde siempre. Sin embargo, ser consciente de que no podía modificar el pasado le ayudaba a no pensar demasiado en ello. Por eso quizás se alegró de que Gaia cambiara de tema.

—He de marcharme un momento, Hamica. Tengo que hacer unos asuntos urgentes. ¿Podrías quedarte a cargo de la tienda mientras no estoy? No creo que entre nadie, pero no puedo permitirme perder ninguna venta. No te preocupes por Matilda, se viene conmigo.

—Yo…

—Al lado de cada perfume tienes un precio orientativo. Acepto relojes y joyas en general, también comida si es dulce o carne de calidad. No acepto zapatos ni ropa. En Vésticum apenas quedan prendas que no estén destrozadas por las polillas y la humedad.

—No creo que sea capaz, Gaia, yo no tengo ni idea de… —Hamica empezó a sentir un calor sofocante subiéndole por el cuello hasta la cara. ¿Quedarse sola en la tienda? No estaba preparada.

—Ya verás como lo haces bien. Y si alguien tiene dudas sobre qué perfume llevarse, ofrécele el de lavanda y miel, que es el que más me urge vender porque tengo demasiadas existencias. Diles que es exclusivo y que tan solo se han fabricado cuatro botes y que jamás se fabricará más.

—¿Y si alguien descubre que no pertenezco al nuevo régimen?

—Eso lo podemos solucionar.

Gaia se dio la vuelta y se dirigió a una cómoda que había detrás del mostrador. Cuando se encaminó hacia Hamica, esta comprendió que portaba una insignia de la Nueva Gobernacía.

—¿De dónde la has sacado? —La chica no cabía en su asombro. Aunque Carey y ella se habían esforzado por encontrar una, jamás habían podido. Era lo más valioso que una persona podía poseer porque significaba que eras fiel al nuevo régimen y que ya habías pasado por el juicio público, así que la única forma de conseguir una era arrebatándola a la fuerza. Y no una fuerza cualquiera: una desmedida. Uno lucharía hasta la muerte para defender ese pin. Sin esa insignia —irreemplazable, insustituible—, no se era nada.

—No hagas preguntas cuya respuesta no quieres saber. —Gaia clavó sus ojos negros en los de Hamica. El maquillaje, también negro, hacía que parecieran todavía más grandes—. Nadie va a cuestionarte, pero si lo hacen, di que eres mi sobrina y que vienes de Crótaz, por ejemplo. Seguridad ante todo, ya sabes.

Hamica conocía las palabras que se habían quedado en el aire: «Haz lo que haría Carey». Asintió tratando que no se notara que la barbilla había empezado a temblarle un poco, cosa que ocurría siempre que se ponía nerviosa.

—Estarás bien, muchacha. —Gaia le puso ambas manos en la cara y la miró a los ojos, todavía con más intensidad que antes—. Y si necesitas refuerzos, ya sabes dónde está mi camarera.

La chica dirigió la mirada hacia el mueble con ruedas que quedaba a su derecha. Encima de él, preparados para ser deleitados, había licores de varios colores. Gaia, al comprobar que había comprendido perfectamente a qué se refería, le guiñó un ojo y salió de la tienda, dejando a Hamica sola y a la espera de que no entrara nadie.

Sin embargo, ella sabía que los sueños, por mucho que uno se esforzara, no siempre se cumplían, y los cascabeles de la entrada no tardaron ni diez minutos en sonar y en corroborar su teoría.

Una chica pelirroja, con cara de asustada, entró en el local. Lo primero que Hamica percibió en ella fue desconfianza.

—No eres Gaia —dijo.

—Es evidente que no. —Trató de hacer eso que últimamente hacía tanto: actuar como lo haría Carey, con seguridad, aunque fuera tan falsa como el pin que ahora lucía en el cuello de su camisa y que quemaba como si estuviera hecho de brasas incandescentes.

La chica dudó, miró alrededor, incómoda.

—Será mejor que me vaya, ya vendré en otro momento.

Hamica pensó que si Gaia perdía una venta por su culpa se enfadaría muchísimo, así que reaccionó todo lo rápido que pudo:

—¡No! —expresó más alto de lo que se habría esperado de una persona tranquila y sin nada que ocultar—. Yo puedo ayudarte, de verdad. ¿Qué estabas buscando? ¿Tal vez un perfume de lavanda y miel?

La pelirroja pareció sopesar sus opciones y al final cedió:

—No, en realidad buscaba uno de sándalo y bergamota.

—Claro… —Hamica se giró para buscar en las estanterías, pero por más que recorrió con la mirada cada una de las baldas y se fijó en todos y cada uno de los botes de cristal que tenía ante ella, no encontró lo que la chica quería.

—Lo guarda debajo del mostrador —le indicó—. Siempre vengo a por el mismo —explicó cuando Hamica frunció el ceño—. Vivo en un barco y cada vez que tomamos tierra me acerco a esta tienda.

—Oh, comprendo. Eso parece interesante, lo del barco. —Hamica jamás había conocido a nadie que viviera en el mar y a ella, como chica del desierto, era algo que le fascinaba.

Se agachó y rebuscó en el armario, no tardó más que un instante en encontrar la fragancia. El bote que la contenía —de cristal morado, que imitaba a un torbellino y cuya tapa tenía forma de llama— le pareció una de las cosas más bonitas que había visto en la vida. El olor de la fragancia, a pesar de tener el tapón puesto, le llegó con una rapidez asombrosa. Jamás había olido un perfume tan delicado y con tanta personalidad a la vez.

—Bueno, es menos divertido de lo que parece. Nos pasamos meses metidos en un barco recorriendo mares que no siempre son muy amables.

—Me sigue pareciendo increíble —confesó Hamica mientras envolvía el bote con unas gasas—. Me imagino que no tendrás tiempo para aburrirte, debe de ser muy emocionante.

La chica se rio.

—Te garantizo que es lo más aburrido del mundo. Nos pasamos horas y horas observando nada más que agua y algún que otro pez que salta sobre la superficie, y al final nos tenemos todos muy vistos. Por cierto —le tendió la mano—, me llamo Camille.

—Qué nombre tan bonito, no lo había escuchado nunca. Yo soy Hamica, encantada.

Y de verdad que lo estaba. A pesar de que cuando la chica había entrado no se sintió del todo cómoda por lo que pudiera pensar de ella, ahora percibía una tranquilidad que hacía mucho tiempo que no experimentaba.

—¿Te apetece un té? —le ofreció para su propio asombro.

—Me encantaría. —Un pequeño rubor tiñó las mejillas de Camille—. Pero déjame pagar antes esto.

Del bolsito que llevaba colgado —pequeño, marrón y con conchas cosidas a mano—, sacó una piedra verde tan brillante que parecía recién pulida.

—¿Es… es una esmeralda? —A Hamica le temblaron un poco las manos cuando cogió la pieza que Camille ya le estaba tendiendo.

—No. Es verdelina, una piedra que solo se encuentra en lo más profundo del mar de Aguas Troceadas.

—¿Cómo has conseguido algo así?

—Se me da muy bien bucear —dijo ella con toda la naturalidad del mundo, como si le estuviera diciendo que le salía muy bien la tortilla de queso, sin importarle que la pregunta fuera un tanto impertinente—. Y nadie más se atreve a hacerlo, así que esta piedra tiene un valor incalculable. A Gaia le va a encantar.

Hamica no puso en duda el valor de aquella pieza. Parecía valiosa, y la dueña de la tienda no la había incluido en la lista de objetos a rechazar, así que la guardó en uno de los cajones del mostrador.

No habían pasado ni diez minutos y ya estaban sentadas en los sillones de la derecha de la tienda, delante de una mesita en la que había una bola de cristal, cuyo uso Hamica desconocía.

—¿De qué conoces a Gaia? —preguntó Camille mientras le daba vueltas al contenido de su taza.

—Somos primas —contestó la chica con toda la seguridad de la que pudo hacerse acopio—. Estoy de paso y se ha ofrecido a acogerme durante unos días. Después continuaré mi marcha.

—¿Y a dónde te diriges?

—A Asua. Me he propuesto conocer cada rincón de Vestalia, explorar lo inexplorado, ya sabes.

—Quizás podrías unirte a nuestra tripulación.

—No soy una chica de mar, lo siento. —Hamica se rio con ganas—. ¿Y qué haces en el barco para no aburrirte?

Ella guardó silencio durante unos instantes que Hamica aprovechó para fijarse más en su ropa. Llevaba un vestido azul celeste ligero y vaporoso, y un chaleco de cuero por encima que le daba forma. Sin embargo, a pesar de que el vestido era llamativo y original, lo que más le gustó fue la diadema que trataba de domar aquellos rizos pelirrojos: el color azul claro contrastaba con su pelo, y las conchas y caracolas le terminaban de dar un aspecto marino que no podía quedar mejor con sus ojos azules.

—Casi siempre estoy en las cocinas —dijo como si estuviera revelando el mayor secreto jamás contado—. Es un lugar tranquilo. Los marineros y sus únicos temas de conversación me aburren de una forma soberana.

—¿Tienes amigos en el barco? —A Hamica no le hizo falta más para darse cuenta de lo que le ocurría a Camille.

Durante los segundos que tardó la chica en responder, se preguntó de dónde había sacado las agallas para mantener esa conversación con una desconocida. Recordó su anterior vida en Hastía y, desde luego, aquella Hamica no habría ofrecido un té a nadie a la primera de cambio. Quizás era la curiosidad que se había despertado en ella después de la historia de la verdelina, o tal vez que había algo en aquellos ojos azules que la intrigaba y que hacía que quisiera saber más sobre lo que escondían. Fuera cual fuera el motivo, estaba disfrutando de una conversación muy agradable con alguien que no era su hermana; algo que no ocurría desde hacía más de cinco años.

—Ellos no me ven como una potencial amiga. Oh, no —se apresuró a decir cuando vio la cara que puso Hamica—, no estoy queriendo decir eso, no me malinterpretes. Es solo que, aparte de la comodora Flancon, soy la única mujer en el barco. La única chica —matizó—. Así que supongo que me tratan con demasiada delicadeza y no se atreven ni a dirigirme la palabra.

A Hamica le dio la sensación de que Camille se estaba guardando una información necesaria para terminar de comprender qué quería decir, pero también entendió que si lo estaba haciendo sería por algo. Al fin y al cabo, se acababan de conocer.

—Pues ellos se lo pierden —sentenció. Y ahora no le hacía falta tratar de pensar qué diría Carey: estaba siendo ella misma.

—¿Tú crees?

—Por supuesto. A mí me pareces una chica fascinante y, además, te has llevado la mejor fragancia de toda la tienda. Eso demuestra que tienes personalidad, y no hay nada mejor en el mundo que alguien con personalidad.

Camille volvió a ruborizarse, y a Hamica la invadió una ternura tremenda. ¿Había tenido alguna vez una conversación como aquella? ¿Con Carl llegó a mantener alguna charla de ese tipo, había llegado a sentirse tan cómoda? Le costaba recordarlo, había pasado mucho tiempo y su memoria era un poco traicionera, pero sí, tenía la sensación de que así fue. Solo que cuando hablaba con Carl no experimentaba nada más que una curiosidad creciente por conocer los secretos del asentamiento. Ahora, con Camille, sentía curiosidad por ella, por su historia, por su vida.

—¿Crees que podremos volver a vernos?

Hamica se sorprendió cuando Camille le hizo aquella pregunta. Pensó que le estaba leyendo la mente, y eso hizo que fuera ella la que se sonrojara esa vez.

—¿Te gustaría?

—Me encantaría. Hacía mucho tiempo que no tenía una conversación así.

—Así ¿cómo?

—De verdad, supongo.

Uno de los relojes de la tienda sonó, indicando que había pasado una hora entera desde que Camille había entrado en la tienda. Era imposible que el tiempo hubiera transcurrido tan deprisa.

—Podría ser, sí.

—Pero tú estarás en Asua cuando yo vuelva a pisar tierra, o a saber en qué parte de Vestalia.

Hamica removió los posos de la taza de té que dibujaban formas oscuras y serpenteantes. En otro momento se habría detenido a comprobar qué querían decir, pero en esos instantes estaba debatiéndose entre contarle la verdad a Camille o no. «No puedes hacerlo», le dijo una voz interior, que más que la suya propia era la de Carey. Y tenía razón. Si le contaba la verdad a Camille lo estropearía todo. No podía, tenía que seguir con su papel, con su juego, con sus mentiras.

—Tal vez. O tal vez no, depende de lo mucho que me guste Vésticum. —Sonrió al comprobar que aquello era una mentira a medias. No quería engañar a Camille y tampoco contarle la verdad, así que esa opción, a medio camino, era bastante aceptable.

—Entonces, será un placer volver a verte.

Justo en ese instante se abrió la puerta y una Gaia sudorosa y agotada entró en la tienda seguida de una Matilda cuyos ojos soñolientos indicaban que no tardaría demasiado en caer rendida.

—Oh, Camille, no esperaba encontrarte.

—Gaia. —La chica se levantó con educación—. He conocido a tu prima, me ha atendido muy bien.

La mujer echó un rápido vistazo a la tienda y centró su atención en la tetera, que hacía un buen rato que había dejado de humear, y en las tazas —las buenas, las de porcelana fina y pájaros dibujados a mano—, lo que le hizo deducir lo que había pasado allí.

Dedicó unos segundos a mirar a cada una de las chicas. Estaban cerca, tan cerca que sus rodillas casi se rozaban, aunque ellas quizás no se habían dado cuenta de ese detalle. Cuando había entrado por la puerta, sonreían y debatían de forma animada. Eso no le gustó nada en absoluto.

—Creo que será mejor que te marches, Camille —dijo con seriedad.

—No, Gaia, no pasa nada —intervino Hamica, que también se puso de pie—, tan solo estábamos charlando, además, creo que el intercambio que hemos hecho es…

—No tiene nada que ver con el intercambio, ya sé que Camille es más que generosa. —Le dirigió una mirada a la chica que a todas luces significaba que no era bienvenida en esos momentos—. Será mejor que regreses a tu barco.

—Sí, estoy de acuerdo. —Camille se giró hacia Hamica y le dedicó la sonrisa más bonita que había visto en su vida—. Ojalá volvamos a vernos.

A Hamica no le dio tiempo a decir que deseaba lo mismo, que quería continuar esa conversación que habían empezado y descubrir qué secretos ocultaba el mar. No le dio tiempo porque Camille puso rumbo a la puerta y, no sin antes dedicarle una mirada a Gaia que no supo qué significaba, salió de la tienda sin decir nada más.

Cuando se fue, Hamica tuvo la sensación de que Camille se había llevado todo el aire con ella.

—No le contaré nada de esto a Carey —anunció Gaia una vez que se quedaron solas—, pero a ti más te vale pensar las cosas dos veces antes de actuar.

—No entiendo nada, Gaia, tan solo he hecho lo que me has pedido. Me he quedado en la tienda y he atendido a una clienta que buscaba un perfume.

La mujer la miró de arriba abajo. Parecía que quisiera decir un millón de cosas y que estaba tratando de elegir cuál era la mejor. Hamica no creía que fuera de las que tenían que pensarse las cosas dos veces, pero en esa ocasión sabía que se estaba mordiendo la lengua. De hecho, sus ojos hablaban por ella y decían todo lo que callaba. Al final sentenció:

—No, Hamica, estás muy equivocada. Te has encariñado de alguien, y eso, en los tiempos que corren, es lo más peligroso que puedes hacer.

CAPÍTULO 20

Carey Regminton
Vésticum, al sureste de Vestalia

No lo había compartido con nadie, pero aquel era su rincón favorito de Vestalia. El cementerio de Highcastle le traía buenos recuerdos, por paradójico que pudiera parecer. Si bien los pasadizos del castillo de Brítacor le proporcionaban siempre un lugar seguro en el que esconderse de su padre y de la vigilancia de sus secuaces, el cementerio era la guarida en la que de verdad podía respirar. Allí no había carteles, no había soldados, no había nada que le recordara que aquello distaba mucho del que había sido un día su hogar.

Se hallaba dentro de los jardines de Brítacor, al este del castillo, dirección al mar. No era como el resto de cementerios en los que había estado: el de Crótaz, que precisamente había que atravesar para llegar al auditorio —ubicado dentro de un edificio suntuoso que en otros tiempos se utilizó para rezar a los que allí descansaban—, era también uno de sus favoritos, pero no tenía nada que ver con el de Vésticum. Aquel era triste, lúgubre y oscuro, y este… en este residía una suerte de solemnidad que conseguía calmarla y llenarla de vida, por paradójico que sonara.

Lo que más le gustaba eran las hiedras, que habían colgado su bandera y habían hecho suyas cada una de las piedras del cementerio. También le gustaban los árboles, inmensos y con ramas extensas. A esas alturas, las hojas ya empezaban a amarillear y a caer, haciendo que los colores fueran más amables y pausados.

Se sentó en un banco de piedra situado entre un par de lápidas. No le hizo falta leer el nombre para saber que se trataban del señor y la señora Earnshaw. Eran dos amantes que vieron su amor truncado: eran mejores amigos y ambos sentían que sus vidas pertenecían al otro, pero alguien convenció a la joven de que el chico no era suficiente para ella y terminó casándose con otro hombre. Solo años después, cuando la muerte ya los amenazaba, se dio cuenta de su error y desanduvo sus pasos para pasar sus últimos días con el amor de su vida. Por eso estaban enterrados juntos, pero separados a la vez por ese banco que, Carey suponía, había puesto alguien que no quería que descansaran eternamente uno al lado del otro.

Sus tumbas eran tan antiguas que ya no quedaba nadie vivo que los hubiera conocido, así que su historia era más una leyenda que algo corroborable, aunque a Carey le encantaba creérsela. Y por eso se sentaba allí, entre los dos, para poder admirar la muerte en todo su esplendor y también la capacidad del ser humano de volver hacia atrás y enmendar sus errores. Aunque creía conocer el significado de ese pensamiento, no fue hasta ese día que no se dio cuenta de lo que le quería decir realmente aquella historia.

Ella tenía mucho que desandar, tenía mucho por lo que pedir perdón, sobre todo a una persona en concreto. Pero era imposible, no sabía si Eneas seguía vivo y, de estarlo, dónde viviría. Vestalia era enorme y, aunque muchas veces había sopesado la idea de buscarlo, en realidad no sabía por dónde empezar.

Comenzó a arrancar unas hojas de la hiedra que trepaba por el banco, reclamando para sí ese espacio que casi nadie utilizaba, aunque sabía que después le arderían los dedos. Le daba igual. Solo tenía que pensar un plan, un plan que las ayudara, a ella y a Hamica, a salir adelante. Estaba cansada de esconderse, de ser como esos dos amantes que no se atrevieron a dar el paso y que se arrepintieron toda la vida. Quería defender lo que era suyo, devolverle a la memoria de su padre lo que le habían arrebatado.

Se levantó del banco y, con las piernas temblorosas, se dirigió a la parte trasera del cementerio. A pesar de que ese rincón, el banco con su hiedra y su historia, era su lugar favorito y lo había visitado cada vez que había tenido la oportunidad, el sitio al que ahora se dirigía trataba de evitarlo siempre todo lo posible.

Caronte se había encargado de diseñar el mausoleo más bonito de Vestalia. A medida que se acercaba, la chica pudo ver la estructura redonda compuesta por columnas cuyos capiteles lucían unas volutas tan elaboradas que era imposible no pararse y deleitarse con su belleza durante horas. Sobre las columnas, una cúpula grande y sobria protegía de la lluvia y del sol a una joven que aguardaba de pie en el interior de la construcción. A Carey le fascinaba la capacidad del escultor para tallar hasta el más mínimo detalle de la tela del vestido, que parecía querer volar al son de un viento invisible. Entre sus manos descansaba una réplica en piedra de una muñeca de trapo. Su muñeca de trapo, esa que su madre había confeccionado mientras estaba embarazada y de la que ella no se separó en toda la niñez.

El cuerpo de su madre, Hamica Regminton, descansaba eternamente en aquella jaula de piedra custodiada por su pétrea réplica, que se encargaba de demostrarle al mundo que no había habido mujer más bella que ella en toda la historia de Vestalia.

Carey no esperaba sonreír al ver la tumba de su madre, pero no pudo evitar hacerlo cuando comprobó que estaba intacta, que las explosiones —que sí que habían hecho que muchas de las lápidas ahora lucieran rotas y tiradas por el suelo— respetaron aquel mausoleo y cada una de sus piedras.

—Incluso desde la otra vida sigues consiguiendo mantenerlo todo en orden —le dijo a la estatua.

Le entraron ganas de tumbarse allí, de hacerse un ovillo a los pies del vestido y dormir para siempre. De hecho, la tentación habría seguido creciendo si no hubiera sido por el sonido de las alarmas que indicaban que una verdad iba a ser desvelada. Se dio cuenta de que se había olvidado los auriculares en la tienda y apretó los dientes cuando comprobó que la Nueva Gobernacía había puesto altavoces hasta en el interior del cementerio. «Ese es el respeto que tienen por la vida que les precede», pensó. Y se habría regodeado muchísimo más en ese sentimiento si no hubiera sido por lo que escuchó a continuación de la alarma:

—*Verdad número ciento dos mil trescientos ochenta y nueve de Vésticum. Carey Regminton sigue viva y está en Vésticum. Repetimos. Verdad número ciento dos mil trescientos...*

Carey había dejado de respirar.

Escuchar su nombre saliendo a través de los altavoces hizo que la sangre se le helara y que su corazón no pudiera continuar bombeándola.

Sabía que ese día llegaría, pero no esperaba que sucediera nada más poner un pie en Vésticum. ¿Qué había hecho mal? Tan solo se había dejado ver por Gaia, y estaba segura de que nadie más la había reconocido por la calle. Se había tapado bien, había ocultado su rostro de una manera casi infalible y aun así...

¿Acaso había sido ella? ¿Se trataba de Gaia? En otras circunstancias, una furia tremenda la habría cegado, pero después de respirar un par de veces comprendió que no, que la mujer no estaba detrás de esa revelación. Conocía a Gaia de toda la vida y era íntima amiga de Caronte. Caronte la había protegido siempre y le había dado todos los privilegios necesarios para que su negocio emergiera y se convirtiera en la perfumería más deseada de toda Vestalia. Y sabía de buena tinta que Gaia era una mujer de palabra y que el trato con Caronte pasaba por protegerla a ella a toda costa. Así que no, la mujer no podía estar detrás de esa verdad. Y si no había sido ella, ¿quién...?

No podía perder más tiempo, ahora todo Vésticum estaría buscándola en cada rincón. Era la hija de Caronte, el que la encontrara se ganaría los favores de la Nueva Gobernacía y no dudaría ni un segundo en entregarla.

Darse cuenta de que ser quien era ya no le iba a servir de ayuda nunca más fue como recibir un jarro de agua fría. Antes podía recorrerse toda Vestalia entera tranquilamente porque sabía que en cualquier parte encontraría un aliado del Liceo que estaría encantado de protegerla y ayudarla. Pero ahora..., ahora el panorama había cambiado tanto que no podía fiarse ni de su propia sombra.

Miró a su madre, y lo hizo con la tristeza de saber que muy probablemente esa sería la última vez que lo hiciera. Siempre había pensado que se parecía a Caronte, pero al fijarse un poco más en los rasgos de la mujer que tenía delante comprendió lo equivocada que estaba. Tenían los mismos ojos, la misma forma de los labios, la misma nariz recta y respingona a la vez.

—Lo siento, mamá —le dijo en un susurro—, tendría que haber venido más a verte. Supongo que ya es tarde. Protege a papá —una mano invisible le estrujó el corazón al comprender que sus cuerpos, al igual que lo hacían los del señor y la señora Earnshaw, jamás descansarían juntos—, no le dejes adueñarse de lo que sea que haya después.

Estuvo tentada de decirle que la quería, pero las palabras se le quedaron atascadas en la garganta. Aquello era demasiado para ella, por eso volvió a colocarse las gruesas gafas que se había quitado cuando llegó al cementerio y salió corriendo. Tenía que alcanzar la tienda de Gaia cuanto antes; ella sabría cómo sacarla de Vésticum sana y salva.

Echó a correr, pero cuando empezó a cruzarse con gente se dio cuenta de que si corría llamaría todavía más la atención, así que tuvo que disimular todo lo que pudo. Se le daba fatal disimular. Ella estaba acostumbrada a andar erguida, con la cabeza bien alta, sin importarle dejar su huella allí por donde pisaba. Y ahora..., ahora tenía que ser un espectro de lo que había sido, una sombra capaz de mimetizarse con el entorno. Tenía que ser invisible.

La reconstrucción de la ciudad se lo puso muy difícil, porque habían levantado edificios donde antes no los había y otros que sí que conocía no eran más que montones de piedras olvidados. Tampoco reconocía los rostros con los que se cruzaba. Buscaba, inevitablemente, alguna cara amiga, aunque sabía que eso era imposible de encontrar. Las personas que hubieran sido fieles al antiguo régimen —y sobre todo a su padre— habrían abandonado ese mundo antes de someterse a la Nueva Gobernacía; lo sabía porque ella habría hecho lo mismo. Y daba gracias cada segundo a que Gaia no hubiera seguido ese camino, y no porque no tuviera clara su fidelidad, sino porque quería proteger a su hija, y esa causa la llenaba de nobleza.

No encontraría a nadie más como Gaia en Vésticum. Su cabeza valía demasiado y cualquiera, por muy amigo que pudiera ser en la otra vida, no dudaría ni dos segundos en atraparla en cuanto la viera. Estaba perdida, sabía que no podría huir eternamente, y tenía tan claro lo que ocurriría en el momento en el que la capturaran que no sabía si merecía la pena continuar haciéndolo o no.

No pudo seguir pensando en ello porque alguien comenzó a caminar a su lado a la misma velocidad que ella. Era un hombre de mediana edad que lucía un aspecto un tanto descuidado, a juzgar por la barba enredada y el pelo despeinado, que contrastaba con la sobriedad de su abrigo. Era un abrigo caro, o al menos eso indicaban los botones dorados con un grabado que reconoció al instante. «Es la uve invertida de la Nueva Gobernacía». Tuvo que hacer un gran esfuerzo por no reaccionar de ninguna manera que no fuera seguir caminando como si nada.

—Eres tú, ¿verdad?

Carey reconocía esa voz, cómo no iba a reconocerla. Tal vez su rostro, mucho más ajado y gris de lo que había sido en tiempos pasados, había conseguido despistarla. Pero su voz se encargó de hacer que volviera a la realidad de golpe. Aunque el corazón se le aceleró a modo de alerta y le entraron unas ganas terribles de salir corriendo, se obligó a no hacer ni un solo gesto, a continuar andando como si nada.

—No sé a qué te refieres —impostó un poco la voz y rezó por que funcionara.

—Pues claro que eres tú, te reconocería hasta con los ojos cerrados. El apellido Regminton supura por tus poros y llama la atención a gritos.

—Déjame en paz, no sé qué buscas, pero conmigo no lo vas a conseguir.

—No te hagas la tonta, Carey, sabes perfectamente quién soy.

La chica suspiró. Era consciente de que estaba en un callejón sin salida, que se había quedado sin opciones. Lo miró a los ojos, y en ellos vio la maldad que un día llenaba los de su hija.

—De acuerdo, Ulter. ¿Qué quieres?

Era uno de los soldados de Caronte, el padre de Magritte, aquella sabandija que ocultaba un alma oscura detrás de un rostro angelical de porcelana. Ulter, a pesar de lo que mostraba ahora su mirada, no había sido un mal tipo; estúpido, eso sí, pero no mala persona. En cambio, su hija… Su hija era la peor escoria que hubiera podido escupirse sobre la faz de Vestalia. Se estremeció al pensar en ella. No deseaba la muerte de nadie, pero ojalá hubiera acabado sepultada bajo el castillo de Brítacor.

—¿Es que acaso no has visto los carteles? —Una sonrisa de superioridad iluminaba su triste rostro—. No me puedo creer la suerte que he tenido.

—No sé de qué me hablas —Carey fue tajante, aunque por dentro era un manojo de nervios.

—¿Cómo has conseguido huir todo este tiempo? ¿No te parece una estupidez haber vuelto a Vésticum?

¿Por qué había tanto odio en sus palabras?

—Eso no es de tu incumbencia, Ulter.

—¿Cómo conseguiste sobrevivir?

—Igual que tú, me imagino.

—Los túneles —dijo el hombre mientras seguía caminando al ritmo de Carey, que poco a poco iba en aumento.

—Ahora, si no te importa, preferiría que me dejaras a solas. Tengo unos asuntos que resolver.

—¿Como el de que la Nueva Gobernacía sepa que estás en Vésticum?

—O como el de comprender por qué una de las personas más fieles a mi padre ha aceptado servir al nuevo régimen.

La chica se paró en seco, obligando a Ulter a hacer lo mismo. Miró su insignia, que reflejaba los rayos del sol.

—Si te hubieras quedado y hubieras dado la cara como una valiente, sabrías que no tenía otra opción. —Le miró el cuello del abrigo y sonrió al cerciorarse de que no había ningún pin—. Como me temía, todavía no has sido sometida al juicio público.

—Te repito, Ulter, que eso no es de tu incumbencia. Y ahora, si me disculpas, tengo que seguir mi camino.

—De eso nada, Carey. Sabes de sobra que esto no puede terminar así. Mira, mira a tu alrededor y dime si es justo que hayamos acabado de esta manera. Y todo es por culpa de tu padre, del ego de Caronte. —La mueca que acompañó esas palabras dejó claro que, si alguna vez había existido en él algún tipo de lealtad hacia el hombre, había desaparecido por completo.

—Sabes de sobra que mi padre no tuvo la culpa de nada.

—Tu padre tuvo la culpa de todo, y ahora tú me vas a devolver lo que me arrebató.

—¿Qué? ¿De qué estás…?

No le dio tiempo a terminar la frase, porque el hombre se abalanzó sobre ella y la tiró al suelo. Carey trató de zafarse, quitárselo de encima, pero, aunque había perdido el porte castrense que siempre había lucido orgulloso, su fuerza seguía intacta. No le costó demasiado sujetar los brazos de la chica en su espalda, impidiendo que se moviera lo más mínimo.

—Te vas a venir conmigo, tú vas a ser mi moneda de cambio para la Nueva Gobernacía. Tengo que reconocer que había una sola cosa que Caronte sabía hacer mejor: cuidar a sus empleados. Pero contigo aquí eso va a cambiar. Sí, señor, por fin la suerte empieza a estar de mi lado.

Carey no lo veía, pero se imaginaba perfectamente la sonrisa de superioridad que tendría Ulter en esos momentos, y de inmediato se le revolvió el estómago. Levantó un poco la vista y entonces se dio cuenta de que un gran corrillo de personas se había formado a su alrededor. Algunos cuchicheaban entre sí y otros la señalaban sin ningún tipo de disimulo. La habían reconocido, todo el mundo sabía que ella era la hija de Caronte Regminton.

Entonces vio un rostro que hizo que dejara de respirar. No podía ser, era imposible. Pero esos ojos verdes… Sí, esos ojos eran de él sin duda. Ahora tenía barba y el pelo un poco más largo que antes. Llevaba un estúpido traje granate que le quedaba demasiado grande. Además, estaba más delgado, más desgarbado. Pero era él, sin ninguna duda. En ese instante cayó en la cuenta; ella había visto ese uniforme antes. «Es un soldado, está con ellos», comprendió muy a su pesar.

Por un momento, una furia incontrolable se apoderó de ella. ¿Cómo era posible que se hubiera vendido de aquella forma? ¿Es que era tan fácil comprarle? ¿Qué había hecho que se cambiara de bando tan rápido? Pero entonces comprendió que la supervivencia era caprichosa y que ella, de haber estado en su lugar, tal vez habría actuado de igual forma. Y, aun así, a pesar de tratar de buscarle la lógica a una situación que no la tenía, no paraba de pensar en si la capturaría si tuviera la oportunidad.

—Eneas —susurró antes de que Ulter le diera un golpe en la cabeza que le hizo perder el sentido.

SEGUNDA PARTE

CAPÍTULO 21

Dorothia Allinghanm
Incaté, al sur de Vestalia

La rapidez con la que un cuerpo se acostumbraba a lo bueno no dejaba de asombrar a Dorothia, que tan solo llevaba unas horas en Incaté y el calor extremo le estaba haciendo desear volver por donde había venido.

Ella era una mujer del norte. En Crótaz, ciudad cercana a El Paso, los inviernos eran largos y oscuros, la lluvia abundante y la niebla algo con lo que contar cada tarde. Cuando decidió que estaba harta del sistema de mentiras, comenzó a viajar de un lado a otro de Vestalia. Tan solo tenía dieciséis años cuando se fue de casa dispuesta a cambiar algo cuyo funcionamiento le era del todo desconocido. Empezó por Mélido, la ciudad al sur más cercana. Estaba cansada del frío que era imposible arrancar de los huesos y decidió que dejaría Selán para lo último. Mélido le gustó, sobre todo la particularidad de su auditorio, que estaba construido en el interior de una mina tan grande que ni en los días más claros se podía vislumbrar su final. Era una mina invertida, hacia abajo, y la ciudad se había construido a su alrededor aprovechando las zanjas, lo que provocaba que Dorothia se preguntara si aquella estructura sería capaz de sujetar una ciudad entera.

Mélido fue su hogar durante un par de años —en los que se cercioró de que sí, que efectivamente las estructuras eran tan sólidas como eternas—, hasta que escuchó que en Incaté había personas como ella, que se negaban a vivir en un sistema diseñado por unos borrachos de poder. Por entonces trabajaba en una sastrería confeccionando camisas de seda que su jefe conseguía traer desde Bábilos. Aunque no era muy frecuente ser contratado, ese hombre parecía tener algún tipo de trato con la Gobernacía y le permitían ser dueño de una tienda, a pesar de que no tenía hijos. Recordaba esa norma absurda, la de que solo se podía poseer una finca o una tienda si se tenía descendencia. Era ridículo. A diferencia de la conversación que estaban teniendo aquellos dos hombres al tiempo que ella terminaba de planchar la camisa que venían a buscar. Le habían enseñado a ser invisible y mientras trabajaba nadie reparaba en ella. Se mimetizaba tanto con el entorno que los demás seguían con sus conversaciones como si nada. Entre esas cuatro paredes había oído de todo, pero nunca nada tan interesante como lo que estaba a punto de escuchar. Aquellos hombres hablaban de unos locos que querían acabar con todo, «como si eso fuera posible». Continuó planchando, simulando que nada ocurría, pero su mente se puso a trabajar a toda velocidad. Era lo que necesitaba, lo que había esperado encontrar desde que salió de su Crótaz natal. Dorothia no se lo pensó. Esa misma tarde, sin avisar en la tienda ni dar una explicación de por qué no iba a volver jamás a usar una de esas planchas de hierro que tantas quemaduras le habían producido en las manos, puso rumbo a Incaté.

Mientras recorría sus calles llenas de arena del desierto que se colaba en la ciudad con el viento del oeste, se acordó de los años en los que vivió allí. Aunque no tuvo tanta suerte como en Mélido y no pudo encontrar un trabajo en condiciones, se las apañó ayudando en las diferentes fincas. Echaba una mano en una granja que tenía ovejas y a cambio le daban leche y queso; ayudaba en una propiedad que fabricaba ropa con lino y le daban prendas que a su vez usaba para intercambiar en el mercado y conseguir más comida; y de vez en cuando acudía a un hostal para limpiar las habitaciones donde a veces la dejaban dormir en una mullida cama. El resto de noches… El resto de noches agradecía que Incaté fuera un lugar cálido, con unas temperaturas relativamente templadas, y que pudiera dormir en un rincón de las afueras de la ciudad donde nadie la molestaba.

Fue allí donde conoció a Bill. Todavía lo echaba de menos. Él supo ver algo en ella que nadie más había sido capaz de detectar. Fue su protector dentro del asentamiento. Y quizás algo más, aunque eso nunca lo confesaría. Nadie sabía lo que había existido entre ellos, y tener ese secreto era lo único que la reconfortaba cada vez que pensaba en su muerte. Le gustaba tener secretos, casi tanto como saber los de los demás; quizás por eso tuvo claro cuál debía ser el sistema que sustituyera a las mentiras. Jamás le diría a nadie que fue Bill el que le dio la idea. «Espero que estés orgulloso de mí».

Recordaba a la perfección el día en que se fue a una misión con Carl y este apareció solo. Pensar en su muerte todavía le resultaba doloroso, aunque comprendía que él se lo había buscado. Quererlo tanto no le impedía ver lo mal que había actuado con aquella chica. Igual que tampoco le impedía no poder verla con ojos amigables. Sabía que ella no había acabado con la vida de Bill directamente, pero su presencia le recordaba cada día que el hombre que le estaba dando la mano en su lucha para terminar con la Gobernacía ya no estaba.

Por suerte, Bill, antes de morir, le había enseñado todo lo que necesitaba saber. De hecho, habían trabajado codo con codo para idear el plan que les haría derrocar de una vez por todas a los que regían el antiguo sistema. Precisamente, fue ella la que le dio la idea de sacar de Mélido el carbón necesario para crear la pólvora, plan que el hombre aplaudió con ganas y que puso en marcha enseguida. Los dos años que Dorothia había pasado allí le habían permitido conocer gente y hacer algún que otro contacto, así que no les costó demasiado crear un sistema para llevar el carbón hasta el norte, justo a las faldas de Iflag, donde estaba esa fábrica que elaboraba pólvora gracias al azufre que sacaban del volcán. Ya había pólvora antes de que ellos llegaran, por supuesto, pero los dueños de la fábrica no tenían los medios para importar tanto carbón como para suministrar la cantidad que Bill y Dorothia necesitaban, así que su contacto fue imprescindible.

«Nos apañamos bien», pensó con cariño mientras deambulaba por las calles. Y era verdad: jamás se había entendido con nadie como con Bill. A pesar de que a veces hacía gala de una moral bastante cuestionable, su fijación por acabar con la Gobernacía hacía que Dorothia pudiera perdonarle cualquier cosa.

Ahora, años después y con su plan funcionando a la perfección, habría dado lo que fuera por ver la cara de orgullo de Bill al descubrir que lo había conseguido.

Entró en El Aguijón del Alacrán, una taberna en la que había trabajado alguna que otra vez sirviendo bebidas en las noches de mucho ajetreo. En cuanto cruzó la puerta, reconoció al dueño, más viejo, más demacrado, pero con el mismo ceño fruncido de siempre.

—Estamos cerrando —gruñó desde debajo de su enorme bigote. Llevaba un delantal de cuero marrón que no disimulaba en absoluto la prominente barriga. El mismo de siempre.

—Tan amable como te recordaba, Cridus.

Entonces el hombre levantó la vista de la barra, que limpiaba con ahínco, y se dio cuenta de a quién tenía delante.

—No puede ser. ¿Qué se le ha perdido a Dorothia Allinghanm en El Aguijón del Alacrán?

—Veo que me recuerdas.

—¿Cómo iba a olvidarte? Sería más fácil que tú nos olvidaras a nosotros, me temo. Las noticias vuelan —dijo cuando la mujer levantó una ceja—. Se dice por ahí que tú estás al mando de la Nueva Gobernacía.

Sabía que los canales de comunicación entre las ciudades seguían siendo igual de pésimos que antes de que ella llegara, pero le alegraba descubrir que su nombre no era desconocido más allá de Vésticum.

—No salgo mucho de la capital —comentó mientras señalaba una botella ambarina. Cridus entendió a la perfección lo que quería sin necesitar más que ese gesto y se dispuso a servirle un chupito—. Me da la sensación de que todavía no es demasiado seguro y de que allí estoy más protegida.

—¿Y qué haces en Incaté?

—Venía a verte a ti.

El hombre se detuvo y la botella se quedó en el aire, a medio camino de ser colocada de nuevo en su sitio.

—¿Por qué querrías eso? Yo no tengo nada que ofrecerte, ya lo sabes.

—Necesito tu inteligencia.

El hombre se echó a reír de forma escandalosa. Menos mal que la taberna estaba desierta, porque con esa risa habría espantado a toda la clientela.

—Ay, Dorothia, no has perdido tu sentido del humor.

—Te estoy hablando totalmente en serio, Cridus. Siempre he admirado la forma en la que has llevado este negocio. Estoy segura de que serías capaz de que la temperatura de la ciudad subiera un par de grados con tal de conseguir más clientes sedientos. Sé cómo trabajas —continuó antes de que el hombre sacara a relucir su modestia—, y quiero que estés en mi equipo.

—¿En qué equipo? ¿De qué me hablas?

—Lo sabes muy bien. Yo soy la que está ahora al mando de la Nueva Gobernacía y, a día de hoy, necesito seguir reuniendo a los mejores para que estén a mi lado. Necesito personas inteligentes que quieran colaborar con esta nueva causa.

—¿Tú eres la que está detrás del sistema de verdades?

—¿Qué te parece? —preguntó orgullosa.

—Si te soy sincero, una locura. Todavía no entiendo cómo has sido capaz de hacer algo así.

Si decidía irse con ella, ya encontrarían el momento para hablar largo y tendido de aquello. Le contaría cómo empezó a mover los hilos cuando Regina Rei estaba en el poder, cómo estudió día y noche para comprender el funcionamiento de ese sistema que tan solo era un boceto dentro de su cabeza y cómo tuvo que ingeniárselas para poner de su lado a los mejores ingenieros de Vestalia que la ayudarían a llevar a cabo su plan. Sin embargo, ahora no tenía tiempo para eso. No se sentía demasiado cómoda fuera de Vésticum y si había hecho ese viaje por sí misma y no había mandado a nadie en su lugar solo se debía a que Cridus no se fiaría de un emisario. Tenía que encargarse personalmente de esa labor y cuanto antes abandonaran Incaté, mucho mejor. Así que, en su lugar, contestó:

—Fácil: moviéndome y reuniendo a los mejores a mi lado. ¿Qué me dices? ¿Te vienes conmigo a Vésticum?

No pudo escuchar la respuesta del hombre porque alguien entró en la taberna. Era uno de los soldados que la había acompañado en el viaje, un tal Danuef o Aithos o con cualquier otro nombre tan exótico como horrible.

—Estoy ocupada.

—Es urgente, señora Allinghanm. —Su esbirro se mostraba nervioso. La gorra que tenía entre las manos y a la que no paraba de darle vueltas estaba sufriendo las consecuencias. Tenía el pelo pegado a la frente por el sudor y Dorothia intuía que no se debía únicamente al calor del desierto.

—Y esto también, soldado.

—Se trata de *ella* —hizo hincapié en esta última palabra para que Dorothia supiera al instante a quién se estaba refiriendo—. Acabamos de recibir un mensaje en nuestro receptor de señales. —Le enseñó el aparato que también sostenía entre las manos temblorosas: no paraba de pitar un código que la mujer identificó en cuanto lo escuchó.

Dorothia respiró y levantó una mano, interrumpiendo lo que fuera a decir. Estaba muy orgullosa de ese sistema, les permitía saber cada una de las verdades que se contaban en toda Vestalia de inmediato, allá donde estuvieran. Llevaba soñando con ese día desde que llegó al poder y era incapaz de creer que por fin hubiera llegado. El soldado dudó, no sabía si hablar o no.

La mujer había cerrado los ojos, como si estuviera saboreando esa pequeña victoria. Después de unos segundos, miró fijamente a su secuaz y susurró:

—Está viva. Y está en Vésticum.

CAPÍTULO 22

Tobyas Jhonson
Vésticum, al sureste de Vestalia

La maldición que se escapó de sus labios no fue tan sutil como se había esperado, pues todo el bar se giró en cuanto cruzó la puerta.

—Perdón —musitó mientras agachaba un poco la cabeza.

Su disculpa se perdió entre el ruido de la taberna. Ya nadie le estaba prestando atención, y menos mal, porque si alguien lo hubiera hecho se habría dado cuenta de que no paraba de mirar de un lado a otro buscando algo que no terminaba de encontrar. Ese nerviosismo no estaba ahí cuando salió de La Piel del Oso hacía unas cuantas horas. Si hubiera sido por él habría permanecido en aquella habitación eternamente, acariciando a Otila durante todos los segundos que el mundo quisiera regalarles. Sin embargo, sabía que quedarse allí era arriesgarse a que su marido los encontrara. Y ninguno de los tres quería eso.

Se acercó a la barra, con las manos temblando más de lo que le gustaría, y le pidió a Pévol, el camarero, un par de chupitos de la bebida más fuerte que tuviera. Se quitó una de las varias pulseras de plata que llevaba en la muñeca y la posó en la madera de la barra. Pero el camarero, tan grande como una puerta y tan rubio como un trigal, lo reconoció y empujó la pulsera hacia él.

—Ya sabes que aquí tus baratijas no valen nada. —Si no hubiera sido por el guiño que acompañó a esas palabras, Tobyas habría malinterpretado a Pévol.

Lo conocía, sabía que era el que pasaba alguna noche que otra con Otila, el culpable de que la mujer abandonara sus responsabilidades durante horas sin importarle otra cosa que no fuera su compañía. Lo sabía y no lo juzgaba, y lo dejó claro mientras servía los chupitos.

—¿Un día duro? —le preguntó al ver cómo no pasaron ni diez segundos entre un vaso y el otro.

Tobyas no le contestó, aunque sí lo hizo su mirada, fija en algún lugar de la barra.

—Ya entiendo... Creo que esto te vendrá bien.

Le sirvió otro chupito y le puso al lado una ración de carne estofada.

—Deberías comer —le reprendió, como si servirle aquel plato no hubiera sido suficiente—, estás tan pálido que si ahora mismo me dijeras que has visto un fantasma me lo creería.

«Es que he visto una fantasma», pensó el chico mientras se tomaba el tercer chupito. Si seguía así no podría salir de la taberna por sus propios medios, pero le daba igual. Quizás era la mejor forma para olvidar lo que había visto.

Todavía le costaba discernir si era real o no la escena que había presenciado minutos atrás. Era imposible que en tan poco tiempo el pasado hubiera llegado de aquella manera, como un huracán para poner patas arriba la vida que había construido en esos cinco años. Primero, Eneas y ahora...

¿Le habrían engañado sus ojos? ¿Habría sido una visión? Estaba cambiada, y llevaba la cara tapada con unas enormes gafas de color bronce con las que, seguramente, trataba de ocultar su identidad. Además, estaba el hombre. Aquel tipo, ahora venido a menos, que la reconoció al instante y que se lanzó hacia ella como si fuera un depredador hambriento que solo piensa en saciar su hambre.

Al principio, después del Gran Cataclismo, las calles se llenaron con su rostro. Alguien había hecho una suerte de retrato en carboncillo que distaba un poco de la realidad pero que dejaba claro que aquella era la hija de Caronte. Las paredes se empapelaron con esos carteles que hacían que Tobyas apretara los dientes cada vez que los veía. Se decía que era la mayor enemiga de la Nueva Gobernacía, pero él no sabía si eso era cierto. Su cuerpo no había sido encontrado y tal vez estuviera por ahí tratando de elaborar una venganza contra los que habían osado arrebatarle a su padre. O tal vez estuviera escondida sin querer saber nada sobre el nuevo régimen.

Carey…

Habían pasado demasiados años y, si era sincero consigo mismo, no había terminado de olvidarla, aunque, por la forma en la que los carteles con su rostro comenzaron a taparse después de meses sin ser hallada, intuyó que la Nueva Gobernacía sí que lo había hecho. De vez en cuando se paseaba por su mente, salía de esos rincones que Tobyas se empeñaba por empujar hacia un lado apartado de su cabeza y le recordaba que había sido real, que el Liceo había existido, que había formado parte de él y que había sido el lugar en el que estuvo a punto de morir.

La vio salir de la trastienda. Otila se mostraba intranquila; lo demostró la forma en la que miró a ambos lados cuando cruzó la puerta. Después volvió a meterse para dejar paso a un hombre que, igual que ella, comprobó que nadie estuviera reparando en su presencia. Solo que sus ojos se cruzaron con los de Tobyas. Empezó a ponerse nervioso y terminó saliendo del bar a todo correr sin girarse ni mirar hacia atrás. Un minuto después —ni un segundo más ni un segundo menos—, Otila salió con gesto despreocupado, nada que ver con la inquietud que mostró antes.

Aquello fue como una puñalada. Sintió una nausea al imaginarse lo que había ocurrido en una de esas habitaciones vacías, peor incluso que las que le venían cada vez que tenía que limpiar la borda del Fuego Sagrado después de una noche de borrachera de los marineros.

Tal vez si no hubiera visto a Carey hacía tan solo unos instantes habría reaccionado de otro modo, de uno mucho más lógico, adulto y sensato, pero el haber llegado a aquel bar en busca de refugio y haberse topado únicamente con una puñalada hizo que no pudiera actuar de tal manera.

La Piel del Oso se convirtió en el peor lugar en el que estar, así que Tobyas no dudó ni un segundo en salir del bar y echar a correr. Había ido allí en busca de un hombro confidente y se había topado con la mayor de las traiciones.

Entonces escuchó a alguien llamándolo. Se dio la vuelta justo a tiempo para ver a Otila salir detrás de él.

—¡Tobyas!

—¡No quiero volver a verte en la vida! —sentenció el chico. Sabía que era su orgullo el que hablaba en su lugar, pero le daba exactamente igual.

—¡Espera, no sigas corriendo!

Él aceleró todavía más el paso, aunque no tenía ni idea de a dónde ir. Las calles de Vésticum se convirtieron en un laberinto del que era imposible escapar y, de repente, se sintió perdido, sin saber qué otro paso dar, sin saber dónde esconderse.

—No es lo que parece. —Otila lo alcanzó cuando Tobyas se paró en seco. Respiraba con dificultad, aquello no fue más que un susurro entrecortado.

Le habría encantado que hubiera dicho cualquier otra frase. Cualquier otra cosa menos eso. ¿De verdad iba a utilizar una excusa tan manida con él? Se merecía mucho más.

—No tienes que darme explicaciones —sentenció tan tajante que sus palabras salieron como cuchillos de entre sus labios—. Sé que no me debes nada, pero esperaba un poco de lealtad por tu parte.

—No tienes ni idea, Tobyas.

—No te hagas la víctima conmigo —cortó en cuanto vio que los ojos de Otila comenzaban a humedecerse—. Puedo soportar que vuelvas cada noche con tu marido, con ese al que odias y que te trata como si fueras la peor basura de Vestalia, pero no puedo perdonarte que andes con otros hombres. Sé que esperarme es duro, ¡pero estoy aquí! ¡Estoy aquí!

Otila guardó silencio. Las palabras se negaban a salir y, en lugar de hablar y explicar la situación, se echó a llorar. Él hablaba en serio. Sabía que no podía ser suya, que le pertenecía a otro hombre, pero el amor no entraba en ese trato. El amor de Otila era suyo, de nadie más. Así se lo había jurado ella una y mil veces mientras sus cuerpos se empeñaban en convertirse en uno.

—Encima no llores tú. Si estás tratando de hacerme sentir culpable no te va a funcionar.

Ella lo asesinó con la mirada y eso confundió mucho al chico. Jamás había entendido a las mujeres. ¿Acaso tenía que sentirse él mal por los actos que había cometido ella? ¿Quién era el que había pisoteado la lealtad hacia el otro sin ningún tipo de remordimiento?

—No sabes nada. —Los rizos oscuros de Otila volaban con el viento que corría a sus anchas por las calles de Vésticum—. Te estás comportando como un niño.

Aquel comentario le hirió en lo más profundo. Existía una gran diferencia de edad entre ellos dos, era consciente, y siempre le había supuesto una traba, una inseguridad. Otila era una mujer en toda regla, que había vivido demasiado y había sufrido todavía más. En cambio, él… Él tenía que esforzarse día a día para dejar de ser visto como un veinteañero inconsciente que se había enrolado en un barco para alejarse de sus problemas y poner agua de por medio.

No dijo nada, aquel comentario había sido demasiado. No iba a consentir una infidelidad y mucho menos un ataque tan gratuito al que ella sabía que era uno de sus puntos débiles. «Es que tienes muchos puntos débiles», le reprochó una voz interior que sonó más alta y segura de lo que le habría gustado. Y tenía razón. Tobyas era débil, o al menos así se veía a sí mismo, y le costaba un triunfo comprender por qué Otila lo prefería a él antes que a su marido. Sin embargo, aunque podía lidiar con esa inseguridad —algunos días más que otros—, no era capaz de hacerlo si el competidor era otro hombre que, seguro, la trataba como se merecía.

—Se acabó —dijo Tobyas sin darle la oportunidad a la mujer de excusarse, aunque no fuera más que una invención.

No quería luchar, ya no. No estaba dispuesto a sufrir más, daría por terminada su relación con Otila en ese instante, a pesar de que eso significara no tener un lugar seguro al que acudir cuando estuviera en tierra. Ese pensamiento le dolió todavía más, porque se dio cuenta de que había ido donde ella para que calmara esa angustia que sintió al toparse con su pasado de golpe y, en realidad, se había encontrado una traición imposible de perdonar.

Cuando entró en el Fuego Sagrado escuchó a un marinero decir que cuando a uno le dolía el corazón era porque algo malo iba a ocurrir. Eso malo ya había ocurrido. Era imposible que pasara algo todavía peor, al igual que era imposible que el corazón le doliera más a Tobyas. Había visto cómo capturaban a Carey, había vuelto a revivir los fantasmas del pasado y había visto a la mujer de su vida engañándolo con otro tipo mucho más alto, más guapo y apuesto que él. No, era imposible que fuera a peor. No sabía si su corazón ya le dolía antes o si lo que sentía en esos momentos se debía a que este se hubiera roto en mil pedazos al ver a la mujer de su vida con otro hombre. Maldijo al marinero que le contó aquella historia. Le importaba bien poco de dónde venía ese dolor, la cuestión era que casi no le dejaba respirar.

Se dio la vuelta y se fue de allí. No soportaría ver los ojos tristes de Otila ni un segundo más, por no hablar de los sollozos que había empezado a emitir. No podía verla llorar o… o cambiaría de opinión. «Qué débil eres —se reprendió—, ni cuando juegan con tu lealtad eres capaz de ser fiel a tus convicciones». Aquella voz interior lo martirizaba, y no había forma de acallarla. Siempre había sabido que algún día Otila se cansaría de él, que no aguantaría más la espera, la incertidumbre de no saber cuándo sería la próxima vez que pudiera abrazarlo, besarlo, tocarlo. Sin embargo, a pesar de que se había imaginado ese escenario más de un millón de veces, en el fondo esperaba que no llegara a cumplirse nunca.

Ahora no sabía qué hacer. Deambulaba por las calles de Vésticum sin un rumbo fijo. Había ido a La Piel del Oso porque necesitaba compartir con la mujer a la que amaba lo que acababa de ver. Tenía que contarle que la mayor mentirosa de Vestalia había sido capturada y que, seguramente, lo que vendría a continuación marcaría un antes y un después en la historia de la Nueva Gobernacía. Y ahora… ahora solo tenía la sensación amarga de que lo había perdido todo y de que nada tenía sentido. De que daba igual que hubieran capturado a Carey o que el mundo se cayera a pedazos. Todo daba igual si no podía tener a su lado al amor de su vida.

CAPÍTULO 23

Hamica Clayton
Vésticum, al sureste de Vestalia

Dos mujeres fueron las que se encargaron de robarle el sueño aquella noche: Carey y Camille. Y ambas por motivos muy diferentes.

Carey había dicho que tan solo daría una vuelta por la ciudad y que en un rato volvería; habían pasado demasiadas horas y todavía no había señales de ella. No paraba de visualizar los carteles y los pensamientos intrusivos de que le había pasado algo horrible se agolpaban en su interior. Y Camille… Camille se había empeñado en meterse en su cabeza y en quedarse a vivir en ella para siempre.

Nunca le había ocurrido eso, lo de tener la sensación de que no podía concentrarse, que no podía pensar en algo que no fueran esos ojos azules misteriosos que parecían reírse. Recordaba el olor del perfume que se había llevado: sándalo y bergamota. Una combinación extraña, exótica y arriesgada. No sabía por qué, no la conocía tanto como para estar tan segura, pero aquellas tres palabras parecía que también definían a Camille.

Tuvo que levantarse de la cama y ponerse a pasear por la trastienda convertida en habitación improvisada. Suponía que Gaia y Matilda dormirían en el piso de arriba, pues el local estaba sumido en un completo silencio, solo interrumpido por sus pasos, que recorrían el almacén hacia un lado y luego hacia otro y vuelta a empezar. Cuando la pelirroja abandonó la perfumería, presionada por la dueña de la tienda, Hamica se encerró en aquella estancia. Se había puesto los auriculares para no tener que escuchar ninguna verdad y se había tumbado en la cama esperando a que llegara su hermana o el sueño. Pero ninguno de los dos hizo acto de presencia y las horas fueron pasando sin remedio, para su desesperación.

Se obligó a apartar de su mente los ojos de Camille y a centrarse en su hermana. ¿Dónde estaría? ¿Por qué no había vuelto ya?

Llevaban cinco años viviendo juntas y nunca había ocurrido algo así. Ambas sabían lo peligroso que era deambular por las calles, así que pasaban fuera de casa justo el tiempo necesario, ni un minuto más. Que Carey hubiera decidido dar un paseo por Vésticum suponía una excepción a esa norma estricta, pero Hamica lo comprendía, al fin y al cabo, estaban en el que había sido su hogar y sería muy complicado evitar esa tentación de querer reencontrarse con su pasado. Esto lo comprendía tan bien como el hecho de que su hermana era prudente —dentro de lo que ser Carey Regminton permitía— y que no deambularía por la ciudad a esas horas de la noche sin haberla avisado antes. Las dos sabían que cuando una salía, la otra se quedaba en casa esperando, por lo que no hacían nada sin avisarse.

Aquello le olía muy mal, tanto que no pudo evitar que un escalofrío le recorriera la espalda.

Carey no se iría sin avisar. No se quedaría por ahí hasta altas horas de la noche dando paseos por la ciudad. No se habría ido con alguien, no…

Un ruido la distrajo.

Se volvió en redondo tratando de localizar la fuente del sonido. Había sido como un golpe, un golpe seco contra un cristal.

—¿Qué…? —susurró mientras se dirigía hacia la ventana.

Fuera, las luces de las farolas parpadeaban de forma sutil, casi imperceptible. El rocío de la noche había mojado el empedrado del suelo y una niebla amenazaba con terminar de bajar y sumir la ciudad en una nube gris.

Entonces la vio: Camille estaba en la calle, con la mano levantada a punto de tirar otra piedra.

—Shhh. —Hamica abrió la ventana justo a tiempo para que la chica no lanzara esa piedra que, a simple vista, parecía tan grande que podría romper el cristal sin ningún problema—. ¿Se puede saber qué te pasa?

Camille sonrió. Llevaba el mismo vestido azul de hacía unas horas, solo que se había puesto una chaqueta marrón de manga larga por encima para resguardarse del rocío de la noche.

—¿Te apetece dar una vuelta? —le propuso.

Hamica dudó. No quería marcharse por si Carey volvía, pero tampoco le parecía demasiado atractiva la idea de quedarse allí encerrada dando un paso tras otro hasta que apareciera su hermana. Además, si salía a la calle, tal vez la encontrara antes. Optó por dejarse llevar, aunque fuera por una vez en la vida, y escribió una nota rápida dirigida a Carey, así no se preocuparía si no la encontraba cuando regresara. «Por favor, que esté aquí cuando vuelva», suplicó Hamica mientras escribía a toda prisa en el papel.

No quiso salir de la tienda por la puerta principal, pues sabía que si lo hacía corría el peligro de despertar a Gaia, y esta ya le había dejado bien claro que juntarse con Camille no era buena idea. Se preguntaba por qué, por supuesto que sí, pero, aunque no le gustaba desobedecer, aquella chica de ojos azules tenía algo que llamaba su atención de forma irremediable.

Con todo el cuidado del mundo, abrió la ventana y salió a la calle, despacio, sin hacer nada de ruido. La trastienda estaba en una planta baja y pudo hacerlo sin ningún problema.

—No tienes buena cara —apuntó Camille cuando Hamica estuvo por fin a su lado—. ¿Te apetecen?

Envueltas en una tela de papel, traía unas galletas de miel y almendras. A la chica se le hizo la boca agua en cuanto las vio y no dudó en alargar la mano para coger una.

—¿De dónde las has sacado? —preguntó mientras masticaba.

—Tengo un amigo que trabaja en una pastelería y me deja llevarme lo que no han vendido por el día.

Hamica asintió; en realidad, le importaba bien poco de dónde hubieran salido aquellos dulces. Era lo más exquisito que había probado en su vida, al menos en su vida nueva, ya que de la antigua tenía recuerdos borrosos. Desde luego, durante los años que precedieron a la gran explosión no había podido comer nada tan suculento como aquello. Daba gracias el día que conseguía una hogaza de pan —normalmente seca y dura—, así que tener antojo de galletas era algo que ni se le pasaba por la cabeza.

—Toma, cómetelas todas. —Camille miraba divertida cómo Hamica disfrutaba de los dulces.

—¿Qué? No, no, son tuyas. Bastante culpable me siento ya por haberme abalanzado hacia las galletas de esta forma.

—Las he traído para ti.

A Hamica le costó mucho no atragantarse después de oír ese comentario.

—¿De verdad?

—Sí, no sé por qué pensé que te gustarían, pero cuando he visto la cara que has puesto al abrir la ventana he dudado de que estuviera haciendo lo correcto.

—Oh, no, no tiene nada que ver contigo —se apresuró a decir la chica.

—No sé qué te habrá contado Gaia, pero…

—En realidad no me ha dicho demasiado, simplemente me ha advertido de que no me juntara contigo —optó por ser sincera—. Aunque no sé por qué lo diría, y tampoco me importa.

—Es una historia larga —comentó Camille—. Ya conoces a Gaia, es un poco… —dudó— especial. Pero en realidad es buena mujer.

—Sí, supongo que sí.

—Entonces, si esa cara de circunstancias no era por mi culpa, ¿a qué se debía? —La chica seguía caminando, despacio, como si no tuviera ningún rumbo y tampoco le importara.

—Es verdad que me has pillado por sorpresa, pero mi malestar ya venía de antes —contestó Hamica sin pensar demasiado en lo que decía.

—¿Quieres hablar?

—Prefiero pasear.

Las dos comenzaron a andar por las tranquilas calles de Véstícum. Aparte de ellas, no había ni una sola alma. «Todo el mundo debe de estar en casa», supuso Hamica cuando vio que las tiendas estaban cerradas. Incluso dentro de las viviendas apenas se veían luces; no sabía la hora que era, pero aquello le hacía pensar que era muy tarde, demasiado para que dos muchachas deambularan solas. Bajó la mirada lo justo para encontrarse con la insignia cobriza en forma de uve invertida que destacaba sobre sus prendas negras. Era la primera vez en cinco años que se paseaba por la calle sin preocuparse por si alguien la capturaba, por si acababa sometida a un juicio público al día siguiente.

Llevar ese pin le daba seguridad, una seguridad que jamás soñó tener y que le hizo replantearse muchas cosas. ¿Qué diferencia había entre llevar un pin robado o uno obtenido de forma legítima después de un juicio público? Nadie sabría jamás el verdadero motivo, pero marcaría un cambio importante: podría pasear por las calles de Vestalia sin sentirse una impostora.

Pensó en Carey y en la cara que pondría si le dijera que tal vez fuera buena idea someterse a uno de esos juicios, que si lo que querían era terminar con la Nueva Gobernacía, lo tendrían mucho más fácil si no tuvieran que estar escondiéndose cada segundo para no ser descubiertas. No le hizo falta imaginárselo demasiado: sabía que Carey la interrumpiría antes de que pudiera terminar de razonar su propuesta. Su hermana jamás se sometería de forma voluntaria a un juicio, y en el caso de que tuviera que hacerlo de manera forzada, el resultado estaba más claro que las cristalinas aguas del río Ín: los mandaría a todos a un lugar nada agradable del que jamás pudieran salir.

Pensar en Carey hizo que se le encogiera el estómago. Habían pasado demasiadas horas, y eso no era normal, y más en una ciudad del todo desconocida para Hamica. No... Carey podía ser muchas cosas, podía ser demasiado decidida, algo impulsiva y muy cabezota, pero no era una descerebrada. Y pasear durante horas por Vésticum siendo la hija de Caronte Regminton solo podría hacerlo una persona que había perdido la cabeza.

—¿Te apetece ver el barco?

Hamica volvió en sí. No sabía cuánto tiempo habían pasado caminando y, lo peor de todo, sin decir ni una sola palabra. Se había metido en sus pensamientos y había dejado a Camille andando al lado de un fantasma incapaz de hablar. Asintió, le vendría bien para no pensar.

Llegaron al puerto en cuestión de un par de minutos, tiempo que invirtió en mordisquear otra de las galletas que le tendió Camille. No hizo falta que le dijera qué barco era en el que cruzaba los mares de Vestalia: el Fuego Sagrado era tan imponente que no se imaginaba a Camille en otro navío que no fuera ese.

La cubierta de madera brillaba como si la acabaran de barnizar, las velas estaban perfectamente plegadas y no se veía ni una sola arruga en ellas. Las ventanas de ojo de buey destacaban sobre la madera oscura, así como las luces titilantes que se veían en su interior. Sin embargo, lo que más llamaba la atención era el mascarón de proa: una sirena con el pelo al viento cogía aire para soplar por el recoveco de una caracola de mar repleta de espinas. Tenía un gesto de concentración, como si esa tarea fuera indispensable para la misión que iban a llevar a cabo.

Hamica se preguntó qué pensarían los demás barcos cuando vieran acercarse ese mascarón. No le costó nada imaginárselo saliendo de entre un banco de niebla, reclamando el mar para sí.

—¿Hay gente dentro? —preguntó cuando vio a alguien cruzar por delante de una de las ventanas inferiores.

—Sí. Hay algunos marineros que prefieren quedarse a dormir a bordo. Sinceramente —dijo Camille mientras cruzaba la pasarela de madera que daba acceso al navío—, no tengo ni idea de por qué alguien querría hacer algo así. Quiero decir..., llevamos meses metidos ahí dentro, ¿no sería mejor pasar la noche en tierra? Aunque fuera encima del mismísimo empedrado.

—Tiene todo el sentido —coincidió Hamica—, yo no podría vivir encerrada en un barco, creo que terminaría agobiándome.

Pensó en la casa que compartió con Carey en Bábilos durante tanto tiempo y casi se le escapó una sonrisita. Menuda tontería acababa de decir: seguro que un solo camarote de ese barco era mil veces menos agobiante que aquella casa.

—Bueno, supongo que cada uno tenemos lo nuestro. Ven, es por aquí. No hables, no quiero que nos vean.

En cuanto pisaron el navío, Camille se quitó el abrigo y lo dejó colgado en la borda lateral. A Hamica no le pasó desapercibido el hecho de que su forma de caminar hubiera mutado en cuanto puso un pie en la cubierta. Era como si ahora estuviera realmente cómoda, como si en la calle hubiera estado andando de puntillas todo el tiempo. Como si ese fuera su hábitat natural.

Eso le hizo pensar en su propio hábitat natural, en ese desierto en el que era capaz de moverse al mismo ritmo que la arena. Lo echaba de menos, no podía negarlo; y también echaba bastante de menos a Carl, aunque admitirlo era algo que le dolía como un puñal en el estómago. No podía echar de menos a uno de los responsables de que ahora tuviera que escudarse en una insignia ilegítima para no ser sometida a un juicio público. No podía echar de menos al que la hizo vivir cinco años en una casa en ruinas donde el día que entraba un rayo de luz era un día de fiesta.

Y aun así…

Miró a Camille y se acordó de lo que le dijo Gaia, aquello de que no debía acercarse a ella. Esas palabras habían estado resonando en su cabeza hasta que escuchó el ruido de la piedra contra su ventana. No sabía a qué se refería, ni si tenían sentido o no. Sin embargo, le hicieron cuestionarse si no tendría un sexto sentido para rodearse de la gente incorrecta.

—¿Te apetece? —La cara de Camille demostraba de todo menos buenas intenciones, y Hamica pudo comprobar que su instinto no se equivocaba cuando vio cómo la chica sacaba una petaca de una tabla del suelo que estaba suelta—. La tengo aquí escondida para casos de emergencia.

«No se me ocurre una emergencia peor que la desaparición de Carey», pensó mientras se encogía de hombros y alargaba una mano hacia la petaca.

Tuvo que contener una mueca de horror cuando el líquido abrasador le atravesó la garganta.

—Por el amor de… ¿Se puede saber qué es esto?

—Ni idea. —Camille reclamó su turno y le dio un trago. Debía de estar acostumbrada, porque a Hamica le dio la sensación de que se lo estaba bebiendo como agua—. Voy rellenando la petaca con los restos que los marineros se dejan después de emborracharse. No veas lo difícil que es quitarles una sola gota de alcohol cuando todavía están sobrios.

—Prefiero no seguir preguntando.

El líquido había quemado la garganta de Hamica y también, en cierta medida, la preocupación que sentía.

—¿Te han dicho alguna vez que eres una chica muy peculiar? —le preguntó a Camille al tiempo que se sentaba en una caja de madera que crujió un poco bajo su peso.

—No directamente.

—¿A qué te refieres?

Camille guardó silencio durante unos segundos. Se miró las manos, en busca de algo que no encontró, porque enseguida volvió a clavar los ojos en los de Hamica.

—Todo el mundo aquí piensa que soy rara, que no soy como ellos.

—¿Y es verdad?

—Sí, pero no por los motivos que creen —respondió la chica. Cuando Hamica frunció el ceño, continuó—: Se piensan que soy una bruja. Creen que tengo poderes y que soy capaz de echarles una maldición mientras duermen. Creen que todo lo malo que les pasa es por mi culpa.

Si Hamica hubiera estado bebiendo, seguramente se habría atragantado ante tal comentario. No fue consciente de que hizo la siguiente pregunta hasta que no fue demasiado tarde:

—¿Y es así? ¿Tienes poderes?

La carcajada que soltó Camille podría haber despertado a todo el Fuego Sagrado. Tenía una risa cantarina, tan contagiosa que Hamica no tardó en unirse a ella.

—Vale, me queda claro que no.

—Por supuesto que no los tengo —dijo la chica cuando consiguió serenarse lo suficiente para poder hablar—. Si los tuviera…

—¿Qué harías si los tuvieras?

Aquella pregunta ya no tenía nada de broma, y la seriedad de los rostros de ambas chicas lo dejaba más que claro.

—Me volvería invisible —susurró—. Todavía más.

Hamica jamás había visto unos ojos tan tristes como aquellos, y en ese momento supo que eso era precisamente lo que no se podía quitar de la cabeza. No su color azul intenso, no lo grandes que eran. Su tristeza. La tristeza que emanaba de ellos sin ninguna barrera capaz de frenarla. Estaba segura de que sus propios ojos habían reflejado algo así tiempo atrás, aunque no tenía la certeza de si los demás se dieron cuenta.

—¿Has pensado alguna vez hacer vida en tierra? —No supo por qué aquello le pareció una invitación; y lo habría sido si hubiera tenido un lugar seguro que ofrecerle.

Sabía lo que era estar sola, lo que era vagar por un mundo al que sentía que no pertenecía, el querer formar parte de algo y poder ser. De eso se trataba: de ser. Y, por la forma en la que se comportaba con ella —como si Hamica hubiera abierto unas puertas que llevaban siglos cerradas—, tenía la sensación de que Camille no tenía esa libertad.

—No puedo.

Aquellas dos palabras fueron demoledoras. No quiso contradecirla ni compartir con ella esa lección de que si se quería se podía conseguir cualquier cosa. Aquellas dos palabras no eran una excusa, no eran un escudo tras el que se escondía el miedo a dar un paso.

—Ya me lo contarás algún día —ofreció en su lugar.

—No, no se trata de eso, es que… —Camille dudó. Se llevó una uña a la boca y comenzó a mordisquearla, indecisa—. Nunca le he contado esto a nadie y…

—Oye. —Hamica clavó sus ojos en los de ella—. No tienes que decirme nada si no quieres o no estás preparada o…

—Es que quiero.

El mar mecía el barco con suavidad. Todo lo que rodeaba a Hamica había desaparecido, incluida la petaca que todavía sujetaba y que, si hubiera estado hecha de otro material, habría acabado estrujada entre las manos de la chica.

—Entonces, yo estaré encantada de escucharte.

—Es que… —volvió a dudar, pero por fin cogió aire y lo soltó—: No puedo quedarme en tierra porque la comodora pretende matar a Allinghanm y prefiere urdir su plan desde las aguas.

El ruido que hizo la petaca al caer contra el suelo retumbó contra las paredes del camarote. Si Hamica se hubiera visto en el espejo se habría dado cuenta de que estaba lívida.

—Esa mujer… Esa mujer acabó con la vida de mi mejor amiga —dijo.

—Es el demonio.

—No sé si lo es, pero desde luego no me entristecerá su muerte.

No supo por qué, pero Hamica omitió el hecho de que ella había luchado hombro con hombro junto a Dorothia y que ella había formado parte de la misión en la que murió Gruta. No quería ni recordarlo, porque eso le haría cuestionarse si ella misma era tan culpable como Allinghanm de la muerte de su mejor amiga.

—Perdón por contarte esto.

—¿Por qué tendrías que pedirme perdón? —Hamica frunció el ceño.

—Porque ahora te he cargado a ti con esta información y…

—Eh, eh, tranquila. —La chica le colocó una mano sobre el hombro al ver que Camille estaba a punto de echarse a llorar—. No quiero que pienses eso. Lo has compartido conmigo porque lo necesitabas, porque llevar ese lastre tú sola es demasiado difícil, pero no te preocupes por mí.

—¿Seguro?

—Segurísimo —confirmó Hamica mientras sonreía de medio lado—. Además, yo sé guardar secretos mejor que nadie, así que no tienes nada que temer. Gracias por contármelo —dijo esto último más bajito, como si no se atreviera del todo a soltar esas palabras, como si revelaran demasiado.

—En fin. ¿Por qué tenías esa cara de preocupación cuando has salido por la ventana?

Hamica no supo si ese cambio de tema se debía a que de verdad necesitaba dejar de hablar sobre ella misma o porque Camille se moría de curiosidad. Dudó. Era la primera vez en años que sentía algo cercano a la complicidad. No había vuelto a hablar libremente con alguien que no fuera su hermana, ni se había muerto de ganas por que la noche fuera eterna para que la conversación no se terminara nunca. Dudó. Una vez, y otra vez más. Camille la miraba mientras tanto, paciente, a la espera de una respuesta que no sabía si llegaría, pero sin juzgar ni presionar.

—No tienes por qué contármelo —dijo entonces. Justo las palabras necesarias, justo lo que Hamica ansiaba escuchar.

Quizás por eso sus labios se entreabrieron sin su permiso.

—Es mi hermana. Ha desaparecido.

Camille guardó silencio y analizó cada una de aquellas palabras.

—Pues vayamos a buscarla.

CAPÍTULO 24

Eneas Lockwood
Vésticum, al sureste de Vestalia

En esos instantes habría matado por conseguir un papel y un lápiz, y maldijo entre dientes al darse cuenta de que podría haberlos pedido a cambio de contar la verdad sobre Carey. Sin embargo, en ese momento estaba tan concentrado en lo que iba a decir que ni siquiera se le pasó por la cabeza la posibilidad de obtener algo a cambio. Sabía que la Nueva Gobernacía se lo habría hecho llegar con todo el placer del mundo, no en vano había delatado a la persona más buscada de Vestalia.

Si hubiera sido posible, habría jurado que se le había olvidado la sensación de pintar en un papel, del sonido del carboncillo sobre la superficie. Pero sabía que no había catástrofe tan grande ni lapso posible que consiguiera borrar ese recuerdo de su mente, aunque estuviera en un lugar tan recóndito que tuviera que buscar con lupa para encontrarlo. Ni ese, ni la necesidad imperiosa que le sobrevenía cada vez que se le terminaba uno de sus antiguos cuadernos y le pedía a su padre que mintiera para conseguir otro.

A pesar de que esa sensación no la había olvidado, aquel recuerdo ya no tenía el mismo significado que entonces. Hubo un tiempo en el que le horrorizaba el hecho de haber pensado siquiera en mentir para conseguir algo tan banal e innecesario como un cuaderno, sin embargo, ahora…, ahora le parecía que el tiempo lo había relativizado todo y que el significado del bien y del mal no era más que un borrón en una memoria que se esforzaba por olvidar.

Ya no pensaba en sus padres tanto como antes. Cuando llegó a la isla, eran su compañía, su recuerdo favorito. Adoraba escuchar la risa de Tami y visualizar los ojos brillantes de Claud. Ahora temía olvidar sus rostros, su olor, y lo peor de todo era que ya no se empeñaba en que no ocurriera. Al principio, cuando un día le costó recordar cómo sonaba la voz de su madre, se asustó. No quería olvidarlos, por nada en el mundo. Primero fue la voz, después los gestos y sabía que algún día serían sus rostros, hasta convertirse en una niebla familiar y conmovedora, y dejarían de ser sus padres para siempre. Había aceptado que ese momento llegaría, y no pasaba nada. Se aferraba a esa sensación de bienestar que le invadía cada vez que se acordaba de que la vida era eso: una rueda que giraba y giraba sin remedio y que obligaba a girar con ella y a no detenerse.

Su estómago protestó. «Tendría que haber comido cuando tuve ocasión», se regañó por su incapacidad de decidir a la hora de la comida. Si se paraba a analizar aquella situación, estaba seguro de que nunca le había pasado algo así, o al menos no de una forma tan exagerada. No destacaba por su facilidad para tomar decisiones rápidas, eso era cierto, pero aquel hecho jamás había supuesto un impedimento para realizar sus tareas diarias. Tal vez un día no fuera capaz de decidir si el pantalón de pana quedaba mejor con la camisa blanca o amarilla —en aquellos días en los que tenía un armario con ropa que, aunque escasa, era suya—, pero eso no significaba que fuera a salir desnudo a la calle. Al final, después de un rato que para él sería eterno pero que en realidad no habría supuesto más que un par de minutos, se decantaría por una de las dos opciones y no volvería a pensar en esa disyuntiva.

Sin embargo, lo de ese día había sido completamente distinto. Su incapacidad para decidir le había dejado sin comer, y ahora se sentía mal por partida doble: tenía un hambre tremenda y un enfado consigo mismo más que considerable.

Su cabeza ya se estaba yendo a Carey y a su capacidad para tomar decisiones con una rapidez semejante a la de un parpadeo cuando una voz lo sobresaltó:

—¡Soldado!

Dio gracias por que su cuerpo supiera qué era lo que tenía que hacer, porque a él todavía no le habían dado ninguna lección sobre cómo debía actuar. Le sorprendió que le hicieran unirse al grupo militar sin explicarle ni tan siquiera cuáles eran sus funciones o qué entrenamientos debía realizar para estar en forma. «Supongo que nuestras vidas valen tan poco que ni se toman la molestia», pensó. Se cuadró y elevó el mentón.

—Le necesitan en la puerta cuarenta y siete.

Eneas examinó al hombre que le había dado la orden: por la cantidad de insignias que llevaba en el pecho, dedujo que estaba unos cuantos rangos por encima de él. La de la Nueva Gobernacía destacaba sobre las demás. No tenía ni idea de dónde estaba la puerta cuarenta y siete, pero su gesto serio y poco amigable le quitó la tentación de preguntarle.

—Sí, señor —contestó en su lugar.

Se fue de allí como si de verdad supiera a dónde tenía que dirigirse. El rostro de pocos amigos del militar no le invitaba a quedarse ni un segundo más a su lado, así que, mientras doblaba la esquina para enfilar el pasillo de la derecha, suplicó por que la puerta cuarenta y siete estuviera en esa dirección.

—¡Soldado!

Eneas se quedó tan paralizado que tuvo la sensación de que hasta la sangre había dejado de recorrerle el cuerpo.

—¿Se puede saber a dónde se dirige?

Al escuchar esas palabras, Eneas se dio cuenta de que el que le estaba hablando no era el mismo que le había dado la orden hacía tan solo un par de minutos.

—A la puerta cuarenta y siete —contestó sin pensar.

—Entonces, creo que le gustará saber que está yendo en la dirección contraria.

Se dio la vuelta poco a poco, y, cuando lo hizo, no pudo evitar emitir un sonido de sorpresa. El rostro del soldado que le había hablado estaba tan desfigurado que no parecía un rostro. Uno de sus pómulos estaba hundido, tenía la nariz torcida y le faltaba un trozo de labio. El resto de la cara lo tenía repleto de cicatrices que hacían que en las cejas apenas tuviera pelo. Aun así, aquel rostro —y sobre todo los ojos ambarinos que todavía conseguían llamar la atención a pesar de las heridas— le resultó tremendamente familiar.

—Lo siento, yo…

El soldado lo examinó de arriba abajo y compuso una mueca que a Eneas no le gustó en absoluto.

—Eres el nuevo, ¿verdad? —lo preguntó con un rastro de duda en la voz.

Asintió. Su cabeza estaba demasiado ocupada tratando de adivinar qué iba a pasar a continuación como para ordenarle hablar.

—Me lo tendría que haber imaginado. Ni siquiera sabéis llevar el uniforme como es debido.

Eneas se irguió un poco. «¿Qué tiene de malo mi uniforme?», se preguntó al tiempo que daba un repaso mental rápido por su atuendo para cerciorarse de que llevaba todo lo necesario. Incluso bajó un poco la vista para comprobar que el escudo de la Nueva Gobernacía seguía ahí.

—¡Venga, que te están esperando!

Sus recuerdos en la isla desierta de Mergón, tumbado bajo la sombra de una palmera mientras escuchaba el ruido de las olas contra la arena, le llegaron de golpe. No quería estar allí, no quería vivir en un mundo de órdenes, de uniformes, de insignias. No quería vivir en un mundo donde Carey siguiera existiendo.

Cambió de dirección y se fue por el lado opuesto del pasillo; seguía sin tener ni idea de dónde tenía que ir, pero al menos despistaría a aquel soldado con cara de pocos amigos que tan familiar le resultaba. Mientras recorría el castillo de Brítacor —que ahora lucía unas alfombras granates a juego con los uniformes de los soldados—, se preguntó si lo habría conocido en su vida anterior.

En el tiempo que llevaba en Vésticum sentía que todo le era familiar y a la vez desconocido, que estaba viendo una versión renovada de lo que algún día fue y ya no era. Y al igual que no podía decir que el castillo de Brítacor fuera el mismo en el que vivió cinco años atrás, tampoco estaba seguro de que las personas con las que se cruzaba y que le sonaban fueran las mismas que en su día conoció. ¿Y si era tan solo su mente creando recuerdos? ¿Y si no conocía absolutamente de nada a ese soldado y su cabeza se empeñaba en inventarse un recuerdo en el que apareciera?

Sin embargo, por mucho que le daba vueltas no conseguía ubicar ese rostro serio y adusto, así que se esforzó por apartarlo de su mente y tratar de averiguar dónde estaba la sala cuarenta y siete.

Pasados unos minutos eternos, desistió. Las puertas con las que se cruzaba no estaban numeradas de ninguna manera, por lo que era imposible saber en cuál tenía que entrar. Además, nadie le había explicado todavía cuáles eran las obligaciones de su puesto, y estaba claro que no estaba preparado para ejercer de soldado, así que, dado que nadie le había preguntado su nombre, quizás lo mejor era hacerse el despistado y escabullirse hasta que alguien resolviera lo que fuera que ocurriera en la puerta cuarenta y siete.

La mejor forma que se le ocurrió para llevar a cabo ese plan fue descender las escaleras que encontró al final del pasillo y, después, otro tramo más.

Por allí no se escuchaba ruido de gente. No había conversaciones, ni siquiera el murmullo de unos pasos despistados se dejaba oír. Estaba solo. Completamente. Por fin.

Aquel lugar era una suerte de sótano que hacía las veces de trastero. Había cajas de madera amontonadas que parecían contener ropa y menaje de cocina, así como alimentos en conserva. Eneas supuso que ese era el lugar donde guardaban todo lo necesario para sustentar a los que vivían en el castillo, y no supo por qué, pero aquello le asombró. Era extraño saber que había alguien encargado de que pudiera comer algo por la noche, y al día siguiente; que había alguien preocupado por que tuviera sábanas limpias y un uniforme decente, aunque no fuera del todo de su talla. Se había pasado tanto tiempo siendo el único que se preocupaba por sí mismo que la sensación de pertenecer a algo era demasiado compleja como para analizarla con el estómago vacío. Situación de la que, se recordó, solo él era el responsable.

—No se lo digas a nadie, pero estoy empezando a cansarme un poco de la farsante de Allinghanm.

Eneas se puso en guardia al escuchar unas voces que se dirigían hacia él.

—A mí me lo vas a contar. El otro día me hizo zurcir decenas de calcetines. Acabé con las manos en carne viva.

No tenía ni idea de dónde esconderse, pero lo que sí sabía era que debía hacerlo. Aquello de que no sabía dónde estaba la puerta cuarenta y siete no le serviría en esa ocasión. Era demasiado evidente que estaba husmeando, dado que la otra opción era que se estaba escondiendo y eso era algo que jamás, por nada del mundo, admitiría.

—Al principio me caía bien, pero creo que ahora mismo está borracha de poder.

—¿Tú te acuerdas de Regina Rei? Yo estaba en su camarote de seguridad y, aunque era demasiado extravagante, se portaba muy bien con el servicio. Hasta nos conseguía chocolate de vez en cuando.

—Ya sabes lo que dicen: más vale malo conocido que bueno por conocer. Esta Allinghanm no tiene ni idea de lo que es dirigir un país como Vestalia, el puesto le queda grande.

—Ni que lo digas.

—Y espérate que no se le vuelva todo en su contra.

—¿Tú crees que eso sería posible?

—No sé, el otro día escuché a unos tipos teniendo una discusión muy acalorada sobre las pintadas que han aparecido en los carteles de la Nueva Gobernacía y uno estaba convencido de que se está fraguando algo.

—Eso no son más que pamplinas. Estoy seguro de que han sido unos chavales con mucho tiempo libre.

Las voces estaban cada vez más cerca, por lo que a Eneas no le quedó más remedio que abrir la puerta que tenía a su derecha y rezar para que al otro lado no hubiera nadie.

Un fantasma no habría hecho menos ruido que él, y menos mal, porque los dos hombres no tardaron ni medio minuto en llegar donde había estado Eneas hacía un momento. Él, pegado a la puerta ya cerrada y con el corazón queriéndosele salir por la boca, contuvo la respiración todo lo que pudo.

Esperó unos segundos, y otros más, hasta que la conversación —que seguía centrada en decir todo tipo de lindezas sobre la dirigente de la Nueva Gobernacía— fue un susurro casi inaudible. Solo entonces se atrevió a tantear con la mano la pared que tenía justo al lado en busca de un interruptor que se llevara la oscuridad que lo abrazaba.

Le costó unos instantes encontrar lo que buscaba, durante los cuales no pudo evitar imaginarse que la pared estaba llena de bichos repletos de aguijones y dispuestos a devorarle. No tenía ni idea de dónde venía ese pánico repentino, pero se imaginó que su situación general —los bloqueos, la incertidumbre, la tensión—

era la responsable. Cuando giró el interruptor se llevó las manos a la boca para no emitir un grito de sorpresa.

Tuvo que buscar en los recovecos más escondidos de su mente para tratar de encontrar un lugar más impresionante que aquel. Reconocía que Asua era el sitio más increíble en el que había estado, pero el hecho de que casi muere allí enturbiaba bastante su percepción sobre la ciudad. Así que, si quitaba el gigante rocoso que era la entrada de Asua y su auditorio —y que, por otra parte, no tenía ni idea de si seguía en pie o no—, aquello era, sin duda, lo que más le había robado el aliento en su vida.

Delante de él se abría una sala repleta de estanterías que contenían miles y miles de libros perfectamente encuadernados en cuero verde oscuro y marrón. Había lámparas de forja estratégicamente colocadas que alumbraban cada una de las baldas y que hacían que no se perdiera ni una pizca de la belleza del lugar.

Eneas comenzó a deambular entre los libros preguntándose si eso habría estado siempre ahí o si había sido obra de la Nueva Gobernacía. «No…, esto tiene una firma muy clara y no es la de esa tal Allinghanm». Sin duda, aquello era obra de Caronte. La opulencia del lugar, la forma de cuidar la belleza de los libros, la manera de proteger lo más sagrado. Se imaginó que esa era la biblioteca privada de Caronte, más privada todavía que la que había visitado ese último día en el Liceo, aquella que casi fue su tumba. En un mundo en el que los libros estaban prohibidos, aquella colección secreta era lo más valioso que podía existir.

Se podría haber quedado horas y horas allí, pero unas sirenas comenzaron a sonar tan fuerte que incluso tuvo que taparse los oídos. Aquello no pintaba nada bien.

Salió de la sala y, cerrando la puerta tras de sí, prometió que volvería a ese lugar en cuanto tuviera la mínima oportunidad.

CAPÍTULO 25

Carey Regminton
Vésticum, al sureste de Vestalia

Se acordaba de Eneas y de lo mal que lo tuvo que pasar cuando estuvo recluido en las celdas de Asua. Y no solo por el hecho de estar inmerso en una oscuridad casi total, ni por lo horrible que era la humedad que emanaba de la piedra o la poca comida que llegaba con cuentagotas. Lo peor de todo era la incertidumbre.

Carey nunca se había caracterizado por su paciencia, y eso incluía lo mal que llevaba el no saber qué iba a ocurrir. No era de esas personas capaces de quedarse de brazos cruzados y, simplemente, esperar. Necesitaba tenerlo todo controlado, saber qué iba a ocurrir al segundo siguiente y tener que improvisar lo menos posible.

Por eso no pudo evitar echarse a llorar, porque no tenía ni idea de lo que iban a hacer con ella, y eso la llenaba de angustia y de miedo. Pensó que si Hamica estuviera delante no se habría permitido el lujo de derramar ni una sola lágrima, pero en esos momentos, con la soledad y la oscuridad como únicas compañeras, no puso freno a sus sentimientos.

Recordaba muy bien lo que había ocurrido después de la explosión y, sobre todo, recordaba la incertidumbre. Todos esos planes que había hecho esa misma mañana —y que se repetía una y otra vez dentro de su cabeza para no dejarse ni una sola tarea por el camino— se habían derrumbado con la misma rapidez con la que lo hizo el castillo de Brítacor. Y, de repente, tuvo que improvisar. Hasta tuvo que volver a aprender a respirar. Más que tristeza, sintió enfado; porque todo en lo que había trabajado durante años, todo el esfuerzo dedicado a ser la mejor en lo suyo, se había esfumado. Y por algo en lo que ella no había tenido nada que ver.

Jamás había hablado de eso con nadie, no se atrevía. Lo más cerca que estuvo una vez fue con Eneas, pero no se debió a la necesidad de compartirlo con alguien, sino por lo transparente que se volvía cuando el chico estaba a su lado. Era otra persona cuando estaba con él, y si era sincera consigo misma, le gustaba demasiado la persona en la que se convertía cuando lo tenía cerca.

No se había permitido tener ese pensamiento, pero lo cierto era que lo echaba de menos, muchísimo, y que daría lo que fuera por hacer que las agujas del reloj retrocedieran para tener la oportunidad de cambiar el pasado. Haber matado a sus padres era algo que le pesaba en el alma, y eso que ella no tenía ni idea de lo que estaba haciendo. «Tan solo fue una orden», se repetía una y otra vez, aunque por mucho que lo hacía siempre había una voz que lo rebatía diciéndole que ella podría haber elegido no matar sin importar quién fuera la víctima. Tan fácil como eso.

Unas voces al otro lado de la puerta la distrajeron de sus pensamientos y le hicieron ponerse en guardia. Mentiría si dijera que no había estudiado cada opción que tenía para escaparse de allí, claro que tampoco le había llevado mucho tiempo, porque sabía de sobra que no existían tales opciones.

—Ya me encargo yo de ella —dijo alguien mientras abría la puerta.

Lo primero que le llegó a Carey fue una tenue luz, que después de estar tanto tiempo a oscuras le pareció la más brillante e intensa que había visto jamás. Después, la figura de un hombre entrando en la celda ganó todo el protagonismo. Lo reconoció al instante.

—¿Vienes a regodearte?

—Ya veo que es necesario algo más que un encierro a oscuras para que se te vaya esa soberbia. —Ulter dejó la puerta un poco entreabierta, lo justo para que entrara la luz y poder verle la cara a Carey, pero se cuidó de quedarse bien cerca para que la chica no pudiera llevar a cabo la tontería que, seguro, estaba pensando.

—Y yo veo que sigues adorando que haya alguien por encima de ti que te diga lo que tienes que hacer.

La bofetada que le propinó se debió de escuchar en todo Vésticum y, aun así, Carey se negó a llevarse la mano a la cara para aliviar el intenso dolor que sentía. Antes muerta que mostrar un signo de debilidad ante ese indeseable traidor.

—No eres más que una niñata que todavía se cree que tiene algo que hacer en este país.

Carey lo evaluó con la mirada. Todavía se podía ver al hombre que fue en su día, aquel soldado obediente con cuya disciplina se había ganado la confianza de Caronte. Sin embargo, ahora había algo más que eso, algo más oscuro, algo que le decía que dentro de él ya no quedaba nada de humanidad. «Un muerto en vida», pensó.

—¿Qué te ha ocurrido? —le preguntó entonces.

Ulter torció el gesto. Estaba esperando que Carey se doblegara ante él y, en cambio, había adoptado una actitud todavía más altiva. Y aunque eso era algo que odiaba, se dio cuenta de que era la primera vez en mucho tiempo que alguien le preguntaba algo así.

—No trates de jugar a tus sucios juegos conmigo, te conozco demasiado bien —contestó en su lugar. Carey no podía más que corroborar esa afirmación: se había criado al lado de Ulter—. Eres igual que tu padre.

—Aunque en otras circunstancias me preguntaría si debería tomarme eso como un piropo o como un insulto, ahora tengo claro que es el mayor halago que podrías dedicarme.

—No tienes ni idea de lo que es la vida, nunca has tenido que luchar para obtener nada, nunca has tenido que esforzarte. Tu padre te lo dio todo hecho, te alisó el camino para que no tropezaras con ninguna piedra, y no dudó en ponerle esas piedras a los demás para que tú tuvieras todavía más ventajas.

—Estás empezando a enfadarme, Ulter. —Carey clavó sus ojos en los del soldado, no iba a permitir que nadie que no fuera ella hablara mal de Caronte—. Y digo yo que habrás venido aquí para algo más que para regodearte en el hecho de que me hayas atrapado, ¿no? Ya sabes que mi paciencia no es infinita.

—Creo que no estás en posición de venir con exigencias. Tal vez tu padre me tratara como a un segundón, con ese Osclan de la mano a todas partes, pero aquí el que manda soy yo.

—Deberías lavarte la boca para hablar de Caronte. —«Y de Osclan, al que no le llegabas ni a la suela de los zapatos».

—El que debería lavarse bien la boca era él después de co...

Ahora fue ella la que le propinó una bofetada que hizo que incluso le doliera la mano. No le importó en absoluto; ver el gesto de dolor que compuso Ulter la recompensó de inmediato.

—Ni se te ocurra volver a decir algo así en tu vida.

Carey supo que Ulter tenía preparada una sarta de insultos contra su padre que tenían que ver con su relación con Osclan, pero la mirada de odio que le dedicó consiguió que sus intenciones se fueran haciendo cada vez más pequeñas.

—Que sepas que a mí también me lo propuso —susurró con un tono provocativo que a Carey no le gustó nada en absoluto.

—Pues quizás tendrías que haber aceptado. Te habría tratado como a un dios.

Ella también sabía jugar a eso. La relación de su padre con otros hombres era algo de lo que no había hablado nunca con nadie. Jamás le había supuesto un problema, aunque no podía negar que cuando se enteró se sorprendió bastante. Le costó muy poco entender que Caronte era de los que necesitaban amar y ser amados, y que estaba enamorado de las personas. Había hablado en alguna ocasión con él para tratar de comprender esos sentimientos, y su padre le había dicho que tenía una capacidad altísima para enamorarse de las personas, sin importar su sexo. Ella se lo había preguntado sin ninguna acritud, y él lo había notado, aun así, trató de explicarse ante su hija. En cuanto ella comprendió lo que estaba ocurriendo lo paró de inmediato: su padre no necesitaba pedir perdón por lo que sentía. Carey y él podían llevarse mal en otros ámbitos, pero ella habría matado a cualquiera que hubiera cuestionado la capacidad de amar de su padre. Al fin y al cabo, era de las pocas cosas buenas que tenía.

—La vida es mucho más complicada de lo que te han hecho creer, Carey. —Ulter todavía tenía la mano pegada a la cara en el lugar donde había recibido la bofetada y, si hubiera habido un poco más de luz, la chica estaba segura de que tendría los ojos anegados de lágrimas—. Has vivido en una nube desde que naciste, protegida por el gran Caronte y por todo su séquito, en el que me incluía. Pero la vida no es eso…

—¿Qué te crees que he hecho los últimos cinco años? —Estaba empezando a cansarse de ese discurso. Sabía que no le debía ninguna explicación, pero aun así las ganas de quitarle esa idea de la cabeza fueron más fuertes.

—No tengo ni idea, pero me imagino que habrás estado escondida en un lugar que Caronte te dejó preparado para el caso de que ocurriera una catástrofe como el Gran Cataclismo.

El odio con el que decía su nombre le revolvía el estómago, pero mentiría si dijera que no se le había pasado por la cabeza esa opción. Su padre tenía atados todos los cabos habidos y por haber, y lo más inteligente habría sido disponer de alguna vía de escape fuera de Vésticum donde Carey y él pudieran estar seguros en caso de que ocurriera algo. Sin embargo, Caronte creía que el lugar más seguro de Vestalia era el propio Liceo, y había invertido todo su esfuerzo en que así fuera, por lo que no necesitaba ningún sitio fuera del castillo de Brítacor en el que refugiarse en caso de emergencia. «Qué equivocado estabas...».

—Me encantaría decirte que ha sido así, pero no puedes estar más alejado de la verdad. Aunque entiende que, habiéndome tratado como lo has hecho, no me apetezca compartir contigo la forma en la que he sobrevivido los últimos años. Me da la sensación de que es algo que deberías ganarte.

—Siempre has sido la mayor mentirosa de Vestalia, así que ahora no tendría por qué creer ni una sola palabra de lo que dices.

—Sí, eso es cierto —coincidió Carey—. Es una fama que me ha costado muchísimo ganarme.

La sonrisa que le dedicó dejó claro que todavía existía un pequeño reducto de lo que había sido años atrás.

—Eres digna hija de tu padre. Aun así, siempre he estado convencido de que hay algo que hace que tengas más suerte que los demás.

Carey frunció el ceño: no entendía a qué venía ese comentario.

—Sí, hay algo que hace que todo te salga bien, como si tuvieras una estrella en el firmamento que estuviera cuidando de ti y que se preocupara por allanarte el camino que pisas, más allá de lo que ya lo hacía tu padre.

—En serio, Ulter, ¿no tienes otra cosa mejor que hacer que estar aquí diciendo una tontería tras otra? ¿Para eso te han mandado venir a mi celda?

—¿Sabes? Magritte tenía razón. Yo trataba de decirle que estaba equivocada, pero ella te había calado a la perfección. Supo ver detrás de esa imagen de niña perfecta que siempre llevas pintada en la cara.

Carey soltó una carcajada, asombrada por aquel comentario.

—Me parece increíble que fuera tu hija la que dijera eso. La que escondía un alma oscura detrás de un rostro angelical era precisamente ella.

—Jamás vuelvas a hablar así de mi hija —amenazó Ulter entre dientes—. No tienes ni idea de lo que dices.

Podría haberle rebatido, haberle dicho lo muchísimo que se equivocaba y lo mala persona que era Magritte, pero algo en el rostro del hombre le indicó que no serviría de nada.

—¿Qué ha sido de ella? —preguntó en su lugar.

Ulter bajó la mirada y Carey supo por ese gesto que no había tenido la suerte suficiente. Ahora entendía un poco mejor a qué venía aquel comentario y la sombra gris que parecía acompañar al hombre.

—Jamás se supera la muerte de un hijo, y menos cuando estábamos los dos solos, desde siempre.

—Deberías saber que yo no tuve la culpa. —No tenía por qué disculparse y aun así aquella frase le pareció lo único oportuno que podía decir. Tampoco esperaba que el hombre se abriera tanto y mostrara de aquella forma sus sentimientos, así que no era de extrañar que la hubiera pillado con la guardia baja.

—Sí que la tuviste.

—En absoluto. Y tienes que creerme. Es más, ella sabía...

—No quiero escuchar ni una sola palabra más saliendo de tus labios. Eres tú la que tendría que estar muerta, eres tú la que tendría que haber terminado sepultada bajo las ruinas de la grandeza de Caronte.

—No tienes ni idea de lo que estás diciendo.

—La que no tiene ni idea eres tú. Ahora yo estoy al mando, eres mi prisionera y voy a hacer contigo lo que quiera, empezando por dejarte aquí encerrada durante tantos días que olvidarás hasta cómo te llamas. A lo mejor así los cuatro imbéciles que todavía creen que puedes cambiar las cosas se dan cuenta de lo equivocados que están.

—Sabes tan bien como yo que no puedes hacer eso. —Carey se esforzó por no perder ni una pizca de la entereza que quería demostrar y también por no preguntar a qué venía ese último comentario—. En cuanto Allinghanm descubra que estoy aquí, si es que no lo sabe todavía, querrá encargarse de mí personalmente. Tú no eres nadie dentro de la Nueva Gobernacía, al igual que no eras nadie en el Liceo.

La mano de Ulter se quedó tan solo a un palmo de distancia del rostro de Carey. Estuvo a punto de propinarle otro bofetón, pero se detuvo en el último momento.

—No merece la pena —dijo mientras bajaba el brazo—. Prefiero demostrarte mi poder con hechos, no con la fuerza. No sabes dónde te has metido, Carey, no tienes ni idea.

CAPÍTULO 26

Dorothia Allinghanm
Incaté, al sur de Vestalia

El ruido de la lluvia resonaba contra el techo metálico del carro. En otros tiempos debió de ser impresionante, con su armazón negro brillante y sus cristales impolutos. En cambio, ahora el óxido se dejaba ver alrededor de cada tornillo, la pintura había perdido el lustre, las ventanas estaban rayadas y sucias y los cojines acolchados eran tan incómodos que resultaba imposible mantenerse en la misma postura durante más de cinco minutos.

Se tenía que repetir una y otra vez que era la dirigente de la Nueva Gobernacía y que había llegado al poder para romper los moldes que se habían creado antes de que ella lo alcanzara, y eso también pasaba por no ir presumiendo del lujo como si se hubiera regodeado en él toda la vida. Así que, en aquellos momentos en los que pensaba que al carro le vendría muy bien una capa de pintura o a los caballos unas nuevas sillas de montar que no estuvieran tan desgastadas, se decía que esos eran unos pensamientos típicos del antiguo régimen.

Le costó tanto arrastrar consigo a Cridus como olvidarse del desconchón que estaba viendo en el sillón sobre el que se sentaba el hombre. Sacarlo de El Aguijón del Alacrán fue una tarea complicada, tuvo que prometerle demasiadas cosas —muchas de ellas casi imposibles de cumplir—, pero al final el de Incaté cedió. Le vendría muy bien su ayuda, aunque en esos instantes no era capaz de pensar con claridad para qué: una única persona ocupaba su mente y había hecho que todos sus planes se truncaran.

—Si te digo la verdad —comentó el hombre mientras trataba de ponerse cómodo de nuevo—, nunca he visto a nadie con tu misma capacidad para persuadir.

—Oh, venga ya, Cridus —rio Dorothia mientras se acariciaba la insignia que decoraba su solapa. Se recordó que tenía que cambiarla, pues aquella ya había empezado a verdear por algunos sitios—. Tú conseguiste que me quedara en tu taberna como camarera, ¿es que eso no tiene mérito?

—Simplemente te di lo que necesitabas en el momento oportuno.

«Justo lo que yo he hecho», pensó la mujer. Aunque, si era sincera consigo misma, no podía negar que Cridus había hecho algo parecido a salvarle la vida. Le había dado un techo y un plato caliente a cambio de un trabajo, algo impensable en Vestalia.

—¿Te acuerdas de cuando me decías que la Gobernacía debía desaparecer? —El hombre soltó una carcajada—. No pensé que hablaras enserio.

—Yo tampoco, la verdad. Tenía claro que no estaba dispuesta a vivir en ese mundo impuesto, pero en aquel entonces no tenía ni idea de que eso fuera algo que se podía conseguir. A veces me daba la sensación de que no era más que una adolescente enfadada con el mundo.

—Sí, a mí también, aunque había algo en ti que me decía que podrías conseguir lo que te propusieras.

—¿Tú crees? —Dorothia lo miró a los ojos. Le interesaba muchísimo su respuesta.

—Por supuesto. Aprendiste a hacer el guiso de avestruz tan rápido que los clientes comenzaron a exigir que te dejara cocinar siempre a ti.

—¿De verdad? Jamás me lo contaste.

—No quería que se te subiera el éxito a la cabeza. Sabía de lo que serías capaz si eso pasaba.

El silencio se interpuso entre los dos. A Dorothia le costaba asimilar que Cridus la tuviera tan calada, sobre todo porque ella había trabajado mucho en la máscara que siempre llevaba puesta y que impedía a los que la rodeaban descubrir a su verdadero yo.

—Sé lo que estás pensando —comentó el hombre mientras entrecerraba los ojos, como si así pudiera leer todavía mejor la mente de Dorothia—: que eres tan hermética que nadie es capaz de descubrir tus pensamientos.

Ella sonrió. Sí, la tenía calada.

—Sabía que no me equivocaba al venir a buscarte.

—Ahí está otra vez, esa Dorothia que trata de cambiar de tema para que nadie consiga traspasar el muro.

—¿Y qué quieres que te diga? —No había rastro de indignación en esa pregunta, si acaso una cierta derrota por haber comprendido que con Cridus no valía ninguna de sus artimañas—. Siempre supiste leer entre líneas.

—En efecto, y para mí eras un libro abierto. ¿O te piensas que tan solo me dedicaba a despachar las comandas y a limpiar la misma barra una y otra vez? ¿Qué te crees que pasaba por mi cabeza mientras servía una cerveza tras otra?

Dorothia sabía muy bien que aquel comentario no ocultaba ninguna mala intención, por eso se tomó la libertad de encogerse de hombros, a la espera de una respuesta.

—Pensaba en lo fácil que lo tendrías si alguna vez te propusieras dominar el mundo.

La carcajada que salió de la garganta de Dorothia la pudo escuchar hasta el cochero.

—Por favor…

—Te lo digo completamente en serio. Te veía trabajando, aprendiendo, madurando como la que más y quedándote hasta las tantas de la madrugada. Me preguntaba cuándo dormías. Los ratos en los que no estabas detrás de la barra, tenías una escoba entre las manos. Cuando no estabas cocinando, estabas arreglando una silla. Y cuando no estabas limpiando las letrinas, te dedicabas a apuntar en cuadernos que no sabía de dónde sacabas las recetas que los clientes compartían contigo después de sonsacarles los trucos que con más recelo guardaban.

»Si hasta conseguiste que Lindi Tunas confesara cuál era el ingrediente misterioso que hacía que la salsa de sus manitas de cerdo fuera la envidia de todo Incaté.

Dorothia se acordaba de aquel día: le había servido tanto licor de lagarto a Lindi que tuvo que acompañarla a casa para que no acabara durmiendo a los pies de una duna. Por el camino, cogida de su brazo, se lo preguntó. La mujer la miró con cariño y, fiándose de ella, le confesó aquel secreto que no había compartido ni con sus hijos.

—¿Y tú cómo sabes eso? Jamás se lo dije a nadie.

—Vi tus intenciones, querida. Y tiempo después, cuando encontré tu cuaderno, confirmé mis sospechas.

—No se debe mirar entre los objetos personales de los demás, Cridus, deberías saberlo.

—Sí… Quizás para la próxima lo tenga presente.

No se había dado cuenta de cuantísimo lo echaba de menos hasta ese momento. Con Cridus tenía una complicidad que no había conseguido con nadie más, ni siquiera con Bill. Eran… ¿amigos? No sabía muy bien si calificarlo de aquella manera porque ella, en realidad, jamás había tenido amigos como tal. Toda la gente que se había cruzado en su camino y que se había quedado en su vida —por su única y total voluntad—, lo había hecho por conveniencia. Tener amigos entre los aliados no era uno de los fines que perseguía, y, aun así, se alegraba muchísimo de haberlo conseguido.

No pudo decir lo que fuera a salir de sus labios en aquel momento porque el carro se paró en seco, haciendo que Cridus y Dorothia tuvieran que sujetarse a las agarraderas superiores para no caerse el uno encima del otro.

—¿Pero qué...?

Dorothia abrió la portezuela del carro y asomó la cabeza.

—Quédese dentro —la orden llegó del cochero, que en un suspiro se había bajado del vehículo.

—¿Qué ocurre? —Cridus hizo el amago de asomarse, pero Dorothia le impedía el paso.

La mujer trató de averiguarlo, pero la lluvia era tan densa contra la oscura noche que era incapaz de ver nada que no fueran los caballos, que ya empezaban a ponerse nerviosos.

—¿Chico? —No recordaba el nombre del cochero y se maldijo por ello. Le costaba muchísimo quedarse con los nombres, y era algo a lo que tenía que poner remedio cuanto antes.

No pudo seguir pensando en eso porque, al no recibir respuesta, su corazón comenzó a acelerarse.

—Esto no me gusta —musitó mientras volvía al interior del carro y cerraba la puerta.

Cridus puso cara de circunstancias y Dorothia supo por qué: si ella comenzaba a ponerse nerviosa significaba que algo iba realmente mal. Así que trató de tranquilizarse y de decirse que tenía al mejor equipo de seguridad con ella y que en cuestión de minutos aquel inconveniente estaría solucionado.

Dudó de ello en cuanto escuchó el primer disparo.

Se quedó sin respiración. Sabía que, al igual que ella había recorrido toda Vestalia en busca de personas que mentían para acabar con ellos sin piedad, ahora se había convertido en el punto de mira más ambicionado del país. Cualquiera que estuviera de acuerdo con el régimen anterior querría terminar con ella. Sabía que muchas balas llevaban su nombre y esperaba no tener que encontrarse con ninguna de ellas esa noche.

—¿Deberíamos salir? —preguntó Cridus. La mujer intuía que estaba tratando de mantener la calma, al igual que comprendía que le resultara tremendamente difícil conseguirlo.

«Si al menos fuera de día…», pensó Dorothia. El candil que llevaba el carro en la parte delantera había debido de apagarse con la lluvia y el viento que ya comenzaba a arreciar, así que la oscuridad le impedía saber la gravedad de la situación. Quizás solo fuera una única persona, aunque lo más lógico era pensar que fueran más. Nadie en su sano juicio asaltaría un carro de la Nueva Gobernacía en solitario.

—¿Dorothia?

—Estoy pensando, Cridus —dijo con brusquedad—. Perdón, perdón —tardó menos en disculparse que en parpadear—. Es solo que…

—Tranquila, no contabas con esto.

—No, y menos hoy. Necesito llegar cuanto antes a Vésticum y…

Entonces, como si hubiera sido capaz de acallar todos los pensamientos que insistían en nublarle el juicio y se hubiera centrado en el único importante, dijo:

—¡La retaguardia!

—¿Qué?

—Los carros que vienen detrás, no tardarán en alcanzarnos.

—No tengo ni idea de qué hablas —Cridus no trataba de ocultar la extrañeza que sentía.

—No sé cómo no se me había ocurrido antes. Son tan discretos que a veces se me olvida que me siguen los pasos allá donde voy.

—¿De quién hablas?

—Del segundo carro que siempre me acompaña. Son una suerte de guardaespaldas silenciosos que se ocupan de que todo esté bien —no sabía si decía aquello para tranquilizar a Cridus o a sí misma—. Están tardando demasiado en llegar, quizás se deba a la lluvia, pero estoy segura de que vendrán en cuestión de segundos.

El hombre pareció respirar, a pesar de que en ese momento se escuchó otro disparo idéntico al anterior. Dorothia tragó saliva: conocía perfectamente el sonido de las pistolas que tenían sus guardias y aquella bala no había sido disparada por una de ellas.

Entonces se escuchó un ruido, un golpe seco contra la puerta del carro. Miró a Cridus sin ocultar ya el pánico que estaba sintiendo al darse cuenta de que la retaguardia estaba tardando demasiado tiempo en llegar.

—¿Debería abrir? —dudó, y odió hacerlo. Nunca había necesitado que nadie le dijera cómo actuar, así que tener que pedir ayuda en un momento como aquel resultó hasta doloroso.

Cridus se quedó callado, pero después de unos segundos asintió.

Dorothia tomó aire, todo lo profundo que pudo, y después abrió la puerta del carro despacio tratando que sus ojos se acostumbraran lo más rápido posible a aquella oscuridad absorbente.

Y, cuando lo consiguió, habría deseado no hacerlo.

Se topó con la mirada del cochero, tan oscura como la noche que los rodeaba. Estaba vacía de luz, de alma. Ahora recordaba cómo se llamaba: Danuef. Ese era su nombre, lo sabía con seguridad. Dorothia tardó más de lo oportuno en darse cuenta de que Danuef estaba muerto, quizás no pudo comprenderlo hasta que no vio la sangre que ya empapaba su chaqueta y comenzaba a caer hasta el suelo. Comprendió que él había parado el disparo que sonó hacía unos instantes, y pensó que si el chico no estaba para protegerla y la retaguardia no llegaba a tiempo, no tardaría en recibir la bala que acababa de esquivar.

Lo siguiente que pensó fue que el tiempo se le había acabado, justo en el instante en el que vio varias sombras acercándose al carro. Desde allí no podía distinguir cuántos eran, pero más de cinco seguro. Lo suficiente para que se metiera de nuevo en el vehículo y cerrara la puerta con fuerza, sin importarle ya el ruido que pudiera hacer.

—Estamos perdidos, ¿verdad? —no había nerviosismo en la voz de Cridus. Se mostraba sorprendentemente tranquilo, y más en comparación con lo nervioso que estaba hacía tan solo unos minutos. Dorothia pensó que era la tranquilidad propia del que sabía que ya no había nada que perder.

Asintió despacio y se dejó caer en el asiento.

—Me temo que tengo que volver a pedirte perdón —murmuró. La lluvia insistió en empañar aquellas palabras, pero no lo consiguió.

—Cuando acepté venir a tu lado ya sabía las consecuencias que podría haber.

—Pero…

—Shhh —la interrumpió el hombre—. Creo que escucho algo.

Dorothia cerró los ojos, como si así pudiera oír mejor lo que ocurría fuera del carro. Percibió pasos y respiraciones, y eso hizo que su corazón se acelerara todavía más. Y entonces…

El sigilo con el que aquellos asaltantes se habían acercado al carro se esfumó en cuanto la retaguardia los alcanzó. Varios hombres —seis, si los cálculos de Dorothia no fallaban— estarían en esos momentos luchando a brazo partido contra los que pretendían atacar a la dirigente de la Nueva Gobernacía.

A Dorothia no le hizo falta verlo para comprender lo que estaba ocurriendo. Aquellos eran los soldados más sanguinarios de Vestalia, aquellos que sabían que lo más importante del mundo era proteger y salvar la vida de su dirigente y que no dudarían ni un solo segundo en dar su propia vida a cambio de la de ella.

Por fin habían llegado.

Y con ellos los gritos, los juramentos, los disparos.

No importaba que fuera noche cerrada, que la lluvia hubiera convertido ese camino en un barrizal casi impracticable, que los asaltantes estuvieran armados. La retaguardia estaba diseñada para eso: para servir y proteger, costara lo que costase.

De repente, después de varios minutos de lucha que pasaron a toda velocidad en comparación con los momentos de antes, el silencio.

—¿Qué ha ocurrido? —Cridus se moría de curiosidad, pero no se atrevía a mirar por la ventana, por eso se había escudado detrás de las cortinas de terciopelo granate que lo protegían de una visión que no sabía si terminaría de soportar.

Dorothia pareció convertirse en otra persona completamente distinta a la que había habitado ese carro en los últimos minutos. La serenidad volvió a su rostro, a la vez que una pequeña sonrisa de suficiencia. Entonces, con la misma seguridad con la que podría haber afirmado que el sol salía por el este y se ponía por el oeste, dijo:

—Que nos vamos a casa.

CAPÍTULO 27

Hamica Clayton
Vésticum, al sureste de Vestalia

Los adoquines de la ciudad no dejaban lugar a dudas: las nubes habían descargado mientras ellas estaban en el Fuego Sagrado; brillaban bajo las luces titilantes de las farolas que todavía seguían encendidas, advirtiendo de lo resbaladizos que se volvían con el agua.

—No sé ni por dónde empezar —comentó Hamica con pesar.

Camille había sido muy generosa al ofrecerse a ayudarla a encontrar a Carey, y desde luego cuatro ojos veían mejor que dos, pero los suyos a aquellas alturas no servían para nada. Se había quedado ciega ante las posibilidades que ofrecía Vésticum, tan numerosas que era incapaz de aclararse y pensar en cómo lo haría su hermana.

—¿Podría estar entreteniéndose en alguna taberna?

«Otra vez no», pensó Hamica. Estaba muy cansada de que se juzgara así a Carey. Cada vez tenía más claro que no había nadie en Vestalia que la conociera como ella.

—No, esa posibilidad queda descartada. Tiene que haberle pasado algo, seguro que está en peligro. Además... están los carteles.

Para su asombro, Camille asintió, dando a entender que sabía de lo que estaba hablando. Aceptó esa idea como la única válida y no tuvo la intención de rebatirle en ningún momento, y eso fue algo que la chica agradeció enormemente.

—Tienes que sentirte fatal.

—Ni te imaginas, ahora ya... —dudó, jamás había dicho aquellas palabras en alto—. Ahora ya soy incapaz de vivir sin ella.

—Qué suerte que os tengáis la una a la otra.

Hamica se giró y miró a Camille, y la sonrisa triste que se encontró hizo que se le encogiera el estómago. No necesitó preguntar más, había gestos que lo significaban todo, y aquel le decía que Camille era una persona que se merecía muchísimo más de lo que recibía.

—En fin, la encontraremos —aseguró la chica—. Sé que la idea de que se haya ido de forma voluntaria la descartamos, pero creo que deberíamos hacer un pequeño recorrido por las tabernas de la ciudad; no hay secretos que se resistan a los oídos de los camareros.

Ahí Camille tenía razón. Ellas solas no podrían recorrer cada rincón de Vésticum, pero si alguien había oído algo, la información habría empezado a correr como la pólvora; y las tabernas eran un buen lugar para empezar.

Entraron en La Madriguera, que era un local que trataba de disimular con plantas frondosas la mugre que se acumulaba en las paredes y las baldosas. La camarera, una señora gorda con un moño tan alto que parecía querer tocar el techo, las atendió con una gran sonrisa.

—¡Camille! —gritó cuando las vio entrar—. ¡Cuánto tiempo hacía que no te dejabas ver! ¿A qué se debe este honor?

La mujer salió de detrás de la barra para abrazar con efusividad a la chica; parecía tan diminuta bajo sus brazos que daba la sensación de que se iba a romper.

—Veníamos a por información, Cludes —dijo a duras penas.

—Ya sabes que no soy de esas. —La forma en la que la camarera se apartó hizo que Hamica se pusiera en guardia. Se imaginó que lo decía porque ella no pertenecía a los Herederos de la Verdad y le pareció una ofensa que la chica insinuara lo contrario.

—¿Por quién me tomas? ¡Ya lo sé! ¡Yo tampoco! —Camille estaba tan ofendida que Hamica por un segundo creyó que se daría la vuelta sin dejar que hablara—. Es solo información, estamos buscando a alguien; es importante.

—En ese caso... —La mujer volvió detrás de la barra y, sin preguntar, sirvió un par de jarras de vino caliente—. ¿Qué necesitáis?

—Estamos buscando a una chica —intervino Hamica—. Pelo castaño claro, alta, ojos azules, delgada... —Decidió omitir a propósito su nombre para no levantar más sospechas de las necesarias.

La camarera entornó los ojos.

—Me viene a la mente una persona, pero no, querida, no la he visto a ella ni a nadie parecido los últimos días, lo siento mucho.

—No pasa nada, Cludes. Te agradecemos el vino, pero no podemos quedarnos, tenemos que seguir buscando. —Camille posó un brazalete en la barra como pago, pero la camarera se lo devolvió.

—Ya sabes que en este local tus intercambios no valen nada. —El guiño que acompañó a esas palabras dejó claro que se conocían desde hacía mucho tiempo—. Espero que tengáis suerte. De todas formas, estaré atenta por si acaso.

Las chicas salieron de La Madriguera con la cabeza un poco más gacha que cuando entraron, pero eso no impidió que Camille pusiera rumbo a otra taberna. Esta vez el turno fue de La Piel del Oso. Había bastante más gente que en la anterior y el olor a carne de caza asada inundaba el aire, espesándolo y haciendo que el estómago de Hamica rugiera por segunda vez aquella noche.

—¡Pévol! —esta vez fue Camille la que se dirigió al camarero, que estaba limpiando una mesa cuyos comensales habían dejado hecha un desastre antes de irse dando tumbos por la puerta.

Él fue corriendo a abrazarla y eso hizo que Hamica sonriera. Al fin y al cabo, no estaba tan sola como había creído. Tenía amigos.

—¿Qué te trae por aquí? ¡Venid, venid! —Se dirigió a la barra—. Os pondré algo para comer, ¿qué os apetece? Hoy tenemos venado, pero también tenemos un pescado asado que es una delicia.

—No, Pévol, no hemos venido a comer, y mucho menos pescado —le interrumpió Camille, y acto seguido procedió a preguntarle por Carey.

—Lo siento mucho, no me suena de nada. —El camarero, tan grande como una puerta y tan rubio como la arena del desierto de Krosi, parecía estar haciendo un verdadero esfuerzo por recordar—. De todas formas, le preguntaré a Otila por si ha visto algo, ya sabes que ella es la que se entera de todo aquí.

Decepcionadas, abandonaron aquella taberna y caminaron hacia la siguiente. Cuando llevaban un par más, Hamica se dio por vencida.

—Camille, está amaneciendo, será mejor que lo dejemos.

No sabía qué era lo que más pesaba en su interior, si el cansancio, la decepción o el mal humor. Pero cualquiera de esas tres excusas era más que suficiente para volver a la perfumería de Gaia y tratar de dormir unas horas. Sabía que los problemas se veían desde otro prisma cuando uno había descansado, y ella lo necesitaba con una urgencia inmensa.

—Siento no poder ayudarte de otra forma —dijo Camille. Bajó la mirada incapaz de enfrentarse a esos sentimientos que ya empezaban a asomar a los ojos de Hamica—. Tal vez mañana podamos volver a intentarlo.

—Sí, tal vez mañana —la falta de convicción inundó sus palabras—. Gracias de todas formas, eres la única que me ha ayudado.

Camille se abalanzó sobre ella y le dio un abrazo que duró más de lo estrictamente necesario entre dos personas que se conocían de un par de veces. Sin embargo, a Hamica no le importó. Es más, le gustó; le gustó mucho. Encontró en ese contacto una calidez que no sabía que echaba de menos, y agradeció al destino que hubiera puesto a Camille en su camino. Y más ahora que Carey no estaba con ella.

Separarse de ese abrazo dolió demasiado, y no solo para Hamica, a juzgar por la tristeza que se intuía en la cara de Camille. Las dos leyeron en la mirada de la otra lo que necesitaban en ese momento y no alargaron más la despedida. La una puso rumbo al barco y la otra, a la perfumería.

El sol ya se estaba imponiendo como soberano del cielo. Se reflejaba en los cristales de las ventanas y animaba a los vecinos a salir de sus casas, poco a poco, como si fueran gotas de lluvia tímidas que no se deciden del todo a caer. A Hamica le pareció curioso lo distinta que se veía una ciudad cuando la oscuridad se disipaba, y una suerte de optimismo se apoderó de ella a la vez que el sol colgaba su bandera. «La encontraré —se dijo—, cueste lo que cueste».

Estaba tratando de trazar un nuevo plan cuando algo la distrajo. Al otro lado de la calle, Matilda, la hija de Gaia, caminaba sola hacia la escuela. Era muy pequeña —apenas tenía cinco años—, pero en Vésticum era habitual que los niños saborearan esa independencia desde muy temprano. Le sonaba haber visto la escuela y, si no recordaba mal, tan solo tendría que cruzar un par de esquinas para llegar. La niña iba contenta y tan concentrada que no reparó en su presencia. Hamica sonrió un poco al ver la bolsa de cuero que llevaba a la espalda: era casi tan grande como ella y parecía que en cualquier momento la iba a tirar hacia atrás.

Cuando ya iba a perderla de vista tras una de esas esquinas que tenía que cruzar, un hombre se acercó a ella. Iba arreglado y bien peinado, así que supuso que sería un amigo de Gaia, o tal vez un cliente. Sin embargo, algo en la postura de la niña —mucho más atenta, mucho más alerta— hizo que la chica apretara el paso para acercarse.

El hombre trataba de hablar con ella, pero Matilda seguía caminando como si fuera una autómata con una misión clarísima que cumplir. Mientras tanto, negaba con la cabeza. El hombre insistía, seguía hablando y hablando, incluso se sacó algo del bolsillo para ofrecérselo. La niña desvió la mirada y durante unos segundos la clavó en aquella ofrenda, que parecía ser lo más suculento de Vestalia. Entonces, justo en ese momento de despiste, el hombre la cogió por el brazo y tiró de ella.

Hamica echó a correr, tan deprisa que sus pasos resonaron por la calle simulando a una estampida. El empujón que le dio le pilló por sorpresa, hasta tal punto de hacerlo tropezar y caer de espaldas. Matilda se dio cuenta de lo que había pasado y de quién era la chica que la había salvado. Corrió hacia ella y se abrazó a sus piernas.

—¡Desgraciado! —gritó Hamica—. ¡Eso es lo que eres! ¡Es una niña!

—¡No estaba haciendo nada! —se defendió el hombre, incapaz de moverse del suelo.

—¿Lo conoces, Matilda? ¿Sabes quién es? ¿Lo has visto alguna vez?

La pequeña negó con la cabeza.

—Debería denunciarte ahora mismo a la Nueva Gobernacía —sentenció la chica; tenía tantas ganas de vomitar por lo que acaba de presenciar que tuvo que respirar varias veces para no hacerlo—. Será mejor que te largues de aquí enseguida.

El hombre se levantó y solo entonces reaccionó. Se cuadró y se puso delante de Hamica, haciendo más evidente la diferencia de estatura y tamaño que existía entre ambos.

—Me parece que no tienes ni idea de lo que estás diciendo.

Aquella voz, tan profunda y trémula —en nada parecida a la que había usado hacía tan solo unos instantes— le recordó tantísimo a aquella vez en el desierto de Krosi que una rabia inusitada se apoderó de ella. Aquel día, Bill estuvo a punto de forzarla, de robarle algo que no le pertenecía. Estaba cansada de los hombres que se creían con derecho a algo por el mero hecho de serlo. Estaba cansada de tener que mirar hacia atrás cuando iba andando por la calle. Y estaba muy cansada de tener que vivir en una sociedad en la que se enseñaba a las niñas a protegerse en vez de a los niños a no atacar. Quizás por eso sacó el cuchillo que guardaba siempre en su cinturón, o tal vez porque aquella era la forma de vengarse de algo que le martilleaba cada noche a pesar del tiempo transcurrido.

—¿Qué te crees que haces? —le preguntó el hombre, una sonrisa burlona en los labios.

—¿No es evidente? Demostrarte que el que no tiene ni idea de lo que está haciendo eres tú. —Alzó más el cuchillo en dirección al hombre, sin ningún tipo de miedo. Tenía la mano tan firme que podría haber operado a corazón abierto—. Date la vuelta ahora mismo si no quieres que te lo clave hasta el hígado.

—¿Pero qué…?

Hamica se adelantó, tan rápido que el hombre tuvo que dar un salto hacia atrás para no recibir una cuchillada.

—Estás loca, niña.

—No sabes cuánto —susurró Hamica entre dientes.

Cuando vio que el hombre se daba la vuelta sin mirar atrás, se agachó para abrazar a Matilda.

—¿Estás bien?

La niña asintió incapaz de hablar. Podía jurar que su corazón latía tan rápido como el suyo. Sabía de sobra que Matilda no podría olvidar aquella escena jamás, por muchos años que pasaran, y que aquel acto —tan despiadado como asqueroso— le había creado una cicatriz invisible con la que tendría que aprender a convivir.

—Venga, volvamos a casa —le dijo mientras la tomaba de la mano—. Hoy te mereces un descanso.

CAPÍTULO 28

Tobyas Jhonson
Vésticum, al sureste de Vestalia

Le costaba recordarlo, pero juraría que aquella era la primera noche que dormía en el barco pudiendo hacerlo en tierra.

Después de la decepción con Otila, no quería saber nada de ella, no quería volver a La Piel del Oso y encontrársela, no quería escuchar ni una sola palabra de las que tuviera que decir. De hecho, estaba seguro de que nada podría arreglar su corazón roto, que no había cosa en Vestalia que pudiera unir las piezas que se habían desparramado al estallar en pedazos.

Tumbado en su camarote, se dejó llevar por el suave balanceo del barco. Era una noche ventosa, típica de Vésticum, y no había ancla capaz de hacer que el navío se mantuviera estático. Tampoco le importaba: a veces, cuando estaba en tierra, se sorprendía a sí mismo echando de menos el vaivén del mar.

No era la primera vez que se había enamorado. Antes de llegar al Liceo, Amisea Sind era la única dueña de sus pensamientos. Recordaba sus besos, sus caricias, pero cuando conoció a Otila comprendió que lo suyo con Amisea no había sido más que un juego de niños. Y no por las cosas que habían sucedido en una de las habitaciones de la taberna; Tobyas estaba convencido de que jamás podría sentir algo así de intenso por alguien que no fuera ella. Además estaba la complicidad. Sentía que Otilia podía saber qué estaba pensando con tan solo echarle un rápido vistazo. No había barrera suficientemente gruesa que pudiera destruir esa conexión que sentían, los secretos no existían entre ellos. «Hasta ahora», pensó Tobyas con pesar.

Trató de concentrarse en las tuberías que recorrían el techo del camarote. De vez en cuando dejaban salir algún chorro de vapor —algo que la comodora Flancon siempre decía que iba a arreglar de inmediato y que luego era postergado para atender otra tarea mucho más urgente—, así que Tobyas tenía que cuidarse de agachar la cabeza cuando escuchaba que la presión empezaba a subir. Aun así, a pesar de esos tubos nada estéticos y peligrosos y de que le habían asignado uno de los camarotes más pequeños del barco, podía presumir de tener la ventana más bonita de todo el Fuego Sagrado. Ocupaba la pared del camarote al completo, haciendo las veces de cabecero de la cama. El agua quedaba al ras del marco y, cuando navegaban, las olas chocaban contra el cristal, pero este, por muy bravo que fuera el oleaje, resistía. Ese día, contra todo pronóstico, habría deseado estar en mitad de un mar embravecido que le hiciera olvidar la traición de Otila.

Una voz interior le decía que tendría que haberle concedido el beneficio de la duda, haber dejado que se explicara. Sin embargo, esa voz se callaba con una facilidad asombrosa cuando recordaba la cara de aquel tipo.

No sabía qué hacer. Había dado mil vueltas en la cama, había tratado de dormir, había paseado por la cubierta, incluso se había parado a observar las estrellas, como si en ellas pudiera encontrar la respuesta a lo que estaba buscando. Y nada. Su mente se iba una y otra vez a Otila. A sus manos, a su pelo, a su boca.

—¡Demonios! —exclamó mientras se levantaba de la cama.

No soportaba ni un minuto más esa situación, así que se vistió con tanta rapidez como brusquedad y abandonó el barco para dirigirse a La Piel del Oso bajo los primeros rayos de luz del día. «Eres débil —le decía esa voz que no podía ser más inoportuna—. Eres débil y se lo vas a demostrar».

En realidad, lo único que quería era una explicación, incluso llegó a plantearse si estaba dispuesto a aceptar cualquier mentira que saliera de los labios de Otila. Si le decía que era su hermano que había venido de visita, estaría dispuesto a creerla y a obviar lo asustado que pareció el hombre cuando sus ojos se cruzaron con los de Tobyas.

Sus pensamientos le impidieron darse cuenta de que ya había llegado a la taberna. Cuando cruzó la puerta, el ruido del gentío y de los cubiertos contra los platos lo recibió de lleno. A pesar de que era muy tarde, incluso se podría decir que ya era de madrugada, la taberna todavía estaba repleta de gente cenando, charlando y tomando una cerveza tras otra. A través de los altavoces que había en cada esquina del local salía una música animada que quedaba amortiguada por el ruido de la gente.

Tobyas nunca se había sentido tan fuera de lugar como en aquel momento. Las dudas le asolaron y comenzaron a agobiarlo, hasta el punto de preguntarse una y otra vez qué estaba haciendo allí. No pudo más: se dio la vuelta para salir de la taberna, necesitaba volver a respirar aire fresco y poner distancia entre aquel lugar y él. Sin embargo, cuando ya estaba a punto de salir por la puerta, alguien lo agarró del brazo.

—Quédate. —Otila lo miraba con ojos suplicantes. Sus ojeras, tan pronunciadas que eran de color morado oscuro, indicaban que no había sido capaz de dormir en toda la noche.

—No puedo —dijo el chico sin ninguna intención de matizar aquella negación, de darle más explicaciones que nunca deberían acompañar a un no.

—Por favor, te lo suplico.

Tobyas se zafó de ella, y Otila levantó las manos en gesto de derrota.

—Necesito hablar contigo. Te prometo —se apresuró a añadir cuando vio que volvían las intenciones de Tobyas de abandonar la taberna— que tan solo necesito diez minutos. Dame diez minutos, ni uno más, y te juro que lo comprenderás todo.

—No te mereces ni diez minutos.

—Te juro —susurró, pero, a pesar de ello y del ruido que había en la taberna, Tobyas consiguió entender perfectamente lo que decía— que después te dejaré en paz. Diez minutos y, si no quieres volver a verme en tu vida, lo comprenderé y no volverás a tener noticias de mí. Lo prometo.

Tobyas no sabía si era la súplica que se dibujaba en los ojos de Otila o la forma en la que su curiosidad rogaba por ser saciada, pero por cualquiera de los dos motivos terminó asintiendo de forma casi tan imperceptible que a Otila le costó saber si el chico había movido la cabeza o no.

Atravesó la taberna detrás de ella. En otras circunstancias se habría muerto de ganas por cogerle de la mano, por cruzar el bar juntos, aunque supiera que era algo que no debían hacer. Esa prohibición, no podía engañarse, era una de las cosas que más le gustaba de estar con ella, aunque le costara muchísimo reconocerlo.

Cruzaron la puerta que daba a la zona de las habitaciones y se dirigieron a la que casi siempre ocupaban cuando estaban juntos. El olor al vinagre que usaban para abrillantar los muebles lo recibió con una bofetada. Sin embargo, no podía negar que ese olor le recordaba a alguno de los mejores momentos que había vivido jamás, al igual que tampoco podía negar que era casi imposible no revivirlos mentalmente en aquel instante, aunque estuviera tan enfadado con Otila.

Las cortinas estaban echadas, lo que hacía que la habitación estuviera a oscuras. La mujer, en vez de girar el interruptor, fue encendiendo una a una todas las velas que descansaban en la cómoda y en las mesillas. A Tobyas le dio la sensación de que las flores granates y verdes del papel pintado de la pared se movían bajo las ráfagas titilantes de las llamas; el olor de la cera fundiéndose también hizo que su mente recordara cada una de las horas que había pasado al lado de Otila.

—Necesito que me beses —susurró ella mientras se sentaba en la cama—. Necesito que lo hagas antes de que empiece a hablar.

Tobyas frunció el entrecejo. ¿De verdad le había llevado hasta esa habitación para pedirle que la besara? ¿Después de todo?

—No tienes ningún derecho a pedirme eso, y lo sabes tan bien como yo.

Las palabras se atascaron en la garganta de Otila, que comenzó a llorar. Al final, sacó fuerzas de un lugar escondido y repitió:

—Necesito que me beses antes de empezar a hablar. Te prometo que después te lo explicaré todo, y entonces podrás decidir si quieres volver a verme o no. Pero necesito que antes me beses. Por favor.

Quizás se debiera a que esto último rozó la súplica, a que Otila había empezado a llorar con más intensidad o a que, bajo la luz de esas velas que se movían al son de un viento inexistente, estaba más preciosa que nunca. Por cualquiera de esos motivos —en realidad, le importaba bien poco cuál era el que había movido la balanza— se acercó hacia ella sin dejar de mirarla ni un segundo a los ojos. Ella comprendió lo que iba a ocurrir y cogió aire.

Ese gesto era lo que le faltaba a Tobyas para decidirse. Ese gesto, como si tratara de hacerle ver que era sumisa cuando en realidad era la mujer más indomable de Vestalia. Ese gesto…

No pudo más. Se olvidó del desconocido, del dolor que le había inundado al ver a Otila saliendo con otro de la habitación, de las dudas, de lo mal que se había sentido al comprender que no era la única persona en la vida de la mujer que más…

La besó con tanta pasión como violencia. Quería dejar de pensar, centrarse solamente en ella. En Otila. Ella enseguida le correspondió y le imprimió más fuerza al beso; tanto que no pudo evitar que se le escapara un jadeo. Se besaron durante un largo rato, entre respiraciones entrecortadas y palabras inaudibles. Se besaron como si fueran las dos únicas personas en Vestalia y el fin del mundo estuviera acechando. Se besaron como lo habían hecho otras tantas veces, pero de una forma distinta. Tobyas era incapaz de pensar con claridad, su mente estaba nublada por la fragancia de violetas de Otila, por la humedad de sus labios, por sus caricias insistentes.

Fue justo una de esas caricias, que se habían colado por debajo de la camisa y que ya recorrían a sus anchas el pecho desnudo de Tobyas, lo que hizo que el chico se parara en seco.

—No —susurró con tan poco convencimiento que Otila tardó unos segundos en comprender que era cierto que quería detenerse.

—Lo siento —dijo ella mientras se apartaba.

Estaba ruborizada y con los rizos negros revueltos. Tobyas no sabía en qué momento la había agarrado por el pelo, pero aquello no dejaba duda de que lo había hecho. Quiso decirle que no tenía por qué sentirlo, que no tenía que pedirle perdón por besarle, pero sí por traicionarlo.

—Creo que ahora tengo que cumplir mi parte del trato.

El chico la evaluó con la mirada y se preguntó cómo era posible que su corazón latiera ahora más deprisa que cuando sus labios estaban pegados a los de ella.

—¿Te he dicho alguna vez que te quiero muchísimo? —la voz de Otila salía entrecortada de sus labios.

Tobyas negó.

—Supongo que no se me dan bien estas cosas. Pero te quiero muchísimo, ya lo sabes.

—Pues no me gusta nada tu forma de demostrarlo. A las personas que se quiere no se les engaña como tú has hecho conmigo.

—No es lo que parece.

El enfado que Tobyas había conseguido olvidar durante el tiempo que había durado el beso resucitó como si jamás se hubiera marchado.

—No tengas el valor de usar esa manida excusa conmigo. ¡Te vi! ¡Os vi! Puedo soportar —se apresuró a decir cuando comprobó que Otila pretendía interrumpirle— que sigas con tu marido, que no lo abandones para venirte conmigo, pero esto ha sido cruzar un límite infranqueable.

—Ya hemos hablado de mi marido muchas veces, Tobyas, y sabes de sobra que no puedo dejarlo. Si lo hiciera perdería La Piel del Oso para siempre y estaría obligada a…

—A navegar los tres mares conmigo hasta el fin de tus días. —El chico sabía de sobra que ese era el precio a pagar si decidía irse con él—. ¿Y tan malo sería? ¿Prefieres vivir aquí, bajo la sombra de ese hombre que no hace más que maltratarte y que te tiene anclada a una taberna odiosa, que ser libre a mi lado?

—Ojalá fuera tan fácil.

Habían tenido esa conversación un millón de veces y siempre terminaba igual: con Otila llorando y diciendo que Tobyas no era capaz de comprender por qué tomaba esa decisión.

—Sabes que me hace muy feliz compartir estos ratos contigo y que son la razón por la que no me rindo y continúo luchando día a día.

—¿Y por qué me has engañado con otro hombre si tanto me quieres?

Otila miró al suelo y eso fue suficiente para el chico.

—Ni siquiera eres capaz de explicarte.

—¡No entiendes nada! —La mujer se puso en pie. Sus ojos estaban anegados de lágrimas y tan abiertos que parecía que se le iban a salir de las cuencas—. Te crees que todo en esta vida es tan fácil como enrolarse en la Flota, subirse a un barco y huir de los problemas como lo hiciste tú.

—¿Que yo hui de mis problemas?

—Abandonaste Vestalia en cuanto tuviste la menor ocasión, y no te atrevas a echarme en cara que yo me quede aquí cuando tú no eres capaz de pisar tierra durante más de dos días seguidos. Es como si no se te hubiera pasado por la cabeza la posibilidad de quedarte en Vésticum, de poder tenerme todos los segundos de tu vida.

Tobyas tuvo que tomar aire para no ponerse a gritar, para no decirle que había perdido el juicio y que esas eran palabras que solo una lunática podía pronunciar.

—¿Tú te estás oyendo? ¿Decides quedarte con tu marido, me engañas con otro hombre y, encima, me echas en cara que no me quede en tierra? ¿Para qué? ¿Para que tenga que soportar ver cómo te vas con uno y con otro mientras yo espero mi turno?

Las lágrimas que adornaban los ojos de Otila saltaron con la misma rapidez con la que esta le propinó una bofetada a Tobyas.

—Ni se te ocurra volver a decirme algo así en tu vida. ¿Queda claro? —no había rastro de duda en su voz—. No voy a permitir que vuelvas a faltarme el respeto.

—¿Cómo te atreves a hablar tú de respeto? ¡Me engañaste!

—¡No lo hice!

—¿Entonces, qué fue lo que ocurrió entre ese hombre y tú? ¿Por qué cruzó esa puerta como si hubiera cometido el peor de los pecados?

—Porque lo estaba haciendo, Tobyas, lo estaba haciendo.

—No te comprendo.

La cabeza del chico no paraba de dar vueltas incapaz de entender lo que decía Otila.

—Sentémonos, por favor —le suplicó ella. Estaba haciendo un esfuerzo titánico por calmarse y olvidar la furia que se había adueñado de su cuerpo hacía unos instantes.

Tobyas suspiró y decidió obedecer, quería terminar con aquello cuanto antes.

—Habla —le pidió.

—Ese hombre… Ese hombre no era mi amante. Entre nosotros no había más que un acuerdo comercial.

—¿Me estás diciendo que ahora eres una vulgar…?

—Déjame terminar —le interrumpió Otila antes de que pudiera terminar la frase—. Ya sabes que las cosas no me van demasiado bien y que me está costando muchísimo mantener a flote la taberna. Las deudas cada vez son mayores, la clientela menor y no sé cuánto tiempo tardará mi marido en cambiar la cerradura y no dejarme volver.

—No sé qué tiene que ver eso con aquel hombre.

—El caso —continuó la chica sin reparar en el comentario de Tobyas—, es que estoy buscándome la vida para conseguir privilegios y mantener a flote la taberna.

—No sé si debería preguntar o no…, pero ¿qué es lo que haces?

Otila dudó muchísimo. Tanto que tuvo que morderse los labios hasta decidir si era buena idea continuar hablando o no.

—Yo…

Entonces Tobyas se dio cuenta del esfuerzo que la mujer estaba haciendo; comprendió que si le costaba tanto debía de haber una razón de peso detrás. Y no podía tratarse de una infidelidad, porque él, en ese sentido, le había allanado el terreno y habría sido tan fácil como confirmar sus sospechas. No le habría hecho falta decir ni una sola palabra, con un simple asentimiento le habría bastado.

—Vendo verdades —dijo Otila por fin—. Pertenezco a los Herederos de la Verdad.

Tobyas se la quedó mirando, al principio para tratar de averiguar si la mujer estaba siendo sincera o no, y después, cuando se dio cuenta de que no había ni rastro de mentira en sus palabras, para intentar comprender la motivación que la llevaba a cometer tal atrocidad.

—¿Vendes… verdades? —preguntó para asegurarse de que había escuchado bien.

Sabía de la existencia de esa gente y pensaba que eran la peor calaña de Vestalia. Eran los culpables de que nadie pudiera fiarse ni de un amigo, porque cualquier secreto que se contara podría ser usado en su contra.

—Eso me temo.

—Por los dioses, Otila, eso es horrible.

—No te atrevas a juzgarme. —El dedo que apuntaba directamente a Tobyas dejaba claro que iba en serio—. No dejaré que nadie me juzgue, y mucho menos tú, que perteneciste al Liceo. ¿Qué diferencia hay entre vender verdades y contar mentiras por encargo de otra persona?

«No puede tener más razón», le dijo su voz interior a pesar de que hasta ese momento no lo había visto de aquella manera.

—¿Y a cambio de qué lo haces? No te juzgo —aclaró mientras levantaba las manos en gesto de derrota—, solo trato de comprenderlo. Al menos, mentir en el Liceo te aseguraba un techo y un plato de comida caliente a diario, pero ¿qué ganas tú vendiendo verdades? ¿No sería más fácil contar una verdad directamente?

—No puedo exponerme a contar una verdad, a que se cumpla y ser objeto de una venganza. En la taberna escucho y veo muchas cosas, y después se las vendo al hombre que viste el otro día o a otros que pertenecen a los Herederos.

No pudo evitar suspirar de alivio. Que aquel hombre perteneciera a los Herederos no le parecía tan grave en comparación con ser el amante de Otila.

—¿Y qué te dan a cambio?

—Lo que les pida. Normalmente suministros para la taberna, que es lo que más necesito.

—No entiendo nada, Otila. —La furia que sentía Tobyas había desaparecido de una forma fulminante, tan rápido que el chico dudó de que hubiera estado ahí en algún momento—. ¿Tan mal están las cosas? ¿Tanto lo necesitas?

Ella asintió y se echó a llorar. No era capaz de seguir hablado, pero su desesperación era más que palpable.

—Ven conmigo, Otila, déjalo todo y ven conmigo. Me saldré de la Flota, buscaremos la forma de vivir lejos de aquí, nos escaparemos de los ojos de la Nueva Gobernacía.

—No lo entiendes, Tobyas, no puedo.

—¡¿Pero por qué no?! —Comenzó a andar por la habitación nervioso. Estaba empezando a cansarse de esos cambios de humor repentinos. Tan solo quería comprender la situación y ponerle un remedio—. Pertenecer a los Herederos de la Verdad es muy peligroso. Si la gente se entera de que sus secretos no están a salvo contigo, nadie querrá venir a esta taberna y entonces sí que será el fin.

—No puedo hacer otra cosa. Mi marido está allanando el terreno para quedarse con la taberna y yo necesito encontrar la forma de quedarme, cueste lo que cueste.

—No entiendo por qué, Otila. No te hace feliz, te trata mal, vives como una esclava a su…

La mirada de la mujer hizo que Tobyas dejara de hablar de inmediato.

—¿Qué pasa? Dímelo sin rodeos.

Entonces cogió aire y, como si le fuera la vida en ello, dijo:

—Estoy embarazada, Tobyas, y es tuyo.

CAPÍTULO 29

Eneas Lockwood
Vésticum, al sureste de Vestalia

Tardó un buen rato en darse cuenta de que las sirenas que estaba escuchando y que hacían que cualquier atisbo de pensamiento racional huyera despavorido no provenían de sus sueños.

No sabía cuántas vueltas había dado antes de quedarse por fin dormido, cuántas veces había contado desde cien hacia atrás y cuántas canciones de cuna se había cantado a sí mismo con tal con conciliar el sueño. Al final, después de muchas horas, algo de aquello funcionó, porque Eneas cayó en un profundo y nada reparador sueño. Las sirenas que le decían que era la hora de levantarse y prepararse para empezar un nuevo día habían supuesto la guinda del pastel a una noche horrible.

Pero cómo iba a poder dormir si era incapaz de pensar en otra cosa que no fuera aquella biblioteca escondida. Su cabeza, entre número y número y nana y nana, había inventado mil y una historias que podrían esconderse en aquellos libros. No paraba de preguntarse cómo sería leer un libro que contuviera una historia de verdad, algo inventado por alguien, dejarse llevar a través de una vía de escape imaginaria.

Eran varias las ocasiones en las que le había preguntado a su padre por qué se habían prohibido los libros, y él le había dicho que una sociedad inculta es una sociedad mucho más manejable, así que era lógico que, en un sistema como el creado por la Gobernacía, una de las primeras medidas que se tomaran fuera precisamente esa. Eneas se llevó una decepción tremenda cuando comprendió que el nuevo régimen no se había esforzado por cambiar esa regla y que los libros seguían siendo algo que debía esconderse.

Las sirenas continuaban sonando con insistencia, lo que le hizo emitir un gruñido de angustia. No llevaba ni un par de días formando parte de la Nueva Gobernacía y ya estaba agotado de tener que seguir órdenes. Tenía la sensación de que no hacía otra cosa que ir de un lado a otro como si fuera un vulgar títere sin voluntad propia.

Se levantó de la cama y se miró al espejo. Le costó reconocerse. Su rostro aparecía apagado, sin rastro de luz. Tenía las mejillas hundidas, los párpados oscuros, el pelo rubio tan reseco que daba la sensación de que se iba a partir con solo rozarlo y la barba áspera y sin brillo. Él no quería esa vida, y no sabía en qué momento había decidido aceptarla.

Observó la insignia que ahora descansaba en la cómoda, junto a la gorra granate de su uniforme, y se preguntó si merecía la pena tanto esfuerzo por mantenerla. Entonces se acordó de Carey, y en la verdad que había contado sobre ella, y se dijo que haría lo que fuera con tal de verla sufrir con sus propios ojos, incluido aceptar aquel trabajo.

Se aseó con la palangana que el servicio le había preparado la noche anterior, se vistió lo más rápido que pudo —asegurándose de que la insignia estaba bien visible en la solapa de su chaqueta— y salió de la habitación antes de que las sirenas dejaran de sonar. Se dirigió al comedor, que ya estaba lleno y donde la gente charlaba y desayunaba alegremente. «No les importa en absoluto ser un eslabón más de esta cadena», pensó con amargura.

Mientras caminaba hacia las mesas donde habían dispuesto la comida, se esforzó por parecer invisible, pero las voces de unos chicos llamándolo le dijeron que sus intentos no habían dado los frutos deseados.

Trató de hacer oídos sordos, pero la insistencia de las voces hizo que al final se diera la vuelta y sonriera con amabilidad a aquellas personas que no conocía de nada.

—Eres el nuevo, ¿verdad?

«¿Cuántas veces voy a tener que aguantar esta conversación?». Asintió, pero las ganas de volverse invisible se hicieron todavía más fuertes al ver que varios chicos y chicas del grupito empezaban a cuchichear entre sí.

—¿Sabéis? —Sacó las fuerzas de un lugar que no sabía ni que existía y les plantó cara—: No estoy aquí para hacer amigos ni para parlotear con unos desconocidos cuando todavía no son ni las siete de la mañana.

Sin dar más explicaciones y sin hacer caso a esos cuchicheos que habían pasado a ser más audibles, se dio la vuelta y se dirigió a la mesa de la comida. El estómago le rugió furioso y se dijo que no volvería a cometer el mismo error que los días anteriores, así que se sirvió una buena taza de té —del más oscuro, el que más humeaba— y en un plato dispuso unos cuantos huevos duros, pan y queso. Con eso tendría para aguantar buena parte del día, fuera lo que fuese lo que tuviera que hacer durante aquella jornada.

Al tiempo que iba a una mesa alejada de aquel grupito que no le quitaba la vista de encima, se preguntó qué le depararía ese día y si tendría un rato libre para escaparse a aquella biblioteca secreta. Mordisqueaba un trozo de pan cuando un soldado entró en el comedor pegando un grito:

—¡En pie!

El revuelo de sillas arrastrándose hizo que Eneas se asustara un poco. Miró a su alrededor y vio que todos los demás se habían levantado como si tuvieran un resorte debajo. Dejó el trozo de pan en el plato y los imitó, con el ceño inevitablemente fruncido.

—Es hora de ponerse en marcha. El grupo uno se irá a las caballerizas; el grupo dos, a limpiar los aseos; el grupo tres, a las cocinas; el grupo cuatro, a las mazmorras; el grupo cinco, a patrullar las calles, el grupo seis...

Eneas dejó de escuchar. ¿En qué grupo estaba él? Nadie se lo había dicho. Intentó hacer memoria, pero solo se visualizó a sí mismo recibiendo el uniforme e instalándose en aquella habitación donde había dado un millón de vueltas durante la noche. No, nadie le había dicho a qué grupo pertenecía, y por lo tanto no sabía a dónde ir. Cuando el resto de compañeros comenzó a abandonar el comedor solo pudo pensar en dos cosas: que aquel día tampoco iba a poder comer en condiciones y que no debía ser el último en salir de allí si no quería llamar la atención.

Y no quería llamar la atención.

Salió detrás de un grupo de chicos que hablaban sobre el partido de críquet que se disputaba aquella tarde en la parte oeste de los jardines de Papillón y trató de pasar desapercibido.

—Veo que tienes peor memoria que yo.

Eneas se dio la vuelta al comprender que alguien le estaba hablando. Se volvió, sobresaltado, y se encontró al soldado del día anterior, el del rostro lleno de cicatrices y al que le sobró tiempo para meterse con su forma de llevar el uniforme.

—Llevo desde ayer dándole vueltas —dijo el chico mientras se acercaba a Eneas con paso decidido—, tu cara me resultaba familiar, pero no podía ser, era imposible, no después de tanto tiempo. Me dije que era mi mala memoria jugándomela, pero enseguida me di cuenta de que no, de que era mi mente tratando de esconder una parte de mi vida que creía olvidada.

Eneas trataba de procesar aquella información todo lo rápido que su cabeza le permitía. Sí, a él también le sonaba el rostro de aquel chico, pero no conseguía ubicarlo. Desde luego, unas cicatrices como aquellas eran inolvidables, así que cuando lo conoció no debía de tenerlas. Cuando llegó a su habitación, todavía emocionado por lo que había encontrado en el sótano, volvió a recordar al soldado, y, después de darle tantas vueltas que hasta acabó mareado, decidió que aquel chico debía de ser un miembro más del Liceo, alguien con el que se cruzó por los pasillos en alguna ocasión; era la única explicación que le había permitido olvidarlo y centrarse en la manera de volver a la biblioteca de Caronte.

Un grupo se había congregado a su alrededor, curiosos por saber qué estaba ocurriendo allí.

—¿Qué sabes de ella? —El soldado acercó tanto su cara a la de Eneas que tan solo un palmo las separaba.

Entonces Eneas lo comprendió todo. Se acordó de él, por supuesto que sí. Y no por su rostro, no por su olor. Tampoco por sus ojos ambarinos. Fue la forma de mencionar a Carey lo que le hizo revivir aquellos horribles días en Asua. Supuso que las cicatrices tenían mucho que ver con el Gran Cataclismo. Eran heridas de guerra.

—¿Henry?

—¿Qué sabes de ella? —repitió, esta vez con un poco más de brusquedad que la anterior. La misma brusquedad de la que había hecho gala el día anterior.

—Nada, no..., no sé nada —titubeó Eneas.

¿Sabría que había contado una verdad sobre ella? No..., era imposible. El sistema de verdades no tenía nada que ver con el de las mentiras y la identidad del que las contaba no era revelada como antes.

—Mientes. —Henry apretó tanto los dientes que dio la sensación de que le iban a volar por los aires—. Siempre estabas pegado a ella, erais inseparables.

—Eso fue hace mucho tiempo. Después de la explosión no volví a saber nada de ella. Hui de Vésticum, lo juro —dijo esto a toda prisa al ver cómo el soldado se acercaba todavía más a él.

—¿Y qué haces aquí? ¿Buscarla? Quieres recuperarla, ¿no es eso?

Eneas comprendió lo que estaba ocurriendo: Henry, a pesar de los años que habían pasado, seguía enamorado de Carey y, aunque en un principio parecía haber entendido que la chica había escogido a Eneas, el tiempo había provocado que ese sentimiento mutara. Supuso que la soledad y las ganas de aferrarse a un recuerdo feliz podían hacer que la realidad se deformara hasta el punto de olvidar cómo se sentía uno en otro momento de su vida. La idea de Carey que se habría hecho Henry en todo ese tiempo le habría hecho olvidar que, cuando se reencontraron en Asua, ya no estaba enamorado de ella.

—¿Por qué otro motivo habrías vuelto al castillo de Brítacor?, ¿eh? Es la única explicación posible.

—No sé nada de ella, lo juro.

—Los altavoces han dicho que está aquí, en Vésticum. —A Henry empezaron a rechinarle los dientes—. Qué casualidad que justo en ese momento aparecieras tú por aquí.

—De verdad, no sé…

—¡Cuéntame la verdad! —El soldado se abalanzó sobre él sin ningún tipo de miramiento.

—¡Henry! ¡Para! —Eneas se separó de él con brusquedad. Había tratado de actuar con prudencia para no llamar la atención, pero comenzaron a importarle bien poco los cuchicheos que se escucharon a su alrededor—. No tienes ni idea de lo que estás diciendo.

—¿Que no tengo ni…?

Eneas no lo vio venir; cuando quiso darse cuenta tenía a Henry encima propinándole un puñetazo tras otro.

—¡Para! ¡Para! —le gritaba mientras trataba de zafarse.

No quería defenderse, pero al final se vio obligado a hacerlo. Utilizando todas las fuerzas de las que era capaz, cogió a Henry por la cintura y lo tumbó en el suelo para quedarse sobre él; aun así, el chico seguía lanzando puñetazos al aire y fue inevitable que alguno no terminara dándole en la mandíbula o en el pómulo.

Desde allí arriba, Eneas podía ver el rostro desfigurado de Henry. El labio al que le faltaba un trozo, la nariz torcida, la falta de cejas. Y también vio el odio que inundaba sus ojos ambarinos; un odio que no entendía de dónde venía, aunque después, en la soledad de su habitación, comprendería que era mucho más fácil culpar a otra persona de las desgracias propias que verse a uno mismo como enemigo. No quería pegarle, no quería rebajarse a su nivel, sabía que era el rencor el que le hacía actuar así, pero Henry no se lo estaba poniendo nada fácil. Incluso desde allí abajo no paraba de lanzar puñetazos, uno tras otro.

—Me quitaste lo que más quería —decía entre dientes—. Me lo arrebataste, me hundiste.

—¡Yo no hice nada de eso! —gritó Eneas mientras trataba de sujetar las manos de Henry para que dejara de pegarle. Si tan solo le diera la oportunidad de explicarse… Pero no le dejaba, era como si se hubiera convertido en una máquina que solo sabía dar puñetazos a diestro y siniestro.

El grupo que los rodeaba jaleaba y gritaba para que la violencia no decayera ni un segundo. Parecían estar pasándoselo en grande viendo aquella escena.

Era tal la furia que desprendían los ojos de Henry que Eneas no tuvo otro remedio que defenderse. Con el puño cerrado, le golpeó el pómulo con toda la fuerza de la que fue capaz. El soldado, durante unos segundos, se quedó inmóvil sin saber muy bien qué hacer. No esperaba en absoluto aquello, al fin y al cabo, estaba por encima de él y pegar a un superior no era la mejor de las ideas.

Justo en ese instante, otro soldado se acercó corriendo y trató de separarlos.

—¡Orden, orden! ¿Se puede saber qué está sucediendo aquí?

—¡Déjamelo a mí! —reclamaba Henry entre jadeos—. ¡Yo me encargo!

—¡He llamado al orden! —la voz del recién llegado se escuchó en todo el castillo de Brítacor e hizo que Henry parara de inmediato—. ¡En pie!

El primero en levantarse fue Eneas, seguido por un Henry que no era capaz de alzar la vista de sus pies. La furia que emanaba de sus ojos había desaparecido de repente y ahora solo había sumisión y respeto hacia el que acababa de llegar.

—No sé en qué momento os habéis creído que esto es un circo —dijo el superior provocando que los hombros de Henry se hundieran todavía más—. Tú, soldado —se dirigió al chico, y a Eneas no le pasó desapercibido el hecho de que no mencionara su nombre—, a mi despacho de inmediato. Y usted… —Lo evaluó con la mirada, tratando de averiguar cuál era el mejor castigo que podía imponerle—, directo a las cloacas. Quiero que acabe con todas las ratas que vea. Con sus propias manos. Iré a buscarle después para ver cuántas ha conseguido capturar.

«Como castigo es bastante original», pensó Eneas mientras se daba la vuelta. No se quedó ni un solo segundo a escuchar cómo reprendía a Henry ni cómo los cuchicheos continuaban. Se marchó de allí a toda prisa, buscando unas cloacas que no tenía ni idea de dónde estaban, aliviado por no tener que enfrentarse a ningún superior que le exigiera explicaciones sobre lo que había sucedido con Henry.

Bajó unas escaleras, y otras más, y cuando fue a descender el tercer tramo, ya rodeado de un silencio que era de agradecer, se dio cuenta de a dónde se estaba dirigiendo. Sus pies caminaban sin tener que ordenárselo, y habían tomado el rumbo en el que había estado pensando toda la noche. No, desde luego que las cloacas no estaban por allí.

Miró hacia atrás y se cercioró de que nadie le seguía, entonces echó a correr y se dirigió a aquella puerta por la que había entrado el día anterior y que no le dejaba pensar en otra cosa que no fuera el tesoro que se escondía detrás.

Allí estaba: la biblioteca de Caronte lo esperaba con los brazos abiertos. Su interior olía a madera, resina y magia.

Poco le importó el castigo, le dieron igual las ratas y las consecuencias de subir después con las manos vacías. Necesitaba pasar un rato a solas con esos libros, y lo haría costara lo que costase.

Deambuló entre las estanterías, cogiendo algún libro y volviéndolo a guardar. Se encontró tratados sobre botánica, fauna, micología e incluso sobre armamentística. Tuvo que lidiar con las ganas de coger todos y cada uno de los libros y ponerse a hojearlos hasta que lo sacaran de allí a la fuerza. Sin embargo, sabía que no podía, que tenía obligaciones que atender y que si alguien lo descubría allí dentro se podía dar por perdido. No tenía ni idea de qué ocurriría, pero nada bueno a juzgar por el castigo que le acababan de imponer.

Entonces algo llamó su atención. Al final de la sala, bajo una lámpara compuesta por esferas que se iluminaban y que se conectaban entre sí a través de unos tubos de cobre, había una estantería diferente a las demás, que eran rectangulares y con tablones lisos. Esa estantería estaba en un lugar privilegiado dentro de la biblioteca —ninguna otra estaba iluminada directamente por ningún tipo de bombilla—, había sido construida a partir de un mueble antiguo de madera tallada. Los dibujos de las hiedras subían por los laterales y convergían en un mar de volutas que hacían que aquel mueble fuera el más recargado que había visto en su vida.

Dentro de ese armario, al que alguien había quitado las puertas para que se pudiera contemplar bien el contenido, había muchos libros encuadernados en piel oscura, todos iguales.

Eneas alargó la mano y, antes de abrir uno, su corazón ya se encargó de decirle que aquellos libros no eran como los demás. Allí no encontraría lecciones sobre cuáles eran los mejores hongos de Vestalia o cómo eran los minerales que se podían extraer de la región de Mélido; lo supo en cuanto vio que aquellos tomos estaban escritos del puño y letra de Caronte. Eran diarios. Diarios sobre su vida y sobre la estrategia que seguía para mantener en pie en Liceo. El valor de lo que tenía entre sus manos era… incalculable. Se imaginó perfectamente la ilusión de la nueva gobernadora al descubrir su contenido.

Aquello era muy interesante, pero Eneas se preguntó si habría alguno que hablara sobre la época anterior, sobre cómo surgió la idea de crear el Liceo y cómo la llevó a cabo. Enseguida comprendió que los libros estaban ordenados cronológicamente, así que cogió el primero de todos, el que estaba arriba a la izquierda.

Se sentó en el suelo y comenzó a leer.

Y cuando empezó, ya no pudo parar.

Sobre todo cuando se topó en la quinta página con los nombres de sus padres junto a otros que le resultaban totalmente desconocidos.

El estómago le dio tal vuelco que amenazó con derramar el escaso desayuno allí mismo. Cerró el libro de golpe y se lo quedó mirando, dudando entre si quería leer más o no. Entonces lo volvió a abrir: necesitaba saber por qué aparecían los nombres de sus padres, qué tenían ellos que ver con Caronte, qué tenían que ver con el Liceo.

Le vino a la mente la conversación que tuvo con Magritte. Aquella chica odiosa con cara de ángel le dijo en una ocasión que Caronte conocía a sus padres; y luego él le preguntó a Carey y esta le comentó que no le extrañaba en absoluto, para jurar rotundamente después que no tenía ni idea de la existencia de esa relación. Eneas no supo qué pensar en ese momento, y no pasó mucho rato hasta que el Liceo se vino abajo, así que tampoco tuvo la oportunidad de indagar en aquello, comprobar si la información que le había proporcionado Magritte era real o no. Y ahora… ahora se topaba con eso, con los nombres de Tami y Claud escritos del puño y letra de Caronte.

Sin embargo, cuando volvió a abrir el libro para seguir leyendo, todavía con el corazón acelerado, alguien irrumpió en la biblioteca; Eneas se dio cuenta de que había cometido el error más estúpido posible: dejarse la puerta abierta.

—¿Se puede saber qué hace aquí? Le mandé a capturar ratas, no a husmear donde no debe.

Eneas tragó saliva despacio. También era mala suerte que fuera el soldado que le había dado la orden hacía un rato.

—Lo… lo siento. Vi la puerta abierta y pensé que quizás aquí podría encontrar ratas. Les encanta roer las hojas de papel.

—Levántese ahora mismo y vaya directo a las cloacas. Se quedará allí hasta mañana por la mañana, y me voy a encargar personalmente de que así sea.

Eneas obedeció con premura y salió de la biblioteca. Se sintió como un autómata de nuevo, como alguien incapaz de dirigir sus propios movimientos, y no era de extrañar. Su cabeza no funcionaba porque solo podía pensar una cosa. «¿Por qué aparecen aquí los nombres de mis padres? ¿Qué tienen que ver ellos con la creación del Liceo?».

CAPÍTULO 30

Hamica Clayton
Vésticum, al sureste de Vestalia

Nunca había visto temblar así a nadie antes. Era como si un terremoto se hubiera adueñado de Matilda y esta no fuera capaz de controlarlo.

Cuando el hombre que había amenazado con llevársela por fin comprendió que quedarse allí era la peor decisión que podía tomar, Hamica cogió en brazos a la niña y se la llevó de vuelta a la perfumería. Gaia ya salía por detrás de la cortina diciendo que la tienda estaba cerrada y que la próxima vez leyeran el cartel con los horarios cuando se dio cuenta de que algo terrible había pasado. Corrió hacia ellas y cuando se topó con la cara de terror de su hija, la examinó con ojo clínico en busca de cualquier herida o rasguño.

—Está bien —aseguró Hamica, aunque tendría que haber matizado que «por fuera». Sabía que la cicatriz interna que le iba a quedar a Matilda no se disiparía tan rápido como lo podría hacer una externa—. Ha sido solo un susto.

Para su asombro, Gaia no la interrumpió cuando se dispuso a contarle lo que había sucedido. Tampoco la interrogó sobre el hecho de que hubiera abandonado su habitación a medianoche y se hubiera pasado horas deambulando por la capital, de taberna en taberna. La mujer estaba poniendo todo su esfuerzo en tranquilizar a Matilda, que no paraba de tiritar.

—¿Y le sacaste un cuchillo?

—No vi otra alternativa.

—Podría haberos atacado, podría haberos matado. —Gaia mecía a Matilda entre sus brazos, arrullándola como si fuera un mar en calma.

—¿Y qué otra cosa podía hacer? Aquel hombre no parecía amedrentarse ante mis palabras. Si no llego a reaccionar...

No terminó la frase, no pudo. Y tampoco hizo falta, porque Gaia sabía perfectamente cómo habría terminado esa historia en caso de que Hamica no hubiera reaccionado de esa manera.

Después de unos minutos interminables, Matilda cayó rendida entre los brazos de su madre y esta aprovechó para llevarla a la cama. «Así se repondrá del disgusto», susurró antes de abandonar la sala.

Hamica estaba agotada. Se había pasado toda la noche en vela y aquel acto de heroicidad no había hecho más que poner la guinda a un pastel que ya resultaba imposible de abarcar. Aun así, el recuerdo de Carey no se disipaba y la preocupación por no saber dónde estaba, tampoco.

—Más vale que comas algo, chiquilla.

La voz de Gaia hizo que volviera de ese lugar tan lejano que su mente había visitado más de un millón de veces en las últimas horas. En cuanto se pasaba un segundo sin estar ocupada, sus pensamientos se iban hacia su hermana, hacia esa angustia que casi no la dejaba ni respirar. La mujer traía una bandeja con una tetera y galletas que, por el aroma que desprendían, habían sido horneadas esa misma mañana. Tal vez mientras Matilda terminaba de prepararse para ir a la escuela. Ni siquiera cuando las dejó en la mesita que descansaba a su lado Hamica sintió la tentación de comer. Después de todo lo vivido, se le había cerrado el estómago por completo.

—Es demasiado tiempo.

La mujer se dejó caer en uno de los sillones de terciopelo. La luz del día ya entraba a raudales por las ventanas y hacía que las motas de polvo, invisibles cuando no había claridad, bailaran a su antojo por la tienda. Ella también parecía agotada, y más después del susto tan tremendo que se había llevado con su hija.

—Seguro que está por ahí recordando viejos tiempos.

Hamica suspiró exasperada. Aquella explicación no le había servido el día anterior y tampoco lo iba a hacer ahora.

—No, Gaia. Sabes de sobra que Carey no es así. Además, ella mejor que nadie sabe lo peligroso que es estar en esta ciudad, así que créeme cuando te digo que le ha tenido que pasar algo.

—Mira. —La mujer, que esa mañana lucía un vestido de volantes de encaje verde esmeralda tan abullonado que casi no podía ni sentarse en aquel sillón, clavó sus ojos en los de Hamica con gesto acusado—. Carey es mayorcita y sabe cuidar de sí misma mejor que nadie. Tú la conoces, y deberías saber que ella no da nunca un paso en falso. Y no olvidemos que se conoce esta ciudad como la palma de su mano.

—Bueno, eso sería antes de que la destruyeran. Ahora, entre las ruinas y los edificios nuevos es muy difícil identificar lo que un día fue Vésticum.

—Pero Carey tiene instinto. Siempre me ha recordado a una serpiente. —«Otra vez ese símil»—. Haz el favor de comer, mañana estarán revenidas y serán para tirar. Pues eso —continuó—, que siempre me ha recordado a una serpiente. Carey es lista, sigilosa y ambiciosa. Y lo mejor de todo es que sabe adaptarse a cualquier circunstancia. No importan las sorpresas que tenga preparadas para ella el destino: se camufla y las enfrenta con valentía.

—¿Y eso qué tiene que ver? A veces las serpientes también son capturadas. De hecho, en Asua las cazan porque se consideran un verdadero manjar.

—Uy, y lo son —coincidió Gaia mientras mordisqueaba una galleta. Comía con tanta delicadeza que su carmín granate permaneció intacto. Nadie podría haber dicho que hacía unos instantes lucía desquiciada—. ¿Tienes miedo de que la hayan capturado? ¿Se trata de eso?

Hamica no podía apartar la vista del contenido de su taza. Hacía unos días habría matado por tomar un té como aquel, pero en esos momentos, y a pesar de tener delante uno de los tés más exquisitos de toda Vestalia, no era capaz de disfrutarlo. No sin su hermana al lado. «A ella le encantaría —pensó—, aunque se haría la dura y diría que los había probado mejores».

—Sin ella no sé continuar —confesó—. Es la única persona que me queda, Gaia. Y no solo eso; a pesar de lo distintas que somos y de que ella, al fin y al cabo, no tiene ninguna obligación de protegerme, no dudó ni un segundo en mantenerme a su lado, en dejarme ser parte de su equipo.

—No deberías hablar así de ti misma —aquellas palabras hicieron que Hamica frunciera el ceño—. Hablas de Carey como si fuera una salvadora, y estoy segura de que tú te las habrías apañado también sin ella. O incluso mejor. Sé lo alocada que puede resultar a veces, y es un poco complicado pararle los pies cuando su cabeza se pone a trabajar.

—Tus palabras me confirman que no la conoces en absoluto, que la juzgas por la parte que ella deja ver. Y no te culpo, es muy buena actriz en realidad.

—Espero, Hamica, que la que sepa lo que está haciendo seas tú.

—¿A qué viene ese comentario? —La chica clavó sus ojos en los de Gaia. A pesar del profundo pozo negro que eran, no la intimidaban nada en absoluto.

—A que sería conveniente que comenzaras a apreciarte un poco más de lo que lo haces y a dejar de pensar que no tienes otra opción que vivir bajo la sombra de otra persona, y mucho menos de la de tu hermana.

Hamica no daba crédito a lo que oía. ¡Acababa de salvarle la vida a su hija y todavía tenía la osadía de dirigirse así a ella!

—Discúlpame, Gaia —dijo mientras se ponía de pie, con cuidado de que la furia que sentía no se desbordara y le hiciera estrellar la delicada taza de té contra la pared—, pero me temo que no te he pedido ese tipo de opinión en ningún momento. Comprendo —se apresuró a decir cuando vio que la mujer iba a replicar— que estoy en tu casa y que no soy quién para limitar tus comentarios y mucho menos tus pensamientos, así que creo que lo mejor será que salga a dar un paseo para que las dos podamos olvidar lo que sea que acaba de ocurrir aquí.

Hamica procedió a ponerse el abrigo —el viento, antes inexistente, que soplaba contra las ventanas le indicaba que lo iba a necesitar— y se fue de allí sin darle a Gaia la oportunidad de contestar.

Se sentía furiosa con ella, y también con Carey por abandonarla de aquella manera. La mujer tenía razón: su hermana era lista como una víbora y seguramente estaría en algún lugar pasándoselo bien y presuponiendo que su hermana pequeña estaría tranquila y a salvo en la tienda de perfumes. Llevaban demasiados años la una al lado de la otra, sin juntarse con nadie más, así que lo más probable era que se hubiera encontrado con alguna antigua amistad y que hubiera decidido revivir algunos de los mejores momentos de su vida. Nada más. No había por qué preocuparse.

Y, a pesar de que se había repetido esa explicación una y otra vez, no había forma de creérsela.

Fueron sus pies los que decidieron el camino que Hamica debía tomar. No sabía por dónde empezar a buscar a su hermana, y, aunque llevaba la insignia bien visible, le daba miedo resultar desconocida entre la gente de Vésticum y llamar demasiado la atención. No era bueno llamar la atención, por eso quizás se dirigió hacia el puerto de la ciudad, donde descansaba el Fuego Sagrado. No lo dudó: cruzó la pasarela que la separaba del barco y se puso a deambular por sus pasillos interminables.

Siempre presumía de tener buena memoria en lo que a los lugares nuevos se refería, y no permitiría que aquella fuera una excepción, así que, a pesar de que los corredores y escaleras eran idénticos entre sí y de que los tapices que adornaban las paredes y las alfombras de los suelos eran tan similares que parecían los mismos, se esforzó por ubicarse. «Vamos, no puede ser tan difícil», se animó a sí misma, aunque la forma en la que le empezó a latir el corazón le dijo que no lo estaba consiguiendo.

—¿Hamica?

Se giró en redondo cuando escuchó aquella voz. Camille lucía un delicado vestido de gasa azul cielo y una capa de terciopelo del mismo color que terminaba en una capucha forrada de piel blanca. Era distinto al de la noche anterior, aunque de un tono muy similar. No llevaban mucho tiempo separadas, pero a juzgar por su rostro radiante, la chica había aprovechado cada minuto de sueño.

—¿Qué estás haciendo aquí?

A pesar de que aquella pregunta le hizo cuestionarse durante unos segundos el hecho de si era bien recibida o no en ese barco, en cuanto reparó en el brillo que reinaba en los ojos de Camille comprendió que esa no era la intención de la chica.

—Necesitaba verte —dijo, y tuvo la sensación de que alguien había tenido que arrancarle esas palabras de lo más hondo de su ser, porque ella jamás habría sido lo suficientemente valiente como para decir algo así.

—Ven, acompáñame. —Camille le tendió la mano y compuso la sonrisa más bonita que Hamica había visto jamás.

Se acercó a ella, despacio, pensando que tan solo era un gesto amigable, una ofrenda para pasear por el barco junto a una amiga. Sin embargo, cuando sus dedos rozaron los de Camille y sintió una chispa recorriendo todo su cuerpo, comprendió lo equivocada que estaba.

—¿Es por tu hermana? ¿Has sabido algo de ella?

Hamica no supo identificar por qué le había sentado tan mal esa pregunta: si porque había interrumpido uno de los pocos momentos bonitos que había vivido en los últimos años o porque le había hecho comprender que desde que vio a Camille se había olvidado de Carey por completo. Se enfadó muchísimo consigo misma al comprender que se trataba de lo segundo.

—Todavía no —susurró incapaz de dar más explicaciones.

—Estoy segura de que volverá, igual tan solo está recordando viejos tiempos. O a lo mejor ha conocido a alguien interesante. Anoche recorrimos todas las tabernas de Vésticum y no la encontramos; estoy convencida de que está en un lugar seguro pasándoselo bien.

Aquel vestido la hacía parecer un ser salido de uno de los cuentos que siempre le contaba su madre antes de dormir. La hacía parecer etérea, intangible, y en realidad estaba ahí a su lado, tan cerca que casi podía rozar su pelo.

—Eso es lo mismo que ha dicho Gaia —contestó Hamica—, lo de recordar viejos tiempos. La otra no es una opción plausible, Carey no es así.

—Muy convencida estás de que tu hermana siempre te ha mostrado su verdadero yo.

—¿A qué ha venido eso? —Hamica se paró en seco. No podía permitir que alguien hablara así de Carey, por mucho que hubiera conseguido crear esa electricidad dentro de ella. Y por mucho que esa misma persona se hubiera ofrecido a recorrer las calles de la capital durante toda una noche para encontrarla.

—Ay, perdona —se apresuró a decir Camille. De repente, sus ojos se humedecieron—. No quería hablar mal de tu hermana, ni de vuestra relación. No pretendía ofenderte.

Hamica la examinó durante unos segundos y se sintió fatal al comprender que Camille estaba a punto de llorar.

—Eh, eh. —Le dio un pequeño apretón en el hombro—. No pasa nada, ha sido un malentendido, no quiero que llores por esto.

—Perdón —repitió—, a veces me cuesta ocultar mi sensibilidad. Aquí, dentro del barco, trato de no sacarla a flote, porque bastante mal piensan ya de mí, pero a veces es complicado.

—Es difícil ser quien uno es y más difícil todavía tratar de ocultarlo —concluyó Hamica. Conocía muy bien esa sensación, y tal vez por eso continuó andando mientras se obligaba a olvidar el comentario de la chica—. ¿Qué hacías antes de que yo llegara? —le preguntó.

—Pasear tranquila. Todos los marineros están en tierra aprovechando el poco tiempo que les queda aquí, y me gusta deambular por el barco sabiendo que no voy a encontrarme con nadie. Podría haber dormido más, pero… no he sido capaz.

—¿Os vais? —Hamica había dejado de escuchar en cuanto Camille había pronunciado esas palabras.

—Eso me temo. La comodora Flancon dice que nos han encomendado una nueva misión que requiere que salgamos a navegar sin mucha demora.

—¿Y de qué se trata? —era la curiosidad la que hablaba por Hamica, o tal vez preguntaba para olvidar el hecho de que pronto se tendría que despedir de Camille.

—Lo desconocemos. No suele decirnos cuál es la misión hasta que no estamos en alta mar. Supongo que para asegurarse de que nadie deserta.

Hamica asintió, tenía sentido, aunque sabiendo cómo funcionaban las cosas se preguntó qué clase de futuro le depararía a un marinero que rechazaba enrolarse en una misión. «Uno muy malo, sin duda», se contestó a sí misma.

—¿Te apetece ver mi camarote?

A la sangre de Hamica le pareció muy oportuno viajar hasta sus mejillas y quedarse allí llamando la atención de una Camille que no pudo evitar ruborizarse también. Asintió, sin saber cómo, sin pensar en Carey, sin pensar en nada más que en su mano unida a la de ella.

Llegaron al camarote en silencio, y cuando Hamica entró en él exclamó de sorpresa. Aquel era el mar hecho habitación: había conchas por todas partes, redes de pescar colgadas en puntos estratégicos y hasta un timón de tamaño desproporcionadamente gigantesco que hacía las veces de cabecero de la cama. Entre todos esos aparejos colocados a la perfección había una cosa que llamaba la atención entre todas las demás: una caracola de enormes dimensiones tan rosa que podía hacer juego con las mejillas de Hamica.

—¿Puedo...? —Se acercó a ella y la tocó con delicadeza al ver que Camille asentía.

—La encontré en una de las islas del archipiélago Súrio. Estaba oculta entre unas rocas y me topé con ella por casualidad mientras trataba de atrapar unos cangrejos para cenar.

—¿El archipiélago Súrio? Jamás en mi vida he oído hablar de él. Ni siquiera sabía que había islas en Vestalia.

—Sí... Me temo que a la antigua Gobernacía no le interesaba demasiado que esta información se supiera. ¿No te has preguntado alguna vez por qué antes no había puertos y ahora sí? —Camille hizo una pausa y al ver que Hamica asentía, continuó—: Porque es mucho más fácil controlar a la población cuando sabes dónde está. El mar es libertad, no sabemos lo que hay más allá de los mares que nos rodean, a lo mejor hay otro mundo, más tierra, más gente.

»Ocurre lo mismo con El Paso; nunca se han preocupado por explorar qué hay después de esas montañas tan escarpadas, heladas y enormes. Si alguien lo hacía y descubría que el mundo al otro lado era mucho mejor que este, la antigua Gobernacía peligraba.

Hamica dejó la caracola encima de la cómoda.

—¿Estás hablando en serio? —Jamás se había planteado que algo así pudiera ocurrir, aunque en realidad, tenía todo el sentido del mundo.

Para ella, Vestalia no era más que una península, y jamás se había preguntado qué había más allá. «No hay nada», se dijo, y eso era precisamente lo que su mente se había empeñado en creer durante toda su vida.

—¿Y por qué la Nueva Gobernacía sí que quiere explorar el mundo? —No entendía por qué un régimen tan autoritario como el que tenían ahora podía considerar eso una ventaja. Se acordó del plan de la comodora de asesinar a Dorothia Allinghanm, pero al ver que Camille no había sacado el tema a colación no quiso ser ella quien lo hiciera. Prefería actuar como si esa conversación jamás hubiera existido.

—Porque están convencidos de que el mundo que hay más allá no es mejor que este, pero sí de que puede darnos materiales de provecho.

—Al final todo se reduce a las cosas materiales —dedujo Hamica mientras echaba un vistazo a esa habitación. Nunca había visto algo tan bonito. Pensando en su vida anterior, se preguntó cuántas mentiras habría que contar para conseguir algo así.

—Eso me temo.

—Entonces, el nuevo régimen no es mucho mejor que el anterior, ¿no?

—Yo creo que sí, ahora somos más libres.

Hamica la evaluó con la mirada para comprobar si estaba hablando en serio. Lo hacía. No había rastro de duda en los ojos de Camille, y ella tampoco se sintió quién para llevarle la contraria.

—¿Tú eras más feliz antes? —le preguntó la chica mientras se sentaba en la cama. La colcha azul celeste invitaba a dejarse caer sobre ella y llamar a un sueño profundo.

—Es difícil responder a eso. —Hamica la imitó y se sentó a su lado. Sus rodillas se rozaron, pero a ninguna le importó.

—Inténtalo.

Tal vez fue la mano de Camille sujetando la suya, tal vez el ruido relajante del agua contra el armazón del barco, o tal vez que nunca nadie la había mirado como lo estaba haciendo la chica en esos momentos.

—Yo era huérfana. Tenía unos padres adoptivos con los que vivía en Incaté. Ellos me querían a su manera, pero yo siempre sentí que estaba fuera de lugar, como si no perteneciera del todo a esa familia. Ese pensamiento me martirizaba —confesó Hamica; era muy consciente de que no había hablado con nadie de eso excepto con su amiga Gruta y con Carey—, así que toda mi existencia se basaba en descubrir mi verdadera identidad.

—Tuvo que ser horrible —las palabras de Camille fueron como una manta cálida en un día frío de invierno.

—No saber quién eres es una de las peores cosas que pueden ocurrirte.

—¿Y qué pasó después? ¿Te encontraste?

Hamica compuso una sonrisa triste.

—Sí, en el último momento.

—¿A qué te refieres?

Los ojos de Camille estaban llenos de curiosidad, pero de una curiosidad bonita y cálida. Hamica no se había sentido así nunca, tan desnuda y tan a gusto. Era como si su alma hubiera quedado expuesta delante de la chica, como si no existiera ni el aire entre ellas.

—Encontré a Carey, mi hermana, y también encontré a mi padre.

—Siento que hay un pero.

La sonrisa triste de Hamica volvió a aparecer.

—Sí, claro que hay un pero. Nuestro padre era Caronte Regminton, el mayor mentiroso de Vestalia y una de las personas más odiadas del mundo.

CAPÍTULO 31

Tobyas Jhonson
Vésticum, al sureste de Vestalia

El primer día que se subió a bordo del Fuego Sagrado le preguntaron qué era lo que más temía en el mundo. Le explicaron que era una suerte de ritual, una forma que tenían los soldados más veteranos de iniciar a los nuevos, aunque a Tobyas todavía no le quedaba claro si el propósito era que se integraran más rápido en la tripulación o ponerles en ridículo nada más llegar.

A él lo que más miedo le daba en el mundo era encontrarse un animal marino tan gigantesco como el barco que a esas alturas ya surcaba el mar de Aguas Troceadas, pero el pánico a quedar como un cobarde y un blandengue le impidió reconocerlo en voz alta. En lugar de eso, dijo que lo único a lo que le tenía verdadero miedo era a quedarse solo, aunque justo en el momento en que esas palabras salieron de su boca se dio cuenta de la gran mentira que estaba contando: ya estaba solo, no tenía a nadie más en toda Vestalia.

Esa conversación, tan nítida dentro de su cabeza que parecía que había ocurrido el día anterior, volvió a cobrar protagonismo. Le había dado muchas vueltas a ese temor inventado que poco a poco se fue convirtiendo en uno real, y se preguntó si no habría sido su subconsciente el que hizo aflorar ese miedo oculto que ahora era una realidad.

—No volveré a estar solo nunca.

Esas palabras, teñidas por una esperanza tan luminosa como el sol que comenzaba a salir por detrás de los tejados de Vésticum, hicieron que Otila se removiera en la cama.

Aquella noche habían hecho el amor, pero no como otras veces. En esa ocasión, no habían apartado la mirada el uno del otro ni durante un segundo; tampoco se habían soltado las manos. Habían estado unidos de todas las maneras imaginables y habían compartido, sin necesidad de decir nada, todas las palabras bonitas que ambos conocían.

Tenía que admitir que la noticia le había dejado sin respiración. No supo reaccionar cuando Otila le dijo que estaba embarazada y que el niño que dormía dentro de su vientre era suyo. Su cabeza, de forma involuntaria, empezó a hacer cálculos rápidos para cerciorarse de que lo que le estaba diciendo la mujer era verdad. Hacía cuatro meses que había pisado tierra por última vez. Ella, al ver las dudas en su rostro, le confirmó sus sospechas: debía de haber empezado el segundo trimestre del embarazo hacía poco y esa hinchazón que se intuía en su barriga dejaría de pasar desapercibida enseguida.

Tendría que haberle dicho que se alegraba muchísimo, que le daría la mejor vida posible y que buscaría la manera para que ellos tres pudieran ser la familia que se merecían. También podría haberle preguntado cómo se encontraba, desde cuándo lo sabía y si necesitaba algún tipo de remedio para las náuseas que seguramente sufría desde hacía semanas. Sin embargo, no fue capaz de decir nada de eso. Se quedó mirándola como si no hubiera entendido del todo aquella frase, como si le estuviera hablando en un idioma completamente desconocido y tan complicado de entender que ningún traductor hubiera sido capaz de hacerlo.

Entonces Otila lo abrazó y volvió a repetirle al oído aquellas palabras que habían puesto el mundo de Tobyas patas arriba en cuestión de segundos. Y fue ahí, en ese momento, cuando él reaccionó. Posó las manos sobre el rostro de la mujer y le correspondió con un beso tan largo como sincero. Poco le importaba ya la discusión de antes, poco le importaban sus dudas, sus sospechas. Le dio igual que la madre de su futuro hijo perteneciera a los Herederos de la Verdad. Todo había pasado a un segundo plano ahora que sabía que iba a ser padre junto a la persona que más quería del mundo.

Ahora no iba a estar solo nunca más, porque se las apañaría para sacar a Otila de aquella taberna y darle la vida que se merecía.

—Buenos días —murmuró cuando vio que la mujer comenzaba a despertarse.

Aquella noche ni había hecho el amago de volver a casa, al fin y al cabo, su marido se pasaba las noches emborrachándose de taberna en taberna y lo más seguro era que estuviera tirado en cualquier acera rodeado de los escombros que todavía lucía la ciudad. A Tobyas le recorrió un escalofrío al pensar que era muy posible que muy pronto aquella fuera la imagen cotidiana de cada mañana.

—¿Prometes que si te confieso una cosa no te enfadarás? —el tono directo que utilizó Otila no parecía propio de alguien que acababa de despertarse y que se estaba desperezando a la vez que trataba de contener un bostezo.

—No creo que esa sea la mejor frase para empezar un día.

—Te lo digo en serio.

Tobyas le guiñó un ojo.

—Creo que no hay nada que puedas decir ahora mismo que me enfade.

—En ese caso… —Otila comenzó a juguetear con un mechón de Tobyas—. Pensé que te irías.

Tobyas cerró los ojos y tomó aire. Le había prometido que no se iba a enfadar, pero aquellas palabras le dolieron como una puñalada en el estómago. Sin embargo, a pesar de ese dolor, podía comprender a la perfección por qué Otila pensaba eso. A fin de cuentas, él vivía en un barco, no estaba anclado a la tierra, y ella estaba casada y tenía un negocio que mantener. Lo más fácil habría sido desaparecer, dejar que Otila criara al niño junto a su marido y olvidarse de ellos para siempre.

—Me gusta complicarme la vida —dijo por fin cuando el silencio comenzó a pesar como una losa.

La mujer lo miró y Tobyas no supo exactamente qué fue lo que vio, pero, fuera lo que fuese, la hizo sonreír.

—¿Qué vamos a hacer? —aquella pregunta había rondado por la cabeza de Otila desde que supo que estaba embarazada, y por más que le había dado vueltas no había encontrado una respuesta que le satisficiera lo suficiente—. Enrolarme en el barco no es una opción —se apresuró a decir.

—Veo que lo tienes claro —comentó Tobyas sin ningún tipo de acritud.

—No soporto el mar y no me imagino viviendo en un barco durante el resto de mi vida. Además, un niño necesita carne.

—El pescado es…

—No, carne de verdad. Seguro que si se alimenta de pescado nos sale raquítico.

Entonces Tobyas sonrió.

—¿A qué viene esa sonrisa?

—A que me gusta que me incluyas en tus planes.

—¿Cómo no iba a hacerlo? —Otila seguía acariciando la cara de Tobyas mientras hablaba.

—Tú por un momento pensaste que yo huiría, y yo por un momento pensé que me echarías de tu vida para criar a ese niño junto a tu marido.

—Habría sido una decisión mucho más lógica, ¿no crees?

Tobyas asintió.

—Pero seguro que comprendería que algo raro pasaba cuando se diera cuenta de que ese niño tan guapo no podía ser hijo suyo.

Otila soltó una carcajada tan cristalina que sonó como un riachuelo bajando libre por la montaña.

—Llevo días dándole vueltas a cómo salir adelante. Está claro que no podemos quedarnos en Vésticum.

Aunque Tobyas alzó las cejas asombrado, tan solo tardó un par de segundos en darse cuenta de que aquella era la única opción plausible. No podía vivir en la misma ciudad que el hombre que, seguro, querría arrancarle la cabeza de cuajo cuando se enterarse de que le había arrebatado a su mujer.

—Veo que la opción del barco ni siquiera es una opción, ¿me equivoco?

—Lo que te he dicho antes iba totalmente en serio. No, el barco no es una opción.

Tobyas asintió a la vez que digería esas palabras. No fue capaz de llevarle la contraria. Tal vez porque le bastó solo un segundo para comprender que un niño no podía criarse en mitad del mar y esperar ansioso a pisar tierra cada muchos meses, o quizás porque él mismo se dio cuenta de que esa tampoco era vida para un adulto.

Estando allí, al lado de Otila, sobre un suelo firme que no se balanceaba ni amenazaba con tragarlos, pensó en lo cobarde que había sido cada vez que se le pasaba por la cabeza la idea de abandonar el barco. Tampoco él tenía toda la culpa: le costaba mucho hacerse a la idea de vivir en un lugar donde podría tener a Otila a un palmo cada día y aun así no llegar a tenerla nunca. Por no hablar de…

—No creo que a la Nueva Gobernacía le haga mucha gracia que abandone mi puesto de trabajo —murmuró.

—Podrías pedir un cambio, ¿no?

—Siento decirte que es tu entusiasmo el que habla por ti.

—¿Qué? ¿A qué viene eso? —Otila se incorporó un poco, lo justo para poder mirar a Tobyas a los ojos.

—Sabes tan bien como yo que lo que dicta la Nueva Gobernacía es inamovible. En estos cinco años no he conocido a nadie que haya sido capaz de cambiar el rol que le asignaron cuando juró lealtad al nuevo régimen. Y supongo que será por algo.

—Pero eso es imposible. ¿Cómo no iban a permitir algo así? No estamos hablando de que quieras salirte de sistema ni de que les estés declarando la guerra o algo parecido.

—Sigo pensando que es tu entusiasmo el que te lleva a ser tan optimista. Y está bien —se apresuró a decir cuando vio que Otila bajaba levemente la mirada—, me encanta que seas capaz de centrarte en las cosas buenas de la vida, sobre todo porque, si te soy sincero, no conocía esa faceta tuya, pero si hacemos esto tenemos que pensar con frialdad y ser lo más realistas posible.

—¿Y eso qué significa?

Tobyas se dio cuenta de que la mujer había empezado a acariciarse la barriga con delicadeza.

—Que tenemos que barajar cada una de las posibilidades y actuar con toda la precaución del mundo.

—¿Qué propones?

—Está claro que el barco no es una opción…

—No, no lo es —confirmó Otila de nuevo, por si acaso.

—Eso supone que voy a tener que abandonar mi puesto de trabajo y que voy a pasar a ser alguien no deseado para la Nueva Gobernacía. No sé cómo proceden en estos casos, pero, visto lo visto, no creo que tengan ningún problema en hacerme desaparecer del mapa.

—Entonces, no tenemos más remedio que huir de aquí —no hubo ni un rastro de duda en aquella afirmación.

—Eso me temo. Vésticum está repleta de soldados y es donde más gente vive. Tendremos que buscar un lugar de Vestalia un poco más solitario donde no llamar tanto la atención.

—¿Se te ocurre algún sitio?

—No lo sé. Tal vez podríamos volver a Mélido, mi ciudad natal. Es un lugar bastante tranquilo si lo comparamos con Vésticum y tal vez allí haya alguien que nos acoja. Lo que no sé es de qué viviremos. No creo que puedas abrir una taberna así como así, no sin los favores de la Nueva Gobernacía, y, si te soy sincero, yo no sirvo para nada que nos pueda dar de comer.

—A mí se me ocurre una idea. —Si Otila había estado mirando a los ojos de Tobyas durante toda la conversación, en ese momento pareció no ser capaz de hacerlo.

—Cuéntamelo.

—Es que…

—No, si vamos a hacer esto, vamos a hacerlo juntos. Cueste lo que cueste.

—No quiero que me juzgues.

—Eh, eh. —Le cogió por el mentón para obligarla a mirarlo directamente, como antes—. Jamás lo haría, ya lo sabes. Me has contado que perteneces a los Herederos de la Verdad y a mí no se me ha ocurrido… Oh. Se trata de eso.

—Hay auditorios por toda Vestalia, podemos dedicarnos a esto. Podemos vender verdades, los dos. Tú no podrás usar los auditorios porque te quitarán la insignia en el momento en que digas que no quieres continuar en la Flota y sería muy peligroso que yo me expusiera de esa manera. Te garantizo que…

El gesto que puso Tobyas hizo que Otila se callara de inmediato.

—Dijiste que no me ibas a juzgar.

—Y no lo hago, te lo prometo. Es solo que no sé si esa es la mejor vida para un niño.

—¿Y qué propones? ¿Que nos muramos de hambre los tres? ¿Que tengamos que robar? ¿Que no tengamos ni un triste abrigo que nos tape en invierno?

Otila se levantó de golpe, y Tobyas, sin poder evitarlo, dirigió la vista hacia su incipiente tripa que hasta ese momento le había pasado inadvertida.

—Creo que tendremos unas cuantas semanas para decidir qué hacemos antes de que la gente comprenda qué ocurre —dijo entonces, y sonrió un poco al ver que Otila se relajaba de inmediato con el comentario—. No entiendo mucho sobre esto y no sé cuánto tiempo tenemos, pero creo que podemos ocultarlo un poco más, lo justo para pensar con calma qué hacer. También podemos ir recopilando víveres, necesitaremos ropa para el bebé, y…

Otila volvió a su lado y le cogió por la cara.

—¿Te he dicho alguna vez lo mucho que te quiero? —le preguntó.

El corazón de Tobyas —como si fuera posible— comenzó a latir más deprisa. No, no se lo había dicho nunca, ni con esas palabras ni con otras. Sí con actos, aunque quedaban un poco empañados por el hecho de que sus encuentros tuvieran que ser siempre a escondidas y eso le hiciera dudar de si lo que existía entre ellos era amor o se trataba de algo completamente distinto.

—¿Es eso lo que sientes por mí?

—Sí, Tobyas, te quiero muchísimo, desde el primer instante. Y creo que he tardado demasiado en darme cuenta de lo importante que era decirlo en voz alta.

El chico rememoró el día que se conocieron. Hacía apenas un par de horas que el barco había atracado en la ciudad. Tobyas llevaba poco tiempo a bordo del Fuego Sagrado y había enfermado en el último viaje. Cuando pisó tierra, estaba tan débil que no pudo evitar caer al suelo. Y allí estaba Otila, que paseaba por el puerto en busca de algún pescador que le trajera algo diferente para su taberna. Ella corrió hacia él, y él nada más vio una sombra. Una sombra preciosa de pelo azabache y rizado, pero una sombra. Otila lo ayudó a levantarse y, sin pensárselo dos veces, lo llevó a su local. Allí, con ayuda de uno de los camareros que se había acercado para limpiar el desastre de la noche anterior, lo subió a una de las habitaciones y lo dejó descansar. Iba a verlo cada media hora para cerciorarse de que estaba bien, y cada vez que subía aquellas escaleras, lo hacía para ofrecerle algo diferente: un vaso de agua, un poco de sopa, pan con queso, un reconstituyente… Hicieron falta más de diez intentos para que Tobyas fuera capaz de comer algo: un poco de membrillo, lo suficientemente dulce como para darle la energía necesaria para dejar de ver a Otila como una sombra. Se enamoró sin remedio de aquellos ojos negros que lo miraban con preocupación casi al mismo tiempo que ella se daba cuenta de que subirlo a esa habitación podía ser la mejor decisión que había tomado en su vida; o la peor.

—Bendito membrillo —murmuró Tobyas.

—¿Entonces…? —la pregunta de Otila quedó en el aire, aunque el chico sabía perfectamente a qué se estaba refiriendo.

—Haré lo que haga falta con tal de estar a tu lado y al de este bebé.

Otila seguía acariciándose la barriga, aunque aquel gesto de preocupación que reflejaba su rostro indicaba que lo hacía más por calmarse a sí misma que por otra cosa.

—¿Te unirás…? —las palabras se resistían a salir de entre sus labios.

—Sí, me uniré a los Herederos de la Verdad, sin dudarlo.

CAPÍTULO 32

Eneas Lockwood
Vésticum, al sureste de Vestalia

Tenía clarísimo que lo peor de estar en las cloacas iba a ser el olor nauseabundo que haría que se le revolvieran las tripas, pero con lo que no contaba era con que las ratas que tenía que capturar tuvieran el tamaño de un gato. Las ratas de Selán eran ratas de campo, pequeñas, como mucho de un palmo, pero aquellas… aquellas eran tan desagradables, gigantes y asquerosas que Eneas se preguntó cómo diablos pretendían que cazara aunque fuera solo una.

Las órdenes del superior competían en su cabeza con la idea de que sus padres aparecían en los libros de Caronte. Idea que no se marchaba, que no le dejaba pensar con claridad.

Una rata tan grande como la gata de sus tíos pasó por su lado, tan cerca que tuvo que pegar un salto a la izquierda para que no le rozara. Le recorrió un escalofrío de los pies a la cabeza y no pudo evitar componer una mueca de asco. ¿Cómo era posible que existieran unos animales así? ¿Cómo era posible que los humanos no hubieran acabado ya con ellos?

Las órdenes eran claras: tenía que cazar ratas, cuantas más, mejor, y para ello solo disponía de un par de cubos de madera y una red. No tenía ni idea de cómo lo iba a hacer, pero la cara del oficial y la seriedad de sus palabras le dijeron que aquello no iba en broma. No sabía cuáles serían las consecuencias de no cumplir con la orden, pero sentía que la Nueva Gobernacía no se andaba con tonterías y que tal vez el castigo fuera quitarle la insignia; y si una cosa le había quedado clara desde que había pisado la tierra de ese nuevo mundo era que sin insignia no era absolutamente nadie.

El sonido de agua cayendo lo distrajo. Se agachó al comprender que el ruido provenía de encima de su cabeza, pero enseguida se dio cuenta de que el agua estaba viajando por unas tuberías de cobre bastante oxidadas y que caía unos pies más allá de donde él se encontraba. Una arcada le sobrevino cuando entendió que no era agua precisamente. Entonces, como si hubiera sido una señal de reclamo, varias ratas acudieron corriendo para ver qué clase de festín les esperaba.

«Esto no me puede estar pasando», pensó Eneas mientras hacía de tripas corazón y se acercaba a ellas con cuidado.

Entonces unos golpes lo distrajeron, aunque lo más correcto habría sido decir que unos golpes, que llevaba unos minutos escuchando, se convirtieron en lo más importante del mundo, algo que no podía eludir y que requería su atención más que aquellas ratas asquerosas.

Se dio la vuelta y comprobó de dónde venían: de uno de los pasillos que salían de las cloacas y que daban a las escaleras por las que había bajado hacía un rato. Volvió a mirar a las ratas y, sabiendo que se estaba metiendo en un lío tremendo, pero siendo consciente de que no iba a ser capaz de acercarse a aquellos bichos por voluntad propia, decidió que aquellos golpes merecían mucho más su atención. «¿Y si hay alguien en peligro?».

Se cercioró de que no había nadie siguiéndolo —en particular, aquel soldado que no dudaría ni un segundo en reprenderle— y buscó el origen del sonido.

Deambuló por los pasillos, que no eran mucho más agradables que las cloacas. El suelo estaba sucio y repleto de lo que parecían ser excrementos movidos por los roedores. Las tuberías que iban por el techo y que goteaban sin cesar tampoco hacían que aquel lugar fuera el más acogedor de Vestalia. Aun así, se centró en el sonido, en los golpes, hasta que al final llegó a una puerta. Sin duda, venían de detrás de ella.

Se quedó en silencio, esperando escuchar algo más que aquel golpe metálico que ya empezaba a taladrarle la cabeza, pero detrás de aquella puerta no se intuía nada más. Ni una voz, ni una respiración. Estuvo tentado de preguntar en voz alta si quien fuera que estuviera al otro lado necesitaba ayuda, pero no se atrevió.

Tampoco pudo recrearse demasiado en esa cobardía repentina, pues unos pasos anunciaron que alguien se acercaba. Eneas salió corriendo de allí, en dirección opuesta a los pasos, y se escondió detrás de una esquina. Cuando reunió el valor suficiente, asomó la cabeza lo justo para darse cuenta de que las pisadas provenían de un soldado que se dirigía a la puerta de la que salían los golpes. Aquello le llamó tanto la atención que, si el tema de las ratas seguía teniendo algo de espacio dentro de su cabeza, se había esfumado.

¿La Nueva Gobernacía tenía prisioneros? ¿Dentro del castillo de Brítacor? ¿Quién…?

Entonces las piezas comenzaron a encajar en su cabeza.

Se acordó de la verdad que había contado, de cómo los altavoces habían anunciado que Carey Regminton estaba viva y en Vésticum. Y, sobre todo, comprendió que, en esos momentos, no había persona más importante en toda Vestalia que ella. «Por supuesto que te han capturado…», pensó, y aquello hizo que un sentimiento agridulce se instalara en su estómago.

Si alguien se merecía estar encerrada era Carey. Era una asesina, la persona que le había arrebatado lo que más quería en la vida. Sin embargo… Sin embargo, la culpabilidad que sintió de repente al comprender que estaba encerrada por su culpa pesaba tanto como una losa. Él no era un asesino, él no era como el resto de personas que se creían con derecho a decidir sobre la vida de los demás.

«Igual que no eras un mentiroso y acabaste en las filas de Caronte».

Ojalá pudiera apagar su cerebro, dejar de pensar para siempre. No estaba acostumbrado a convivir con esa indecisión, con ese tira y afloja que le impedía reflexionar con claridad. Hacía tan solo unas horas había decidido exponer a Carey y ahora se arrepentía de una manera que llegaba a doler. Pensó que también tendría que ver con el hecho de haber encontrado los cuadernos de Caronte y de que estaba convencido de que Carey le había mentido cinco años atrás cuando le dijo que ella no tenía ni idea de la relación que existía entre él y sus padres.

Se volvió a decir que Carey había sido la mayor mentirosa de Vestalia, que no había sentido jamás ningún tipo de pudor a la hora de entrar en un auditorio y echar por tierra la vida de cualquier persona con tal de conseguir lo que ella quería. ¿Por qué no iba a mentirle a él? Se recordó que era fría como el hielo y que los remordimientos eran algo inexistente para ella. Así que sí, tuvo que mentirle, estaba seguro. Y por eso se quedó mirando, para ver qué hacía el soldado.

—Antes de que me sugieras que me meta esto por donde me quepa —dijo el hombre a la vez que entraba en la celda—, quiero que sepas que no soy yo el que insiste en que comas. Es una orden de arriba; por mí como si te quieres desangrar utilizando tus propios dientes o morir de inanición.

—Gracias por tus dulces palabras, Ulter —contestó una voz desde dentro—. Podrías mentir y decir que te preocupas un poco por mi estado. Al fin y al cabo, soy tu prisionera.

El mundo de Eneas, ese que había construido pieza por pieza durante los cinco años en los que había conseguido mantenerse cuerdo a duras penas, se desplomó de repente al escuchar la voz de Carey.

Todos los sentimientos, esos que había tratado de esconder como quien barre el polvo debajo de una alfombra, afloraron de repente. Se acordó de la primera vez que rozó sus manos, de la calidez dentro de esos ojos de hielo, de la forma en la que su estómago dio un vuelco cuando sus labios se encontraron por fin después de mucho buscarse.

No podía ser.

Era imposible que aquellos sentimientos, a pesar de todo el tiempo transcurrido, siguieran tan intactos como el primer día. De repente, unas ganas tremendas de verla cara a cara afloraron en contra de su voluntad. Tanto que tuvo que repetirse varias veces que la persona que estaba allí encerrada en esa celda no era el amor de su vida, sino la asesina de sus padres.

Y la única que podía dar respuesta a todas sus preguntas.

Por eso quizás se centró en examinar bien al soldado, en fijarse qué ropa llevaba y qué lo distinguía de los demás. Tal vez por ese motivo no temió sacar más la cabeza para comprobar que el hombre cerraba la puerta de la celda con una llave que después se guardó en el bolsillo derecho del pantalón. Y, seguramente, solo movido por la esperanza de comprender qué había pasado con sus padres —«y solo por eso», se repitió las veces necesarias para llegar a creérselo—, siguió al soldado con todo el sigilo posible cuando este enfiló el pasillo y subió las escaleras que daban a la planta principal del castillo.

CAPÍTULO 33

Hamica Clayton
Vésticum, al sureste de Vestalia

No podía parar de pensar en ella. En sus ojos, en sus manos rozando las suyas. En la forma en la que sonreía mientras la escuchaba abrirse en cuerpo y alma ante alguien que había sido una desconocida y que ahora era un lugar seguro en el que poder soltar todos los amarres que la anclaban al suelo. En la manera en la que había hecho que Carey pasara a un segundo plano; y en la culpabilidad que había sentido por ello.

Hamica se despidió de Camille con todo el pesar del mundo, pero sabía que no podía quedarse en el barco más tiempo. Le hizo una promesa silenciosa, fruto de ser consciente de que nadie había conseguido que su corazón se acelerara como ella lo había hecho, y esperó con toda su alma que Camille comprendiera que aquella mirada significaba que iba a volver, que iba a hacer todo lo posible por que sus manos se rozaran de nuevo.

Aquella noche no durmió; cómo hacerlo con tantos sentimientos peleándose dentro de ella. Así que, cuando comprendió que se hallaba enzarzada en una batalla que no podía ganar, decidió dedicarse un rato a sí misma.

Fue hasta la cocina y puso agua a calentar, para después echarla en la palangana que descasaba en la trastienda que hacía las veces de habitación. Cogió un poco de jabón y se lavó con calma el pelo, que ya le llegaba hasta la cintura. Después, con unas tijeras que encontró en uno de los cajones del mostrador, se lo cortó hasta que sintió que volvía a estar sano. No recordaba cuánto tiempo hacía desde la última vez. Si en alguna ocasión había cogido las tijeras, había sido porque la larga melena comenzaba a agobiarla, no por cuestiones estéticas.

Ahora... Ahora era distinto.

No tuvo ningún pudor en tomar un aceite esencial que descansaba en una de las vitrinas para echárselo después en el pelo, que enseguida comenzó a desprender un olor a magnolias tan delicioso que pareció llevarse con él todos los malos pensamientos. Se miró en el espejo, y la imagen que le devolvió le gustó un poco más que la que había visto el día anterior. Seguía teniendo unas ojeras marcadas y demasiado profundas, y sus pómulos resaltaban un poco más de lo normal ahora que había perdido algo de peso debido a la ansiedad y a la preocupación que sentía. Sin embargo, había algo que destacaba sobre todo lo demás, un brillo que antes no existía, que, de hecho, jamás había existido, y eso hizo que sonriera un poco.

Aquella noche, después de pensarlo muchísimo, tomó una decisión. Iba a encontrar a Carey y, cuando se asegurara de que estaba bien, le diría que iba a someterse a un juicio público. Iba a jurar lealtad a la Nueva Gobernacía.

Sabía de sobra que había vivido cinco años huyendo de ella, que había hecho todo lo posible por escabullirse y no ser hallada por el régimen que había terminado con la vida de su padre. Pero, si era justa consigo misma, ella no tenía la culpa de aquella situación. Ella no tenía la culpa de ser hija de quien era, de haber nacido en el seno de un Liceo que estaba floreciendo. De hecho, si lo pensaba bien, ella había estado en contra del sistema de las mentiras durante toda su vida, y había tratado de derrocarlo. No debía nada a nadie excepto a sí misma. Se debía ser feliz. Y lo iba a hacer.

Por eso juraría lealtad a la Nueva Gobernacía y elaboraría una nueva vida que girara alrededor de lo que había empezado a sentir por Camille. Jamás había experimentado un sentimiento tan poderoso, ni siquiera cuando quiso derrocar al antiguo régimen. Más que poderoso, nunca había sentido nada tan bonito, y se dijo que para una vez que lo bueno ganaba la batalla a lo malo, no podía desviar la vista hacia otro lado.

No le importaba tener que esperar a Camille en tierra, estar a su lado solo cuando atracase en Vésticum. Le daba igual vivir mirando por la ventana a la espera de que regresara. Los pocos ratos que había pasado con ella le habían demostrado que podía ser feliz con muy poco. Podía conformarse con eso. Y lo perseguiría costara lo que costase.

Cuando salió de la trastienda, después de terminar de acicalarse, maquillarse y ponerse un vestido que se había dedicado a remendar esa misma noche, Gaia estaba disponiendo el desayuno en la mesa.

—Oh, Hamica —le dijo mientras le servía unos trozos de pan con mantequilla a Matilda, que luchaba a brazo partido para no lanzarse hacia las tostadas antes de tiempo. La mujer no le quitaba los ojos de encima a su hija ni un segundo, como si quisiera cerciorarse de que estaba bien—, necesito que vayas a por leche, nos hemos quedado sin nada.

La chica asintió. Tenía tanta hambre como ganas de quedarse un segundo más al lado de Gaia, es decir: ninguna. No le gustó en absoluto el comentario que hizo el día anterior y no le apetecía tener que compartir un desayuno con ella, así que aquella petición pareció venida del cielo.

—Toma, intercambia la leche por este frasco de esencia de buganvilla. Sé que al lechero le encanta, así que no aceptes menos de tres botellas. Es un precio más que razonable.

A Hamica le importaba bien poco que el trato fuera justo o no, en su cabeza no había lugar para pensar en nada que no fuera el plan de futuro que se había instalado en su mente y que no había manera de sacar.

Por eso cogió el frasco de esencia y salió a la calle en busca de la lechería. Le sonaba que estaba en una vía un tanto alejada de la perfumería de Gaia, y eso la alegró, porque suponía que iba a tardar más tiempo en volver a la tienda. Deambuló por las avenidas de Vésticum. Hacía un día bonito y ventoso que le hizo pensar que el vestido que llevaba necesitaba un poco más de peso en la parte inferior de la falda para que no se le levantara tanto. En Bábilos esa tela era perfecta porque era delicada, suave y ligera, pero allí, en Vésticum, necesitaba algo que no saliera volando a la mínima y dejara ver su ropa interior. Sí, si iba a quedarse en aquella ciudad, necesitaría algo más adecuado y acorde con el clima.

Le sorprendió la rapidez con la que su cabeza se había hecho a la idea de que ese era el lugar en el que iba a vivir para siempre. Era lo más lógico: el Fuego Sagrado atracaba en la capital después de cada expedición, así que era la opción más viable si quería ver a Camille.

Ese pensamiento hizo que el estómago le diera un vuelco. ¿En qué trabajaría? ¿Qué le depararía la Nueva Gobernacía? Ojalá le permitieran ser cocinera, o tal vez costurera. Ambas cosas le gustaban por igual, y eran trabajos tranquilos y amables que le permitirían que la espera hasta que Camille volviera de una de sus misiones se hiciera más corta.

Por un momento se dijo que tenía que dejar de soñar, que tenía que dejar de pensar en un futuro hipotético que, siendo realistas, muy difícilmente iba a convertirse en realidad; pero era tan bonito, tan reconfortante e idílico pensar en esa vida, que se permitió soñar un poquito más con ella. Ni siquiera el recuerdo de Carey y la preocupación que seguía sintiendo por ella le impidieron vivir esa fantasía que se abría paso dentro de su cabeza. Que la voluntad de Camille también entrara en juego y que no había contado con ella tampoco fue algo a lo que le debía dar importancia en esos momentos.

Vio el auditorio a lo lejos. Era imposible no fijarse en él. A pesar de que ahora las cristaleras estaban sucias y rotas, el edificio seguía luciendo esa magnificencia de la que hacía gala años atrás. No pudo evitar componer una mueca de disgusto al ver cómo varias personas entraban y salían del auditorio. Aquella gente estaba vendiendo secretos, jugando con la vida de los demás, exponiendo verdades guardadas bajo llave, quebrantando una confianza que ya no volvería a existir. «¿Y todo para qué?». De repente, la emoción que había sentido Hamica al imaginar esa vida alternativa junto a Camille se esfumó de golpe. La empujó la rabia inconmensurable que sentía cada vez que pensaba que había personas dispuestas a jugar con la vida de los demás con tal de poner sus deseos por delante. Porque sabía de sobra que aquella gente no estaba anteponiendo sus necesidades a las de otros, no se estaban priorizando; estaban siendo egoístas, pues seguramente las cosas que pedirían a cambio no servirían más que para incrementar sus egos y satisfacer unos deseos vacíos que nada tenían que ver con la importancia de mantener la fidelidad a alguien.

Esa furia comenzó a crecer y a crecer, y se acordó de cuando acudió junto a Carl a aquel auditorio. Aquella misión tenía como objetivo matar a todos los que estuvieran mintiendo, aunque ella no tenía ni idea de que ese era el objetivo. Sin embargo, esa furia le resultó tan familiar que llegó a asustarse. Sabía cómo había terminado aquella misión: con Gruta, su mejor amiga, muerta y abandonada en mitad de la calle.

Podría haber seguido regodeándose en esos sentimientos, que cada vez eran más agotadores, cuando vio a Camille a lo lejos.

Sonrió al darse cuenta de lo volubles que eran los pensamientos, lo manejables que eran en realidad. Tan solo le había bastado contemplar aquel vestido azul cielo para que su estado de ánimo volviera al de antes de centrar su atención en la gente que entraba y salía del auditorio. Sin dudarlo, se encaminó hacia ella: quería, de alguna forma, contarle el plan que deseaba llevar a cabo. Aunque en el fondo le parecía una locura, necesitaba saber si estaba construyendo castillos en el aire o si de verdad ese presentimiento que tenía de que Camille sentía lo mismo que ella era tan certero como el suelo que pisaba.

No había dado ni un par de pasos cuando vio que una mujer se acercaba a Camille. Era bastante anciana, de aspecto demacrado. Tenía las mejillas hundidas y surcadas por tantas arrugas que era imposible imaginar que algún día aquella piel lució tersa y sana. Sus ropas estaban harapientas y sucias, llenas de jirones. Incluso las botas, se fijó Hamica, estaban cubiertas por una capa de barro seco que, seguro, tapaban los agujeros del cuero.

Al principio pensó que sería una mujer en busca de caridad, pero la forma que tenía de mirar hacia atrás para cerciorarse de que nadie le estaba prestando atención hizo que Hamica dudara. Se quedó en el puesto de hortalizas en el que estaba y, para disimular, empezó a toquetear unas coles y unas lechugas, como si estuviera muy interesada en adivinar cuáles de ellas estaban más frescas.

¿Qué hacía esa mujer hablando con Camille? ¿Y por qué no paraba de mirar a su alrededor mientras tanto?

Entonces comprobó cómo la mujer le tendía algo, un paquete pequeño que desde esa distancia no podía vislumbrar con claridad.

Hamica empezó a ponerse nerviosa. No quería pensar en ello, se negaba a creer que la única luz que había visto en tantos años se pudiera eclipsar tan rápido.

Si tenía alguna duda de lo que estaba ocurriendo, se disipó en cuanto vio cómo Camille se marchaba de allí mientras la mujer harapienta ponía rumbo al auditorio.

—No… —susurró Hamica en una petición muda por que no lo hiciera.

Sin embargo, la mujer lo hizo.

Cruzó las puertas, que permanecían abiertas con la intención de que la gente se animara todavía más a entrar, y ahí la perdió de vista.

Hamica estaba paralizada. Ni siquiera los refunfuños del tendero, que ya empezaba a hartarse de que la muchacha toqueteara toda la verdura y no se decidiera a comprar nada, consiguieron hacerla reaccionar.

Tendría que haberse dirigido al auditorio, haber sacado a aquella mujer a la fuerza y tratado de hacerla entrar en razón. Decirle que no debía comprar secretos, que no merecía la pena nada de lo que quisiera obtener, que aquello estaba mal, que…

No pudo seguir pensando.

Los altavoces emitieron su particular canción que anunciaba una verdad.

—*Verdad número ciento dos mil cuatrocientos treinta de Vésticum. Hamica Clayton es la hija de Caronte Regminton y está ahora mismo en Vésticum. Repetimos. Verdad número ciento dos mil…*

Después, el mundo de Hamica se derrumbó de nuevo.

CAPÍTULO 34

Carey Regminton
Vésticum, sureste de Vestalia

Aquella gotera iba a conseguir sacarla de quicio. Al principio no era más que un sonido de fondo, un arrullo casi imperceptible que formaba parte de aquel escenario tan nuevo como inhóspito. Con el paso de las horas, comenzó a martillearle por dentro, como si la gotera estuviera en su interior y no en un rincón de la celda. Tan solo las cortas visitas de Ulter conseguían que pudiera olvidarla, aunque fuera durante unos segundos, así que, a pesar de que el hombre no era nada agradable y de que le dedicaba palabras horribles, Carey esperaba su visita como si se tratara de una jarra de agua fresca después de vagar un día por el desierto.

No se había quedado de brazos cruzados. A tientas debido a la oscuridad, había buscado la gotera para tratar de taparla. Estaba dispuesta a arrancarse la ropa y usarla para taponar la fuga, lo que hiciera falta. Sin embargo, por más que palpó toda la superficie —húmeda y ligeramente pringosa—, no la encontró. Lo volvió a intentar, y otra vez más, tratando de olvidar la idea de que alguna rata de esas que escuchaba al otro lado de la puerta hubiera encontrado la manera de entrar y morderle la mano y centrándose en su objetivo: terminar con aquella tortura que iba a conseguir volverla loca.

No lo consiguió.

Ni la primera vez, ni la segunda, ni la séptima. Se dijo que no se estaba rindiendo, que, simplemente, esa gotera no existía y que era fruto de su imaginación, así que no había gotera que tapar. Sin embargo, aunque engañó a su mente lo suficiente para no castigarse por no ser capaz de dar con aquella gota endemoniada, no consiguió dejar de oírla.

Un golpe detrás de la puerta la arrancó de sus pensamientos.

—Ulter, ya te he dicho que no me voy a comer esa asquerosidad, por mucho que te empeñes —increpó con hastío—. No hace falta que vuelvas y vuelvas y…

Pero los sonidos no le resultaban familiares. Sí, era alguien tratando de abrir la puerta, pero desde dentro daba la impresión de que no conseguía acertar con la llave, como si estuviera probando cuál era la correcta.

—¿Hola? —preguntó mientras se acercaba y pegaba el oído a la madera.

El traqueteo continuaba, y el ruido metálico de unas llaves chocando entre sí, también.

En ese momento Carey se asustó. Ulter la quería con vida para entregarla a la Nueva Gobernacía, pero eran muchas las personas que darían todo lo que tenían para acabar con sus propias manos con la hija de Caronte Regminton. Carey había perdido la cuenta de las mentiras que había contado, de las vidas que había truncado por su trabajo, por los deseos de su padre, y ahora…, ahora ella estaba encerrada en una celda y todo Vésticum debía de saberlo.

Se refugió en una esquina y maldijo entre dientes porque no tenía nada con lo que defenderse, así que no le quedaba otra opción que ser rápida como una serpiente y huir en cuanto la puerta se abriera.

Ese momento llegó dos segundos después, y Carey, impulsándose con todas sus fuerzas, se abalanzó sobre la persona que, después de tantos intentos que era imposible llevar la cuenta, había conseguido abrir.

No fue el grito de aquel chico lo que hizo que se parara de golpe, ni siquiera los ojos que ahora podía ver gracias a la luz que había fuera de la celda. Fue su olor. Un olor inconfundible a madera y romero. Un olor que hizo que se estremeciera y que un millón de recuerdos le vinieran de golpe. Tantos que fue inevitable no marearse.

Estaba tan abrumada como paralizada. De entre todas las personas que esperaba ver en ese momento, la que menos se imaginaba era…

—Eneas —susurró.

Era imposible, no podía ser. Habían pasado demasiados años, y la forma en la que habían terminado todavía pesaba en su interior. No le hizo falta mirarlo demasiado para darse cuenta de que no la había perdonado y, si era justa consigo misma, era muy probable que jamás lo llegara a hacer. Aun así se alegró de verlo. No había pasado ni un solo minuto en aquellos años en el que no pensara en él, en el que no se preguntara dónde se encontraría, si estaría vivo y a salvo o si el Liceo se habría convertido en su tumba de escombros y obras de arte.

—Eneas… —volvió a decir su nombre, esa vez se sintió más como una súplica.

—Vámonos. Date prisa.

Las palabras sonaron tan duras como lo era su gesto. No había en él un atisbo de alegría por haberla encontrado, no había un rastro de amabilidad, de tranquilidad por saber que estaba viva. Solo había rencor y odio. Sus ojos lo dejaban claro.

—¿Dónde? No podemos salir de aquí.

Sabía de sobra que aquel comentario había descolocado un poco a Eneas, que era consciente de que esa no era una respuesta propia de la Carey que había conocido tiempo atrás. Pero no pudo comprobar si esa teoría era cierta porque él se limitó a mirarla con gesto pétreo y a repetirle que tenían que irse.

—¿Qué hay de los guardias? —preguntó entonces la chica.

—Eso no importa, nos quedamos sin tiempo.

A Carey no le pasó desapercibido el hecho de que la mano de Eneas tembló un poco cuando se metió en el bolsillo un manojo de llaves tan grandes que a duras penas le cabía. El tintineo que hicieron provocó que recordara la maldita gotera, y se alegró al darse cuenta de que nunca más la iba a escuchar. Porque no, haría todo lo posible para no ser capturada de nuevo, costara lo que costase.

Eneas, a pesar de moverse por los pasillos como si se los conociera de memoria, no paraba de mirar hacia atrás para comprobar que nadie los seguía. Carey pudo explicarse por qué su celda olía tan mal: estaba ubicada muy cerca de las cloacas y del sistema de drenaje del castillo. Entonces se dio cuenta de dónde estaba: en el interior del Liceo. En la que fue su casa. En la que fue casi su tumba. Se conocía esos pasillos como la palma de la mano y se enfadó consigo misma por no haberse dado cuenta antes de que aquella celda pertenecía al que había sido su antiguo hogar.

—¿He estado en el Liceo todo el tiempo? —preguntó, más para sí que para Eneas.

Y supuso que el chico así lo había interpretado, porque no hizo el menor amago de contestar. Seguía mirando de un lado a otro, cerciorándose de que nadie los veía.

Aquello era demasiado para Carey. Su mente iba tan deprisa que, en realidad, no la dejaba pensar en nada en concreto. Las escenas vividas en el castillo de Brítacor comenzaron a inundarla, a llenarla de recuerdos que a esas alturas ya no significaban nada. Y entonces, como si una luz se hubiera centrado sobre uno de ellos, cayó en la cuenta de que había pasado por alto algo importantísimo:

—Dime que Hamica está bien —suplicó—, por favor, Eneas, dime que está bien.

Entonces el chico, por primera vez desde que había abierto aquel portón de madera, pareció reparar en la presencia de Carey. Esta no supo si se debía a que estaba demasiado concentrado buscando una salida o a que, en realidad, era tal la voluntad de ignorarla que al final había conseguido que se volviera invisible ante sus ojos.

—Eneas, te lo suplico. Dime que está bien, que no la han capturado a ella también.

Él se volvió y le clavó unos ojos del color de la hiedra, esos que en su día fueron refugio y que ahora solo albergaban desprecio e inquina.

—Veo que has aprendido a preocuparte por alguien que no seas tú misma. Enhorabuena.

Sus palabras fueron tan directas que hicieron que Carey dejara de respirar. No se atrevió a decirle que, en realidad, tenía razón. Que la Carey de antes difícilmente se preocupaba por alguien que no fuera ella, pero que había aprendido a hacerlo. Que ahora tenía una hermana a la que quería con locura y que no se perdonaría jamás si algo malo le sucedía. Quería decirle a Eneas que la Carey que había conocido no era la que ahora tenía delante, que había aprendido a valorar lo que la rodeaba y a comprender que la vida de los demás valía igual que la suya. O más.

Sin embargo, no halló el modo de hacerlo. Tal vez fuera debido al miedo que sentía al imaginarse que a Hamica le hubiera podido pasar algo malo, tal vez fuera porque mirar a Eneas era como darse de bruces contra un muro o tal vez porque no había forma de pedir perdón por haber matado a los padres de la persona a la que más había llegado a querer.

—Por aquí.

La orden de Eneas le ayudó a no pensar y a centrarse en el camino que tenían por delante. Habían alcanzado una de las salidas de las cloacas que daba a la fosa que rodeaba el edificio. Aunque aquello más bien parecía un vertedero, tiempo atrás era uno de los lugares más bonitos y especiales del castillo de Brítacor. Caronte había recorrido toda Vestalia hasta que dio con una familia de cisnes y otra de ocas que enseguida comprendieron que esas aguas iban a ser su nuevo hogar. También podían verse pavos reales, que de vez en cuando se acercaban a la orilla a mojar sus plumas cuando las ocas no estaban por allí. Carey recordó con nostalgia las tardes de otoño viendo cómo las aves marcaban su territorio, cómo luchaban por adueñarse del espacio y cómo aquello le hacía pensar que no había mejor reflejo de la vida: o comías o te comían.

Ahora, viendo a Eneas avanzar sigiloso, no lo tenía tan claro.

El chico parecía no reparar en Carey. Era como si su objetivo fuera mucho más allá. Se preguntó cómo era posible que supiera que ella estaba encerrada y, sobre todo, por qué había decidido rescatarla. Aunque se alegraba muchísimo de que lo hubiera hecho, lo cierto era que sabía que no se lo merecía en absoluto.

Después de unos minutos de silencio, solo interrumpido por los pasos de Eneas que marcaban el camino a seguir, Carey no aguantó más:

—Para, por favor.

Estaban en mitad de los jardines de Papillón, esos que en su día fueron testigos del amor instantáneo que había nacido ente ellos dos y, sin embargo, a pesar de que los árboles en su gran mayoría seguían siendo los mismos, la situación no podía ser más distinta. Quería hablar y no podía, quería cogerle de la mano y no se atrevía, quería…

—Eneas —pronunció su nombre con un esfuerzo sobrehumano, el mismo que pareció hacer él para no darse la vuelta y contestar—. Eneas —repitió, esa vez en una suerte de ruego.

No lo pudo evitar: una lágrima silenciosa comenzó a recorrerle la mejilla. Eran tantos los sentimientos que se agolpaban en su interior y tan pocas las maneras de exteriorizarlos que no tuvo otro remedio que echarse a llorar.

Y el dolor que sentía creció todavía más al ver que Eneas era inmune a sus lágrimas.

—Por favor…

Aquella última súplica pareció hacer reaccionar al chico, que por fin se dio la vuelta y clavó sus ojos en los de Carey, ahora rojos y anegados.

—No te atrevas a convertirte en la víctima de esto —sentenció. Sus palabras salieron como balas a través del cañón de una pistola—. No tienes derecho a llorar.

El labio de Carey temblaba de tristeza por no poder decir todo lo que sentía, por no saber encontrar el camino para hacerlo.

—Yo solo…

—He dicho que no te atrevas —no cabía más rabia en la voz de Eneas—. Tú mataste a mis padres, ¿o es que lo has olvidado?

—Yo…

—¿O es que has olvidado la forma en la que apretaste aquel gatillo? ¿Has olvidado cómo dieron su último aliento? ¿Cómo se fue la vida de sus ojos? Dime. —Se había acercado tanto a ella que tan solo los separaba un palmo de distancia. Le parecía increíble que después de tanto tiempo siguiera oliendo igual que siempre, igual que aquella vez en la que supo que se había enamorado perdidamente de él—. Tú viste cómo morían, tú los mataste —esta última acusación iba acompañada de unos golpes en el pecho que hicieron que a Carey no le quedara otro remedio que retroceder un par de pasos. Estaba tan triste que ni siquiera trató de oponer la mínima resistencia.

—Tuve que hacerlo y no sabía que eran…

—¡He dicho que no te atrevas! —La furia que se leía en los ojos de Eneas era desmesurada. Apretaba los dientes y había empezado a respirar muy deprisa.

Sin previo aviso, levantó la mano dispuesto a golpear a Carey. Esta, en otra circunstancia, le habría plantado cara y le habría dicho algo parecido a que si se atrevía a hacerlo se iba a arrepentir toda su vida. Sin embargo, comprendió el odio que sentía Eneas, entendió perfectamente su situación, y no pudo hacer más que agacharse y protegerse la cabeza para que el golpe doliera lo menos posible.

Un golpe que no llegó.

Pasaron unos cuantos segundos y Carey se atrevió a mirar a Eneas. Seguía con la mano en alto, pero había empezado a temblar. Entonces se acercó a él, sin romper ese contacto visual que tanto dolía, y tomó su brazo para que lo bajara.

Aquel contacto fue como tocar el fuego, como acariciar el hielo más puro.

—Lo siento, de verdad que lo siento —murmuró.

Seguía sin encontrar la manera de explicar todo lo que se removía en su interior, pero aquello era un comienzo. Y si había hallado un pequeño camino que seguir para poder materializar esos sentimientos, Eneas se encargó de borrarlo para que no quedara el mínimo rastro de él.

—No pienses que te he liberado porque sí. —El gesto del chico era duro, impenetrable, al igual que la convicción con la que habló—. Solamente te he rescatado para que me expliques de una vez qué tenían que ver mis padres con Caronte. Nada más.

CAPÍTULO 35

Dorothia Allinghanm
Vésticum, al sureste de Vestalia

—¿Cómo que se ha escapado?

Dorothia acababa de llegar al Liceo. Estaba agotada a causa del viaje y, sobre todo, por el asalto tan inesperado que sufrieron. Llevaba horas pensando en regresar a casa, en abrazar a su hija y darse un largo baño de espuma antes de que el mundo volviera a girar. Tanto que incluso se le había olvidado que había quedado con la comodora Flancon para tratar un tema que llevaban posponiendo demasiado. Sin embargo, nada más cruzar las puertas del castillo de Brítacor y casi sin tiempo de saludar a la comodora, que ya la esperaba pacientemente en la entrada, un soldado se acercó a ella a toda prisa para decirle que tenía un comunicado urgente; la cara de preocupación que traía le hizo intuir que no era nada bueno. Menos mal que le había ordenado que fueran a su despacho para poder hablar con calma, porque si el recluta le llega a decir en la entrada del castillo que Carey Regminton, la prisionera más valiosa que habían tenido nunca, había escapado, habría quedado en evidencia delante de los curiosos que siempre la rondaban. Inclinó la cabeza hacia la comodora, permitiéndole con aquel gesto que la acompañara a su despacho. Se fiaba de ella y estaba segura de que no había nada que le dijera aquel soldado que la comodora no debiera saber. No hizo falta que le indicara nada a Cridus, este la siguió sin mediar ni una sola palabra. «Sabe lo que tiene que hacer», pensó.

—¿Cómo? —preguntó al ver que el hombre no contestaba. No recordaba su nombre, tan solo lo había visto un par de veces por el Liceo, y eso le hizo pensar que había sido alguno de sus superiores el que le había ordenado entregar ese comunicado—. ¿Quién es tu superior?

El mensajero bajó la mirada al suelo.

—Responde.

—Ulter, señora.

Dorothia suspiró. Lo tendría que haber imaginado. No era mal trabajador, pero sabía que vivía con un lastre que a veces le hacía tomar malas decisiones, como la de mandar a un inferior a dar un comunicado como aquel.

—Quiero que vayas inmediatamente donde esté y lo hagas venir.

El recluta salió del despacho de la mujer y esta cayó derrotada en uno de los sillones de cuero.

—Estoy agotada, Cridus.

El hombre hizo lo mismo que ella, aunque con la pequeña diferencia de que no podía parar de mirar el despacho de Dorothia. Era distinto al resto del castillo: la modestia era la gran protagonista. Por el camino, ella le había contado que cuando se hizo con el poder de la Nueva Gobernacía quiso levantar el Liceo tal y como era antes de ser derruido, solo que con su toque. Así, se esmeró en reconstruir cada columna, cada capitel, cada arco, y se cercioró de que existieran modificaciones sutiles para que no fuera exactamente igual que el edificio que ella se encontró en ruinas. Todo con un único fin: que los que lo hubieran conocido en sus otros tiempos se dieran cuenta de que, aunque el nuevo régimen podía ser similar al anterior, existían diferencias —algunas muy pequeñas y otras muy evidentes— que hacían que aquello no tuviera nada que ver con el sistema en el que habían vivido años atrás. Sin embargo, el despacho de Dorothia estaba desprovisto de columnas. No había arcos, ni ornamentación recargada, ni lámparas de cristal, ni molduras en el techo que llamaran la atención. Lo único que había y que podía ser similar a la decoración del resto del castillo era un cuadro de dimensiones descomunales. En su día debió de ser bonito, pero ahora tenía las esquinas quemadas y el marco deshecho por las llamas. Y no solo eso: el motivo campestre que representaba estaba cruzado con una equis enorme tan roja como la sangre.

—¿Quieres ir a ver a tu hija? —le preguntó la comodora entonces.

Dorothia negó. Casi se había olvidado de que la mujer estaba allí. «Sabe actuar como un fantasma cuando se necesita».

—No quiero que me vea así. No quiero que tenga el recuerdo de una madre abatida y sobrepasada.

Sabía que hablaba del hipotético caso en el que acabara asesinada, pero para ella no era tan hipotético. Era consciente de lo comprometido de su situación y comprendía que las probabilidades de terminar mal eran elevadas. Sabía que no habría un futuro en el que ella fuera anciana, en el que pudiera disfrutar de sus nietos, ni siquiera de su hija. Así que no, por nada del mundo iba a permitir que Estrella tuviera un solo recuerdo malo de ella.

No le dio tiempo a dar más explicaciones. La puerta de su despacho se abrió y entró Ulter. Dorothia no recordaba que tuviera un tono de piel tan pálido como el que lucía. Ni unas ojeras tan pronunciadas. Ni aquel temblor en las manos. Traía en el rostro una culpabilidad tan palpable que la mujer, por un segundo, no pudo evitar sentir lástima por él. Una lástima que se esfumó en el mismo momento en que recordó lo que había sucedido con la hija de Caronte.

—Lo siento, lo siento mucho —dijo el soldado en un susurro casi inaudible. No llegó a comprobar que Dorothia estuviera sola antes de disculparse, y cuando vio a Cridus y a la comodora en el despacho comenzó a enrojecer.

La mujer se llevó una mano al entrecejo y apretó con fuerza. «No me puedo creer que esto me esté pasando a mí». Suspiró.

—No sé ni qué decirte. —Se levantó del sillón y se puso a dar vueltas por el despacho, incapaz de mirar a los ojos suplicantes del hombre—. Debería soltarte en mitad de la selva de Asua para que las serpientes se encargaran de ti, llevarte a El Paso sin más abrigo que lo que llevas puesto y esperar a que murieras congelado, tirarte en cualquier fosa de las minas de Mélido para que te asfixiaras con tu propia respiración. Se me ocurren un millón de opciones, Ulter. Esa es la verdad.

El oficial mantenía la vista fija en sus botas mientras hacía un esfuerzo desmedido para no llorar.

—¿Sabes la gravedad de tus actos? ¿Sabes lo que significa que Carey, la hija de Caronte Regminton, haya escapado? Supone que hemos perdido a la prisionera más valiosa que podíamos tener. Dado que Regina Rei, todo su séquito y Caronte murieron, la única que queda que conoce los entresijos del antiguo Liceo, los entresijos *de verdad*, es ella. Y ahora sabe que la estoy persiguiendo y no dudará en volver a esconderse otro lustro si hiciera falta.

Miró a Cridus, tal vez buscando algo de apoyo, un gesto que le hiciera comprender que sus palabras y su actitud eran las correctas, pero el hombre estaba impasible, dando la sensación de que aquella escena no fuera con él. «O como si confiara tremendamente en mí». Por su parte, la comodora estudiaba con atención una de las espadas que decoraban la pared lateral, como si lo que estaba contando el soldado no fuera con ella.

—Cumpliré el castigo que se me imponga —dijo entonces Ulter—. Conozco la gravedad de mis actos, sé que te he hecho perder la mayor oportunidad que tenías.

A Dorothia no le pasó desapercibido el hecho de que no mencionara en ningún momento que él había sido el que había detenido a Carey. No trató de que le reconocieran el mérito de haber apresado a una persona que había estado en busca y captura durante cinco años. Porque sabía que eso no serviría de nada. Dorothia era de las que decían que el fin justificaba los medios, pero en ese caso, ese lema no era en absoluto aplicable.

—Solo pido que, pase lo que pase, después traigan mi cuerpo a Vésticum y lo entierren aquí, en el cementerio del Liceo.

Aquella frase pareció llamar la atención de Cridus, que por primera vez desde que había entrado el subordinado había levantado la cabeza para observarlo.

—Quiero descansar con mi hija. Jamás la encontraron, pero sé que está aquí, debajo de este edificio.

Dorothia suspiró. Esperaba que saliera el tema de Magritte, siempre ocurría cuando hablaba con Ulter. Y no se trataba de que ella fuera una insensible que no sintiera pena por la muerte de una hija —de hecho, pensaba en ello y el estómago se le encogía como si quisiera volverse invisible—, pero también estaba segura de que el hombre no había hecho el menor esfuerzo por mejorar, por pasar página, por dar un paso adelante y recuperar algo de la vida que un día vivió. Si era sincera consigo misma… Si era sincera consigo misma no se imaginaría viviendo en el mismo lugar en el que su hija había exhalado el último suspiro de vida. Le parecía una tortura demasiado cruel para cualquier ser humano.

—No voy a ordenar que te asesinen, Ulter —aseguró Dorothia. Se dejó caer de nuevo en el sillón—. Eso no serviría de nada. El daño está hecho y tu muerte no lo solucionaría.

El soldado se atrevió a mirarla, con miedo de lo que podría encontrarse.

—Creo que has aprendido la lección y que eres consciente de la gravedad de tus actos. Eres el responsable de haber perdido a la mayor rehén que podríamos tener jamás y considero que ahora tus servicios están comprometidos.

—Abandono la Guardia. Renuncio. —El hombre se quitó el sombrero granate del uniforme y lo depositó en un mueble cercano que estaba repleto de instrumentos de navegación.

Dorothia asintió, pero cuando vio que Ulter se daba la vuelta para salir del despacho, lo llamó:

—Creo que no me he explicado bien —dijo después de aclararse un poco la voz—. No te quiero en mi guardia, pero tampoco en mis filas. Devuélveme tu insignia.

—¿Qué…? —Ulter parecía confuso.

—Ya me has oído. Devuélveme tu insignia.

—Pero sin ella…

—No me importa en absoluto lo que te ocurra de aquí en adelante, Ulter. No te voy a asesinar, pero creo que es más que justo que tú me des algo a cambio de lo que he perdido. Tu insignia es el pago por haber cometido el error de haber dejado escapar a Carey.

Por el rabillo del ojo, Dorothia pudo ver cómo Cridus sonreía de medio lado. Era una sonrisa de conformidad y de orgullo.

El hombre, con manos temblorosas, se quitó la insignia y la depositó al lado del sombrero. Miró de nuevo a Dorothia en busca de una piedad que no encontró. No se atrevió a decir nada más, no se dignó a luchar por su vida. En vez de eso, se dio la vuelta y atravesó la puerta del despacho.

—Has lidiado muy bien con la situación —la animó la comodora Flancon, que ahora parecía muy interesada en unirse a la conversación. Había sido tan precavida que cualquiera habría podido jurar que no era más que otro mueble en aquella estancia.

No tuvo que preguntar quién era Carey, porque eran pocas las conversaciones que habían tenido en las que no hubiera salido a relucir el paradero desconocido de la hija de Caronte.

—Estoy agotada, Alice —confesó.

Le gustaba llamarla por su nombre, pero solo lo hacía cuando no había nadie más alrededor. Cridus no contaba: su prudencia era tan notoria que hacía que Dorothia hablara delante de él como si no estuviera.

La mujer conoció a Alice a la vez que llegó al poder. Admiró lo decidida que era, las ganas de aportar todo lo que tenía a esa causa que enseguida comenzaron a llamar Nueva Gobernacía. Dijo que era capaz de construir un barco. «¿Un barco? —preguntó la dirigente extrañada—. No sabía que existieran». Todavía recordaba lo que le contestó: «Hay muchas cosas de Vestalia que desconoces y yo puedo enseñártelas». Mecía a su hija en brazos mientras sopesaba las posibilidades de tener un navío en sus filas. No se había planteado que pudiera haber algo más allá de la línea del horizonte, pero no perdía nada por tratar de averiguarlo. La comodora tan solo le pidió unos obreros para construir la nave y un buen grupo de futuros marineros que estuvieran dispuestos a abandonar la única tierra que habían conocido para desentrañar los secretos de los mares que rodeaban Vestalia.

Tiempo después, Dorothia supo que los antepasados del marido de Alice —unos tan lejanos que costaba incluso situarlos en el tiempo— habían sido conocidos por ser los mejores constructores de barcos que habían existido. Sin saber muy bien cómo, los manuales donde se explicaba el proceso quedaron a salvo de la Gobernacía y la familia de Alice pudo conservarlos. Y ella los había estudiado hasta memorizar cada detalle.

—¿Recuerdas lo nerviosa que estaba cuando vine a pedirte medios para construir un barco? —Alice sonreía con cariño—. Tan solo era capaz de pensar en el ridículo que haría cuando me diera cuenta de que saber la teoría no significa poder llevarla a la práctica.

—Y en cambio, lo hiciste —apuntó Dorothia.

—Exacto. Lo hice. Porque a mí no me vale un no por respuesta. Y sé que a ti tampoco. Te conozco, no te conformas con nada, sino no habrías llegado hasta aquí.

—¿Qué estás queriendo decir?

—Que encontrarás a Carey.

Cridus las miraba desde el asiento incapaz de decir nada. Acababa de conocer a la comodora, pero coincidía con ella en cada una de las palabras que había dicho.

—Vale que yo tenía a Murlot conmigo —daba igual que su marido hubiera muerto hacía unos cuantos años, a Alice se le seguía quebrando la voz cada vez que lo mencionaba—, pero al igual que él me cogía de la mano para decirme lo mucho que confiaba en mí y en mi potencial, yo lo haré contigo. No tengas la menor duda.

Dorothia la admiraba muchísimo. Recordaba perfectamente el día que Alice volvió de expedición sin Murlot. Todavía podía ver las lágrimas que corrían libres por su rostro al saber que aquel golpe de mar había hecho que su marido no le perteneciera nunca más; tan solo a las negras aguas del mar Rocoso.

—Estaría muy orgulloso de lo que estás consiguiendo —dijo Dorothia con todo el convencimiento posible—. De ti y de vuestra hija.

Un silencio doloroso inundó la habitación. La compleja relación entre ellas dos hacía que no fuera un tema que saliera demasiado a relucir.

—No sé si ella piensa lo mismo. —Atrás había quedado la entereza que caracterizaba a la comodora, ahora convertida en una tristeza más que palpable.

—Estoy segura de que sí. Es tu hija, Alice. Y quizás ahora mismo no lo entienda, pero ya verás como el tiempo le dará la razón que necesita. —Pensó en su propia hija y en la facilidad con la que la desesperación por haber perdido a Carey se mitigaba cuando se acordaba de que ella, en realidad, era lo único que importaba en el mundo.

—Ay, Dorothia, no la conoces. No se parece en nada a Estrella. Tu hija es la bondad hecha persona. Sin embargo…, no podría decir lo mismo de Camille.

CAPÍTULO 36

Hamica Clayton
Vésticum, al sureste de Vestalia

Era incapaz de recordar cuál había sido la última vez en la que fue feliz. Feliz de verdad. Claro que a esas alturas tampoco estaba muy segura de saber qué era la felicidad. ¿Tener una familia que la quisiera? ¿No encontrarse sola en un mundo que no estaba pensado para ella? ¿No presentir que alguien la perseguía para acabar con su vida? No creía haber sentido tanta tristeza dentro jamás. Tal vez cuando perdió a su mejor amiga, pero los años se habían encargado de endulzar ese duelo y de atenuar el dolor que la invadía cada vez que pensaba en Gruta.

Salir de Bábilos había supuesto para ella una nueva ilusión; quería volver a Vésticum, al origen de la historia. Quizás encontrara su verdadero yo, se enfrentara a esa Hamica que podría haber sido y no fue. Pero no esperaba que Carey hubiera desaparecido. No entraba en sus planes enamorarse de una «heredera de la verdad». Y, lo que era todavía más increíble, no concebía el hecho de que su nombre pudiera ser dicho en un auditorio.

Al igual que aquel día en el castillo de Brítacor, el mundo se desmoronaba a su alrededor y la dejaba sin opciones.

«Tan solo respira», se dijo. Exactamente lo mismo que se ordenó el día del Gran Cataclismo. E, igual que en aquella ocasión, no le resultó nada fácil. Lo único que le aliviaba un poco la presión del pecho era pensar que allí nadie la conocía, que si alguien quería capturarla porque había escuchado la verdad —esa que decía que era hija de Caronte, la persona más odiada en Vestalia junto a Regina Rei—, lo tendría muy difícil porque no sabía cómo era su rostro.

Eso le dio tiempo para pensar. La idea más sensata habría sido volver a la tienda de Gaia y quedarse bajo su protección durante el tiempo que fuera necesario. Además, seguro que la mujer también había escuchado la verdad saliendo por los altavoces y ahora estaría preocupada por ella. ¡Tal vez Carey volviera! Si estaba por ahí divirtiéndose —opción que no había conseguido descartar y a la que se aferraba con todas sus fuerzas porque era la teoría menos preocupante de todas—, acudiría a la perfumería para cerciorarse de que su hermana estaba bien. Sí…, lo más sensato era volver. Sin embargo, el tiempo pasado junto a Carey le había hecho perder esa sensatez que casi siempre la acompañaba. Volvió a pensar qué haría ella, y desde luego la respuesta no era regresar a la perfumería.

Tenía tan claro lo que haría su hermana de estar en su piel que no pudo evitar que un escalofrío la recorriera de pies a cabeza.

—Disculpe, señorita. ¿Quiere unas castañas asadas?

Hamica bajó la mirada y se encontró con un niño desaliñado y con la cara manchada de carbón.

—No tengo nada para darte a cambio —dijo tajante. Lo cierto era que el olor de aquellas castañas había hecho que le rugiera el estómago, pero no era el momento. Además, necesitaba estar sola. Necesitaba pensar.

—Son muy baratas, puede darme cualquier cosa a cambio. Aunque sea un botón. ¡Un botón por una castaña! Es un trato inmejorable.

—He dicho que no tengo nada para darte.

El rostro del niño mutó y los ojos se le fueron directos a la insignia que lucía Hamica en el cuello del abrigo. Eso hizo que la chica se pusiera nerviosa. ¿Y si descubría que en realidad era robada? ¿Había alguna forma de saberlo? ¿Tendría alguna muesca o detalle que delatara su procedencia?

—No me suena su cara… —comentó el niño mientras se rascaba la cabeza—. Y yo conozco a todas las personas que deambulan por estas calles. ¡Tengo la mejor memoria de Vestalia! ¿De dónde viene? ¿Está de paso?

A Hamica le empezó a incomodar la conversación. Más que la conversación, aquellos ojos saltones que parecían analizar cada pulgada de su cuerpo y que amenazaban con descubrir todos sus secretos. No estaba dispuesta a gastar ni un segundo más de su tiempo en hablar con aquel piojoso, así que sonrió con una amabilidad tan fingida que hasta la comisura de los labios le tembló y se despidió del muchacho:

—Me temo que no has dado con la mejor clienta. Buena suerte la próxima vez.

Al darse la vuelta y marcharse de allí, el crío gritó:

—¡Averiguaré quién es! ¡No hay nadie en Vésticum que sea un desconocido para mí!

El estómago se le encogió. ¿Y si había más gente como él, personas que se fijaban en los demás y que eran capaces de recordar rostros? ¿Y si alguien de su antigua vida la reconocía? Se acordó de Baleen, la mujer que regentaba el hostal donde se hospedó la noche que llegó a Vésticum, y cómo corrió a avisar a Caronte de que estaba en la ciudad. Sabía que había sido su colgante lo que la había delatado —colgante que ya no llevaba por miedo—, pero ¿cómo podía estar segura? Era imposible.

Entonces se dio cuenta de que estaba en peligro. En peligro real. Y que lo mismo daba que tratara de esconderse en la perfumería de Gaia o que se protegiera tras la sombra de Carey. Ella iba a ser siempre la hija de Caronte.

Comprendió que no podía huir de su pasado, ya que este la perseguiría hasta el fin de sus días. Y a la vez entendió que haber vivido lejos del Liceo, lejos de su padre, no había significado nada. Se había empeñado en pensar que, de haberse criado en el castillo, su vida habría sido completamente distinta cuando, en realidad, el resultado habría sido el mismo. Saber que su existencia no habría variado ni lo más mínimo la entristeció, porque se había pasado muchos años castigando a esos padres que la abandonaron por haberle negado la vida que podría haber tenido sin saber que el destino era mucho más caprichoso que eso.

Giró la cabeza y vio que el niño cuchicheaba con otro. Tendría que haberse ido de allí, pero en vez de hacerlo se quedó mirando la escena que ya sabía cómo terminaba. Cuando vio al otro chiquillo salir corriendo para encontrarse con otro y decirle algo al oído, Hamica se echó a temblar.

«Es imposible que sepa que soy yo», se dijo. Y, sin embargo, fue incapaz de creerlo. No tenía ni idea de lo que era criarse en la calle, pero estaba segura de que otorgaba unas habilidades que le eran negadas a una persona que tenía por delante un futuro más amable. Los ojos saltones de ese niño desbordaban inteligencia, como si fuera un ratoncillo que sabe a la perfección en qué alacena se guarda el mejor queso.

Si no averiguaban que ella era la hija desaparecida de Caronte, encontrarían cualquier otro motivo para señalarla y sacar algo a su costa.

Quizás por eso salió corriendo de allí y se dirigió al auditorio en el que había visto entrar a la mujer desaliñada de antes, la que había hablado con Camille. Pensar en ella le dolió. Tal vez los sentimientos que habían llegado tan de repente no fueran más que una ilusión, unas ganas tremendas de abrazarse a lo único bonito que le había pasado en años. O tal vez eran tan reales como las paredes de cristal de ese edificio. No quería ni pensarlo, porque si lo hacía se echaría a llorar. Nunca se había atrevido a amar a alguien por miedo a no ser correspondida, a no ser suficiente, a no gustar. Y ahora que por fin había dejado ese temor atrás y se había lanzado a los brazos del amor, descubría que no existía nadie en la faz de Vestalia que no tuviera una doble cara y una intención oculta.

Miró a un lado y a otro. El auditorio estaba repleto de gente, aunque no se experimentaba la misma sensación de ostentosidad que se podía apreciar cuando existía la antigua Gobernacía. Se notaba que los que acudían ahora a los auditorios lo hacían más por desesperación que por tratar de conseguir algo opulento a cambio. Estaba segura de que la mujer que estaba cogiendo uno de los áureos con manos temblorosas y cuyo abrigo estaba tan roído que hasta se transparentaba no iba a contar una verdad a cambio de una alfombra de oso. Igual que el hombre del sombrero desgastado y arrugas como surcos; él tampoco estaría allí para conseguir la carne más exquisita que alguien podría probar. Hamica estaba segura de que lo hacían como último recurso, porque eso era lo que había conseguido la Nueva Gobernacía: que la gente tuviera que delatar a sus propios vecinos a cambio de cosas básicas para vivir.

Levantar el auricular de uno de los áureos vacíos le costó menos de lo que esperaba. Aunque respiraba deprisa, lo hacía más por el miedo a ser pillada que por el hecho de contar una verdad. No se había sentido así cuando contó aquella mentira en ese mismo auditorio. «Podría haber sido la primera de muchas», se dijo, pues en el mismo momento en que la contó se dio cuenta de que el sistema no se conformaba con que te vendieras una única vez. El sistema estaba tan bien hecho que te hacía creer que ese era el único camino posible y terminaba por convencerte de que era mejor conseguir las cosas mintiendo que trabajando.

Sin embargo, ninguno de esos pensamientos tenía sentido ya, porque sabía perfectamente que su vida pendía de un hilo y que, por lo tanto, no habría una segunda ocasión para contar la verdad. Así que la que ahora hablaba por ella era la venganza. Una venganza ardiente que había nacido en su interior en el mismo momento en que había comprendido que Camille era una «heredera de la verdad». Y se vengaría de la mejor forma que se le ocurría: desvelando uno de los secretos que la chica le había contado mientras Hamica desnudaba su alma delante de ella.

—Soy Hamica Regminton —dijo cuando se acercó el micrófono a la boca. Era la primera vez que se incluía de aquella manera en la familia Regminton; nunca había utilizado su apellido—. Y vengo a contar que la comodora Flancon está planeando matar a Dorothia Allinghanm. A cambio de esta verdad…

Algo la interrumpió. El corazón le latía tan fuerte que parecía querer salírsele del pecho. El altavoz, que se había acercado a la oreja y del que salía una especie de respiración metálica —muy similar a la que se oía cuando existía la antigua Gobernacía—, comenzó a emitir unos ruidos que hicieron que se pusiera en alerta. Se escuchaban pasos y susurros. Con mucho esfuerzo, consiguió entender alguna palabra suelta que no significaba nada para ella.

—A cambio de…

No pudo continuar. Ya no se escuchaban los pasos a través del auricular, ahora se escuchaban justo detrás de ella.

—*Mentira detectada.* —Los altavoces repartidos por el auditorio comenzaron a emitir una voz metálica e impersonal al unísono—. *Mentira detectada. Mentira detectada.*

Aquella retahíla incesante hacía que Hamica no pudiera pensar con claridad. Se giró sobre sí misma tratando de averiguar qué estaba ocurriendo. Supuso que aquellos hombres habían deducido que era la hija de Caronte y la querían atrapar para entregarla a la Nueva Gobernacía, aunque había algo que le decía que no se trataba de eso.

—*Mentira detectada. Mentira detectada. Mentira detectada. Mentira detectada.*

No podía quedarse para averiguar qué estaba sucediendo, así que salió corriendo del auditorio llevándose por delante a una pareja que, acongojada, entraba en el edificio de la mano.

—¡Es ella! —gritó un hombre a su espalda—. ¡La mentirosa se escapa!

«¿Mentirosa, ¿pero qué…?». Mientras decidía qué camino tomar, lo entendió. Por supuesto que lo que acababa de contar era una mentira. Si Camille la había delatado de aquella manera, no le habría contado ni una sola verdad sobre su vida.

Comprender eso hizo que el corazón de Hamica, si es que alguna vez había estado entero, se partiera en mil pedazos.

CAPÍTULO 37

Eneas Lockwood
Vésticum, al sureste de Vestalia

Siempre había escuchado eso de que el tiempo todo lo curaba, y llegó a convencerse de que así era. De hecho, durante los años que habían transcurrido desde el Gran Cataclismo, sentía que el tiempo estaba haciendo su trabajo y que estaba arrastrando al olvido ciertos recuerdos que debían desaparecer. Sin embargo, nadie le había dicho que la memoria era poderosa y que era capaz de revivir esos recuerdos muertos en cuestión de segundos, sin importar la labor que hubiera hecho el tiempo por enterrarlos.

Ahora, con Carey a su lado, lo sabía.

Habría dado igual que hubiera pasado un siglo entero; estaba seguro de que tan solo con volver a mirar a esos ojos del color del hielo, sus recuerdos regresarían a él como si jamás lo hubieran abandonado.

Y eso era descorazonador, porque significaba que por mucho que se empeñara en olvidar, Carey tenía demasiado poder sobre él. Quizás por eso apretaba los dientes desde hacía rato, porque estaba tan enfadado consigo mismo como con ella; y no sabía qué enfado le dolía más.

—Deberíamos hablar —susurró Carey.

Eneas sabía lo que trataba de hacer. Trataba de embaucarle, como la serpiente que era. Sabía que esa voz dulce y tranquila no era más que otra de sus artimañas, una de las armas que utilizaba para conseguir lo que quería. Con él, en su día, lo había conseguido, pero había aprendido bien a manejar a esa víbora.

—Por supuesto que vamos a hablar —le dijo todavía con los dientes apretados—, pero primero debemos escondernos. No sé si te has dado cuenta, pero aprecio demasiado mi vida como para dejar que me vean contigo.

Si Carey reaccionó a ese comentario, Eneas no se dio cuenta. No tenía tiempo que perder, y mucho menos comprobando si sus palabras sonaban hirientes, así que echó a andar.

—No sabes dónde ir, ¿me equivoco? —preguntó la chica pasado un rato.

Eneas, a pesar de que trataba de demostrar lo contrario, dudaba con cada paso que daba. «¿Qué ha sido de la ciudad que yo conocía?». Recordó la grandeza con la que se topó el día que llegó a Vésticum acompañado por Aiden, la manera en la que no podía parar de mirar embobado aquellos edificios que descansaban a orillas del río como si fueran soldados en la guardia de un gran castillo.

—Por supuesto que sé dónde ir —contestó rotundo.

—Las mentiras ya no se llevan, Eneas. No pasa nada, yo sé de un lugar seguro.

El muchacho hizo como que no escuchó ese primer comentario mordaz tan propio de Carey. No le apetecía tener que lidiar con ese carácter que tanto lo atrapó años atrás.

—No sé si estás en condiciones de proponer un lugar en el que escondernos. Te recuerdo que soy yo el que acaba de salvarte de las manos de la Nueva Gobernacía y que…

—Perdón por haber tenido un fallo —se adelantó la chica—, al menos yo no me he pasado a su bando.

Aquellas palabras cargadas de veneno le dolieron a Eneas tanto como un disparo.

—No tienes ni idea de lo que dices.

—La insignia que llevas en el cuello del abrigo te delata.

De manera inconsciente, el chico se llevó una mano al pin. No le había dado tiempo a valorar lo que significaba en realidad, pero lo cierto era que llevarla le hacía sentir seguro, y eso, después de haber vivido lo que el destino le había deparado en los últimos años, era algo de agradecer.

—¿Acaso quieres que vuelva a entregarte? No me cuesta nada en absoluto.

—No te atreverías.

Eneas fue a replicar, pero guardó silencio. No, no quería volver a aquellas conversaciones cómplices en las que uno hacía rabiar al otro, en las que se tomaban el pulso para ver quién ganaba, en las que se veía lo compenetrados que estaban a pesar de ser tan diferentes.

—Ven, fíate de mí. Sé de un lugar seguro —dijo entonces Carey.

El chico comprendió que ella también se había percatado de lo que acababa de pasar entre los dos, y agradeció que lo dejara correr. Podría haber aprovechado, podría haberle embaucado todavía más ahora que sabía que lo tenía en su terreno. Sin embargo, no lo había hecho. No podía estar agradecido con ella, pero reconocía que había sido un detalle igual de bueno como inesperado.

Eneas asintió; al fin y al cabo, era cierto que no tenía ni idea de dónde ir. Comenzaron a andar por las calles de Vésticum tratando de no llamar la atención. Por suerte, era la hora de comer y había muy poca gente fuera de las casas. Aun así no bajaron la guardia en ningún momento y disimulaban mirando escaparates o metiéndose en algún callejón cuando se cruzaban con alguien.

No quiso darle importancia al hecho de que no les hiciera falta hablar para saber qué movimiento debían realizar a continuación. Era como si fueran la misma persona con un único cerebro que les indicara cuál era el siguiente paso. Tan solo con mirarse a los ojos ya sabían lo que pensaba el otro, y eso fue indispensable para poder llegar al destino sin que nadie reparara en ellos.

—¿No había otro lugar? —Eneas reconoció la perfumería de Gaia al instante, y con esa misma rapidez se le revolvieron las tripas.

Revivió aquel día en Vésticum: su primera mentira para el Liceo, la forma en la que los fanáticos los persiguieron y tuvieron que esconderse en la tienda, la decisión con la que Gaia les había pedido un bebé a cambio de protegerlos, el viaje hasta Asua, tener que matar a otra persona para conseguir el bebé, ser atrapado…

Todos aquellos recuerdos lo sacudieron por dentro e hicieron que se tambaleara un poco. Carey lo notó.

—¿Estás bien?

—Sí…

—Sé lo que estás pensando, pero te aseguro que no hay otro lugar al que ir. Gaia es de fiar y…

—Es la peor persona que he conocido jamás —dijo, aunque a la vez que esas palabras salían por su boca se dio cuenta de que eran varios los individuos que luchaban por ostentar el primer puesto.

—Supongo que hubo un momento en el que Vestalia no estaba hecho para las buenas personas.

Carey abrió la puerta de la perfumería sin darle tiempo a Eneas para contestar.

—¡Por el amor de…! ¿Dónde te habías metido? ¡Madre mía, Carey, apestas! —Gaia se acercó a ella para examinarla—. Tu hermana ha estado como loca buscándote y…

—¿Está bien? ¿Dónde está? Necesito verla.

Gaia guardó silencio, y Eneas supo por la manera en la que se miró los pies durante unos segundos que ocultaba algo, algo que no tenía intención de revelar en esos momentos.

—Sí, está bien. Será mejor que me cuentes qué ha pasado.

Carey, rendida, le explicó a Gaia cómo la capturaron y la forma en la que Eneas la había rescatado. Solo entonces la mujer pareció darse cuenta de que el chico estaba con ella.

—Tú…

—Ahora no, Gaia —la cortó Carey—. Ya te lo explicaremos todo más adelante.

La mujer dudó. Eneas se dio cuenta de que no podía quitarle los ojos de encima y de que lo había examinado de arriba abajo en más ocasiones de las que era posible contar. También se había percatado de que su mirada se había posado más segundos de lo normal en su insignia y de que había torcido levemente el gesto al hacerlo. No tenía ni idea de en qué bando estaba ni qué papel jugaba en la Nueva Gobernacía, pero si antes tenía claro que no era una persona de fiar, esa forma de examinarlo se lo dejó tan claro que era imposible negarlo.

—Sí, sí, tienes razón. —Gaia se dirigió a la cocina como si la conversación que estaban teniendo no fuera para nada importante y se puso a preparar té—. Será mejor que comas algo, estás tan pálida que tu cara parece de porcelana. ¿Por qué no te aseas mientras el agua hierve?

Eneas la miró. Deseaba hablar con ella, pero no sabía el tiempo que llevaba Carey encerrada y seguro que estaba ansiosa por quitarse esas ropas. Ella pareció estar de acuerdo, porque no necesitó que se lo propusieran dos veces. Después de comprobar que Eneas iba a estar bien en compañía de la mujer durante su ausencia, puso rumbo a la trastienda para deshacerse de ese olor que ya empezaba a marearla.

—No sabía que estabas vivo —comentó Gaia cuando la chica salió del comedor. Su mirada inquisidora no tardó en volver a aparecer—. No es fácil sobrevivir tanto tiempo. Aunque, claro, Carey también lo ha hecho.

Eneas quiso decirle que parecía que las malas personas se habían puesto de acuerdo para seguir respirando, pero prefirió guardar silencio.

Una niña entró en la sala y a Eneas se le revolvió el estómago.

—Te presento a Matilda.

No hicieron falta más palabras. Pensó en lo triste que debieron de sentirse sus padres cuando descubrieron que su bebé no estaba con ellos. Quizás todavía la estuvieran buscando o quizás murieron en las explosiones que, seguro, asolaron Asua. La sonrisa de la cría le puso muy difícil seguir el hilo de sus pensamientos. Había tanta inocencia y felicidad en ella que le parecía mentira que una niña tan pequeña hubiera podido vivir algo como el Gran Cataclismo.

—Me gustan tus ojos —le dijo la chiquilla—. Son muy verdes.

Eneas sonrió de lado. Se le había olvidado que en aquel mundo todavía podía existir la bondad y el cariño, a pesar de que los adultos se hubieran empeñado en sepultarlos bajo tierra.

Era imposible no caer rendido ante aquella dulzura, y casi sin darse cuenta, Eneas acabó metido en una conversación que nada tenía que ver con explosiones, verdades o mentiras.

Cuando Carey apareció en la sala, Eneas recordó de golpe por qué estaba allí. Por un segundo, la fragancia almizclada del jabón que había utilizado la chica hizo que se preguntara si la mejor idea no sería dejarlo todo pasar, pero el odio que sentía se encargó de responder por él.

—Ven, hablemos. —Carey, sin decir nada más, se dio la vuelta y se dirigió a la trastienda.

Eneas la siguió. Por un segundo estuvo tentado de coger unas cuantas pastas para que la chica comiera algo antes de que empezara la conversación, pero después se dijo que ya era mayorcita para cuidar de sí misma y que él no tenía por qué preocuparse de si tenía hambre o si caía desfallecida.

—Eneas…

—No. Tú no vas a empezar esta conversación. —Se atrevió a mirarla de frente—. Mataste a mis padres.

Carey se sentó en la cama. Era pequeña y estrecha; se notaba que estaba fuera de lugar y que la habían puesto de manera improvisada, seguramente para que Carey y su hermana pudieran descansar, aunque fuera de forma apretujada.

—Sí. Yo maté a tus padres.

Aunque ya había oído esas palabras, no pudo evitar sentir el mismo dolor que la primera vez. Había imaginado esa conversación en su cabeza en más ocasiones de las que le gustaría admitir, y aunque había pensado en todas las reacciones que podría tener cuando llegara el momento, ninguna se acercó lo más mínimo a lo que realmente sintió en ese instante.

—Y vuelvo a pedirte perdón por ello.

—No hay perdón suficiente.

—Lo sé. Pero quiero tratar de explicarme.

Eneas lo sopesó. Por un lado, no quería una explicación; tenía la sensación de que no había nada que pudiera decir Carey que arreglara el hecho de que sus padres ya no estuvieran con él. Pero por otra parte… Por otra parte, necesitaba saber todo lo ocurrido. Su corazón se dividía entre las ganas de alejarse de aquella historia para siempre y la necesidad de meterse de lleno en ella para descubrir la verdad.

—Sé que lo que te voy a contar no va a hacer que sientas menos dolor —comenzó; ahora era ella la que no se atrevía a mirarlo a los ojos—, pero tienes que pensar que durante mi vida en el Liceo fueron varias las personas a las que tuve que matar. Caronte… Mi padre —dijo haciendo un gran esfuerzo— me forjó a su manera y me usó para su propio beneficio, y si para ello tenía que ordenar que su hija matara a alguien, lo hacía sin ningún tipo de miramiento.

—Podrías haberte negado. —Saber que la sangre de sus padres no era la única que le manchaba las manos hizo que se le revolviera el estómago.

—Lo intenté, pero ya te imaginas lo persuasivo que podía llegar a ser. Siempre conseguía lo que quería y había creado en mí la necesidad de satisfacerle constantemente. Me da vergüenza reconocerlo, pero la simple idea de que él se sintiera orgulloso de mí era lo que me guiaba siempre.

Si pretendía que Eneas se compadeciera de ella, no lo estaba consiguiendo. Este se limitó a asentir para que continuara hablando.

—Tus padres fueron unos más.

—No te atrevas a hablar así de ellos.

—No, no quería decir eso —se corrigió Carey enseguida—. Me refiero a que eran unos más en mi lista. Yo no podía permitirme pensar que esas personas tenían familia. De otra forma habría sido imposible, te lo garantizo.

—No puedo creer que pudieras ser tan fría.

«Tampoco puedo creer que me yo me enamorara de alguien así». No supo por qué su cabeza se empeñaba en pensar aquello, al igual que tampoco comprendía por qué le había hablado en pasado. ¿Es que ya no era fría? ¿Es que esa Carey que tenía delante era completamente distinta a la que conoció años atrás?

—No me quedó otro remedio, Eneas, te lo aseguro.

—Podrías haberlo dejado, podrías haberte marchado del Liceo, alejarte de tu padre, de las mentiras, de los asesinatos —esa última palabra sonó acusadora en su boca.

Carey suspiró. Una pequeña lágrima se le escapó de los ojos.

—Sí, pero no lo hice. Podría ponerte mil excusas, pero lo único que puedo decirte es que yo no consideraba que estuviera haciendo nada malo. Era la manera en la que me había criado mi padre, no conocía otra vida. Se suponía que él era la persona que más me quería en el mundo, así que ¿por qué iba a cuestionarle?

—¿Entonces, no te arrepientes?

—Por supuesto que sí. Tú me hiciste ver lo equivocada que estaba.

—¿Yo?

—Tú, con tu moral intachable, me demostraste que otra vida era posible, que otra manera de pensar era posible. Hasta que tú llegaste jamás me planteé la posibilidad de que el sistema de mentiras estuviera mal.

Eneas guardó silencio. No esperaba que Carey le dijera algo así, y eso hizo que los cimientos sobre los que se había asentado su odio se tambalearan.

—¿Qué hay de mis padres? —prefirió reconducir la conversación.

—¿A qué te refieres?

—Antes de la explosión me dijiste que Caronte los conocía y el otro día encontré un montón de diarios de tu padre donde aparecían sus nombres.

—¿Los diarios resistieron al Gran Cataclismo?

—¿Conocías su existencia? —Eneas no esperaba que Carey estuviera al tanto.

—Por supuesto. Mi padre se creía que los tenía a buen recaudo en una de las salas del sótano del castillo, pero ya sabes que no hay secreto que se me resista. De pequeña me encantaba merodear por allí, y al igual que me escondía de los guardias en los túneles, también lo hacía en aquellas salas.

—No hay mucha información en ellos —comentó Eneas sin explicarle cómo los había encontrado—, la mayor parte de los datos están borrados, tachados.

—Porque ahí dentro estaba todo lo relacionado con el Liceo. Supongo que mi padre se daría cuenta de que, si alguien llegaba a encontrar esos cuadernos, su poder peligraba.

—¿Y por qué aparecían en ellos mis padres? ¿Qué tenían que ver con Caronte?

Carey, que por un momento había levantado la vista, volvió a enfocarla en sus pies. Le costaba hablar, como si supiera que lo que iba a decir a continuación no le iba a gustar nada.

—Eneas, tus padres ayudaron a Caronte a crear el Liceo.

CAPÍTULO 38

Tobyas Jhonson
Vésticum, al sureste de Vestalia

Tenía la sensación de que la vida nunca le había sonreído tanto como en aquellos momentos. Era feliz. Feliz de verdad.

No recordaba haberlo sido nunca, en realidad. Sí que había vivido momentos bastante alegres que podían confundirse con la felicidad, pero ahora comprendía que era algo distinto.

Saber que tenía una familia —daba igual que tuviera que esperar unos cuantos meses para ver a su hijo— era lo mejor que le había pasado nunca. Otila se olvidaría por fin de su marido y se irían bien lejos para comenzar una vida plena y llena de cosas buenas.

—¿En qué piensas? —Otila se desperezó a su lado.

Habían hecho el amor hacía unas horas y después no pudieron evitar quedarse dormidos, abrazados.

—En que me has convertido en el hombre más feliz de Vestalia. No te imaginas lo afortunado que me siento.

—Me alegra saberlo, porque vas a tener que cambiar muchos paños y lavarlos y preparar baños calientes y aguantar lloros día y noche y...

Tobyas detectó algo en la voz de Otila que no le gustó demasiado.

—¿Estás preocupada por todo eso?

—Pues claro que lo estoy. Yo...

—¿Qué ocurre?

—No puedo contártelo, no quiero que pienses que soy una mujer horrible.

—¿Qué…? ¿Pero por qué dices tal cosa? Ya sabes que no voy a juzgarte.

Pensó que no había nada peor que pertenecer a los Herederos de la Verdad, y aun así aquello se lo había perdonado. No lo dijo en voz alta, supuso que la culpabilidad que teñía esas palabras ya se había encargado de recordárselo.

—De acuerdo… —cedió Otila—. Tener un hijo no era algo que entrara en mis planes. Ni con mi marido ni contigo ni con nadie. No he deseado nunca ser madre.

Tobyas cogió aire. No sabía cómo enfrentarse a esa confesión. Aquello también era nuevo para él y, siendo sincero consigo mismo, tampoco tenía muy claro que ese sentimiento hubiera existido en su interior alguna vez.

—¿Quieres interrumpirlo? —aquella pregunta salió de entre sus dientes después de un gran esfuerzo.

—No, ahora no. Lo sopesé cuando empecé a sospechar que podía estar embarazada —confesó—, pero después comprendí que sí que lo quería. Me costó un poco imaginar un futuro en el que no estuviera yo sola, en una vida que en nada se parecería a la que ahora mismo tengo.

—Sí, a mí me ha pasado lo mismo.

Y era cierto. En el fondo, la razón de que nunca se hubiera planteado ser padre se debía al hecho de que Otila estaba casada; y no se imaginaba teniendo hijos con otra mujer que no fuera ella.

—Y ahora me da pánico no estar a la altura —continuó la chica—. No ser capaz de sacar adelante a este niño, no ser buena madre. Ni siquiera sé qué es lo que se necesita para ser una buena madre, y no digas «amor» o te las verás conmigo —le amenazó cuando fue a hablar.

Tobyas sonrió. Le parecía mentira que lo conociera tan bien.

—Pero es que es verdad, eso es lo que se necesita. Cuando tú amas a una persona, es el amor el que te dice cómo actuar. Tendremos que aprender juntos, yo tampoco tengo ni idea de cuidar a un bebé.

—No me ayudas en absoluto, Tobyas —se rio Otila—. Esperaba que al menos tuvieras algún conocimiento.

—¿Yo? Si en mi vida he cogido a un bebé en brazos. Tranquila —se apresuró a decir cuando vio que esto último no le había hecho demasiada gracia—. Nos las apañaremos, como siempre.

Otila no pudo responder porque alguien llamó a la puerta. Los dos se miraron confusos. No esperaban a nadie.

—¿Es tu marido? —preguntó el chico. Empezó a ponerse nervioso.

—No, no creo. Esta mañana salió de la ciudad y va a tardar unos cuantos días en volver. Espera aquí —le ordenó mientras se levantaba y se ponía la ropa que descansaba a los pies de la cama—, voy a ver quién es.

Tobyas se agazapó debajo de las sábanas y trató de escuchar la conversación que mantuvo la mujer con quien fuera que llamó a la puerta, pero hablaban entre susurros y no fue capaz.

—¿Quién era?

Otila volvió a la cama después de cerrar la puerta.

—Era Pévol. Dice que hay alguien que quiere hablar conmigo de forma urgente. Es de los Herederos.

Tobyas conocía a Pévol; era el camarero rubio que siempre los cubría cuando estaban juntos, así que al menos por esa parte pudo respirar con más calma.

—Supongo que ya no existen secretos entre nosotros —continuó ella—, así que no habrá problema en que vengas conmigo.

Tardaron muy poco en vestirse, aunque a ninguno de los dos les apetecía salir de ese reducto de paz que habían creado donde solo cabían ellos. Tobyas quiso decirle a Otila que lo dejara para otro momento, que no interrumpiera ese instante mágico que habían conseguido, pero en los ojos de ella vio una urgencia que le hizo comprender que había algo que no le estaba contando. No quiso exigir una explicación; acababa de decir que no existían los secretos entre ellos y decidió creerla.

Fue ella la primera en entrar en el bar, y cuando pasaron unos cinco minutos sin que hubiera señales de alarma, lo hizo él. Llevaban usando ese método durante varios años y siempre les había funcionado para no ser vistos juntos. Aquel día no fue la excepción.

Se sentó en la barra y comprobó que Otila se dirigía al otro extremo del local.

—Toma, creo que lo necesitas. Llevabais allí metidos demasiadas horas. —El camarero le sirvió una jarra de algo parecido a la cerveza mientras le guiñaba un ojo.

Y tenía razón, en todo ese tiempo no había comido ni bebido nada, y no se había dado cuenta de lo sediento que estaba hasta ese momento. Después de dar un trago tan largo que casi vacía el contenido completo de la jarra, vio que Otila le hacía un gesto para que la siguiera.

Salieron del bar por una puerta trasera.

—¿Qué ocurre? —Otila se dirigió a una chica que estaba en un rincón del callejón. Llevaba una capucha azul que ocultaba su rostro. Parecía que estuviera fuera de lugar, como si ese sitio no fuera su hábitat natural.

Miró un poco por debajo de la capucha y enseguida volvió a taparse. Acto seguido se dio la vuelta dispuesta a marcharse de allí.

—Es de fiar —dijo Otila cuando se dio cuenta de lo que ocurría.

Pero la chica negó.

—Camille —la llamó Tobyas. No importaba que tuviera la cara tapada, la reconocería en cualquier rincón de Vestalia.

Entonces la aludida se giró despacio mientras se quitaba la tela que le cubría el rostro.

—¿Vosotros dos? —preguntó confusa.

—Hay vida más allá del barco —contestó el chico. No tardó ni un segundo en comprender lo que ocurría allí—. Perteneces a los Herederos de la Verdad, ¿no es así?

Camille observó a Otila esperando una señal.

—Mírame a mí, no a ella. ¿Lo saben en el barco? ¿Hay alguno más allí dentro que pertenezca a los Herederos?

Por un momento se puso nervioso al pensar que tal vez podría haberle contado alguno de sus secretos a alguien del barco. Hizo memoria y trató de averiguar si le había hablado a alguien de Otila, si se le había escapado entre chupito y chupito de ron algo que dejara entrever que tenía una relación con la dueña de La Piel del Oso. Estaba seguro de que eso no le había ocurrido con Camille, pues apenas habían mediado un par de palabras desde que se enroló en el barco —quizás porque su aura no terminaba de transmitirle buenas sensaciones o tal vez porque temía descubrir algo debajo de aquellos rizos que le gustara lo suficiente como para olvidarse de Otila—, pero con el resto de la tripulación...

—Respira tranquilo, tus secretos están a salvo. No hay nadie más en el barco que pertenezca a los Herederos.

Tobyas la evaluó con la mirada, sin ser capaz de averiguar si estaba diciendo la verdad o no. A aquellas alturas ya no sabía de quién fiarse.

—Así que estáis juntos —dedujo la chica mientras les dedicaba una sonrisa cómplice.

—No es asunto tuyo —él fue tan tajante que sus palabras cortaron el aire.

—Tobyas, es de fiar —interrumpió Otila.

El chico no sabía qué le sorprendía más: si el hecho de que Otila estuviera pidiéndole que confiara en Camille o la rapidez con la que había olvidado los celos que sentía por ella cada vez que él la mencionaba. Alguna vez se había imaginado qué ocurriría si compartían una conversación entre los tres, y sospechaba que sería algo tan incómodo que no querría repetirlo. Ahora estaba seguro de ello.

—Qué callado te lo tenías, amiga, así que te van los jovencitos.

—¿Qué quieres, Camille? —la mujer no tenía la paciencia suficiente para aguantar aquellos comentarios y no dudó en dejarlo claro—. No tenemos tiempo para andarnos con rodeos y chismorreos que no le interesan a nadie.

La muchacha volvió a mirar a Tobyas y, después de unos segundos, se encogió de hombros.

—En fin, supongo que da igual. Todos tenemos secretos que se van a acabar sabiendo. Han contado una verdad sobre mí.

—¿Qué? ¿Quién? —Otilia frunció el ceño.

—Una chica que creo que se enamoró de mí y…

—Oh, Camille, ¿otra vez?

—Yo solo necesitaba algún secreto para vender a los Herederos, pero parece ser que fui demasiado encantadora para ella. El caso —continuó, impasible ante el gesto indignado de Otila— es que debió de enterarse de que vendí uno de sus secretos porque acto seguido se metió en un auditorio para contar una verdad sobre mí.

—Y, por supuesto, no era una verdad —dedujo la mujer.

—Exacto. Jamás se me ocurriría cometer ese error. No va con segundas, tú eres libre de hacer lo que quieras, pero yo tengo que cuidar mucho mis espaldas.

—Verdad número ciento dos mil quinientos veintiuno de Véstícum. Lorem Urus utiliza carne de perro para rellenar las empanadas que vende en su pastelería. Repetimos. Verdad número ciento dos mil…

—¿Y ahora qué vas a hacer? —Ni siquiera aquella verdad, por asquerosa que fuera, desvió su atención de la conversación. Su preocupación era evidente.

—Pues he venido para que me aconsejaras. Al fin y al cabo, eres la única amiga que tengo.

—¿Y tu madre? ¿Lo sabe?

—¿Mi madre? —se rio Camille—. Está demasiado ocupada como para preocuparse por estas cosas. A veces pienso que si mañana me tragara la marea no supondría más que un alivio para ella.

A Tobyas se le encogió el estómago al escuchar eso último. Le pareció inconcebible que llevara cinco años viviendo al lado de esa chica y no supiera absolutamente nada sobre su vida. ¿En qué lugar le dejaba aquello? ¿No se suponía que todos los del Fuego Sagrado eran un equipo?

—No sabía que tenías familia —dijo—. Pensé que estabas sola en el barco.

—Pues te equivocabas. Lo que pasa es que la comodora Flancon disimula muy bien.

Tobyas tuvo que hacer un gran esfuerzo por no abrir la boca ante la sorpresa.

—¿Qué...?

—Sí, hay muchas cosas que no sabes, y ahora no es el momento de revelarlas —fue Otila la que habló, y el chico no pudo evitar sentirse mareado al comprender que la mujer con la que había decidido pasar el resto de su vida sabía demasiadas cosas sobre todas las personas que lo rodeaban; no en vano pertenecía a los Herederos—. Ya nos pondremos al día en otra ocasión. Te juro que te lo contaré todo.

—Opino igual —se unió Camille—, no es el momento de hablar de esto. El problema que tenemos entre manos es que esta chica ha descubierto que pertenezco a los Herederos y no puedo permitir que lo cuente por ahí o me buscaré un problema que no creo ser capaz de manejar por mí misma.

Tobyas sabía que, a pesar de estar respaldados por la Nueva Gobernacía —o si no se trataba de respaldo, al menos sabían que estos miraban hacia otro lado con tal de no intervenir cuando no les interesaba el asunto—, eran muchos los ciudadanos que estaban empezando a cansarse de andar con tanto tiento, de tener pánico a hablar, de no confiar ni en el vecino de la puerta de al lado. Así que, si alguien descubría la verdadera naturaleza de Camille, no era de extrañar que su cadáver amaneciera cualquier día sobre los adoquines de las calles de Vésticum. Él mismo también había empezado a cansarse de los Herederos y por eso le parecía increíble que fuera a pasar el resto de su vida con una.

—¿Has pensado algo? —preguntó Otila temiendo la respuesta.

—Sí, ya sabes que sí. Tengo que…

—Tienes que… —Otila no preguntaba, afirmaba, y eso hizo que Tobyas se diera cuenta de que en realidad no conocía a aquella mujer.

Camille asintió. No necesitó terminar la frase. Ambas pensaban igual. Sin embargo, algo le dijo a Otila que la cuestión no se quedaba ahí, que era todo mucho más complejo de lo que se había imaginado en un principio.

—¿Pero…? —continuó con un rastro de temor en la voz, como si en realidad no quisiera escuchar lo que venía a continuación.

—Pero la chica en cuestión es la hija de Caronte Regminton, y sé que si acabo con ella me pintaré una diana en el pecho.

CAPÍTULO 39

Carey Regminton
Vésticum, sureste de Vestalia

Pensó que, si alguien había inventado un sistema como el de las mentiras y después el de las verdades, si alguien había sido capaz de crear esa tecnología que no terminaba de entender, por qué no había nadie que hubiera construido una máquina del tiempo. Si tuviera la certeza de que en esos momentos existía tal cosa en cualquier lugar de Vestalia, por remoto que fuera, tenía clarísimo que iría a buscarla aunque tuviera que ser a pie.

Le encantaría dar marcha atrás, viajar en el tiempo y hacer que la Carey del pasado tomara otras decisiones completamente distintas. Para empezar, le ordenaría que jamás apretara aquel gatillo y que no llevara a Eneas por el camino de las mentiras. Y, antes de todo eso, se alejaría de Caronte.

Tiempo atrás lo sospechaba, pero ahora tenía la certeza de que su padre no era un buen hombre. No era posible que lo fuera, no después de dejar huérfano a un chico como Eneas, que no tenía culpa de nada. Le daba igual la justificación —que comprendió desde el mismo momento en que le fue encomendada la misión, pero a la que no le había dado la importancia suficiente hasta después de entender la magnitud de las consecuencias de sus actos—, Caronte no tenía derecho a actuar como si Vestalia entera fuera de su propiedad y mucho menos a usar a su propia hija para alcanzar los objetivos que no podía materializar por sus propios medios.

—No entiendo, Carey, ¿a qué te refieres con que mis padres ayudaron a que se formara el Liceo? —El chico no paraba de dar vueltas por la trastienda, sorteando las cajas y los utensilios que descansaban en el suelo de cualquier manera—. Eso es imposible; mis padres odiaban el sistema de mentiras, estaban en contra de lo que significaba y jamás habrían accedido a crear algo como el Liceo.

—Tus padres tenían su propia historia.

—No te atrevas a insinuar...

Carey levantó las manos. No sabía cómo abordar aquella conversación. No después de todo lo que había ocurrido.

—Eneas, escúchame. Yo no tenía nada en su contra, te lo puedo jurar por lo que más quiero, pero la realidad es esta. Leí los cuadernos de mi padre antes de que los borrara. Sé lo que pasó y todo tiene una explicación.

—Entonces, dámela. Explícame de una vez por qué mis padres aparecían en ese cuaderno y por qué era tan importante que tú los mataras. Porque te juro que me estoy volviendo loco al no comprender nada de lo que ocurrió.

—El caso es que...

Unos golpes llamando a la puerta hicieron que Carey no pudiera seguir hablando. Instantes después, Gaia asomó la cabeza con gesto compungido.

—Carey, querida, siento importunar. Me imagino que tendréis muchas cosas de las que hablar y...

—Así es —puntualizó Eneas, que estaba haciendo grandes esfuerzos por no sacar a la mujer a empujones de la trastienda. Lo que menos le apetecía en esos momentos era tener que lidiar con otra asesina—. Así que, si nos dejaras algo de intimidad, te lo agradeceríamos.

—El caso es que no puedo.

Gaia terminó de entrar en la sala sin importarle en absoluto que Eneas torciera de nuevo el gesto.

—¿Qué ocurre? —preguntó Carey cuando comprendió que si Gaia los interrumpía de aquella manera era por algo grave—. ¿Es Hamica?

—Me temo que antes no te he contado toda la verdad —dijo con tono acusado—. He visto la mala cara que traías y pensé que lo mejor era que te tomaras un respiro. Que te asearas y comieras algo y…

—¿Qué ocurre? —repitió la chica, esa vez con un tono mucho más serio. Conocía de sobra a Gaia y sabía que ese gesto de preocupación era impostado. Podía confiar en ella para muchos asuntos, pero siempre habría un resquicio de duda respecto a su integridad. No en vano sabía cómo era realmente. Y mucho más si el asunto era relativo a su hermana.

—No lo debisteis de oír, pero el nombre de Hamica se ha estado repitiendo a través de los altavoces durante un buen rato.

—¿Qué…? No, eso es imposible —negó Carey—. Nadie la conoce aquí.

—No sé qué ha hecho, pero la acusan de mentir.

La muchacha se volvió a sentar en la cama en la que descansaba hacía unos instantes y se llevó las manos a la frente, como si aquello la ayudara a pensar más rápido.

—Eso solo puede significar una cosa —dijo cuando comprendió al fin lo que ocurría—. Que ha ido a un auditorio a contar una verdad que en realidad no lo era.

—Eso he deducido yo —coincidió Gaia—. No sé qué la habrá llevado a hacer algo así ni qué querría a cambio, pero desde luego no ha sido la decisión más acertada.

—Genial, otra avariciosa más —repuso Eneas entre dientes.

—No, no conocéis a mi hermana, ella jamás haría algo así. —Carey era incapaz de levantar la vista de sus botas. Se sintió mareada, como si el suelo hubiera decidido dejar de sujetarla para siempre y fuera a caer en un abismo.

—Seguro que ha aprendido de ti. —Eneas se había parado en seco para mirarla con fijeza. No había ni una sombra de arrepentimiento en sus palabras; las había dicho con total convencimiento y sin importar el daño que pudieran hacer.

—Ya basta, Eneas, deja de comportarte como un chiquillo. —Carey no dudó en aceptar el desafío de sus ojos—. No tienes ni idea de lo que ha pasado en este tiempo, no tienes ni idea de lo que hemos tenido que hacer para sobrevivir. Dignamente, si es lo que te estás preguntando. Ninguna de las dos hemos pisado un auditorio en estos años porque así lo prometimos cuando conseguimos salir de Vésticum, y no hay nada que Hamica quiera que pueda hacer que rompa esa promesa.

Gaia miraba a Carey con intriga.

—Siempre hay algo que nos hace romper las promesas.

—No, Gaia, no conoces a Hamica, no tienes ni idea de cómo es. Es la persona más leal que he conocido en mi vida. Si ha contado una verdad es porque no le ha quedado otro remedio. —Se levantó de la cama y se dirigió a la tienda—. En fin, que no tengo por qué daros explicaciones a ninguno de los dos. Mi hermana está en peligro y tengo que encontrarla antes de que lo haga la Nueva Gobernacía. A mí me querían con vida porque saben que puedo serles de utilidad, pero a ella… No tendrán el menor reparo en matarla.

Carey ni siquiera esperó a que Eneas la siguiera. Se puso un abrigo y un sombrero que encontró colgados al lado de la puerta principal —supuso que eran de Gaia y no se molestó en pedírselos prestados— y salió a la calle. Una pena tremenda la inundó al darse cuenta de que lo suyo con Eneas era irreparable. Cuando lo vio aparecer en su celda, los sentimientos hacia él que creía dormidos se despertaron de repente y fue como si no hubiera pasado ni un solo día desde la última vez que lo vio. Sin embargo, después de tener aquella conversación, comprendió que no era mutuo y que, a pesar de que ella había estado recordando a

Eneas con cariño durante aquellos años, el chico lo había hecho con odio. Y sabía muy bien que el odio era mucho más fuerte que el amor.

No tenía nada que hacer con él. No habría manera de convencerlo, de que entendiera que ella tan solo era un heraldo que cumplía órdenes de la persona que más le importaba en el mundo. Que habría hecho cualquier cosa con los ojos cerrados con tal de contentar a su padre, porque se suponía que él quería lo mejor para ella. Y si en esos planes entraba matar a otras personas, ella lo hacía sin dudarlo.

Sacudió la cabeza, no tenía tiempo para pensar en eso. La vida de su hermana estaba en peligro y tenía que concentrarse para encontrarla.

La realidad de las calles de Vésticum le dio como una bofetada en la cara. De repente, se vio rodeada de gente que no tardaría demasiado en darse cuenta de que no llevaba la insignia. Por eso se arrebujó dentro del abrigo y clavó la mirada en sus pies. Tenía que pasar desapercibida como fuera.

Detrás de ella escuchaba los pasos de Eneas, que había tenido la consideración de no llamarla a voz en grito. «Al menos está siendo inteligente», pensó, y dio gracias, porque si se le ocurría alzar la voz sería su fin. Y el de su hermana.

—¿Dónde estás? —masculló entre dientes mientras hacía un gran esfuerzo por no dejarse llevar por esos nervios que ya comenzaba a sentir en su interior.

Si los altavoces habían dicho su nombre eso quería decir que había estado en un auditorio, así que se dirigió al edificio para empezar a buscar desde allí. A medida que se acercaba se iba cruzando con más y más gente. Empezó a agobiarse: sería imposible encontrarla entre tantas personas. Por el camino se fue fijando en los carteles que tapaban las paredes de los edificios. Muchos de ellos con consignas de la Nueva Gobernacía que alguien se había tomado la molestia de tachar con cruces rojas, y… Sí, entre todos aquellos todavía aparecía algún cartel con su rostro pintado a carboncillo.

Aceleró el paso, no soportaba esa visión ni un segundo más. Cuando llegó al auditorio, se escondió en un callejón cercano para poder observar sin ser vista.

—Es una locura, Carey. —Eneas la había alcanzado. Al contrario que años atrás, esa vez no había perdido el aliento tratando de perseguirla.

—Mira, Eneas —estuvo a punto de llamarlo «gatito», pero en el último momento de lucidez se dio cuenta de que no era la idea más acertada—, te agradezco muchísimo que me hayas encontrado y que me hayas sacado de esa celda inmunda, pero no es el momento, de verdad.

—¿Que no es el momento para qué?

—Para nada. No es el momento para nada.

Eneas no supo qué decir, y por eso Carey continuó:

—Soy consciente de que quieres una explicación, que quieres que me arrodille ante ti y te pida perdón una y otra vez, que te demuestre lo equivocada que estaba y lo muchísimo que lo siento. Pero yo no soy así, Eneas.

»Te he pedido perdón, lo he hecho varias veces. Y lo vuelvo a hacer ahora. Y, si me conocieras, sabrías que no puedo darte más. Lo siento en el alma, pero no puedo cambiar el pasado, ahora te toca a ti decidir si aceptas esas disculpas o no.

—Ya, pero…

—No, Eneas, no voy a seguir con esto. No ahora que mi hermana se encuentra en peligro. Es ella la que ha estado a mi lado durante los peores años de mi vida. No me ha dejado ni un solo segundo y no voy a permitir que nada malo le ocurra. Y si eso implica no volver a verte porque no tengo fuerzas para seguir suplicando que me perdones, no tengas la menor duda de que lo haré.

Si antes Eneas no sabía qué decir, ahora daba la sensación de que había olvidado por completo cómo hablar.

—Es la única familia que me queda —Carey suspiró al decir eso último, todavía sin comprender por qué lo había hecho.

Ella no solía mostrarse así de vulnerable con nadie, pero imaginar que podía perder a Hamica hacía que no pudiera pensar con claridad.

—La encontraremos.

Carey frunció el ceño; no se esperaba esa reacción por parte de Eneas. De repente, se acordó de por qué se había enamorado de él. Recordó aquella noche en el cementerio de Highcastle, cómo él le plantó cara, cómo no se amedrentó a pesar de tener todas las de perder, cómo esos ojos verdes le dijeron que no se parecía en nada al resto de chicos que había conocido.

Cómo comprendió que pondría su mundo del revés y haría que se enamorara perdidamente de él.

Aunque la Carey de antes lo habría odiado por eso, por dejar salir esa parte vulnerable que se empeñaba en esconder, la de ahora lo agradecía.

—No sé por dónde empezar a buscar —confesó mientras se obligaba a concentrarse en su hermana—. Vésticum es una ciudad grande y Hamica no se la conoce. No tengo ni idea de dónde podrá esconderse. Porque espero que se haya escondido…

—Seguro que sí. Si yo fuera ella me habría alejado todo lo posible del auditorio y habría ido a un lugar con menos gente. Cuantas menos personas tenga a mi alrededor, menos probabilidades hay de que me reconozcan.

—Sí, pero también llamas más la atención cuando estás en un lugar con poca gente. Caminar entre una multitud puede hacer que nadie se fije en ti.

Carey había tenido esa conversación con Hamica muchas veces. Y aunque ella al principio pensaba como Eneas, su hermana la había convencido de que la idea correcta era la contraria.

—¿Crees entonces que estará por aquí?

La chica se lo pensó. Por su mente pasaron todas las posibilidades y enseguida comprendió que sí, que Hamica habría sido fiel a sus principios. «Es la persona más leal que conozco, incluso consigo misma».

—Déjame a mí —le dijo Eneas—. Yo tengo la insignia y puedo pasearme sin problema.

—Se te olvida que has liberado a una presa y eso te convierte en fugitivo.

—No ha pasado mucho tiempo, tardarán en darse cuenta de que he sido yo. Podría haber sido cualquier empleado de la Nueva Gobernacía.

—Eso es que no conoces demasiado a Allinghanm. Es hábil y tiene buenos trabajadores.

—Pues supongo que será mejor pensar que te equivocas, porque la otra opción que nos queda es que seas tú la que deambule entre esa marabunta de gente.

A Carey le dio la sensación de que decía eso porque Eneas lo sentiría si a ella le pasaba algo, y aquello hizo que una especie de calor se le acomodara en el estómago. Sacudió la cabeza; no podía pensar en eso ahora.

—A ti te capturarán en cuanto pongas un pie en esa calle —continuó él mientras miraba la cantidad de gente que iba y venía delante del auditorio—. No te quepa la menor duda.

—Entonces...

—Lo haré yo.

Carey quiso preguntarle si eso significaba que aceptaba sus disculpas de una vez, si era el principio de un nuevo comienzo en el que el rencor y el odio se quedarían a un lado, pero no pudo hacerlo porque Eneas se subió las solapas del abrigo y se alejó de su lado. La boca se le llenó de palabras que era incapaz de pronunciar y entonces empezó a llorar. Aquello suponía demasiado que asimilar. El miedo de perder a Hamica, los remordimientos por lo que hizo en el pasado, la incertidumbre que era su futuro… ¿En qué momento su vida se había torcido tanto?

Trató de concentrarse en Eneas, que enseguida se convirtió en una mancha que caminaba entre los demás transeúntes. Iba con la cabeza gacha para no llamar la atención, pero desde allí podía ver cómo miraba con disimulo a un lado y a otro buscando a Hamica. Nadie reparaba en él: tan solo parecía un chico más paseando por las calles de Vésticum, y eso la llenó de alivio. No se trataba de que dudara de las capacidades de Eneas, pero tenía la leve sensación de que si le pasaba cualquier cosa mala por su culpa no se lo podría perdonar jamás.

Entonces algo le llamó la atención. Justo a la derecha del muchacho comenzó a formarse un revuelo de gente. Algunos gritaban y otros señalaban hacia un lugar que Carey era incapaz de ver. Pensó en asomarse, en salir de aquel callejón, pero contuvo el aliento y se dijo que no era buena idea. Sin embargo, cuando vio el rostro asustado de Eneas supo que algo no iba bien.

El chico se dio la vuelta y la buscó con la mirada. Era pánico lo que reflejaban sus ojos; urgencia. Así que Carey no se lo pensó dos veces: se tapó la cabeza con la capucha del abrigo y salió corriendo de su escondite para reunirse con él.

A medida que se acercaba —y mientras hacia un gran esfuerzo por no empujar a los vecinos que parecían ajenos a lo que estaba ocurriendo unos pasos más allá— empezó a escuchar con más claridad los gritos que habían alarmado a Eneas:

—¡Es la mentirosa!

—¡Estoy seguro, es ella!

—¡La mentirosa!

Si hubiera sido posible, el corazón de Carey se habría parado en ese momento, pero siguió latiendo, cada vez más deprisa, cada vez más asustado.

La chica sabía lo que estaba ocurriendo y se negaba a creerlo. No le hacía falta ver la escena para imaginársela a la perfección, y eso fue lo que más miedo le dio de todo. Conocía a la gente, sabía cómo eran los que actuaban movidos por esa sed de venganza irrefrenable. Al igual que sabía que, una vez que ese sentimiento se adueñaba de ellos, era imposible detenerlo.

Cuando llegó junto a Eneas, comprobó que sus sospechas eran ciertas. Delante de la marabunta se encontraba Hamica, rodeada por una horda de personas que gritaba enfurecida. Era tal el pánico que reflejaban sus ojos que a Carey se le encogió el corazón. El aire olía a tormenta, vendaval y venganza.

Ella la vio de inmediato, como si la hubiera estado buscando entre toda esa gente, como si jamás hubiera perdido la esperanza de encontrarla de nuevo. Y fue una mirada de liberación y de tranquilidad. A Carey se le contrajo el estómago al darse cuenta de lo asustada que habría tenido que estar ese tiempo mientras ella estaba desaparecida. La situación había dado un giro de ciento ochenta grados y conocía perfectamente la sensación de poder perder al pilar de su vida.

—Lo siento —musitó Hamica cuando se encontró con la mirada de su hermana.

Esa mirada dijo tantas cosas que habría sido imposible que Carey las comprendiera todas. Había miedo, pavor; pero también transmitía amor, gratitud y fraternidad. Algo que Carey nunca se había encontrado antes de que Hamica llegara a su vida.

Salió corriendo hacia ella sin pensarlo, ni siquiera la mano de Eneas tratando de alcanzar su brazo fue impedimento para no apartar de un empujón a las personas que la separaban de su hermana.

Entonces sucedió, sin que ella pudiera hacer nada por evitarlo. Una chica pelirroja, de aspecto ruborizado y con un vestido azul que la hacía parecer una ola en mitad de un mar enfurecido se lanzó contra Hamica y le clavó un cuchillo en el corazón.

—¿Te pensabas que podías jugar conmigo? —masculló entre dientes.

Carey no estaba segura de si Hamica la había escuchado porque sus ojos estaban fijos en los de ella y daba la sensación de que nada más aparte de su hermana existía en Vestalia. Después de eso, la chica se escabulló entre la gente como si fuera una vulgar comadreja que huye después de robar un botín.

De repente, el tiempo se paró. Por su mente pasaron imágenes de aquellos cinco años, pero se empeñó en quedarse en el momento en que la conoció. Saber de la existencia de Hamica supuso para ella un cambio más grande que el Gran Cataclismo que vendría momentos después. Y, aunque no se lo había dicho a nadie y ni siquiera se había permitido el lujo de regodearse demasiado en aquel pensamiento, tener a una hermana a su lado era lo mejor que le había pasado en la vida.

Chilló. Gritó hasta dejarse la voz cuando vio cómo el cuerpo de Hamica caía hacia el suelo, cómo se golpeaba la cabeza contra los adoquines, cómo el pecho se le empapaba de sangre. El mango del cuchillo, de resina y con flores rosas en su interior, se había manchado de escarlata, y aquella imagen le pareció lo más amargo que había visto en su vida. Una broma cruel del destino, una belleza capaz de arrebatar la vida de alguien.

Carey la alcanzó, se sentó a su lado y colocó la cabeza de Hamica sobre sus piernas. Poco le importó que tuviera decenas de ojos posados sobre ella, y mucho menos que su cuello hubiera quedado tan al descubierto que cualquiera podría comprobar que no llevaba la insignia de la Nueva Gobernacía. Nada de eso importaba, no con su hermana tratando de luchar contra una muerte que venía a reclamar su alma.

—No me dejes, por favor, no lo hagas.

—Lo siento mucho —repitió—. Todo es culpa mía. Yo…

—No digas nada más. —Las lágrimas de Carey emborronaban el rostro cada vez más pálido de Hamica—. No tienes la culpa de nada. Eres la mejor hermana que he podido desear jamás.

—Gracias por enseñarme lo que es una familia —musitó, aunque esta última palabra fue casi tan inaudible que Carey tuvo que leerle los labios.

A la vez que Hamica cerraba los ojos y exhalaba su último aliento, Carey apretó los dientes e hizo un juramento en silencio. «Acabaré con ella, aunque sea lo último que haga en la vida».

TERCERA PARTE

CAPÍTULO 40

Carey Regminton
Vésticum, sureste de Vestalia

Nunca había caminado como una muerta en vida, sintiendo que el cuerpo no le pertenecía, que era su alma la que hacía que sus pies siguieran avanzando.

Llevaba cinco años convencida de que fueron sus ganas de sobrevivir las que hicieron que pudiera salir de aquellos túneles y echara a correr; de que fueron sus ganas de continuar las que la empujaron para llegar primero hasta Lómaz y esconderse de los fanáticos día tras día, ciudad tras ciudad.

Y en ese momento se dio cuenta de lo equivocada que estaba.

No había sido ella, había sido Hamica.

Le vinieron de golpe las imágenes de sí misma tirando de su cuerpo, dándole de beber cuando llevaba demasiado tiempo sin tomar un trago de agua, obligándola a comer e incluso limpiándole el rostro después de llorar. Fue Hamica. Ella fue la fuerza que la ayudó a continuar. Si no hubiera sido por ella, no habría sido capaz de salir del castillo de Brítacor, y no solo porque no habría podido quitar aquellas piedras que la separaban del exterior, sino porque no habría encontrado la motivación para hacerlo.

En esos instantes la sensación había sido la misma, solo que en esa ocasión fue Eneas el que tuvo que tirar de ella.

Como si su voluntad se hubiera anulado por completo, la sacó de la marabunta de gente, la alejó de los gritos de odio contra su hermana, la separó del cuerpo inerte de Hamica —que en cuestión de segundos desapareció a manos de unos indeseables que no tardaron en reclamarlo como trofeo— y se la llevó de allí antes de que alguien más pudiera reparar en ella.

No opuso resistencia, ni siquiera intentó recuperar el cuerpo de su hermana; no podía, ella había muerto en el mismo instante en que Hamica había exhalado el último aliento.

Solo cuando llegaron a la perfumería de Gaia pareció recobrar un poco el sentido. La mujer, en cuanto los vio entrar, se abalanzó sobre Carey para que le explicara lo que había ocurrido, aunque no le hizo falta: sus ojos perdidos en la nada más absoluta, en el recuerdo del cuerpo sin vida de su hermana, le dijeron todo lo que necesitaba saber.

—¿Cómo ha pasado? —preguntó, pero no se dirigía a ella, le preguntaba directamente a Eneas.

Si este contestó, Carey no fue capaz de escucharlo. Su cuerpo decidió que necesitaba parar, así que, como si fuera una máquina con un botón de apagado, se derrumbó en el suelo y su mundo se volvió negro.

Cuando despertó, escuchó ruido de platos y cubiertos. Le costó recordar dónde estaba y qué había ocurrido, aunque su mente se encargó de que no viviera mucho tiempo en esa incertidumbre que, por un momento, había implicado una cierta felicidad.

Comenzó a gritar con todas sus fuerzas hasta que dejó de oír. No podía ser verdad, era imposible que aquello hubiera sucedido. La imagen de Hamica le vino a la cabeza y solamente quiso seguir gritando.

Notó a Eneas a su lado, justo cuando ya estaba tirándose del pelo y arrancándoselo a mechones.

—Eh, eh, ya está.

Pero ella no escuchaba, ni siquiera cuando el chico le dijo que lo arreglarían, que se las apañarían para salir adelante.

Ni siquiera cuando le dijo que aceptaba sus disculpas; como si eso bastara para olvidar el dolor que suponía perder a una hermana.

—Vamos, Carey —le susurraba.

Había conseguido que dejara de arrancarse mechón tras mechón, aunque para ello tuvo que abrazarla y apresarla entre sus brazos. Esa fuerza hizo que Carey consiguiera relajarse un poco, lo justo para no gritar, aunque era incapaz de eliminar la fijeza de sus ojos, que se habían empeñado en clavarse en algún lugar de aquella habitación y se negaban a moverse de ahí.

—¿Necesitáis… necesitáis algo? —preguntó Gaia, pero Carey fue incapaz de contestar.

Le ardía la garganta de gritar, los ojos de llorar y el alma por haber perdido a la única persona que le quedaba en el mundo. No necesitaba nada, ni siquiera respirar. Ya no.

—Ven, salgamos de aquí —le dijo Eneas.

Al ver que ella no reaccionaba, la cogió por la cintura y la puso en pie. En algún momento la cubrió con el abrigo y la sacó a la calle. La noche los recibió, al igual que un silencio tan intenso que sobrecogía. Se dejó llevar. No le importó lo más mínimo que alguien pudiera verla. No se preocupó por taparse el rostro o por moverse entre callejones. Anduvo por las calles de Vésticum tal y como lo hacía años atrás, solo que con los pedazos de su corazón destrozado resonando con cada paso que daba.

Tardó un rato en darse cuenta de que Eneas la había cogido de la mano y la dirigía entre los puestos y las calles. No le preguntó a dónde iban, le daba igual. Tanto que sus pasos se arrastraban por el suelo empedrado como si no importara el rumbo que estaban tomando. Ni aunque este los llevara directos a una muerte segura.

Unos minutos después, o varias horas, era imposible saberlo, Eneas se detuvo.

—Bajemos por ese camino.

Ella obedeció, incapaz de hacer lo contrario. Se sentía muerta en vida, vacía, sin nada en su interior que no fuera un dolor tan inmenso que casi ni le cabía dentro.

Lo primero que notó fue que el suelo cambió. Ya no había adoquines ni escombros, en su lugar, una arena fina y húmeda recibió sus pisadas.

—He pensado…

Eneas dejó de hablar cuando Carey lo miró a los ojos. Se imaginaba que los tendría hinchados y amoratados de tanto llorar, de hecho, le dolían bastante y casi no podía abrirlos. Pero ahí estaba él, podía verlo a través del dolor.

La noche cerrada lo envolvía todo y solo se escuchaba el ruido de las suaves olas del mar Argento.

—¿Qué hacemos aquí? —preguntó. Su voz sonó áspera y muerta.

—Sé lo que es perder a alguien, y sé lo que es no poder despedirse de la manera que uno querría.

Carey ahogó un grito. Dejar el cuerpo de Hamica atrás había sido lo más duro que había hecho en su vida. Era cierto que ya había vivido esa experiencia con su padre, pero entonces su instinto de supervivencia decidió por ella. Tenía muchas ganas de seguir viviendo, no como ahora.

Nunca había creído necesario tener un lugar al que ir para llorar una pérdida; era de las de la opinión de que se podía llorar a un ser querido en cualquier lugar y en cualquier momento. Sin embargo, después de visitar la tumba de su madre se dio cuenta de lo equivocada que estaba. Saber que su madre descansaba allí, en aquel lugar tan bonito, le regalaba una suerte de calma. Ese sentimiento se enfrentaba al hecho de no poder llorar a Hamica de la manera correcta. Se había convertido en una persona rodeada de fantasmas y de recuerdos dolorosos.

—Por eso he pensado que podríamos inventarnos un lugar, imaginarnos que está aquí y dedicarle este sitio para que tú puedas venir siempre que lo necesites.

A pesar de lo bien entrenada que estaba, la mirada de Carey no era capaz de transmitir todo lo que la chica pensaba en ese momento.

—Habría dado lo que fuera por poder tener un lugar en el que llorar a mis padres —le explicó Eneas.

—Lo siento, de verdad que lo siento —un sollozo hizo que Carey casi no pudiera terminar la frase.

—Lo sé.

—¿De verdad?

Eneas guardó silencio durante unos instantes. Se había sentado en la arena, a la espera de que Carey hiciera lo mismo, y miraba el mar casi sin pestañear.

—Solamente desobedecí a mi padre una única vez en mi vida. —La chica se sentó a su lado. Sus rodillas estaban tan cerca que casi se rozaban—. Fue cuando mi madre enfermó. Él me prohibió mentir, pero yo no concebía que ese pudiera ser su final. Así que no me lo pensé: le desobedecí y mentí para conseguir sus medicinas, aun sabiendo que si se enteraba la mataría de un disgusto.

—Tenía que ser una mujer maravillosa.

—Lo era, y no dudé en hacer lo necesario para salvarla. Habría hecho cualquier cosa por ella. Y por mi padre. Porque los quería más que a nada en el mundo; eran mi familia.

—Y la familia es lo más importante —sollozó Carey.

—Y la familia es lo más importante —corroboró el chico—. Me ha costado entender por qué lo hiciste, pero ahora comprendo que habrías hecho cualquier cosa con tal de contentar a Caronte, por muy mal que estuviera.

Carey hundió la cabeza entre las piernas y lloró sin consuelo. Tenía razón: a pesar de que la relación con su padre no era la mejor, toda su existencia se había sustentado en hacerlo sentirse orgulloso. Además, era su padre. ¿Acaso él no quería lo mejor para su hija? Aunque implicara la muerte de otras personas.

—Hagamos una cosa. —Eneas se levantó y dejó a Carey sola unos instantes.

Cuando volvió, traía entre las manos un montón de piedras negras como la noche que los rodeaba.

—Ven, acompáñame.

Carey obedeció. Comenzaron a andar por la playa hasta que llegaron a un pequeño acantilado sobre el que se erguía la ciudad. La noche cerrada impedía ver lo que había alrededor, pero delante de ellos se intuía una pequeña cueva dentro de la pared de roca afilada. Eneas avanzó hacia el interior unos cuantos pasos.

—Qué curioso el sonido —comentó Carey con profunda tristeza.

—¿A qué te refieres?

—No se oye el mar. Pero parece como si se oyera el mar.

—No te entiendo.

—Que es como cuando te pones una caracola gigante en la oreja. Crees que estás escuchando las olas del mar, pero no es más que la sangre recorriendo tu cuerpo. Da igual, es una tontería.

Volvió a echarse a llorar. Fue Hamica la que compartió aquel dato con ella. Eran las tantas de la madrugada y en Bábilos hacía un calor inusitado, tanto que tu tuvieron que salir de su escondite para tomar un poco el aire. Allí, bajo un cielo repleto de estrellas y la sensación de no saber qué estaban haciendo con sus vidas, salió ese tema de conversación. El corazón de Carey volvió a quejarse al comprender que nunca más tendría una conversación como aquella.

—Eh, ya está. —Eneas se acercó un poco a ella y se atrevió a cogerle la mano.

Carey se sobresaltó porque la oscuridad le había impedido adelantarse a ese movimiento. Sin embargo, enseguida se relajó. Mentiría si dijera que no había echado de menos la manera en la que sus manos encajaban a la perfección.

—Venga, ayúdame.

El chico tiró un poco de ella y se quedaron agachados en mitad de la cueva. Entonces él comenzó a colocar las piedras en la arena. Carey, a tientas, siguió sus movimientos y se dio cuenta de lo que estaba haciendo.

—No podemos enterrar aquí el cuerpo de Hamica, pero sí su recuerdo —dijo Eneas cuando terminó—. Será un lugar al que podrás recurrir cuando necesites estar con ella.

—No creo que pueda quedarme mucho tiempo más en Vésticum. Este lugar está repleto de gente que me odia. Mi cara está en carteles repartidos por toda la ciudad. De hecho, no sé por qué he venido…

—Pero siempre sabrás que está aquí. Eso es mucho mejor que no tener ningún lugar. Además, el mar entra en esta cueva cuando sube la marea, se lo oí decir a alguien en el Liceo. Las aguas mojarán estas piedras y luego volverán al mar. Da igual en qué parte de Vestalia estés, siempre que haya mar, llueva o visites un río, Hamica estará contigo.

Carey se dejó caer en la arena húmeda, sin importar que el agua comenzara a traspasar su ropa. Eso era mejor que no tener nada, desde luego, aunque en esos momentos se le hacía muy complicado pensar en algo positivo. ¿Qué más le daba tener un lugar para llorar a Hamica si jamás iba a volver a estar con ella? ¿Si jamás la vería en la cocina preparándole un té porque sabía que estaba a punto de levantarse? ¿Si nunca más iba a sentir que no estaba sola en ese horrible mundo?

—La quería muchísimo —susurró entre lágrimas—. Nunca le perdonaré a mi padre habérmela ocultado durante todo ese tiempo. Aunque, por otra parte… No tiene importancia.

—No, dime. ¿Qué es lo que piensas?

Carey dudó unos segundos.

—Que con ella al menos lo hizo bien. Quiso alejarla de las mentiras y no dejar que ese sistema horrible la corrompiera. La puso a salvo, y hay que reconocer que eso fue lo que mejor hizo como padre.

Eneas le apretó la mano. Si hubiera habido luz, Carey se habría encontrado con una medio sonrisa de apoyo.

—Y luego llegué yo y lo estropeé todo. Tantos años alejándola del peligro para que ahora se encuentre conmigo y acabe muerta en una calle de Vésticum.

—No digas eso, no te castigues así.

—Es cierto, Eneas, solo traigo dolor y muerte. Mírate a ti.

—No fuiste tú, fue Caronte.

Aquellas palabras fueron lo más sincero que Carey había escuchado en mucho tiempo, y oírlas de los labios de Eneas supuso una liberación de algo que llevaba muchos años en su interior y que se moría por salir.

—No tienes que tratarme así porque se haya muerto mi hermana.

—Eso me ofende muchísimo, Carey.

—No sé por qué.

—Porque significa que no llegaste a conocerme. Jamás haría algo solo porque me compadeciera de ti, deberías saberlo.

Carey apretó su mano.

—Maldigo cada día el instante en el que nos separamos. Aquella maldita explosión que hizo que nuestros caminos se separaran.

—Y, sin embargo, el destino es así de caprichoso y ha hecho que se volvieran a cruzar.

—Aunque no en el mejor momento —la tristeza en la voz de Carey hablaba por ella.

—O tal vez sí.

CAPÍTULO 41

Eneas Lockwood
Vésticum, al sureste de Vestalia

No fue sencillo sacar a Carey de aquella cueva. Aunque la oscuridad le impedía verla, podía escuchar cómo sollozaba en silencio.

Pasaron mucho rato sentados en aquella arena húmeda, al lado de las piedras que había colocado a tientas y que serían la tumba simbólica de Hamica. Pensó en lo extraña que era la sensación que crecía en su interior: no estaba afligido por la muerte de la chica, sino por la tristeza que experimentaba Carey. Era algo difícil de explicar, y muy cruel. Cruel porque a la vez se sentía aliviado por no conocer demasiado a esa persona que acababa de morir, por no tener que enterrar de nuevo a uno de los suyos. Aquello era egoísta y complicado de entender. Y, sin embargo, ahí estaba, haciendo que se sintiera la peor persona de Vestalia.

—Deberíamos marcharnos —propuso entonces Eneas—. Pronto va a amanecer y la gente comenzará a salir y...

—No quiero irme de aquí —sentenció la chica—. No tengo a dónde ir.

—Podemos volver a la perfumería de Gaia, cambiarnos de ropa, tomar un té caliente...

La sola idea de hacer todo eso provocó que el estómago de Eneas se encogiera de gusto. Tenía las ropas empapadas por sentarse en el suelo húmedo y hacía un buen rato que no sentía los pies. Por no hablar del hambre que tenía. Sus tripas rugían enfadadas y resonaban dentro de aquella cueva vacía. Sin embargo, no era capaz de decírselo a Carey, no en mitad de su duelo. Aquellos detalles le parecían insignificantes al lado de su dolor.

—¿Y después qué? ¿Volver a huir? ¿Volver a escaparme? ¿A esconderme?

—¿Cómo has sobrevivido estos años? —aquella pregunta se escapó de los labios de Eneas.

Cuando la vio, lo que menos le preocupó fue cómo había conseguido resistir tanto tiempo, le dio completamente igual. Pero ahora… Recordaba que Carey le había dicho que habían logrado sobrevivir «dignamente», sin contar verdades, aunque al chico se le escapaba el significado real de esa palabra.

—Nos escondíamos en una ciudad y en otra y asaltábamos tabernas y cafeterías. No teníamos la insignia y, aunque hubiéramos querido, no podríamos haber entrado en los Herederos. Nadie se fía de alguien que está fuera del sistema.

Así que ahí estaba la explicación. Carey siempre había tenido un don para adaptarse al medio, como si fuera capaz de camuflarse con el entorno con tal de no ser vista y así poder sobrevivir una jornada más. O capturar a la presa que llevaba persiguiendo días.

—¿Y erais buenas?

—¿Asaltando? Las mejores. —Hubo un pequeño rastro de felicidad en esa última palabra, aunque enseguida se desvaneció—. Hacíamos buen equipo. Hamica siempre mantenía la cabeza fría y los pies en el suelo, y yo actuaba cuando las cosas se ponían feas. Tomaba las decisiones difíciles. Tendría que haber sido yo la que acabara muerta, no ella.

—Eso no podías saberlo.

—Es la verdad. Siempre he sido una inconsciente. Cuando existía el sistema de mentiras me creía la reina de Vestalia. Sí, me habían hecho creerlo, pero a mí me convenía también. Pisaba firme porque me habían enseñado que mis pasos debían resonar.

»Después del Gran Cataclismo asumí que moriría pronto, que en cualquiera de esos asaltos mi sangre caliente actuaría por mí y me haría disparar contra el primero que intentara hacer que mis planes se torcieran. Y estaba tan segura que me daba igual. Solo quería proteger a Hamica, de la misma manera en la que lo hizo nuestro padre durante tantos años.

—Pero no podías hacerlo siempre. Al final Hamica también tomaba sus propias decisiones, al igual que tú. Y las decisiones a veces nos llevan a destinos fatales. No es tu culpa.

Eneas quería que Carey se creyera esas palabras, que las interiorizara hasta el punto de que fuera lo único capaz de repetirse una y otra vez. Pero sabía que no lo estaba consiguiendo. Conocía a Carey, sabía de sobra que era una persona de ideas fijas y que en esos momentos no paraba de darle vueltas al hecho de que ella era la culpable de que su hermana hubiera muerto.

—Ahora no tengo a dónde ir, no tiene sentido sin ella. Hacíamos buen equipo.

—Habrá algún lugar en el que puedas esconderte.

—Estoy cansada de esconderme, Eneas. Es agotador tener que vivir en las sombras, no poder hablar con nadie, no poder enseñar mi rostro, no poder tener amigos ni gente que se preocupe por mí de verdad.

Eneas estuvo a punto de decirle que ahora estaba él ahí, y que podía convertirse en todas esas cosas que decía. Sin embargo, en el último momento se lo pensó mejor y decidió no ir por ese camino. No podía prometerle a Carey que se quedaría con ella. No tenía ni idea de cuál iba a ser el siguiente paso, y tampoco estaba seguro de que quisiera darlo junto a ella.

—Vayamos a la perfumería —aquello sonó más como una súplica que como una propuesta—. No sé lo que va a pasar hoy, ni mañana, pero tengo que claro que no quiero morir de una hipotermia. Salgamos de aquí y pensemos con claridad cuál es el siguiente movimiento.

Conocía lo suficiente a Carey como para saber que aquella propuesta sí que le había resultado interesante. Sus palabras decían que la vida ya no tenía sentido y que no quería vivir en un mundo sin Hamica, pero en realidad sabía de sobra que Carey estaba fraguando una venganza en lo más hondo de su ser. Le habían arrebatado lo que más quería en el mundo, la única familia que le quedaba, y no se iba a quedar de brazos cruzados viendo cómo la culpable no sufría las consecuencias de sus actos.

Eneas escuchó cómo Carey a duras penas se ponía de pie. No la vio, pero sintió cómo se tambaleaba a su lado y corrió a cogerla por debajo de los brazos.

—¿Estás bien? —le preguntó.

—Sí..., me he mareado —susurró.

—¿Hace cuánto que no comes?

El silencio de Carey le dijo a Eneas todo lo que necesitaba saber.

—Se acabó. Vayamos de inmediato a la perfumería y pongamos fin a esta locura. Tienes que comer y dormir. Después ya pensaremos qué hacemos.

A pesar de que la perfumería no estaba muy lejos de la playa, tuvieron que callejear más de la cuenta porque la gente ya empezaba a salir de sus casas. El chico tenía razón: con los primeros rayos del sol, los comerciantes se ponían en marcha para abrir sus puestos y sus tiendas y los vecinos se disponían a comenzar el día. Con esos primeros rayos, Eneas pudo ver el rostro de Carey; no cabía más tristeza en él. Tenía los ojos y los pómulos hundidos y unas ojeras tan marcadas que no se podía saber cuál era el color original de su piel.

Por supuesto, cuando llegaron a la perfumería, Carey no obedeció las órdenes de Eneas: ni comió ni se fue a dormir. Sin mediar ni una sola palabra con Gaia —que los miraba extrañada desde detrás del mostrador donde había empezado a disponer la mercancía del día—, Carey se dirigió a la trastienda seguida de Eneas.

—Voy a acabar con ella.

Al chico ni siquiera le había dado tiempo a entrar en la estancia cuando dijo eso.

—¿Con la asesina de tu hermana?

—Sí, también. Pero no me refería a ella. Voy a matar a Dorothia Allinghanm.

Eneas se quedó paralizado, ¿a qué venía aquello?

—No entiendo, Carey. ¿En qué te ayudaría eso?

Hacía tan solo un rato, en la playa, había dicho que no tenía ganas de seguir viviendo y de repente había cambiado de idea e iba a emprender una lucha que tenía muy pocas posibilidades de ganar.

—Todo esto es culpa suya, ¿no te das cuenta? Si el sistema de verdades no existiera, no habrían aparecido los Herederos de la Verdad, esas personas dispuestas a hacer lo imposible por conseguir un secreto. La sociedad estaba corrompida antes de que llegara Dorothia, pero ella no ha hecho más que empeorar la situación. Al menos antes la gente tenía la opción de salir a la calle y hablar con el vecino sin miedo a desvelar algún secreto que luego pudiera ser usado en su contra. Sin miedo a morir por tener un secreto.

»Ya tenía esta idea antes de venir a Vésticum, pero ahora es mucho más que eso. Es mi propósito principal.

—¿Y qué sugieres? ¿Volver a las mentiras?

—No lo sé, si te digo la verdad. —La chica no paraba de andar de un lado a otro, como si así pensara más deprisa—. No creo que eso fuera viable porque los antiguos edificios de la Gobernacía están completamente destrozados. He viajado por varias ciudades de Vestalia y no queda nada en pie. Los que provocaron el Gran Cataclismo se esforzaron mucho para que volver al pasado no fuera una opción.

—¿Entonces? ¿De qué te serviría matar a Allinghanm? ¿No crees que ella tendrá personas en las que delegar y que puedan seguir haciendo su trabajo cuando no esté? Alguien que ha montado el sistema de verdades no puede ser tan estúpida como para no cubrirse las espaldas de esa manera.

—No lo sé, Eneas, ¡no lo sé! —Carey se llevó las manos a los oídos y se echó a llorar.

Eneas no recordaba haberla visto así de vulnerable jamás. Estaba desesperada buscando la opción correcta, una opción que sabía que no iba a encontrar. Lo que ella quería no se podía conseguir: Carey ansiaba tener a su hermana a su lado, nada más. Y eso era imposible.

—Necesito… —susurró, pero no conseguía encontrar las palabras.

Eneas se acercó a ella y le bajó uno de los brazos. La miró a los ojos y solo encontró dolor en ellos.

—¿Qué necesitas?

—Necesito que me abraces.

Aquellas palabras se le clavaron en el estómago e hicieron que se estremeciera de pies a cabeza. No sabía si estaba preparado. Por una parte, quería olvidarse cuanto antes de todo lo ocurrido, obviar que ella era la asesina de sus padres. Pero por otra…

Lo hizo. En contra de su voluntad más profunda, en contra de sus principios, la abrazó. «Sabe que puede hacer conmigo lo que quiera».

Habría jurado que recordaba perfectamente lo que era tener a Carey entre sus brazos, pero se equivocaba. El recuerdo se había ido disipando hasta el punto de hacer creer que abrazar a Carey no era nada especial. Sin embargo, ahora, con sus cuerpos pegados y sus corazones casi rozándose, se dio cuenta de lo errado que estaba. Abrazar a Carey era como volver a casa; sentir que nada malo podía ocurrir, olvidarse del resto de Vestalia.

Se separó de ella lo justo para mirarla a los ojos. Necesitaba con urgencia saber en qué pensaba la chica, si compartían esas sensaciones o si solo era él, que había empezado a perder la cabeza. Carey no era capaz de decir nada, pero Eneas habría jurado que ese dolor que hacía un momento se había encontrado había comenzado a disiparse un poco. No estaba seguro, con Carey nunca se sabía. Podía enseñarle una cara y por dentro ser la persona más diferente que uno podía imaginar.

—A veces pienso que no estamos preparados para los designios de la vida.

—¿Qué quieres decir? —preguntó Eneas confuso. Su cabeza estaba bastante lejos de ponerse a elucubrar sobre cuestiones filosóficas.

La chica cogió aire como si estuviera pensando cómo responder.

—Que me ha alejado de ti durante cinco años y justo ha hecho que nuestros caminos se encontraran cuando más te necesito.

CAPÍTULO 42

Tobyas Jhonson
Vésticum, al sureste de Vestalia

No pudieron pararle los pies. De nada valieron los ruegos de Otila para que no lo hiciera ni la forma en la que Tobyas trató que Camille entrara en razón: ella lo tenía claro. Iba a terminar con la vida de la hija de Caronte costara lo que costase.

Se rindieron en el mismo momento en el que Camille alzó su puñal ante ellos. El chico se fijó en las flores que decoraban el interior del mango transparente y pensó en qué tipo de persona elegía algo tan bonito para arrebatar la vida de otra.

Otila, al ver aquella arma alzada contra ella, se enfrentó a la muchacha y le preguntó si matarlos también entraba en sus planes o si era algo improvisado. La frialdad con la que Camille dijo que lo haría con tal de llevar a cabo su plan hizo que Tobyas se estremeciera.

Así que no, no pudieron detenerla. Tenían demasiados proyectos, demasiadas esperanzas puestas en el futuro, y no iban a dejar que nada ni nadie lo frustrara. Por mucho que la causa lo requiriera, por mucho que sus actos implicaran la muerte de otra persona.

También estuvieron de acuerdo en que no era un buen momento para escapar como tenían pensado. Era mejor aguantar un día más y comprobar que las aguas volvían a su cauce. Otila no quería ponerse bajo el foco de la Nueva Gobernacía, pues sabía de buena tinta que la madre de Camille tenía una relación estrecha con Dorothia Allinghanm. Si desaparecían de repente incluso podrían cargarles a ellos el muerto y convertirse en fugitivos. No, esperarían un par de días más y entonces llevarían a cabo su plan.

Así que se separaron y quedaron en verse al día siguiente.

Tobyas pasó la noche en el Fuego Sagrado y se aseguró de que la puerta de su camarote estuviera lo suficientemente protegida como para que nadie pudiera abrir desde fuera. A decir verdad, solo pensaba en una persona mientras ponía aquella cómoda contra la puerta. No durmió, ni un solo minuto. No podía parar de pensar en Otila, en el bebé y en el peligro que parecía acechar en cada esquina. Vestalia no dejaba de sorprenderle: era como si no le permitiera bajar la guardia, como si le tuviera una prueba preparada para cuando superara la anterior.

Y la de ahora consistía en pasar desapercibido todo lo posible y poder preparar las cosas necesarias para huir de Vésticum para siempre.

Su primera intención había sido salir del camarote con los primeros rayos del sol, pero se dio cuenta de que era el momento más concurrido en el barco: los marineros hambrientos que se preparaban para desayunar se juntaban con los que acababan de llegar de cerrar las tabernas de la ciudad. Así que esperó impacientemente a que la mañana transcurriera. Cuando creyó que era conveniente —en realidad, cuando ya no pudo aguantar más—, salió del camarote sin saber si aquella sería la última vez que lo pisara.

Anduvo por las calles de Vésticum y en unos minutos llegó a La Piel del Oso. Cuando cruzó la puerta, se encontró a Otila barriendo la taberna. Sus miradas lo dijeron todo. En ellas había anhelo, miedo, preocupación, ilusión y mucho amor.

Pero todo aquello quedó diluido cuando una figura que venía de las habitaciones se unió a la reunión.

—La habitación quince está hecha una pocilga —rezongó el hombre—, algún marinero ha debido de divertirse de más esta noche y no ha tenido el menor reparo en destrozarlo todo. Más te vale arreglarla antes de que se ponga el sol y vuelva la clientela.

A Tobyas le faltó el aire. Era el marido de Otila. Lo había visto alguna vez que otra en la taberna y, aunque no lo hubiera hecho, la mancha oscura que tenía en el ojo izquierdo y de la que todo el mundo hablaba lo hacía inconfundible.

Cada vez que iba al bar temía encontrárselo y, por el camino, se imaginaba mil escenarios diferentes para poder ser capaz de enfrentarse a la situación, pero aquel día había ido tranquilo al recordar que Otila le había dicho que su marido iba a estar fuera unos cuantos días. Así que la sorpresa fue todavía mayor cuando lo vio allí dentro, lo que le hizo no ser capaz de actuar de la mejor manera posible. No estaba preparado, y menos en un día como aquel.

—¿Y tú qué quieres? —le preguntó al chico en cuanto reparó en él—. ¿No ves que la taberna está vacía y que no son horas de venir? Si buscas un trago tendrás que esperar a la hora de comer.

—Igual es algo urgente —dijo entonces Otila. Tobyas halló en su tono una nota de temor que no le gustó nada—. ¿Necesitas algo?

—No quiero caraduras en mi local —sentenció el hombre—. Sea lo que sea, no podemos ayudarte.

«Este desgraciado va a entorpecer nuestros planes». En su mente no solo había lugar para el bebé y su huida con Otila; Carey también acaparaba casi toda su atención. Se había dado cuenta de que era la única esperanza que tenían para que la Nueva Gobernacía cayera. No lo había dicho en voz alta, pero no quería que su hijo se criara en un mundo donde las mentiras o las verdades fueran mercancía que intercambiar. Jamás juzgaría a Otila por su decisión de formar parte de los Herederos de la Verdad, pero eso no estaba reñido con la esperanza de que su hijo jamás tuviera que pasar por algo así. Y la única manera de conseguirlo era salvando a Carey. No podía permitir que Camille la matara, por mucho que fuera la hija de Caronte y por mucho que hubiera desvelado alguno de sus secretos.

Miró a la mujer, se la veía claramente en una encrucijada. No sabía qué decir ni qué hacer. Si hablaba más de la cuenta, su marido podría sospechar que algo raro pasaba, y tampoco podía quedarse de brazos cruzados. Así que sopesó sus opciones y al final decidió lo que creyó más inteligente:

—Sí, tienes razón —le dijo de la forma más convincente que pudo—, no era nada. Estaba buscando la zapatería de Clairen Godwin.

—¿Me has visto cara de zapatero? Es evidente que aquí no es. —El hombre se acercó a él con aspecto amenazante; estaba claro que no era bien recibido—. Ya estás largándote y dejándonos en paz.

Tobyas se atrevió a echar una última mirada a Otila, cuya preocupación y tristeza eran más que evidentes. Esperó que ese pequeño gesto fuera tan importante para ella como insignificante para él. Con ese gesto le quiso decir que haría todo lo posible por pararle los pies a Camille costara lo que costase y que volverían a reunirse cuando su marido no estuviera. También quiso decirle que no se preocupara, que pronto estarían lejos de allí viviendo la vida que se merecían, pero comprendió que tantas cosas no cabían en una sola mirada.

O tal vez sí, porque los ojos de Otila dejaron de transmitir tristeza para emanar de inmediato una tranquilidad que antes no estaba.

Tobyas se dio por satisfecho con la pequeña inclinación de cabeza de la mujer y lanzó última mirada al hombre para comprobar que no sospechaba nada. Solo encontró la misma desconfianza de antes, pero nada que le hiciera pensar que sabía lo que ocurría entre ellos dos, así que se dio la vuelta y cruzó la puerta que le separaba de la calle.

«Esto tiene que salir bien», se dijo, aunque no sabía ni por dónde empezar.

Se obligó a pensar más rápido. Amenazó a su cerebro para que trabajara todo lo deprisa que fuera capaz, sin saber que aquello en realidad era lo más contraproducente que podía hacer. Aun así lo intentaba. Por su mente pasaron mil escenarios, se preguntó dónde estaría Carey en más de un millón de ocasiones, y la única respuesta que se le ocurría era la que no le servía. Carey no sería tan tonta de estar en el Liceo. El Liceo estaba repleto de gente que la odiaba y que la quería muerta. Sí, había sido su hogar y seguramente, si había vuelto a Vésticum lo habría hecho con la intención de recordar lo feliz que fue mientras vivió allí, pero desde luego no era la opción más sensata.

Así que su cabeza no paraba de sabotearle: le daba la única respuesta que no parecía complacerle.

No pudo seguir pensando demasiado porque, unas cuantas calles más allá —calles que, debido a lo inmerso que estaba en sus pensamientos, había ido atravesando sin apenas darse cuenta—, un tumulto de gente llamó su atención.

Eran muchos los que gritaban consignas de la Nueva Gobernacía mientras otros tantos entonaban los cánticos típicos del régimen. A Tobyas, por mucho que estuviera dentro del sistema y que él lo hubiera aceptado como el único válido que existía, no terminaban de gustarle. Había algo en la cadencia de sus notas, en lo agobiante de los cambios de tono, que hacía que se estremeciera sin poder evitarlo. Aquellas canciones eran más siniestras que las gigantescas olas silenciosas que acechaban el mar Rocoso.

—¡Muerte al antiguo régimen! —gritó uno.

Y los demás lo siguieron:

—¡Muerte, muerte, muerte!

Después, unos segundos de silencio, como si un fantasma hubiera pasado por delante y se hubiera llevado el aliento de todos los presentes. Acto seguido, continuaban:

—¡Muerte al antiguo régimen!

—¡Muerte, muerte, muerte!

La parte sensata de Tobyas le decía que tenía que huir de allí lo más rápido posible, y no solo para encontrar a Carey. Sin embargo, la parte curiosa le hizo abrirse hueco entre la gente —asegurándose de que su insignia quedaba perfectamente visible— para llegar a las primeras filas.

En cuanto vio lo que tenía delante se arrepintió de haberlo hecho.

Ante de él se encontraba el cuerpo inerte de una chica a la que habían atado de pies y manos a un poste de madera. La cabeza le caía hacia delante y el pelo rubio casi blanco le tapaba el rostro. «Y menos mal», pensó Tobyas, porque no habría aguantado ver los ojos sin vida de esa pobre muchacha. Lo que sí vio, y en lo que no pudo evitar centrar su atención, fue la sangre que le manchaba la parte superior de la ropa y la rasgadura de la tela que dejaba ver una herida mortal.

Tuvo que hacer un esfuerzo sobrehumano por no vomitar allí mismo. Tuvo que respirar varias veces para obligar a su cuerpo a seguir trabajando. Aquello era demasiado.

Los gritos continuaban, incesantes, e hicieron que Tobyas se diera la vuelta para perder de vista aquel espectáculo grotesco. Pero no pudo marcharse. Algo le llamó la atención.

A cada lado del cuerpo de la chica aparecieron varias figuras; vestían unas túnicas moradas con capucha que les tapaban los rostros, llevaban cubos de madera en la mano y andaban despacio, como si estuvieran en una marcha fúnebre. Tobyas pensó que quizás aquello era una suerte de funeral, una manera peculiar y escabrosa de darle el último adiós a esa chica cuya identidad desconocía.

—¡Muerte a la Nueva Gobernacía! —gritó uno de ellos mientras alzaba la mano, lo que hizo comprender a Tobyas lo equivocado que estaba.

—¡Muerte, muerte, muerte! —jalearon los otros encapuchados.

Entonces lanzaron el contenido de los cubos hacia las personas que unos instantes antes vitoreaban a favor del nuevo régimen. El chico consiguió agacharse a tiempo y solo se manchó parte del abrigo; se quedó paralizado cuando se dio cuenta de que era sangre lo que esos tipos llevaban en los cubos.

La reacción no tardó en llegar. Las personas que rodeaban a Tobyas salieron corriendo detrás de los encapuchados con gritos de venganza. En cuestión de segundos, no quedaba casi nadie en la plaza. A excepción del cuerpo de la chica, que parecía una marioneta abandonada y cuyo destino —horrible, sin duda— Tobyas prefería no saber.

CAPÍTULO 43

Eneas Lockwood
Vésticum, al sureste de Vestalia

Se aseguró de que la puerta de la trastienda estuviera cerrada, por nada del mundo quería que Gaia los interrumpiera. Mientras lo hacía, tuvo que echar una carrera contra sus propios pensamientos. Todavía quedaban las pavesas del rencor que sentía por Carey, el dolor por las atrocidades que cometió en el pasado, pero también quedaban los posos del amor que había sentido por ella, la forma desesperada en que la quiso, las noches eternas en las que lo único que podía hacer era echarla de menos.

Estaba cansado de odiar, de dejarse llevar por esas olas de sentimientos negativos y de tristeza. Se merecía ser feliz de una vez, y no le cabía la menor duda de que nunca había sido tan feliz como cuando estaba a su lado.

Se dio la vuelta despacio; en lo que duraban los cuatro pasos que le separaban de la puerta, había comprendido que le daba igual si el mundo volvía a venirse abajo, lo único que quería era estar con ella.

Carey se sorprendió al ver cómo se acercaba, y a Eneas no le extrañó. Había insistido muchísimo en dejar clara su postura acerca del asesinato de sus padres y que ahora estuviera mirándola con aquellos ojos no hacía otra cosa que confundir a la chica. Sin embargo, pronto se dio cuenta de lo que estaba sucediendo;

Eneas lo supo por la manera en la que suspiró, como si estuviera soltado un aire que llevaba un lustro dentro de sus pulmones.

—Yo… —empezó a decir ella.

—Creo que esta vez las palabras sobran —murmuró él. La voz le salió más ronca de lo normal, un poco cavernosa, y comprendió que era su yo más profundo el que hablaba.

Si el abrazo que se habían dado hacía un instante había sido especial, el beso que llegó a continuación los dejó sin aliento. Fueron muchas las veces en las que Eneas se convenció de que había olvidado cómo besaban los labios de Carey, pero en ese momento entendió lo equivocado que estaba. No lo había hecho, ni lo más mínimo. Y su cuerpo, tampoco. De hecho, sus labios se amoldaron tan rápido a los suaves besos de la chica que le pareció mentira que hubieran pasado tantos años desde la última vez que se rozaron.

«Hay cosas que no se olvidan», pensó agradecido. Mentiría si dijera que no le preocupaba haberse olvidado de cómo besar, por lo que verse así, siguiendo los movimientos de Carey, atreviéndose a posar una mano en su cintura y sujetando su cuello con la otra, lo llenó de una extraña calma que hacía muchísimo tiempo que no sentía.

Para el asombro de Eneas, Carey no dijo absolutamente nada. En otra circunstancia tal vez habría sacado a pasear su lengua mordaz y su sarcasmo, pero estaba tan ocupada besándolo, dejándose llevar por esas sensaciones que ahora recorrían todo su cuerpo, que era incapaz de mediar palabra.

El chico comprendió lo que estaba sucediendo: por primera vez, después de muchas horas, Carey no estaba pensando en otra cosa que no fuera el momento presente, y aquello palió un poco su preocupación. La había querido mucho, y estaba seguro de que volvería a hacerlo como antes, y no deseaba por nada del mundo que el dolor de la muerte de su hermana la consumiera y acabara apagando la llama que tanto la caracterizaba.

—Gracias —musitó Carey contra su boca.

Eneas sonrió de medio lado al comprender que sus mentes, a pesar de todo el tiempo que habían pasado separadas, todavía eran capaces de comunicarse como antes. Le quiso decir que no tenía que darle las gracias, que eso era lo que se hacía cuando se quería a una persona: tratar de ayudarla en todo lo posible y por todos los medios a su alcance. Eneas había intentado cada método que se le había ocurrido, sin ser consciente de que el más eficaz estaba siendo ese beso.

—Quiero... —susurró Carey casi sin poder hablar—. Quiero...

—¿Qué quieres? —Eneas no deseaba interrumpir ese beso, por eso la apretaba más contra él, como si fuera posible.

—Quiero que me hagas tuya.

Aquellas palabras hicieron que algo por debajo de su estómago se removiera. «¿Está diciendo lo que creo que está diciendo?». Se apartó un poco de ese beso que le había devuelto la vida y la miró para comprobar que no se equivocaba y que había entendido bien. Sin duda, el fuego que se veía en esos ojos de hielo le confirmaron todo lo que necesitaba saber.

—¿Estás segura? —preguntó con bastante miedo de la respuesta.

Ahora que había escuchado esa frase saliendo de los labios de Carey, no podía aceptar una negativa por respuesta.

Para su alivio, ella asintió más decidida que nunca. Pero entonces Eneas se sintió la persona más torpe de Vestalia. No tenía ni idea de por dónde empezar. El destino se había encargado de separar su camino del de cualquier mujer. Y no solo eso: no había parado hasta arrebatarle esa oportunidad de coger la práctica de la que muchos chicos de su edad ya alardeaban. No quería que Carey lo notara, por eso comenzó a deshacer el lazo de su chaleco, aunque para ello tuvo que detener ese beso que tanto le estaba gustando.

—¿Necesitas ayuda? —le preguntó Carey al ver que aquello se estaba convirtiendo en una lucha cuerpo a cuerpo entre Eneas y el cordel.

Él se puso tan rojo como la grana; le avergonzaba muchísimo no saber cómo desvestir a una mujer, pero más lo hacía el hecho de que ella lo hubiera notado.

—No pasa nada, yo tardé mucho tiempo en aprender a deshacer estos nudos.

—No hace falta que me ayu…

—No seas tan orgulloso. —Las hábiles manos de Carey comenzaron a quitar ese lazo que se resistía a deshacerse.

—Es que no…

Eneas se dio cuenta de que lo que había experimentado hasta ahora no tenía nada que ver con la vergüenza. En ese momento sí que sintió vergüenza de verdad. No se veía capaz de reconocer ante Carey que nunca había estado con una mujer, que, aunque le habían contado lo que venía a continuación, no tenía mucha idea de cuáles eran los pasos a seguir. Y, sobre todo, que no quería por nada del mundo hacerlo mal.

—Entiendo. —La sonrisa de Carey le devolvió un poco de confianza, aunque en esos instantes había desaparecido casi por completo, como si nunca hubiera existido—. Déjame a mí.

«Cómo no, ella tomando el control», pensó Eneas, aunque en realidad era lo que estaba deseando que ocurriera. No le importaba que tomara la voz cantante y que llevara el mando de la situación. Es más, lo agradecía en el alma. Ahora solo tenía que estar a la altura de sus expectativas y hacer que disfrutara y no avergonzarla y…

—Te estoy oyendo pensar desde aquí —el tono de Carey lo obligó a volver con ella, a ese momento presente que tantas veces se había imaginado.

¿Cuántas eran las noches que se había dormido recreando esa situación? ¿Por qué no era tan fácil como en sus fantasías? ¿Por qué no era capaz de seguir los mismos pasos que el Eneas de esos sueños que sabía a la perfección cómo hacer que Carey jamás olvidara sus manos y sus besos? «Ojalá tuviera la misma decisión que cuando cierro los ojos».

La chica comprendió que no servía de nada que le dijera que no pensara, así que tomó el control —esa vez sí, lo de antes no había sido más que un amago— y empezó a quitarle la ropa. Eneas se dejó, más preocupado por disimular el leve temblor que reflejaban sus manos que por tratar de ayudarla. Pero a la chica no pareció importarle, porque enseguida comenzó a desabotonarle la camisa. A la vez que esta decoró el suelo de la trastienda, Eneas comprendió que no había vuelta atrás. Eso le dio el valor suficiente para terminar de quitarle el chaleco a Carey y para despojarla de esa camisa de cuello de encaje que lo separaba de lo que más ansiaba en esos instantes.

Ella lo tomó de la mano y lo llevó a la cama, que sin lugar a dudas no estaba preparada para dos cuerpos que iban a amarse, pero a ninguno le importó.

Cuando por fin se tumbaron y la poca ropa que les quedaba puesta había desaparecido, Eneas se atrevió a tocar el cuerpo de Carey. Sabía que era un terreno sagrado, y así lo demostraron sus caricias que, aunque un poco ansiosas, eran cautas y respetuosas. Estaba tratando de contenerse, quería hacerlo con calma, sin ninguna prisa. Si había esperado cinco años, podría esperar unos minutos más.

No le sorprendió que Carey cumpliera su promesa. Cuando su mano le rozó el bajo vientre tuvo que reprimir un grito, y todavía más cuando las manos de la chica descendieron hasta aquella zona que tanto deseaba ser acariciada.

Disfrutó de cada roce, y cuando Carey le imprimió más fuerza a los movimientos tuvo que echarse hacia atrás y pararle la mano de inmediato.

—No... No creo que aguante mucho más.

Ella sonrió.

—¿Qué ocurre? —preguntó Eneas extrañado; no sabía a qué se debía ese gesto.

—Que me gusta verte así de vulnerable.

Entonces tomó la mano de Eneas y la dirigió a esa zona que el chico no se atrevía a tocar. Le fue dirigiendo, enseñándole sin palabras cómo tenía que hacerlo.

—Eres buen aprendiz —gruñó ella contra su oído cuando él encontró el camino sin necesidad de que ella lo guiara más.

Aquello fue lo que necesitaba Eneas para decidirse: cogió a Carey por las caderas y la tumbó sobre la cama para quedar él encima. Hacía unos instantes no tenía ni idea de cuál era el siguiente paso, pero ahora su cuerpo le iba indicando qué era lo que tenía que hacer, como si lo hubiera sabido siempre y no se hubiera dado cuenta de ello hasta entonces.

Cuando entró en ella, sintió que el corazón se le detenía. Se quedó sin aire y tuvo que concentrarse unos segundos para recordar cómo se respiraba.

—No pares —le ordenó Carey, que había dirigido sus manos a la espalda del chico para que comprendiera qué era lo que quería.

Eneas obedeció. Y no pensó en nada más. El mundo a su alrededor se desvaneció. No había lugar para las mentiras, para las verdades, para epitafios invisibles ni tumbas sin cuerpos. Solo pensaba en Carey, en esa mujer que había crecido bajo la sombra de un tirano, que jamás —hasta ese momento— había tenido la oportunidad de decidir qué era lo que quería en la vida.

No pudo aguantar mucho más y se llenó de alivio al ver que Carey tampoco. Los dos se dejaron llevar por esa oleada de placer que estaba dispuesta a arrasar con todo. Comprendió lo mucho que había necesitado aquello y lo fácil que era echar de menos algo que no había existido.

Una leve sonrisa se dibujaba en el rostro de Carey. Aun así, tumbada y vulnerable, parecía la mujer más poderosa del mundo. No pudo evitar colocarle un mechón de pelo detrás de la oreja. Después, se dejó caer a su lado.

—No voy a permitir que nada malo vuelva a separarnos, te lo juro por lo más sagrado de Vestalia.

CAPÍTULO 44

Dorothia Allinghanm
Désticum, al sureste de Vestalia

A pesar de todo, echaba muchísimo de menos dormir en compañía de su pequeña, poder mirarla en mitad de la noche y asegurarse de que descansaba plácidamente. La niña no había llevado demasiado bien repartir el tiempo de su madre entre ella y los viajes y las reuniones importantes, así que, después de una crisis en la cual se negó a dormir durante días, Dorothia llegó a la conclusión de que, por mucho que les pesara a las dos, debían tener habitaciones separadas. La pequeña tardó varias noches en acostumbrarse, pero al final, cuando lo consiguió, ambas empezaron a dormir mucho mejor. De ese modo, Estrella ni se enteraba de las noches que Dorothia tenía que pasar fuera del castillo de Brítacor ni ella sufría cada vez que se ponía el sol al pensar que quizás iba a pasar otra noche alejada de su hija y esta lo iba a notar.

Sin embargo, en ese momento, abrazada a su pequeña, se dio cuenta de todo el tiempo que estaba perdiendo sin estar a su lado. Se hacía mayor a marchas forzadas y llegaría un día en que la niña ya no querría dormir con ella, ni siquiera después de una pesadilla horrible.

Aquella noche se saltó la prohibición. Necesitaba estar con ella, sentir que era lo más importante para alguien durante unos segundos, olvidarse de lo que pasaba más allá de aquellas paredes de piedra. La quería tanto que a veces pensaba que le iba a explotar el corazón de amor, y por eso se empeñaba en convertir Vestalia en un lugar mejor para su pequeña. Ya quería hacerlo antes de conocerla, pero ahora su mera existencia hacía que su plan cobrara más sentido que nunca.

Unos golpes suaves la arrastraron fuera de sus pensamientos. Se aseguró de que Estrella seguía profundamente dormida y se acercó a la puerta para comprobar quién era el impertinente que la molestaba a altas horas de la madrugada.

—¿Qué ocurre? —le preguntó al soldado que estaba al otro lado. Sus ojeras y su cara de sueño le indicaron que era el encargado de la vigilancia nocturna.

—Es la comodora, dice que necesita hablar con usted.

Dorothia frunció el ceño. No era propio de Alice importunarla a aquellas horas, así que si lo hacía era porque se trataba de algo urgente.

—Hágala pasar a mi despacho, voy enseguida.

Por si acaso, remetió las mantas de la cama para que su hija no se destapara en su ausencia y acudió a su encuentro. Ni siquiera se tomó la molestia de vestirse: aunque aquella bata de seda y encajes era demasiado fina e íntima para recibir a nadie, la amistad con Alice le dio el permiso necesario.

Cuando llegó a su despacho, su asombro se multiplicó por dos al ver que la comodora no estaba sola y que su acompañante tenía la ropa manchada de sangre.

—¿Camille? —preguntó mientras se acercaba a ella. No era buena señal, en absoluto. La chica no solía acompañar nunca a su madre, así que, aunque no hubiera habido manchas escarlatas de por medio, intuía que estaba ante malas noticias—. ¿Se puede saber qué ha ocurrido?

Al fijarse mejor, pudo comprobar que la chica temblaba y que parecía haber estado llorando durante horas. Tenía los ojos hinchados y los pómulos llenos de surcos de lágrimas secas.

—¿Puede alguien decirme qué está pasando? —insistió, esa vez clavando la vista en la comodora, al ver que Camille no era capaz de devolverle la mirada.

—No es ninguna noticia nueva que Camille pertenece a los Herederos de la Verdad —comentó su madre con calma después de coger una gran bocanada de aire. Cuando Dorothia asintió, pues sabía perfectamente la situación en la que se encontraba la chica, continuó—: Es algo que siempre he apoyado, ya lo sabes, aunque no terminan de convencerme sus métodos para sonsacar secretos a los demás. Se lo había dicho un millón de veces, que algún día esa táctica se volvería en su contra y…

—Ve al grano, Alice, te lo ruego. —La preocupación de la mujer crecía a la misma velocidad que la cara de Camille se descomponía.

—Una chica se vengó de ella contando algo que creía que era verdad.

—Y no lo era, por supuesto —dedujo Dorothia.

—En absoluto.

—Y las alarmas saltaron y se le acusó de mentir.

Sabía perfectamente cómo funcionaba el sistema. De hecho, eso último había sido idea suya: no quería que nadie quedara impune ante un hecho tan atroz y la única forma de conseguirlo era creando un mecanismo que hiciera que el mentiroso quedara expuesto ante la sociedad de forma inmediata.

—Y entonces Camille…

—La maté. Yo la maté —susurró la chica con voz temblorosa—. La maté, la maté, la…

Se tiró al suelo y se echó las manos a la cabeza, incapaz de dejar de llorar. Dorothia no entendía nada; conocía a Camille —tanto por lo que le había contado su madre como por lo que había visto con sus propios ojos— y la tenía por una muchacha sin escrúpulos capaz de hacer cualquier cosa con tal de conseguir lo que quería. Así que verla de aquella manera, llorando por haberle arrebatado la vida a alguien, era algo que no terminaba de comprender.

—¿Pero por qué te pones así? El sistema te permite vengarte.

—Esa fue otra de sus ideas, como no podía ser de otra manera.

Entonces la comodora pareció entender algo que a ella se le escapaba. Si alguien había contado una mentira contra Camille era porque esta le había dado la confianza suficiente como para hacerle creer que algo de lo que le decía era verdad.

—¿No se tratará de que te estaba empezando a gustar esa chica pero actuaste con rabia y ahora te arrepientes?

Camille elevó la mirada hacia su madre. Aquellos ojos, aquel rostro ruborizado, aquella posición le recordaron muchísimo a su hija cuando la encontró después del Gran Cataclismo.

—Por favor, Camille, dime que no se trata de eso.

—¿Y qué si así fuera? ¿Tan malo es amar a alguien? ¡Todo esto es por tu culpa!

Dorothia no quería intervenir en aquella conversación; de hecho, se sentía bastante incómoda presenciando esa escena.

—¿Por mi culpa?

—Te has empeñado toda mi vida en esconderme, en alejarme del mundo.

—Solo te protejo, eso es lo que hago.

Camille se puso en pie y le lanzó un gesto desafiante a su madre.

—Lo que haces es obcecarte en que no comprenda lo que es el amor y no sé reconocerlo cuando lo tengo delante. Eso es lo que has conseguido.

El bofetón que le dio resonó por todo el despacho. Hasta Dorothia tuvo que contener el aliento y hacer un esfuerzo enorme por no lanzar un grito y sujetar la mano de la comodora para que no repitiera la bofetada. Cuando llegó el segundo golpe, Camille se desplomó de nuevo en el suelo, incapaz de respirar con normalidad.

—Ya basta —dijo por fin Dorothia—. No voy a permitir este tipo de comportamientos en mi casa.

La mirada que le lanzó a la comodora expresó todo lo demás. Había límites, y pegar a un hijo era uno infranqueable.

—Mantengamos la calma, ¿de acuerdo? —Se acercó a Camille y la tomó por el brazo para que se levantara—. Nos sentaremos en los sillones y me contaréis el resto de la historia.

No le hizo falta explicar por qué sabía que había algo más. Estaba claro: aquello no tenía nada que ver con el hecho de que Camille se hubiera dado cuenta de que el amor podía ser más doloroso que un puñal en el corazón.

—Me gustaría ofreceros un té —comentó entonces Dorothia—, pero comprenderéis que no son horas para despertar al servicio.

Mentiría si dijera que no adoraba a Alice. Había supuesto un apoyo imprescindible durante aquellos años y, aunque la confianza en ella estuvo a punto de quebrarse después de ver cómo había tratado a su hija, no pudo evitar recrearse en todos esos momentos que habían vivido juntas. Aun así, y quizás debido a lo que acababa de presencia y a sus sentimientos encontrados, las palabras salieron más bruscas de lo normal:

—Así que dejemos de perder más el tiempo y contadme de una vez qué es lo que ha ocurrido.

—No se te escapa nada —apuntó la comodora.

—Son muchos años, Alice. Si se me escaparan las cosas no estaría donde estoy.

—Está bien —suspiró la mujer—. Camille no ha acabado con la vida de cualquiera, ha matado a la hija de Caronte Regminton.

Dorothia habría jurado que el tiempo se detenía en ese mismo instante. Se sintió tan mareada que tuvo que apoyarse contra el respaldo de un sillón orejero que en su día le pareció el lugar más cómodo de Vestalia y ahora se le antojaba una cama hecha de agujas. «Es imposible, esto no puede estar pasándome a mí».

—¿Estás segura? —Las imágenes que se habían formado en su cabeza de Carey huyendo del castillo de Brítacor la inundaron—. La hemos buscado por todo Vésticum y no ha habido manera de dar con ella. Se conoce esto como la palma de su mano y es tan escurridiza como un lagarto en la selva.

Dorothia observó a Camille en busca de una respuesta, pero la chica se negaba a mirarla a los ojos. Necesitaba saber si estaba diciendo la verdad o si estaba tratando de engañarla. Necesitaba saberlo porque no quería hacerse ilusiones al respecto, no quería empezar a cantar victoria antes de tiempo y darse cuenta después de la gran decepción que suponía saber que Carey seguía respirando.

—Camille —la llamó su madre—, será mejor que contestes.

—Estoy segura —susurró por fin la chica—. Yo he matado a la hija de Caronte. De hecho, podéis ir a comprobarlo vosotras mismas: su cuerpo está expuesto en mitad de la plaza.

Dorothia miró con horror a la comodora. Quería que Carey muriera, por supuesto que sí, pero tampoco estaba a favor de regodearse de aquella manera de una víctima. Por un momento, uno minúsculo, se imaginó así a su hija y tuvo que controlarse para no vomitar allí mismo. Se obligó a apartar esa imagen de su cabeza, aunque le costó un esfuerzo inhumano.

—Tendríais que haber visto cómo se le balanceaban los pies cuando la colgaron.

Camille por fin se enfrentó a la mirada de Dorothia, a tiempo para dejar ver una maldad y una perversión que antes no estaban allí en absoluto. ¿Dónde había quedado ese dolor por haber matado a la chica que le gustaba?

—¿De verdad os pensáis que puedo ser tan tonta como para enamorarme de una mentirosa como ella? Se olía su afán por mentir a millas. Tendríais que estar agradecidas, os he quitado de encima al mayor peligro del país.

—Pero, Camille —dijo su madre horrorizada—, ¿cómo puedes hablar así? Yo no te he enseñado eso…

—Tú me has enseñado demasiadas cosas sin ser consciente. Para ti siempre ha sido mucho más importante cuidar de tu dichoso barco que de mí.

Dorothia paró la mano de Alice antes de que le propinara otra bofetada a su hija. Esta vez sí lo hizo a tiempo. La comodora tenía los dientes apretados y la respiración agitada.

—No os voy a negar que nos costó mucho subirla a aquella viga de madera —continuó la chica sin hacer caso de la furia que se derramaba por los ojos de su madre—. Pesaba una barbaridad, la muy estúpida. Tendríais que haber visto cómo la gente le tiraba tomates a su cuerpo chorreante de sangre.

—¡Basta! —gritó Dorothia. Aquello se le estaba yendo de las manos.

—Y su cabeza… Cómo se balanceó hacia delante. Qué pena que esos cuatro pelos blancos le taparan la cara y no se pudieran ver sus ojos muertos.

—¿Cómo dices? —Dorothia frunció el ceño.

—Me habría encantado que todo Vésticum pudiera haber visto esos ojos sin vida.

—No, no me refiero a eso. Lo del pelo. ¿Dices que lo tenía blanco?

—Rubio casi blanco. Una aberración del norte de Vestalia.

—¿Qué ocurre? —preguntó la comodora cuando se dio cuenta de que el gesto que ponía Dorothia no vaticinaba nada bueno.

Esta tomó aire, al igual que había hecho Alice antes de empezar hablar aquella noche. La cabeza la daba tantas vueltas que temía no ser capaz de hablar, pero la comodora la miraba inquisidora y la sonrisa sádica de Camille le obligó a reaccionar.

—Que ha matado a la hermana incorrecta —contestó por fin.

—¿Qué quieres decir?

—Que Caronte Regminton tenía dos hijas: Carey y Hamica.

Alice escudriñó a su hija.

—¿Es eso cierto?

—No tengo ni idea de cuántas hijas tenía Caronte, a mí Hamica me dijo que era hija suya. —Dorothia se llevó una mano a la cara al escuchar el nombre de la hija equivocada—. ¿Y qué más da? —Camille pareció ofenderse por que nadie le reconociera la hazaña que acababa de llevar a cabo—. Cualquiera de las dos tiene sangre Regminton, ¿acaso no es eso lo que cuenta? ¿Acaso le resta algo de proeza al hecho de haber acabado con una de las hijas del mayor mentiroso que ha existido jamás?

Tuvo que tomarse un momento para no ser ella la que le propinara un bofetón a la chica en esa ocasión. Aquella niñata estaba acabando con su paciencia y no sabía cuánto tiempo iba a aguantar sin soltar toda la rabia que se estaba acumulando en su interior.

Miró a Alice, que comprendía muy bien lo que estaba pasando. Ella también había vivido en Vésticum años atrás y sabía perfectamente quién era Carey. De hecho, estaba descubriendo en esos momentos que Caronte había tenido otra hija, pero no dijo nada porque no le pareció importante en comparación con la preocupación que demostraba Dorothia.

—Hamica era inofensiva, Camille —le explicó tratando de fingir que estaba en calma cuando en realidad tenía un huracán dentro—. E ignoraba lo que pasaba dentro del Liceo. La que lo sabe todo es Carey. Ella es la única persona viva que puede conocer el funcionamiento del sistema de mentiras. Y no solo eso —suspiró agotada—, en cuanto se entere de que su querida hermana ha muerto, no va a haber quien la pare.

—¿Qué quieres decir? —Camille seguía transmitiendo el mismo odio que hacía unos instantes, solo que ahora se había entremezclado con algo parecido a la preocupación.

—Que, si Carey ya de por sí es imparable, en cuanto se entere de que su hermana ha sido asesinada se va a convertir en un monstruo que no se detendrá hasta obtener mi cabeza.

CAPÍTULO 45

Carey Regminton
Vésticum, al sureste de Vestalia

—¿Cómo lo hiciste?

Sabía de sobra que Eneas no estaba en ese mundo junto a ella, se lo decía la manera en la que le acariciaba el brazo de forma automática, casi sin ser consciente de ello, pero aquella frase lo trajo de vuelta.

—¿A qué te refieres? —su voz sonaba tan adormecida como esas caricias. Y no era de extrañar, después de lo que acababa de pasar en aquella trastienda era muy difícil mantener los ojos abiertos.

—Abrir la celda. Llevo dándole vueltas desde ese momento y no encuentro una respuesta a cómo me sacaste de allí. No soporto a Ulter, pero tengo que reconocer que ser un mal trabajador no está entre sus cualidades.

Eneas sonrió de medio lado.

—¿De qué te ríes? —preguntó la chica.

—De que estás impresionada por mi habilidad para sacarte de aquella prisión. No te lo esperabas en absoluto.

—¿Cómo me lo voy a esperar? Ni siquiera sabía si seguías vivo, así que no, no se me pasó por la cabeza que tú pudieras ser mi rescatador. —Evitó usar la palabra *salvador* a propósito. Su orgullo, ese que no terminaba jamás de abandonarla, se lo impidió.

—Y sin embargo tuve que llegar yo para salvarte.

Ahí estaba de nuevo esa complicidad que tanto había enganchado a Carey años atrás.

—¿Y cómo lo hiciste? —insistió.

—Me mandaron a las cloacas a cazar ratas. —La chica enarcó una ceja ante ese comentario—. Una larga historia, ya te la contaré algún día. El caso —continuó Eneas— es que estaba allí y vi a un soldado entrar en una celda. Yo no tenía ni idea de que el castillo de Brítacor retuvieran a prisioneros, así que me detuve para ver qué averiguaba. Y te escuché.

—¿De verdad? ¿Supiste que era yo?

—Jamás podría olvidar tu voz, Carey —dijo eso último con una sinceridad arrolladora.

—¿Y entonces? —siguió para que no se notara la forma en la que le había desarmado esa confesión.

—Entonces esperé a que se marchara y fui tras él. Debía de estar muy disperso, porque es la única explicación que se me ocurre para que no se diera cuenta de que, al chocar con él accidentalmente, le quité las llaves que acaba de guardarse en el bolsillo del pantalón.

Carey se incorporó un poco.

—¿Cómo?

—Lo que oyes. —Eneas sonreía orgulloso. Tenía el pecho tan hinchado que parecía un pavo real.

—No puedo creerte.

—Estás aquí ahora, ¿no? Aguardé hasta que no hubo nadie alrededor y recé para encontrar pronto la llave que abría tu celda. Lo demás ya lo sabes.

—Vaya… Eso sí que no me lo esperaba.

—¿Cómo creías que lo había hecho?

—No lo sé, la verdad es que no.

Por su cabeza habían pasado un montón de posibilidades, pero, a pesar de que el chico había cambiado bastante y ya no era aquel mojigato que entró en el Liceo años atrás, seguía asombrándole que hubiera sido capaz. Si era sincera, la razón residía en el hecho de que Carey no hubiera encontrado la forma de salvarse a sí misma sin necesidad de nadie más.

—No habría aguantado mucho más tiempo allí dentro —confesó entonces—. Había una gotera que me estaba volviendo loca y aquella oscuridad…

—No pienses en eso, ya pasó.

Quiso decirle que estaba muy equivocado, que no había pasado en absoluto, que tendría pesadillas durante años donde las tuberías correosas y las goteras invisibles serían las protagonistas. También con lo que sucedió después por no haber estado, por no haber protegido a su hermana. Sin embargo, no pudo hacerlo, y tampoco pudo sumergirse en esa tristeza que, después de un rato desaparecida, resurgió como una flor entre la nieve primaveral. Y no pudo hacerlo porque comprendió que el chico dijo aquello como una frase hecha. Él mejor que nadie sabía que las batallas no se libraban en un día, que las luchas contra los demonios del pasado duraban tanto como la peor de las guerras.

—Creo que te debo una explicación —esas palabras habían estado en la mente de Carey desde hacía muchísimo tiempo, concretamente desde que supo a quién había matado aquel frío día en Selán—. Ya va siendo hora de que sepas qué ocurrió con tus padres.

Ese era el momento. Tenía la certeza de que si aguantaba un día más, o tan solo un minuto, no sería capaz de volver a sacar el tema. Quizás se debiera a lo vulnerable que se sentía, al dolor que se había adueñado de ella al comprender que ya no le quedaba familia en Vestalia. Tal vez se había dado cuenta de que Eneas había pasado por una situación igual a la que ella estaba sufriendo, o simplemente había comprendido que, por mucho que sintiera que era mejor esconder las cosas debajo de la alfombra, Eneas necesitaría saber toda la historia para poder pasar página.

—Tus padres y los míos eran amigos. —Una bocanada de aire—. Se conocieron en Selán, en uno de los múltiples viajes de Caronte. —Otra bocanada—. Tus padres acababan de conseguir su finca y tu madre no podía quedarse embarazada. —Otra—. Y Caronte... Caronte tenía la solución.

Estuvo tentada de coger a Eneas por los hombros y hacerle reaccionar. Acababa de soltar aquello y necesitaba una reacción por parte del chico, pero este no hacía otra cosa que mirar a un punto fijo de la habitación sin ser capaz de decir ni una sola palabra.

—Yo... —continuó Carey en un intento pobre por disipar ese silencio que la estaba dejando sin respiración—. Yo me enteré después de... bueno, después de matar a tus padres.

Otra bocanada. Esta vez mucho más profunda, llena de culpabilidad y de odio hacia Caronte.

—¿Cómo... cómo lo supiste? —la voz de Eneas no era más que un susurro asustado; a medio camino entre las ganas por saber más y la tentación de enterrar ese tema para siempre.

—Ya te dije que yo leí los libros en su momento. Me pasaba el día en los sótanos del castillo y aquella sala era mi favorita. Me escondía de los soldados y mi refugio eran esos libros, así que básicamente me los sabía de memoria.

—¿Y lo que me estás contando estaba escrito en ellos?

El pavor que le daba que le hicieran esa pregunta se materializó de inmediato.

—No. En los libros se hablaba de tus padres, de que habían sido miembros de la organización fundadora del Liceo, pero nada más. Fue Caronte el que me lo contó.

Por primera vez, Eneas se atrevió a levantar un poco la mirada, aunque todavía la tenía perdida.

—¿A qué te refieres?

Aquello estaba siendo mil veces más difícil de lo que se había imaginado.

—Cuando supe lo que había hecho, cuando comprendí que era a tus padres a los que les había quitado la vida, necesité que Caronte me explicara por qué me había ordenado tal cosa. En un primer momento no me lo quiso contar, pero después cedió.

—¿Entonces…?

—Lo compartió todo conmigo, cómo se conocieron y cómo congeniaron desde el principio.

—Eso es imposible. —Eneas saltó como si fuera un resorte—. Mis padres y Caronte no podían ser más diferentes, es del todo imposible que se llevaran bien.

—Te estoy contando la verdad, Eneas. —Carey ya no sabía qué hacer para que comprendiera que no había ni un solo resto de mentira en sus palabras.

—Pues Caronte te mintió.

—Siento mucho decirte esto, pero no. Fue sincero conmigo, se lo pedí como un favor personal. Y él mismo me enseñó una fotografía en la que salían juntos. No tenía motivos para mentirme u ocultarme la verdad, y más después de confesarle lo que había empezado a sentir por ti.

Carey recordaba especialmente esa instantánea porque apenas había visto a lo largo de su vida. Hacía muy poco tiempo que existían las cámaras fotográficas y le sorprendió ver la fidelidad con la que podían retratar la realidad. No se lo dijo, pero en esa imagen se les veía tan felices que nadie habría podido jurar que uno de ellos iba a ordenar el asesinato de los demás.

—Congeniaron desde el principio —siguió Carey; necesitaba terminar de contar esa historia— y diseñaron el proyecto del Liceo juntos. Caronte quería sacar provecho de las mentiras, construir un lugar donde estas valieran mucho más que lo que se podía obtener en un auditorio. Y tus padres estuvieron de acuerdo.

»Tenían miedo, Eneas.

—¿Miedo? ¿De qué? Tenían una casa, una finca, un proyecto de futuro.

—Sí, pero no te tenían a ti, y ya sabes que la Gobernacía castigaba a los que no podían tener descendencia. Si Tami no se quedaba embarazada, les quitarían absolutamente todo.

Pronunciar el nombre de la madre de Eneas fue como volver a apretar ese gatillo, pero tenía que hacerlo, tenía que continuar hablando:

—Así que Caronte les dijo que podría conseguirles algún remedio que hiciera que tu madre fuera más fértil. No sé si fue esa promesa o que de verdad empezaron a comprender que el sistema de mentiras estaba podrido desde el mismo momento en que nació, pero les pareció igual de buena idea que a Caronte crear el Liceo. Era una forma de vengarse de la Gobernacía utilizando sus propios medios, una laguna legal que la pondría en jaque.

Eneas asentía en silencio. La chica estaba segura de que su cabeza trataba de procesar toda esa información, aunque era demasiada para conseguirlo.

—Pero ellos no… Ellos estaban en contra de las mentiras. Me lo dejaron claro una y otra vez. ¡Eran tajantes al respecto! —Eneas por fin reaccionó—. Si hasta se negaron a mentir para conseguir la medicina que curara la enfermedad de mi madre. No hablo de mentir por caprichos, hablo de hacerlo para sobrevivir. Y, aun así, se negaban.

—Lo sé, y tiene lógica.

—¿Cuál? Yo soy incapaz de verla.

Al otro lado de la ventana, se escuchó el ruido de un carro de caballos que cruzaba la calle adoquinada. El traqueteo distrajo unos segundos a Carey que, por un momento, no supo cómo continuar aquella conversación.

—Porque se dieron cuenta de la magnitud de lo que habían creado —fue el propio Eneas el que habló sin necesidad de que nadie respondiera a su pregunta.

Comprendió que habían ayudado a Caronte a crear el Liceo, un organismo que formaba a mentirosos profesionales que se lucraba con sus mentiras y que abogaba por el consumismo y por la nula responsabilidad a la hora de cumplir deseos materiales.

—Sí, eso me temo —corroboró la chica.

Cuando leyó los diarios de su padre por primera vez pensó que aquella pareja había sido desleal al Liceo. Que no se podía participar en algo así, crear un proyecto de aquella magnitud, para después cambiar de opinión y desparecer. Sin embargo, el tiempo le regaló una perspectiva que cuando era más joven era incapaz de contemplar. Entendió por qué lo hicieron.

—Tu madre se quedó embarazada —dijo entonces Carey—. Mi padre la puso en manos de los mejores médicos de Vestalia y al final lograron que uno de los tratamientos funcionara. Se quedó embarazada de ti.

—Y ahí cambió todo —entendió el muchacho.

—Supongo que la vida se ve muy distinta cuando alcanzas lo que siempre has ansiado.

—Pero sigo sin entenderlo. Si se fueron de aquí, ¿cómo es posible que consiguieran una finca en la que vivir? La Gobernacía les quitaría todo cuando abandonaron Selán. Perdona, es que no entiendo absolutamente nada. Acabo de comprender que las historias que me habían contado mis padres no se asentaban sobre ninguna certeza.

—Así es, pero Caronte movió unos cuantos hilos —no quería sonar altiva ni pretenciosa, pero no había forma de decir aquello sin parecerlo. Tampoco quiso ahondar en el hecho de que los padres de Eneas le hubieran mentido; las mentiras formaban parte de su vida igual que el oxígeno y sabía que en todas las casas, incluso en las que más presumían de no hacerlo, las mentiras tenían un lugar privilegiado en la mesa—. El Liceo ya llevaba unos años en funcionamiento cuando tu madre se quedó embarazada. Sé de buena tinta que a Caronte no le sentó bien que se marcharan, pero también se dio cuenta de que aquellas dos personas que le habían ayudado no eran las mismas que entonces tenía delante. Habló con quien tuvo que hablar para que les dejaran empezar de nuevo en Selán.

—Conmigo.

—Sí, contigo.

—Entonces... —El pecho de Eneas subía y bajaba—. Entonces, cada una de las palabras que me contaron era mentira. La historia de cómo empezaron en la finca, cómo lo consiguieron todo por sus propios medios.

—A veces hay que cambiar el pasado para poder cambiar el presente —sentenció Carey—. Quizás era la única forma que tenían de dejar ese pasado atrás y no volver jamás a él.

—Y, en cambio, ese pasado fue el que los mató. —Miró a la chica a los ojos, en ellos encontró súplica—. ¿Por qué no los dejó vivir en paz? ¿Por qué tuvo que ordenar su muerte tantos años después?

Esa misma pregunta le había hecho Carey a su padre cuando se enteró de a quién había ordenado matar. No lo comprendía. «¿No era más fácil dejar que las cosas siguieran su curso natural? ¿Era necesario forzarlo todo?».

—Caronte fue tajante: contigo siendo mayor de edad, se corría el peligro de que te contaran toda la verdad, y no podía permitirlo.

—¿Por qué no? Yo ni siquiera sabía de la existencia del Liceo. Que yo me enterara de la historia no habría cambiado para nada los acontecimientos.

—Mi padre no lo creía así, Eneas. —Carey buscó la mano del chico. Estaba caliente en comparación con la suya, que hacía rato que se había quedado helada—. Estuvo... —no fue capaz de continuar.

—¿Qué ibas a decir? Venga, Carey, no hay nada peor que todo lo que me has contado ya.

Ella se mordió el labio indecisa. Sabía que aquello no le iba a gustar en absoluto.

—Estuvo siguiéndote. Él personalmente no, pero mandó a alguno de sus secuaces para seguirte los pasos.

—¿Qué? ¿Pero por qué iba a hacer algo así? ¿Por qué a mí?

—Porque quería saber hasta qué punto serías capaz de sonsacarle algo a tus padres.

—¿Y qué habría ocurrido si ellos me hubieran contado que habían pertenecido al Liceo?

—Supongo que eso habría dañado muchísimo el orgullo de Caronte. Tus padres sabían cómo funcionaba el Liceo y, por tanto, la antigua Gobernacía. Conocían a Regina Rei y a todo su equipo. Conocían secretos que pondrían en peligro el sistema de mentiras. —Le apretó más fuerte la mano—. La Gobernacía estaba al tanto de la situación, Eneas, y le hizo prometer a Caronte que tus padres no serían un problema para el régimen. Esa fue la condición para dejarles vivir.

—¿Y qué cambió? —el tono del chico subió lo suficiente como para hacer que Carey le tapara la boca enseguida.

—Shhh, no quiero que nos oiga Gaia. Tú fuiste el que lo cambió todo.

Aquello sonaba a recriminación, y en el mismo momento en que esas palabras salieron por su boca comprendió que el chico se las había tomado como lo que eran: la acusación de que por su culpa habían asesinado a sus padres.

—Yo... yo no hice nada.

—Mentiste, Eneas —susurró Carey, aquella conversación estaba haciendo que se le olvidara cómo respirar—. Mentiste siendo menor. Desafiaste a tus padres, te dieron igual sus prohibiciones. Demostraste tener personalidad y eso fue algo que no le gustó a Caronte en absoluto.

—¿Pero qué tendrá que ver? Lo hice para salvarle la vida a mi madre.

—Lo hiciste porque eras una persona íntegra que habría hecho cualquier cosa por sus padres. Si ellos te habían contado algo sobre su pertenencia al Liceo, ¿qué te impedía proclamar los secretos de la Gobernacía a los cuatro vientos? Ya fuera en un acto de rebeldía o ya fuera porque de verdad quisieras hacer algún daño con tus actos. En realidad, daba igual el motivo.

Carey era muy consciente de lo injusto que sonaba aquello, porque era imposible acusarle de algo que no podría haber cumplido ni aun queriendo. Él no tenía ni idea de lo que era el Liceo y mucho menos conocía los entresijos de la Gobernacía. Sus padres habían sido recelosos con sus secretos y cumplirían la promesa de llevárselos a la tumba costara lo que costase y, aun así, Caronte había acabado con ellos.

—Gracias —dijo el chico, y era lo último que ella esperaba oír de sus labios—. No tenías por qué ser tan sincera conmigo, esa no era una tarea que te tocara a ti.

—Las personas que te debían estas explicaciones ya no están aquí para dártelas, así que sí, es una tarea que me corresponde.

Eneas la miró, y Carey no supo muy bien qué sentimientos escondían esos ojos verdes. ¿Tristeza, rabia, odio, indiferencia? Cualquier cosa cabía dentro de aquella mirada medio perdida.

—Supongo que al destino también le gusta gastar bromas —dijo entonces con voz trémula.

—¿A qué te refieres?

Sabía que Eneas había sido siempre un firme defensor de la verdad. Sus padres le habían dado una educación férrea en este sentido, y comprobar que todos los cimientos sobre los que se sostenía su ética y su modo de ver la vida se tambaleaban no debía de ser fácil.

Carey dudó mucho sobre si contarle aquello o no, pero sentía que estaba en deuda con él. Podría haber optado por mantener aquel pasado oculto. Podía haber decidido dejar vivir a Eneas en la ignorancia. ¿Ignorar ese pasado le haría más feliz? «Tal vez —pensó la chica—, pero bastantes cosas me tiene que perdonar como para encima sumarle una más».

Por eso decidió quitar esa venda, soltar toda la información que sabía y soportar el riesgo que ello acarreaba. Eneas se merecía saber la verdad, y eso era algo que sí podía darle.

Entonces el chico suspiró y, como si fuera capaz de leerle la mente a Carey, dijo:

—Me refiero a que si no hubiera mentido para conseguir esa medicina mi madre habría muerto igualmente y mi padre, lo más seguro, es que la hubiera seguido con los ojos cerrados. Daba igual la decisión que yo tomara: el destino sabía muy bien cuál era nuestra historia antes de que nosotros pudiéramos escribirla.

CAPÍTULO 46

Carey Regminton
Vésticum, al sureste de Vestalia

Algo le dijo que Eneas estaba a punto de darle las gracias por contarle aquella historia; no era la primera vez que se encontraba con esos ojos de agradecimiento, ligeramente curvados hacia abajo, modestos y silenciosos. El chico abrió la boca, pero lo que fuera a decir se quedó en el aire cuando alguien llamó a la puerta de la trastienda.

—Carey, tienes visita —dijo Gaia desde el otro lado.

Solo en ese momento se dio cuenta de que todavía seguían desnudos, así que suspiró de alivio al comprobar que la mujer les había dejado unos segundos antes de abrir la puerta; segundos que aprovecharon para taparse con una fina manta de punto que mostraba más que lo que pretendía ocultar.

Los dos se miraron extrañados. Sin lugar a dudas, no era una buena noticia. No había nadie en Vésticum que quisiera ayudar a Carey, y si había alguien preguntando por ella, eso significaba que la habían encontrado.

—Saldré yo —se adelantó él, como si hubiera comprendido la gravedad del asunto sin necesidad de que Gaia dijera ni una sola palabra.

—No, a ti también te buscan. Me liberaste, ¿recuerdas? Te tienen tantas ganas como a mí.

—No voy a dejar que salgas tú.

—Algo tenemos que hacer…

—Supongo que si a Gaia le hubiera parecido sospechoso quien sea que te esté buscando habría negado categóricamente que estás aquí, ¿no?

—Supongo que tendremos que arriesgarnos. —Carey se puso en pie y comenzó a vestirse.

Maldijo entre dientes al acordarse de que la Nueva Gobernacía le había quitado la pistola en el mismo momento en que la capturó. Hacía años que no salía a la calle sin ella; era como tratar de respirar con un pulmón menos o prescindir de una mano. Miró a un lado y a otro buscando algo con lo que poder defenderse en caso de resultar necesario.

Nunca le habían dado una puñalada en el corazón, pero seguro que el dolor sería el mismo que el que sintió al ver la bolsa de Hamica abandonada en un rincón de la trastienda. Se dirigió a ella y la abrió con las manos temblorosas. No podía creer que su hermana nunca más fuera a ponerse esa ropa, que jamás fuera a utilizar esas gafas que la protegían de la arena del desierto y que la acompañaban desde que salió de Incaté. Tuvo que hacer de tripas corazón mientras seguía rebuscando en el único reducto que quedaba de la vida de Hamica hasta que encontró uno de sus cuchillos, uno de esos que descansaban en su bolsa por si se le perdía el que siempre llevaba encima.

Cuando lo sostuvo entre las manos, le pareció que pesaba casi tanto como un ataúd a punto de ser enterrado.

No se permitió llorar.

No supo si se debía a todas las sensaciones liberadas hacía un momento con Eneas o a que la tristeza había dado paso a otro sentimiento muchísimo más poderoso. Fuera como fuese, apretó los ojos, suspiró y, agarrando con fuerza el cuchillo antes de guardárselo en la cinturilla del pantalón, salió de la trastienda sin darle tiempo a Eneas de vestirse y seguirla.

Gaia inclinó la cabeza cuando la vio: le dijo sin palabras que la persona que la estaba esperando lo hacía en la sala privada de la perfumería. Se dirigió hacia allí y lo que se encontró la dejó sin aliento.

Delante de ella había un chico que vestía el traje de la Nueva Gobernacía. La insignia, tan reluciente que parecía que acababa de sacarle brillo, lucía bien visible en la solapa. El mundo de Carey se vino abajo al comprender que la habían encontrado, que era el fin. Aunque lo que no entendía era por qué no había un ejército entero dispuesto a apresarla, sino tan solo un joven que no tendría muchos más años que ella.

Él la miró, y ella no pudo evitar apartar la vista al encontrarse con aquel rostro deformado por las llamas. Aunque tardó lo mismo que lo que se tarda en parpadear en darse cuenta de que esos ojos ambarinos le resultaban tremendamente familiares.

—No puede ser…

—Creía que estabas muerta.

Sí, era su voz. Sin duda era él.

—Henry.

Carey no dudó ni un instante en lanzarse a sus brazos. Eran muchos los momentos vividos a su lado y podía decir que Eneas seguía respirando en gran parte gracias a él, por lo valiente que fue en Asua cuando arriesgó todo lo que tenía para ayudarlos y alejarlos de aquellos fanáticos que no habrían dudado ni un segundo en matarlos.

Aquel abrazo le supo a nostalgia, una nostalgia que la entristeció y que hizo que miles de recuerdos la invadieran de golpe.

—¿Qué…?

—No te preocupes, no vengo a por ti. Es decir…, vengo *por* ti, pero no vengo a apresarte.

Se tranquilizó al comprobar que el chico no había pensado que le estaba preguntando por su rostro. Era una cuestión innecesaria: resultaba más que evidente que se lo había destrozado en el

Gran Cataclismo. Y si no había sido así, ya tendrían tiempo de hablar de ello.

—No te voy a negar que eso me llena de alivio. ¿Cómo sabías que estaba aquí?

—Porque escuché tu nombre a través de los altavoces. Si te soy sincero, y creo que a estas alturas ya es lo único que importa, he vivido estos cinco años con la esperanza de que hubieras sobrevivido, pero esta se iba haciendo más pequeña cada día que pasaba.

—No ha sido fácil.

—Ya lo creo que no. Y si no mírame a mí. —Se señaló la insignia.

—Jamás te juzgaría. Cada uno hace lo que considera para sobrevivir. Si yo hubiera tenido la opción quizás habría hecho lo mismo —confesó Carey, y lo decía de todo corazón. Habría matado por tener una vida anónima y tranquila en la que intentar ser feliz. Si alguna vez lo había sospechado, ahora, sin Hamica a su lado, tenía la certeza absoluta—. ¿Y después de escuchar mi nombre? ¿No sabías que estaba en el castillo?

—Lo sabía, de hecho, me enteré casi a la vez que supe que Eneas trabajaba para la Nueva Gobernacía. Solo que cuando quise rescatarte ya se me habían adelantado.

—Fue él.

—Siempre es él —hubo tal rastro de tristeza en aquellas tres palabras que a Carey se le encogió el corazón.

—Y aun así, estás aquí.

—Ya te lo dije una vez, aunque no sé si te acordarás. Siempre estaré para ti, pase lo que pase.

Cómo iba a olvidar ese día. Acababa de salir de un auditorio para conseguir algo absurdo que no necesitaba. Henry la estaba esperando, convencido de que, a pesar de que era una chica que nunca pedía ayuda, él tenía que estar a su lado por si eso cambiaba. Todo su afán era protegerla, hacer que se sintiera segura y evitar cualquier peligro posible.

Y ese día llegó. Nada más salir del auditorio, eufórica al pensar en lo que iba a conseguir unas horas después, un hombre se abalanzó sobre ella gritando improperios contra el Liceo y la Gobernacía. Era un viejo conocido de su padre, uno que no había acabado bien con él y que quería arrebatarle lo más importante que tenía. Henry estaba allí y lo evitó. No dudó ni un solo segundo en interponerse y parar ese cuchillo que se dirigía al estómago de Carey. Al hombre lo colgaron al día siguiente y a él… a él lo mandaron bien lejos de Vésticum porque a Caronte le daba mucho miedo que su hija perteneciera a otro hombre que no fuera él. Se dio cuenta de que ese acto no había nacido de la lealtad, sino del amor, y eso era algo que no permitiría jamás.

Que Henry le salvara la vida los separó, pero él le prometió que cuidaría de ella para siempre. Y lo seguía cumpliendo.

—Y, aunque no lo sepas, sigues siendo predecible —dijo el chico mientras le mantenía la mirada.

—¿Qué quieres decir?

—Que ya entonces me repetías una y otra vez que no había lugar que te gustara más que la perfumería de Gaia. Decías que era entrar aquí y sentir que cualquier cosa era posible. Los olores, los ambientes… No sé cuántas veces me hiciste acompañarte hasta aquí, la de veces que mentiste para conseguir uno de sus perfumes y lo pesada que te ponías para que te dijera que esa fragancia era la que mejor olía de toda Vestalia, aunque la semana siguiente fuera otra completamente distinta.

»Así que le eché a imaginación y me arriesgué.

—Y acertaste.

—¿Sabes? —Henry suspiró—, hay muchísimas personas que estaban esperando este día.

—¿A qué te refieres?

—Se encontró el cuerpo de Caronte, pero no el tuyo.

Aquello hizo que se le encogiera el estómago. ¿El cuerpo de su padre estaba en algún lugar de Vésticum?

—No me preguntes dónde fue a parar, no tengo la menor idea —se adelantó a su pregunta, obvia, por otra parte—. Me imagino que lo tirarían al mar los que luego formaron la Nueva Gobernacía. El caso... —le costaba encontrar las palabras y quitarle importancia a la muerte de su padre no ayudaba en absoluto. Tampoco el gesto torcido que puso Carey cuando imaginó el cuerpo de Caronte siendo devorado por alguna bestia del mar Argento—, el caso es que todos sabíamos que seguías viva y teníamos la esperanza de que volvieras y acabaras con este nuevo régimen.

—¿Qué? Eso es una estupidez, Henry, yo no podría derrocar el sistema ni aunque quisiera.

«Así que esa es la razón de que los carteles que inundan la ciudad estén tachados», comprendió.

—No se trata de derrocarlo, sino de volver al antiguo régimen. Todo Vésticum está convencido de que tú tienes la clave para detener este sistema de verdades y hacer que vuelvan las mentiras. Saben que Caronte lo compartía todo contigo y están seguros de que, dada su estrecha relación con la Gobernacía, tú sabrías qué hacer.

—¿Te estás oyendo? Eso es una auténtica locura. Yo no tengo ni idea de cómo instaurar de nuevo el sistema de mentiras. Ni siquiera sé si querría hacerlo.

Le había dado muchas vueltas a aquel tema en los últimos años. No estaba segura de que algo conocido, aunque malo, fuera mejor. Además, estaba cansada de jugar a tratar de ser superior al resto de los mortales, alguien con capacidad de decidir por los demás. No... Ella ya no era así. Esa Carey murió en algún momento después del Gran Cataclismo, aunque le costaba mucho saber cuándo fue exactamente.

—De lo que se trata es de que tienes a muchísima gente detrás que te apoya y que está deseando que hagas algo para acabar con Dorothia.

Aquellas palabras pesaron en el interior de Carey. «No puede estar hablando en serio».

—¿Pero qué...?

Eneas, que acababa de reunirse con ellos después de darle un tiempo prudencial a la chica, interrumpió aquella lucha interna que ella estaba librando. En cuanto vio a Henry, se lanzó contra él.

—¡No, no! —gritó Carey—. ¡Para!

—¿Este imbécil se piensa que puede venir aquí para llevarte ante la Nueva Gobernacía? —hablaba a trompicones porque con cada palabra trataba de asestarle un golpe a Henry. Solo que este estaba bastante más entrenado que él y los esquivaba todos.

—¡Ya basta!

—No voy a permitir que...

Entonces Henry, con tan solo un par de movimientos que le hicieron parecer una máquina más que un humano, consiguió reducir a Eneas y sujetarlo con los brazos en la espalda.

—Escúchala —le ordenó.

—Está de nuestro lado —dijo Carey todo lo rápido que pudo—. Quiere ayudarnos.

—¡No! —Eneas trataba de zafarse, pero era en vano—. Cuando me reconoció en el castillo se portó conmigo como un imbécil. Es de los suyos.

—¿Qué? ¿Es eso cierto? —Carey no daba crédito a lo que oía—. ¿Os habíais visto antes y ninguno de los dos me lo ha dicho?

Henry suspiró y lo soltó.

—Solo lo hice por celos —confesó levantando las manos en signo de rendición, sin atreverse a mirar a los ojos inquisitivos de Carey—. Durante estos años me imaginé que estaríais juntos y, no te voy a engañar, me llenaba de ira pensar en eso. No comprendía por qué él sí y yo no. Así que cuando te vi... —se dirigió a Eneas—. Cuando te vi fue inevitable que salieran todos esos sentimientos horribles que he ido acumulando día tras día. Y más… y más después de ver que la explosión fue menos benévola conmigo que contigo.

Ninguno supo qué decir. No tenía ni idea de que Eneas y él habían coincidido, ni de que Henry aún tenía esos sentimientos y, sobre todo, que fueran tan grandes. Eran muchas las cosas que no comprendía, pero de lo que sí estaba segura era de que no tenía tiempo para dar respuesta a todos esos interrogantes que se agolpaban en su cabeza.

—¿Y ahora? —preguntó Eneas, también bastante confuso con la situación.

—Os sacaré de Vésticum. Os mantendré a salvo mientras huis y os instaláis en alguna ciudad alejada. Tal vez el norte sea buena idea.

A Carey no le hacía falta mirar a Eneas para saber que por nada del mundo se acercaría al norte. Demasiados recuerdos, demasiado dolor.

—Si no os gusta el norte, el oeste. No importa el lugar, sino la distancia que tenga con Vésticum. —Henry debió de notar en la cara de Carey que no estaba muy de acuerdo con el plan—. ¿Qué ocurre? ¿A qué viene ese gesto? Puedo hacerlo, puedo ayudarte. Ya te he dicho que hay mucha gente dispuesta a hacer lo imposible por defenderte.

Eneas elevó una ceja, pero Carey no le dio tiempo a preguntar a qué se refería. Henry había hecho que ese propósito que había anidado en su mente se hiciera más fuerte. Si antes era una sugerencia, una idea que podía salir volando con la volatilidad de una pluma en medio de un huracán, ahora era algo poderoso, algo con tanto sentido que era imposible mirar hacia otro lado.

—No, Henry, no me voy de Vésticum. Mi lugar está aquí.

—Yo creo que es una buena idea —mencionó Eneas, aunque algo en su tono dejó ver que sabía cuándo era imposible que la chica cambiara de opinión.

—Ya lo creo que sí. Pero no me voy a ir de aquí hasta que no acabe con ellos.

—¿Qué dices, Carey? ¿Con quién pretendes acabar?

—Con Dorothia, con la asesina de mi hermana y con todo aquel que se atreva a decirme que este ya no es mi hogar.

CAPÍTULO 47

Tobyas Jhonson
Vésticum, al sureste de Vestalia

Le resultó muy difícil salir de allí. Y no por los encapuchados. No por los gritos de la gente que había empezado a correr despavorida al ver cómo aquellos tipos les echaba un cubo de sangre tras otro. Fue él. Estaba paralizado, incapaz de dejar de mirar ese cuerpo sin vida, esa cabeza gacha, ese pelo que en su día debió de lucir bonito y brillante. Con qué facilidad se apagaban unos ojos, con qué rapidez un alma podía abandonar un cuerpo y dejarlo vacío, como si fuera una suerte de recipiente sin sentido deseando estrellarse contra el suelo y hacerse añicos.

Solo un pensamiento consiguió que saliera de allí, que se alejara de aquella horda que amenazaba con aplastarlo y de aquellos gritos que cada vez eran más y más intensos: Otila. Otila y su bebé.

Sabía de sobra lo que venía a continuación. Así era la condición humana: bastaba tan solo una chispa para que todo ardiera, y él estaba muy cansado del fuego.

Salió de allí.

Y lo hizo sin mirar atrás.

Sin detenerse a analizar quiénes eran esos encapuchados que habían acallado los cánticos en favor de la Nueva Gobernacía, sin pensar en qué iba a pasar con el cuerpo de esa chica, dándole igual si la sangre que empezaba a correr por los adoquines de Vestalia era otra distinta a la que traían los encapuchados en los cubos.

Corrió como nunca, aunque no tenía ni idea de a dónde dirigirse. Su primer impulso fue ir a La Piel del Oso para buscar a Otila y sacarla de Vésticum de inmediato. Después de hablar con Camille y descubrir sus planes, quedaron en que esperarían un par de días y después se irían de la ciudad para siempre. Sin mirar atrás. Guiados tan solo por sus ganas de vivir y de estar a salvo. Pero ahora… ahora tenía dudas de que ese plan fuera el más adecuado.

Tobyas nunca había sido una persona a la que le gustara enfrentarse a los problemas; más bien al contrario. De hecho, que sus padres lo mandaran al Liceo le supuso un tremendo varapalo. No le gustaban los conflictos y, siempre que había uno, se escabullía para no tener que hacerles frente. Y ahora que iba a ser padre esa línea de actuación debía ser más fuerte que nunca. Tenía que mantenerse a salvo para proteger a su hijo y a la madre de este. Aunque sabía que ella en realidad no necesitaba a nadie para salir adelante, Tobyas tenía la esperanza de poder ser de utilidad de alguna manera. Y se iba a esforzar por ello.

Y por esa razón no corrió hacia La Piel del Oso. Por ese motivo puso dirección contraria para volver hasta esa horda de gente que tan solo hacía unos segundos estaba tratando de esquivar.

Sus padres siempre le habían dicho que tenía mucha imaginación y que, de haber vivido en otra época, podría haber sido escritor. Él, la primera vez que lo escuchó, se preguntó cómo era posible que alguien se hubiera dedicado en algún momento a eso, cómo alguien habría llegado a ganarse la vida escribiendo historias inventadas. Sin embargo, cuanto más lo pensaba, más sentido le encontraba. El mundo merecía historias, unas historias que habían sido vetadas y que no dejaban que los habitantes de Vestalia pudieran imaginar. Sin libros, la gente no se atrevía a plantearse una vida distinta a la que se le había ofrecido. Así que sí, el valor de los escritores debía ser algo grandioso.

Y quizás por eso, por esa imaginación que siempre había tenido a raudales dentro de él, no pudo evitar plantearse qué pasaría si la Nueva Gobernacía cruzaba ese límite infranqueable que era el del sentido común. No lo había respetado demasiado en esos cinco años, pero lo de exponer el cuerpo de una víctima de aquella manera era traspasar una línea peligrosa. ¿Qué sería lo siguiente? ¿Dónde decidirían parar? ¿Qué era lo que les impedía seguir rompiendo esos límites?

Tenía la sensación de que no importaba el lugar de Vestalia en el que se ocultara, que al final la sed de venganza del nuevo régimen llegaría a cada rincón. Si lo que quería era huir de allí para estar a salvo junto a su familia, de nada serviría si las ansias de poder de Allinghanm seguían creciendo. Porque estaba seguro de que era ella la que estaba detrás de todo aquello. Así que no, no podía marcharse, no podía mirar hacia otro lado y huir de los problemas como había hecho hasta ese momento. Tenía que actuar de una vez, demostrar que era una persona íntegra capaz de alzar la voz.

Por eso se metió de lleno entre la turba de gente y trató de buscar a los encapuchados que habían derramado la sangre. Ellos eran los únicos que se habían atrevido a cuestionar el régimen en todos aquellos años. Lo únicos que habían dado el paso para hacer frente a un sistema que casi nadie —estaba seguro— apoyaba.

Tuvo que hacer un esfuerzo gigante para no ser arrollado. Aunque trataba de acercarse a la tarima, la gente lo empujaba y lo echaba hacia atrás, haciendo que su misión se complicara hasta límites inimaginables.

Cuando parecía que estaba a punto de conseguirlo, un grito ensordecedor hizo que todo el mundo se paralizara y se quedara callado. Tobyas se dio la vuelta y vio cómo, unos pasos más allá, un hombre caía rendido en el suelo con un puñal clavado en la espalda.

—¿Pero qué…? —se preguntó extrañado, aunque no le hizo falta continuar.

Enseguida se dio cuenta de lo que ocurría: aquella horda, que hacía tan solo unos instantes no era más que gente gritando alegorías a favor de la Nueva Gobernacía, se había convertido en algo mucho más salvaje, en algo mucho más peligroso. Lo veía en sus miradas, lo sentía en sus maldiciones, que cada vez eran más intensas y agresivas. Los que llevaban cuchillos no dudaron en sacarlos, los que buscaban pelea no dudaron en amenazar, y Tobyas comprendió que allí daban igual los bandos: incluso entre ellos, entre los que defendían el nuevo régimen, existía una venganza que se llevaba fraguando en los corazones de cada uno de ellos.

Porque de eso se trataba. Del hartazgo, del cansancio que producía saber que siempre iban a ser marionetas a las órdenes de alguien más poderoso. Y ya que no se les permitía alzarse contra ellos, al menos se desquitarían y se desahogarían montando bulla y haciendo que al día siguiente se hablara de lo que estaba pasando en esa plaza.

Sabía de sobra que su insignia no valía de nada en esos momentos, así que ni se preocupó en mostrarla. Fue de un lado a otro, esquivando a los vecinos que gritaban furiosos, hasta que por fin los vio: los encapuchados se alejaban del lugar ahora que los defensores del nuevo régimen estaban tan ocupados.

Corrió tras ellos, aunque no le resultó nada fácil. Después de unos minutos eternos, por fin alcanzó al primer encapuchado. Tiró de su capa morada para tratar de llamar su atención, pero este siguió avanzando, alejándose de aquella marabunta de gente.

—¡Eh, eh! ¡Por favor! —gritó, la esperanza por delante—. ¡Necesito ayuda!

Pero era como hablar con un muro de piedra. La capa ondeó cuando el encapuchado echó a correr, y a Tobyas no le quedó más remedio que perseguirlo. Cuando llegaron al siguiente callejón, los que habían derramado la sangre se separaron, cada uno de ellos se desvió por una calle distinta, lo que hizo dudar al chico. Decidió continuar detrás de aquel encapuchado que hacía caso omiso de su presencia. Lo cierto era que corría más que Tobyas, así que este tuvo que esforzarse muchísimo para no perderlo de vista.

—¡Por favor! —suplicaba entre jadeos—. Por favor…

—¡Márchate! —el desconocido no paraba de correr, pero su voz fue clara y concisa. A pesar de que era enorme, tenía una agilidad envidiable—. ¡Márchate antes de que te cojan!

Tobyas estuvo tentado de parar. Reconoció esa voz. La habría reconocido en cualquier parte.

—¿Pévol?

Lo oyó maldecir desde allí, incluso a esa distancia. El camarero de La Piel del Oso se detuvo y se dio la vuelta.

—Márchate, Tobyas. Las represalias por lo que hemos hecho no tardarán en llegar.

—Pero… ¿tú? ¿Tú estás en contra del nuevo régimen?

El chico miró hacia un lado y otro. No había ni rastro de la insignia en su capa, pero sí que se distinguía una decisión en su rostro que Tobyas conocía muy bien.

—Alguien tiene que parar esto —sentenció en un susurro—. Yo no tengo nada que perder y mucho por ganar. Por algún sitio hay que empezar.

Se dio cuenta de que no sabía nada de él. ¿Tendría familia? ¿Tendría hijos? Ni siquiera sabía si la edad que aparentaba —unos veinticinco o treinta, a juzgar por las escasas arrugas de su rostro y las invisibles canas— era la adecuada.

—No vas a irte, ¿verdad?

Tobyas negó.

—Yo…

—No hace falta que me lo digas. Las paredes en la taberna tienen oídos y sé lo que Otila y tú estáis planeando.

—¿Qué…?

Era imposible que lo supiera, y si él lo sabía, era muy probable que también estuviera en conocimiento del marido.

—Me lo contó Otila. Hay muchas cosas que no sabes, pero no podemos quedarnos aquí. Como nos encuentren, somos hombres muertos.

Aquella era una información que le iba a costar demasiado digerir. ¿Otila confiándole el mayor de sus secretos a un camarero de la taberna? Aunque, por otro lado, tenía sentido: él los había encubierto desde el principio y siempre se las apañaba para que pudieran juntarse sin ser vistos. Era un buen aliado, aunque no esperaba que estuviera al tanto de sus planes.

—¿También sabes que estamos esperando…?

—Tobyas, no tenemos tiempo para hablar de eso. Sí, estoy al corriente del estado de Otila y también de la conversación con Camille y de vuestros planes. Lo sé todo, pero no es momento para detenernos. O te vas por donde has venido y te marchas con Otila lo más lejos posible o te vienes conmigo para tratar de detener esta locura.

Mentiría si dijese que las dudas no se habían apoderado de él de repente. Igual que hacía unos momentos, cuando tuvo que decidir si echar a correr hacia un lado o hacia otro. Hacia lo seguro o hacia el cambio. Ahora el cambio le tendía la mano. Sabía que tenía una familia a la que proteger, pero también sabía que, si las cosas seguían como estaban, jamás podrían tener la vida que se merecían. Necesitaba ese cambio, y lo necesitaba con urgencia.

Asintió y cuando Pévol echó a correr, Tobyas lo siguió.

Serpentearon por las calles de Vésticum. El chico rubio parecía conocerse muy bien cada rincón porque apenas se cruzaron con gente. «Está tomando los caminos menos transitados», pensó. Sin embargo, los gritos enfurecidos seguían llegando hasta ellos.

—Esto no tiene buena pinta —comentó Pévol como si pudiera leerle la mente.

Y no se equivocaba. Aquellos gritos clamaban mucho más que venganza. Tobyas no sabía muy bien en qué bando estaban ni qué era lo que reclamaban, pero le daba igual. Sonaban a guerra, a no mirar atrás. Después de cruzar unas cuantas calles más llegaron a La Piel del Oso. Dentro esperaba Otila.

—¿Estás bien? ¿Qué ha ocurrido?

Tardó unos segundos en comprender que el camarero no iba solo, así que cuando vio a Tobyas detrás de él, jadeante y sudoroso, frunció tanto el ceño que se convirtió en una línea recta.

—¿Qué está pasando aquí?

Pévol se adelantó y le contó todo lo ocurrido, incluido el momento en el que Tobyas lo había reconocido tan solo por la voz.

—¿Y qué hacías tú allí? ¿Y en qué momento decidiste que era buena idea seguirlo?

—Creo que el que tiene que hacer aquí las preguntas debo ser yo. —Tobyas bajó uno de los taburetes que descansaban sobre la barra y se sentó en él. No estaba acostumbrado a correr tanto—. No voy a incidir en el tema de que Pévol esté al corriente de *todo* lo nuestro porque creo que no es el momento y que ya tendremos tiempo de hablarlo. Me preocupa más el hecho de que tú supieras lo que iban a hacer. Lo de… lo de la sangre.

Estaba claro, por la forma en la que había recibido al camarero —como si este volviera de una misión tan importante como peligrosa—, que ella sabía perfectamente cuál era la misión de los encapuchados.

—De hecho…, fue idea mía.

Aquello fue como un jarro de agua fría para Tobyas. Y no por el hecho de que su mujer, novia o como quisiera llamarla estuviera detrás, sino porque se lo había ocultado, porque no había confiado en él para que formara parte de ese plan.

—Sé lo que estás pensando —se adelantó Otila—, y no quiero que vayas por ahí. Si no te lo he contado ha sido para protegerte.

—Pero tú perteneces a los Herederos de la Verdad, ¿por qué ibas a estar en contra del sistema?

—Tobyas, yo no pertenezco a nadie nada más que a ti, ¿no te has dado cuenta ya? Me dan igual los bandos, me da igual quién ostente el poder; lo único que sé es que quiero un mundo en el que poder vivir tranquila a tu lado.

Solo al acercarse a ella notó que estaba temblando.

—He hecho lo imposible para que este negocio siguiera adelante —continuó—. Estar en los Herederos de la Verdad me permitió pagar las numerosas deudas que tenía la taberna, era la única forma de subsistir. ¿En serio crees que me importa quién se beneficia con esas verdades? Yo solo pensaba en seguir un día más. Y luego Pévol…

Tobyas se giró para mirar al camarero.

—Yo me di cuenta de algo. Una noche vino Camille, solo que no lo hizo sola. Buscaban a alguien, a otra chica. La descripción fue vaga, pero la reconocería en cualquier parte. La describieron como castaña y con los ojos del color del hielo. No hay mucha gente así en Vésticum, solo se podía tratar de Carey Regminton. Además, escuché la verdad que se había contado sobre ella.

—No entiendo nada, me va a explotar la cabeza. ¿Qué tiene que ver la hija de Caronte con todo esto? —Tobyas se acordaba perfectamente de ella, de sus clases, hasta de su forma de andar por el Liceo, como si supiera que todo aquel que la rodeaba caería rendido a sus pies.

—La estaban buscando, pero no porque quisieran entregarla a la Nueva Gobernacía. Había una urgencia en la mirada de esa chica que me dijo que quería protegerla. Esa chica es a la que han matado y han expuesto como un trofeo y…

—Tobyas —le llamó Otila, que le cogió de la mano para que la mirara a los ojos—. Camille hizo lo que prometió, ella mató a la hermana de Carey. Y no tenemos ni idea de cuál será su siguiente paso si no conseguimos pararle los pies.

—¿Y qué tiene que ver todo esto con la Nueva Gobernacía? ¿Qué más nos da lo que haga una niñata desquiciada?

—Pues que ella está metida en el sistema —explicó Pévol—. Como ya sabrás, es la hija de la comodora Flancon y esta, a su vez, es la mejor amiga de Allinghanm. Ha encendido una mecha muy difícil de apagar pero que podemos aprovechar a nuestro favor.

—No entiendo cómo.

—Si matamos a Camille, si acabamos con ella —dijo Otila con frialdad—, estoy segura de que Allinghanm se expondrá y podremos terminar de una vez por todas con su vida y con este sistema opresor.

CAPÍTULO 48

Dorothia Allinghanm
Vésticum, al sureste de Vestalia

Su madre siempre le contaba la leyenda de los pasos invisibles y ella, aunque se la sabía de memoria, se asombraba cada una de las veces. La leyenda decía que se podía saber perfectamente cuándo iba a llover porque un gigante invisible movía con sus pasos las aguas del tranquilo lago que veían desde la ventana de la cocina. Si uno se fijaba bien podía observar cómo la orilla comenzaba a tener más ondas de las habituales, avisaban de lo que venía. Y era tal la ciencia de esa teoría que, en cuestión de minutos, la superficie del lago se veía perturbada por una lluvia intensa. «Los pasos invisibles —pensó Dorothia— están siempre ahí, y no solo para anunciar la lluvia. Solo hay que prestarles la suficiente atención».

No podía parar de pensar en ello, en esos días refugiada en la casa en la que había crecido, mirando la lluvia a través de la ventana mientras se aferraba a una taza con una infusión caliente. No había manera de evitarlo: estaba sintiendo los pasos invisibles y sabía que estos, lejos de amenazar lluvia, traían algo muchísimo peor.

Había subido a la torre más alta del Liceo —la que reservaban como sala de entrenamiento y que a esas horas estaría completamente vacía— para poder estar tranquila. Solo que no fue tranquilidad lo que halló, sino todo lo contrario. Lo primero que sintió fueron las vibraciones. Desde allí arriba notaba cómo el suelo le hablaba, cómo le advertía de lo que iba a ocurrir. Le dio pánico asomarse a la ventana, pero sabía que no tenía otra alternativa: estar a la cabeza de la Nueva Gobernacía también implicaba eso, ser capaz de enfrentarse a los problemas y superarlos.

Cuando lo hizo, no tuvo tan claro que pudiera ganar aquella batalla.

Los gritos eran tan intensos que parecía que los que los proferían estuvieran en el mismísimo Liceo. Desde allí no podía distinguir lo que decían, pero, desde luego, no pintaba nada bien. Tanto si eran a favor de su régimen como en contra, el problema tendría iguales dimensiones. Sabía de sobra que había gente que estaba esperando la oportunidad perfecta para salir a la calle a quejarse de ese sistema que ella había diseñado, y estaba tan segura porque hizo lo mismo cinco años atrás.

Había aguardado el momento perfecto, justo cuando la antigua Gobernacía mostró un pequeño resquicio de debilidad, para atacar y conseguir su objetivo. Y ahora... Ahora podía suceder exactamente lo mismo.

Salió de allí, no lo soportaba ni un segundo más. Aquellas voces no la dejaban pensar, le nublaban la cabeza y hacían que esta no fuera más que una masa inútil repleta de miedos y dudas. Bajó las escaleras de la torre a tal velocidad que parecía que sus pies no pisaban los escalones. El Liceo bullía, pero no era un barullo alegre, era de preparación. Los soldados se ajustaban los trajes granates mientras corrían de un lado para otro, se escuchaban armas cargándose, cuchillos afilándose, gritos de ánimo.

—¡Allinghanm! —la increpó uno de los oficiales cuando le salió al paso—. Denos las órdenes, ¿qué hacemos?

Fue incapaz de hablar, y mejor que no lo hiciera porque lo único que iba a salir de sus labios era una duda tras otra. ¿Órdenes? ¿Qué órdenes iba a dar? Aunque aquello la puso todavía más sobre aviso: ellos sabían algo que se escapaba a su conocimiento.

—Necesito ver a Cridus. ¿Dónde está Cridus? ¡Cridus! —su desesperación se fue haciendo patente a medida que hablaba, igual que la extrañeza del soldado.

—Creo que está en la sala de reuniones, pero necesitamos que…

No pensaba perder ni un segundo de su tiempo en escuchar cómo terminaba esa frase.

—¡Esperad aquí, no hagáis nada hasta que yo lo ordene! —gritó mientras corría en busca de Cridus.

Sus botas resonaban contra el mármol del suelo del Liceo, estaba tan reluciente como a ella le gustaba, pero en esos momentos aquellos detalles le parecieron un chiste. Qué más le daba haber levantado ese edificio, dotarlo de ese esplendor perdido, si no podía estar a salvo dentro de él. «Porque no hay manera de estar a salvo —dedujo mientras corría todo lo que podía—. No hay muro suficientemente capaz de detener el odio».

Cuando llegó a la sala de reuniones se encontró a Cridus mirando por la ventana. No le hizo falta girarse para saber que era ella.

—Ha empezado —dijo el hombre.

—¿Pero qué es lo que ocurre? No soy capaz de…

Entonces se acercó a él y vio lo que sucedía. Esa ventana —mucho más cercana al suelo— daba al lado oeste del Liceo, una parte que no estaba protegida apenas por los jardines de Papillón y que hacían más visibles las calles de la ciudad. Desde allí se podía escuchar y observar lo que estaba sucediendo.

—¡Arriba la Nueva Gobernacía! —gritaban unos enfurecidos.

—¡Arriba Allinghanm! —gritaban otros.

Sin embargo, aunque todo eran consignas a favor de su régimen, Dorothia no pudo evitar preguntarse a qué se debía aquello, qué era lo que había desencadenado que tantas personas tuvieran que posicionarse de esa manera. No lo habían hecho hasta ese momento. De hecho, sabía de sobra que los que la apoyaban lo hacían por miedo, y una cosa era acceder a llevar una insignia y otra muy distinta alzar la voz para que quedara clara cuál era la posición de cada uno.

—Ha sido por la hermana de Carey Regminton. —Solo entonces Cridus se atrevió a mirar a los ojos de la mujer—. La hija de la comodora la ha matado y la han expuesto como un trofeo en una de las plazas.

—Estoy al tanto de eso —murmuró Dorothia mientras recordaba la forma en la que Camille, orgullosa, había confesado haber acabado con esa muchacha—. Pero no esperaba que trajera estas consecuencias. Cuando nos lo contó tenía la esperanza de que estuviera mintiendo.

—Me temo que no hubo rastro de mentira en sus palabras. Lo he visto con mis propios ojos hace tan solo un par de horas. Y eso no es lo peor. Puede que estuvieras al tanto de eso, pero no de lo que pasó a continuación.

El corazón de Allinghanm amenazó con detenerse, pero no podía hacerlo, no en ese instante.

—Sigue —le rogó.

—Unos encapuchados atacaron a los que estaban presenciando ese espectáculo tan grotesco. Derramaron sangre sobre ellos y comenzaron a cantar consignas en contra del régimen.

Dorothia se dejó caer en una de las sillas que solía usar para presidir sus reuniones. Estaba derrotada y no sabía qué paso dar a continuación.

—Luego vinieron los cánticos a favor de la Nueva Gobernacía.

—Esto es horrible, Cridus.

—No, no lo es en absoluto. Ellos harán tu trabajo.

—No te entiendo.

—Que esos que están gritando, apoyándote, se van a encargar de poner solución a tu problema. Ellos lucharán contra todo aquel que ose insultar al régimen.

La mujer agachó la cabeza y sonrió. Fue una sonrisa triste, abatida.

—¿Por qué te ríes?

—Porque pensé que a estas alturas ya habrías comprendido cómo funciona el mundo, Cridus —sus palabras fueron tan tajantes que hicieron que el hombre frunciera el ceño—. ¿No te has dado cuenta de lo rápido que pueden cambiar las tornas?

—Pero esa gente besaría el suelo que pisas con tal de contentarte.

—No, eso no es verdad.

—¿Entonces, por qué gritan a tu favor? ¿Por qué no han dudado en sacar las armas?

—Porque tienen miedo, Cridus. —Le parecía increíble que solo ella fuera capaz de reparar en ese pequeño detalle—. No están contentos, no podrían estarlo con el régimen que les he impuesto. Y en cuanto se den cuenta de que ese miedo lo pueden usar en mi contra, estoy acabada.

Jamás se había atrevido a decir esto en voz alta, pero era algo que tuvo claro desde el mismo momento en el que empezó a diseñar su sistema. No gustaría, «¿cómo iba a hacerlo?». Cambiar un sistema por otro era arriesgado y, aunque en un principio pudiera parecer que estaba ofreciendo una alternativa más benévola, no era más que el mismo perro con diferente collar.

Además, estaba el asunto de que ella había elegido el camino del miedo. Obligar a la población a decantarse por un bando u otro y asesinar a todo aquel que no la apoyara era algo que tarde o temprano le pasaría factura. Era consciente de que los que elegían quedarse a su lado lo hacían únicamente por miedo, y el miedo podía volverse en su contra en cualquier momento.

—¿Y qué propones?

Quiso suspirar de alivio al darse cuenta de que Cridus había comprendido sus palabras a la primera sin necesidad de tener que explicárselo. Sentía que se quedaba sin tiempo.

—Tienes que salir allí fuera y buscar a la comodora Flancon.

—¿Qué? —El gesto que compuso el hombre dejó claro que aquello no se lo esperaba en absoluto.

—Necesito protegerla, Cridus, cueste lo que cueste.

—¿De verdad quieres que salga ahí para poner a salvo a esa mujer?

Pensó en la cantidad de noches que Alice se había quedado a su lado, apoyándola, diciéndole lo que necesitaba oír, siendo el hombro en el que podía llorar durante horas sin ser juzgada. Su amistad era de las únicas cosas bonitas que tenía en esos momentos y por nada del mundo dejaría que algo malo le ocurriera.

—Tienes que hacerlo. Si esto se hace más grande, si esos gritos comienzan a arrimarse hacia el otro lado, la necesito a mi lado. Prometiste apoyar al régimen —no le gustaba jugar esa baza, pero no tenía otra opción—. Prometiste ayudarme y hacer lo que fuera necesario para defenderme.

—Así es.

—Pues entonces encuéntrala. Encuéntrala y tráela conmigo.

CAPÍTULO 49

Eneas Lockwood
Vésticum, al sureste de Vestalia

Si en algún momento la perfumería de Gaia le había podido parecer un lugar acogedor, en aquellos instantes lo era casi tanto como una cueva de hielo. Si le hubieran dicho que el invierno se había apoderado de Vésticum y que la había convertido en una suerte de Selán, se lo habría creído sin dudar.

No soportaba ver allí a Henry, no después del desplante que le había hecho en el Liceo unos días atrás. No cuando la única cara amiga que encontró entre aquellas cuatro paredes había decidido hacer como que no lo conocía y no ayudarle en absoluto. «Supongo que ya hizo bastante cuando estábamos en Asua, y en esta ocasión no estaba Carey para agradecerle su buena acción». Apretó los dientes. No quería admitir que eran celos aquello que sentía, pero sabía que eso que le corroía las entrañas no tenía otro nombre.

—Yo te apoyaré, ya lo sabes.

La mirada que le lanzó contenía tanto odio que no le habría extrañado que le salieran dardos por los ojos. Sabía de sobra lo que intentaba Henry: le daba igual la lucha de Carey, tan solo quería contentarla, tratar de hacer que se enamorada de él. «Aunque si no le funcionó antes, no sé por qué tendría que ser distinto ahora».

—No es buena idea —intervino—. No creo que acabar con Dorothia vaya a solucionarnos nada, Carey. Lo mejor es marcharnos de aquí. Podemos... —no quería tener esa conversación delante de Henry, pero no le quedaba otro remedio— podemos empezar de cero, juntos.

Conocía demasiado bien a la chica como para saber que no le estaba escuchando, que su cabeza estaba muy lejos de allí, dentro de sus planes, de sus pesquisas y de sus estrategias.

—Carey, te estoy hablando en serio.

Solo entonces pareció reaccionar. Sacudió un poco la cabeza y lo miró.

—Y yo también, Eneas. Es hora de acabar con este sistema de una vez por todas.

—¿Es que no lo entiendes? Matar a Dorothia no cambiará absolutamente nada. Por matar a una persona no se derroca un régimen. Tendrá cómplices detrás, tendrá una segunda mano, tendrá personas a las que les habrá dado órdenes para actuar en caso de que ella no esté. Y el régimen seguirá, y seguirán las verdades. Y en caso de que consiguiéramos que estas desaparecieran, vendrá otra cosa. ¿Es que no te das cuenta? Esto es una rueda, Carey, y no podemos pararla.

—Sí que podemos —había tanta seguridad en sus palabras que asustaba.

—No, no podemos. Porque esto nos queda demasiado grande, y lo único que conseguirás es exponerte y conseguir que te maten. Vayámonos —le suplicó ya sin pudor por que estuviera Henry delante—, vayámonos lejos donde no puedan encontrarnos. Estaremos tú y yo, y nada más importará.

Carey se acercó a él, pero no con esa pose de fiera a punto de atacar que siempre tenía cuando se dirigía a Eneas. Se aproximó despacio, con una calma y serenidad nada salvajes.

—Sabes que no puedo hacerlo. Sabes que tengo que vengarme de alguna forma.

—¿Haciendo que te maten? ¿Eso es lo que tú entiendes por venganza?

—Pues moriré honrando a mi padre y a mi hermana. Si ese es mi destino, lo aceptaré encantada, pero antes me llevaré a las personas que me hicieron la más desdichada de Vestalia.

Si la conocía tan bien como para saber que su cabeza seguía haciendo cábalas sobre cómo llevar a cabo su plan, también lo hacía como para comprender que no habría manera posible de convencerla de lo contrario.

—Te repito que puedes contar conmigo para lo que quieras. —Henry se acercó un poco más a ella. Bajo las cicatrices que había dejado el Gran Cataclismo, se podía ver a la perfección cuáles eran sus intenciones.

—No, Henry, ¡ya basta! —Eneas se interpuso entre ellos, para asombro de Carey y también un poco para el suyo propio—. No necesitamos tu apoyo ni tus palabras bonitas. Será mejor que vuelvas por donde has venido.

—¿Me estás amenazando?

Eneas vio que Carey estaba a punto de abrir la boca para poner orden, seguramente les diría que dejaran de comportarse como dos críos, que ella no necesitaba la ayuda de nadie y que haría lo que tuviera que hacer sin ninguno de los dos —hasta ese punto la conocía—, pero no pudo hacerlo porque algo la interrumpió. La campanilla de la puerta de la perfumería emitió un leve tañido, indicando que alguien acababa de entrar en la tienda.

—¡Estamos cerrados! —gritó desde allí.

Si la persona que había llegado la escuchó, no lo demostró, pues sus pasos siguieron resonando. Se dirigía hacia donde ellos estaban.

—He dicho que estamos cerrados —esta vez Carey se dirigió hacia allí para echar a quien fuera que estuviera osando interrumpir sus planes. Eneas la siguió; no se fiaba en absoluto de que no sacara a esa persona a patadas de la tienda y, si eso ocurría, tendrían que aguantar después el enfado de Gaia por haber perdido un cliente por su culpa.

Sin embargo, al encontrarse de frente con el cañón de una pistola, no pudo hacer otra cosa que soltar un grito ahogado y levantar las manos en signo de derrota.

—¿Pero qué…?

A él sí que le dio tiempo a ver quién empuñaba el arma, pero estaba seguro de que a Carey no, pues justo en ese momento Henry se abalanzó sobre ella y la tiró al suelo. Eneas tardó muy poco en darse cuenta de que, lejos de tratar de protegerla con su cuerpo, lo que estaba haciendo era inmovilizarla. Tan solo le costó unos segundos llevar las manos de la chica a la espalda y sujetarlas con una cuerda que se sacó de uno de los bolsillos del uniforme. Mientras tanto, la persona que apuntaba con la pistola sonreía con malicia. Apretó la mandíbula con fuerza cuando se dio cuenta de que aquella chica era la que iba a bordo del Fuego Sagrado, la que le arrebató la vida a Hamica. Estuvo tentado de gritar, pero al final no lo hizo; si Carey se daba cuenta de que estaba delante de la asesina de su hermana, no tenía ni idea de cómo podría terminar aquello.

—¿Qué te crees que estás haciendo, Henry? —decidió centrar su atención en el soldado. Sus palabras provocaron que el cañón le apuntara a él en vez de a Carey. No le importó nada en absoluto, no después de todo lo que le había tocado vivir los últimos tiempos—. Suéltala de inmediato.

—Aquí el que da las órdenes soy yo —dijo mientras se ponía en pie y arrastraba a Carey consigo.

Para asombro de Eneas, esta estaba callada; ni siquiera soltó uno de los típicos comentarios en los que le decía a su atacante que se iba a enterar si no la soltaba. No sacó a pasear su bravuconería, y eso no le gustó menos que si se hubiera puesto a amenazarlos de todas las maneras posibles.

—Así que era todo mentira —fue lo único que pronunció. Y a pesar de que esa frase iba cargada de sentimientos e intenciones, no pareció hacer el menor efecto en Henry.

—¿De verdad pensabas que iba a estar aquí tanto tiempo esperándote? ¿Que después del desplante que me hiciste la otra vez cuando os salvé la vida mi corazón iba a seguir perteneciéndote? Esperaba que una vez en el Liceo entraras en razón y comprendieras que nadie te ha amado jamás como yo lo he hecho. Sabía que eras orgullosa y narcisista, pero, sinceramente, no creí que lo fueras tanto.

La cabeza de Eneas trataba de procesar la situación. Que Henry los hubiera traicionado no era algo que le sorprendiera lo más mínimo. Desde que se comportó como un completo estúpido en el Liceo no se había terminado de fiar de él, y mucho menos cuando apareció en la tienda de Gaia de una manera tan fortuita como oportuna. Podía llegar a entender que Henry conociera lo suficiente a Carey como para pensar que, de estar en algún sitio, lo más seguro era que estuviera en esa perfumería, no en vano, la dueña y ella ya eran amigas antes del nuevo régimen y no hacía falta ser muy avispado para darse cuenta de que Gaia era una interesada de pies a cabeza. Si tenía escondida a la mayor fugitiva de Vestalia, la recompensa que podría obtener —aunque fuera de la propia Carey— podría ser magnífica. Sin embargo, lo que no terminaba de entender era qué tenía que ver la asesina de Hamica con Henry.

Justo en ese instante se dio cuenta de que lo peor no era la incertidumbre, sino el hecho de comprender que aquello era un plan. Un plan elaborado que había requerido de unos tiempos y una ejecución. Y si eso había sido de tal forma, ¿cómo podía estar seguro de que la perfumería no estuviera rodeada por soldados de la Nueva Gobernacía? ¿Quién le aseguraba que aquel no era el fin?

Trató de buscar la mirada de Carey, tal vez en ella pudiera encontrar una explicación, tal vez la chica se había adelantado y sabía la solución a aquella ecuación que se le resistía. Sin embargo, ella no hacía otra cosa que mirar al suelo. Ni siquiera prestaba atención al cañón que iba de Eneas a su cabeza de forma constante.

—Ese es tu mayor defecto, Carey —continuó diciendo Henry—, que piensas que todos estamos a tus pies y que tus actos no tienen ninguna consecuencia. Te crees que puedes jugar con los sentimientos de los demás y que vamos a seguir besando el suelo que pisas. Lo elegiste a él, ¿recuerdas? —Miró fijamente a Eneas—. A pesar de que es un debilucho que no sabe apañárselas solo. A lo mejor es que a ti te conviene tener a alguien así a tu lado, quizás sea una forma de asegurarte de que siempre estás por encima de alguien.

—Cuida esa boca —le advirtió Eneas. Le estaba empezando a cansar aquel juego.

—Tú no te metas, no pintas nada aquí —había tanto odio en sus palabras como en sus ojos—. Será mejor que nos pongamos en marcha. Seguro que nos están esperando.

Aquellas palabras, aunque podrían haber hecho que el corazón de Eneas se acelerara, lo tranquilizaron bastante. Esa forma de hablar le hizo entender que no había nadie más aparte de ellos, que no había un plan y que, por lo tanto, tratarían de improvisar. Y esa era la mejor noticia de todas porque significaba que Carey y él tenían una oportunidad para deshacerse de ellos. No sabía si ella se había dado cuenta de ese detalle, así que, por si acaso, su mente se puso a trabajar.

—Es hora de marcharse de aquí. No quiero que Gaia nos encuentre.

—Y si lo hace no pasaría nada en absoluto —contestó la chica de la pistola—. Te aseguro que ella está de nuestra parte. Cuando se entere de la recompensa que nos va a dar la Nueva Gobernacía en cuanto entreguemos a esta escoria, no dudará en hacer lo posible por formar parte del plan.

—No conocéis a Gaia en absoluto —musitó Carey entre dientes, la mirada todavía fija en el suelo.

—Me parece que la que no la conoce eres tú —Henry aprovechó esa última frase para empujarla—. Andando. Ya me has hecho perder demasiado el tiempo.

Fue entonces cuando Carey se atrevió a mirar a Eneas. Porque eso era lo que se encontró en sus ojos: atrevimiento, desafío. El chico estuvo seguro de que iba a aprovechar ese momento para tratar de zafarse de Henry y enfrentarse a él, pero algo en su interior le dijo que aquella no era la mejor idea. De hecho, Eneas estaba a punto de tomar el mando y hacerlo él mismo, pero la chica de la pistola se acercó tan deprisa a él que, cuando quiso darse cuenta, le había sujetado por detrás y le apretaba el cañón contra la sien. Henry llevaba a Carey delante, por lo que esta no había podido descubrir todavía su identidad.

—Por si acaso pensabas hacer alguna tontería, encanto —le dijo al oído.

Eneas rechinó los dientes. Sus palabras sonaron como si fuera una sirena de un cuento antiguo, como si cualquier cosa que saliera de entre esos labios pudiera ser un hechizo, un encantamiento para que todos cayeran a rendidos a sus pies.

—No eres más que una vulgar asesina —le susurró todo lo bajo que pudo para que Carey no escuchara sus palabras.

—¿Sabes? Es lo más bonito que me han dicho nunca.

—Te vas a arrepentir de esto.

—Sí, la verdad es que un poco sí que me arrepiento de haberte rescatado de esa isla recóndita. Si llego a saber lo problemático que eres no habría dudado en convencer a mi madre de tirarte en medio del mar. No eres más que un lastre y un estorbo.

—¿Qué es lo que quieres? —No se iba a dejar llevar por sus juegos sucios. Aprovechó que Henry había tomado un poco de distancia para indagar un poco más.

—Quiero que todo esto se acabe de una vez. ¿Sabes? No paro de pensar que, en realidad, es por tu culpa. Tú lo desencadenaste todo con tu llegada, aunque lo más justo sería decir que fui yo la que te encontré. Si yo no le hubiera indicado a la comodora el trayecto a tomar, jamás habríamos dado contigo y ahora tu amiguita seguiría en manos de la Nueva Gobernacía. No has hecho más que complicar las cosas y por eso será un placer enorme matarte.

No cabía más odio en sus palabras. El cañón de la pistola comenzaba a hacerle un daño horrible en la sien, pero por nada del mundo iba a quejarse en voz alta.

—Sea lo que sea lo que estéis planeando —siseó entre dientes—, no os va a salir bien.

—Eso ya lo veremos. Ya está bien de perder el tiempo, es hora de largarse. Ya verás qué contenta se pone Allinghanm cuando os entreguemos. Si no renombra el Liceo en nuestro honor, no le faltará mucho.

CAPÍTULO 50

Carey Regminton
Vésticum, al sureste de Vestalia

Tenía que reconocerlo: volver a montar en carro no era tan satisfactorio como recordaba. Llegó un día en el que asumió que jamás volvería a usar uno, que estaría condenada a ir a pie de por vida —a no ser que, en algún momento de desesperación, tuviera que arrebatarle uno a la fuerza sus dueños—, ya que ese era un privilegio que había perdido en el mismo momento en el que su padre había muerto. Y aun así, en esos instantes solo podía sentir una amargura horrible recorriéndole el cuerpo.

«Hay que reconocer que Henry lo tiene todo más preparado de lo que creía», pensó mientras lo miraba de reojo. Sería injusto decir que se lo veía venir, que cuando comprendió que aquel rostro deformado pertenecía a su antiguo amigo había sospechado de él y de sus intenciones. Sería injusto porque no fue eso lo que ocurrió. Si tenía que sospechar de alguien que la traicionara, en la lista jamás se habría encontrado Henry. Él era puro, se lo había demostrado un millón de veces, a pesar de todas las ocasiones en las que ella lo había rechazado. Seguía a su lado, siempre. Resignado y asumiendo la derrota. Y quizás a la espera de que Carey cambiara de opinión. Por eso no comprendía qué había cambiado, qué era lo que había hecho que Henry mutara hasta el punto de venderla a la Nueva Gobernacía.

Quizás había sido aquella chica, a la que todavía no había visto el rostro a pesar de tenerla sentada delante. Llevaba una amplia capucha que solo dejaba ver sus labios y parte de la nariz. Todavía amenazaba a Eneas con la pistola, aunque este parecía haber comprendido que no tenían demasiado que hacer puesto que estaban atados de manos.

Podría haber sentido rabia por la situación, pero en realidad el sentimiento que la embargaba era de pura tristeza. Estaba triste porque sabía que no había nada que hacer, que se había librado demasiadas veces del destino cruel y que esa no iba a ser igual. Y eso la entristecía porque por fin, después de tanto tiempo, había conseguido reencontrarse con Eneas, y no solo eso: había logrado que la perdonara; al igual que había hecho ella, que había logrado perdonarse después de todo.

Ahora ya no habría otra oportunidad para empezar de cero, y esa vida que le proponía Eneas —justo después de que ella dijera aquella estupidez sobre que quería matar a Dorothia— le parecía lo más apetecible del mundo. Su forma de entender la vida nunca le había hecho desear dar marcha atrás, pero en aquella ocasión fue muy distinto. Por supuesto que quería volver atrás, por supuesto que quería retroceder en el tiempo y coger esa mano que Eneas le tendía para huir y empezar de nuevo.

Durante todo el trayecto había escuchado las voces enfurecidas de los vecinos de Vésticum. No conseguía distinguir muy bien qué decían, pues algunas clamaban a favor de la Nueva Gobernacía y otras entonaban consignas antiguas que le recordaban al régimen de Regina Rei. Carey no terminaba de comprender qué estaba ocurriendo en las calles de la ciudad, pero Henry tampoco le dio la oportunidad de averiguarlo.

—Se acabó el viaje —anunció el chico justo antes de que el carruaje se detuviera con brusquedad. Desde allí, las voces se oían un poco más mitigadas.

Carey, al tener las manos atadas, casi se cae hacia delante, pero se recompuso como pudo para no necesitar ayuda de nadie. «Es lo que me faltaba». La sonrisa que se le escapó a Eneas, tan fuera de lugar que llamó de forma inevitable su atención, le hizo comprender que el chico se había dado cuenta de ese detalle. La conocía, muchísimo, incluso más de lo que ella misma lo había llegado a hacer. Si tenía que terminar sus días al lado de alguien, no se le ocurría mejor elección.

Reconoció aquel lugar al instante. No estaban en la puerta principal del Liceo, sino en una de las traseras, una de las que, antiguamente, solo utilizaba el servicio y se usaba como salvoconducto en caso de emergencia. Si había perdido toda esperanza de poder sobrevivir aquella noche, ese pequeño detalle se la devolvió un poquito: si no habían entrado por la puerta grande, eso significaba que sus sospechas sobre que nadie más sabía que ella estaba allí eran más que meras conjeturas. Henry quería llevarse todo el mérito y no iba a permitir que ningún soldado se interpusiera entre su hazaña y Allinghanm. Él tomaría las riendas, él sería el primero en ver la cara de sorpresa cuando la dirigente de la Nueva Gobernacía descubriera lo que había hecho.

—Andando. —El chico le metió tal empujón que a punto estuvo de volver a tropezar—. Tenemos muchas cosas que hacer.

Llevarle la contraria no habría servido de demasiado, y más con aquella indeseable apuntándola en la cabeza cada dos por tres. Tenía que pensar un plan rápido y, a poder ser, ejecutable antes de que la llevaran ante Allinghanm. Si era una buena dirigente, lo más seguro era que estuviera rodeada por soldados preparados para protegerla; entonces ya no tendrían ninguna posibilidad.

Miró a Eneas en busca de ayuda. Deseó que esa conexión que los unía traspasara todas las fronteras posibles y le hiciera comprender qué era lo que pensaba. Necesitaban un plan, uno silencioso y factible. «Es mucho pedir», le dolió reconocer, pero tenían que intentarlo.

Aquella mirada que le lanzó —a medio camino entre la desesperación y la agonía— pareció surtir efecto en Eneas, que enseguida se puso a escrutar su alrededor en busca de una solución. «Me ha entendido», comprendió. No sabía hasta qué punto, pero le daba igual. Lo había puesto sobre aviso, y con eso era suficiente.

«Si al menos pudiera quitarle la pistola a esta malnacida...». Y la echó de menos, muchísimo. Si Hamica estuviera allí, a su lado, todo sería muchísimo más fácil. Ellas se complementaban de una forma extraordinaria y no hacía falta ni que hubiera ese tipo de miradas que había cruzado con Eneas. Hamica actuaba porque sabía cuál era el siguiente paso que iba a dar Carey, y así, entre las dos, conseguían salir de todos los entuertos.

Se obligó a tener fe, esa fe ciega que siempre la había guiado y que le había hecho creer que el mundo estaba confeccionado a su medida. Y se obligó por su hermana, por su recuerdo. «Va por ti», pensó justo antes de darse la vuelta con tanta fuerza que hizo que Henry, que le sujetaba los brazos detrás de la espalda, diera un traspié y cayera al suelo. Eneas aprovechó la ocasión y, con toda la rapidez de la que fue capaz, se abalanzó sobre la chica para que tirara la pistola. Él todavía tenía las manos atadas, así que le era imposible arrebatársela, pero el empujón fue tan brusco que bastó para que la pistola se resbalara de entre las manos de la muchacha. A su vez, Carey, aprovechando que Henry todavía estaba en el suelo, le dio tal pisotón en la cabeza que hizo que el chico se derrumbara contra la piedra y se quedara allí inconsciente.

—¿Qué creéis que estáis haciendo? —la voz de la chica temblaba un poco mientras se tapaba la cara con la capucha y trataba de encontrar la pistola. Su desesperación fue creciendo al ver que pasaban los segundos y no la hallaba—. ¿Es que acaso sois estúpidos? Iba a esperar a que Allinghanm os matara, pero ahora me han entrado unas ganas tremendas de hacerlo con mis propias manos.

—Tú no serías capaz ni de matar a una mosca —masculló Carey entre dientes—. No tienes lo que hay que tener.

La risa de la chica inundó el recibidor en el que todavía estaban.

—Si supieras la verdad no dirías tantas tonterías.

—Carey, ¡vamos! —el grito de Eneas fue tan potente que Carey perdió el hilo de lo que iba a decir.

No le hizo falta más que mirarlo de reojo para saber lo que pretendía: salir de allí corriendo lo antes posible. Le habría encantado terminar con aquella estúpida de un modo tan lento que al final le rogase que le metiera una bala entre ceja y ceja, al igual que con Henry: quería devolverle esa traición con la que había sepultado su amistad. Sin embargo, por un instante, comprendió que sobrevivir era muchísimo más importante que vengarse.

Corrió, corrió muchísimo. Que la chica se quedara unos segundos buscando la pistola les regaló un poco de ventaja. Cuando escuchó sus pasos detrás de ellos, no supo adivinar si la había encontrado o no. «Pronto lo descubriremos», pensó. Y también sopesó una idea que le acababa de sobrevenir: nadie se conocía el Liceo como ella. Allinghanm había cometido un error imperdonable a la hora de levantarlo de nuevo, y es que había seguido los mismos planos que tenía el edificio antes de ser derruido. Carey había transitado aquellos pasillos en tantas ocasiones que era capaz de decir la distancia en palmos que había entre las puertas, entre los arcos e incluso entre las columnas. Podía recorrer el Liceo entero con los ojos cerrados y no perderse ni una sola vez.

Y esa fue su ventaja. Y su salvación.

Corrió muchísimo a la vez que pedía en silencio que Eneas consiguiera seguirle el ritmo. Sabía que correr con las manos atadas era algo muy difícil porque el equilibrio era casi inexistente, pero no tenían otra opción. Esa era su única oportunidad para salir de allí con vida —y para llevar a cabo su plan de acabar con Allinghanm, aunque eso no podía decirlo en voz alta porque sabía que Eneas no estaría demasiado de acuerdo—.

Ganaron un poco de ventaja gracias a que Carey no hacía más que correr en círculos por los pasillos inferiores del Liceo, eran tan estrechos que la chica tenía que frenar antes de girar cada esquina. Después de varios minutos encontró lo que buscaba: una puerta entreabierta que empujó sin dudar. En cuanto Eneas entró, ambos la cerraron y se quedaron apoyados en la madera, tan callados que lo único que se podía oír eran sus corazones retumbando.

Escucharon pasos al otro lado: la chica corría de un lado para otro, seguramente incapaz de comprender qué había pasado con esos dos que hacía tan solo unos instantes estaban ahí.

Carey no era devota, ni siquiera creía en un ser superior, pero en ese momento rezó todas las plegarias que se le ocurrieron para que pasase de largo y no empujase esa puerta sobre la que estaban apoyados. No sabía cuánto tiempo más iban a resistir si los encontraba.

Cuando escuchó sus pasos alejándose de donde ellos estaban, suspiró de alivio.

—No puedo creer que la hayamos despistado —murmuró Eneas.

Había una pequeña luz titilante en el interior de la habitación, muy tenue pero lo suficientemente potente como para dejar ver dónde estaban.

Era de nuevo esa sala, la de las estanterías, la de los libros, la de los manuscritos de Caronte.

Carey supo de inmediato el efecto que estaba provocando en Eneas el hecho de darse cuenta de a qué lugar del Liceo habían ido a parar.

—No me ha quedado otra opción —musitó—. Era la única puerta abierta.

—Tranquila. He aprendido que a veces es mejor enfrentarse a la verdad que morir. Y tengo que decir que, después de encarar todas esas verdades, me encuentro mucho mejor.

Carey quiso abrazarlo, pero enseguida se dio cuenta de que no podía.

—Malditas cuerdas.

—Ven, tengo una idea.

Eneas se dirigió al fondo de la sala, justo donde estaba aquel armario sin puertas que contenía los libros manuscritos que guardaron en su día los planes de Caronte. A su lado descansaba una armadura tan antigua que tenía los bordes oxidados y carcomidos. Debió de ser de bronce, pero ahora el verde era el gran protagonista.

El chico se acercó a ella y se dio la vuelta. Con mucho cuidado, dirigió las manos hacia la espada que sujetaba la armadura contra el suelo. Después de unos segundos —y para asombro de Carey, que creía que aquel filo no estaría lo suficientemente afilado ni para cortar un hilo—, las cuerdas cayeron al suelo. Luego ayudó a la muchacha para que hiciera lo mismo que él. Entonces se abrazaron.

—¿Y ahora qué? Lo más seguro es que a estas alturas todo el Liceo esté buscándonos —dijo Eneas mientras se frotaba las muñecas con un gesto de dolor.

—Eso me temo. Si fuera por Henry tal vez estaríamos a salvo, me da que su egoísmo le prohíbe pedir ayuda a nadie. Pero la otra…

—La otra se llama Camille —le indicó el chico—. La conocí cuando estaba en el Fuego Sagrado. Formaba parte de la tripulación.

—Es una mala pécora. Maldito el momento en que nuestros caminos se cruzaron.

—Hay algo más que eso… —a Eneas le costaba hablar, como si alguien estuviera tratando de arrancarle las palabras del interior.

—¿A qué te refieres?

—Ella… Ella…

—Venga, di lo que tengas que decir.

Conocía esa mirada, sabía que lo que venía a continuación no le iba a gustar en absoluto y que por eso Eneas no podía evitar dar tantos rodeos.

—Ella es la asesina de tu hermana.

Su primer instinto fue reprocharle no habérselo contado antes y el segundo, acusarle de cómplice al no haber cogido la pistola de la chica y haberle arrebatado la vida nada más verla. Sin embargo, algo dentro de ella le dijo que a veces las cosas no eran blancas o negras y que Eneas habría descartado esas ideas por algún motivo de peso.

—No creía que contártelo estando maniatados fuera lo más sensato —siguió diciendo cuando encontró fuerzas para ello—. Eso solo habría complicado más la situación. Y sé —se apresuró antes de que la chica pudiera interrumpirle— que tu mayor deseo ahora mismo es acabar con esa indeseable, pero para ello será mejor que mantengamos la mente fría.

Carey se obligó a permanecer allí. Su mente, por un instante, ya había empezado a hacer planes sin su consentimiento. En todos ellos aparecía asesinando a Camille y clamando esa venganza que tanto estaba deseando saborear.

—Hiciste lo correcto —dijo por fin para asombro de Eneas, que no pudo evitar enarcar una ceja—. No podía hacer nada con las manos atadas y, conociéndome, solo la habría enfurecido y dado una excusa para matarnos allí mismo.

Hasta ella se asombró de sus palabras, ¿tanto había cambiado?

—Pero te garantizo que, si antes tenía ganas de acabar con ella, ahora no voy a parar hasta que lo consiga. Esa no tiene ni idea de cómo somos los Regminton.

CAPÍTULO 51

Dorothia Allinghanm
Vésticum, al sureste de Vestalia

Siempre le había gustado la lluvia. La conectaba con sus orígenes, con su antigua vida en Crótaz. Sin embargo, en ese momento, asomada a la ventana que daba a uno de los patios laterales del Liceo, aquella agua repentina que empezó a caer le pareció lo más triste que había visto jamás, como si el destino le estuviera diciendo que ese era el futuro que le aguardaba, uno gris, triste y aciago.

Y aun así, era incapaz de moverse de aquel rincón de la sala en la que no había más que un escritorio con cachivaches varios a modo de decoración y un par de sillas que no invitaban en absoluto a sentarse en ellas. No paraba de pensar en Cridus y en si lo había mandado a una misión suicida. «¿En qué momento he decidido que la vida de la comodora vale más que la de mi viejo amigo?». La forma en la que se le aceleró el corazón al pensar en ella, la manera en la que se le encogió el estómago, le respondió.

Quería tantísimo a Alice que haría cualquier cosa por ella, y no podía protegerla si estaba lejos del Liceo. Y si tenía que poner la vida de Cridus en peligro, lo haría sin dudarlo. No tenía otra opción, aunque aquello la convirtiera en la persona más despreciable de Vestalia.

Era consciente de que la situación se le estaba yendo de las manos, y no sabía hasta qué punto iba a tener ayuda de sus soldados para superar lo que fuera a suceder. Si de algo sabía Dorothia era de motines y rebeliones. No en vano ella había formado parte de una. Sabía que la lealtad era algo que se compraba con suma facilidad y que ninguna promesa ni ningún juramento estaban a salvo.

Alguien irrumpió con fuerza en el despacho. La mujer se giró, esperanzada por que fuera Alice, por que hubiera conseguido llegar sana y salva al Liceo, pero una decepción evidente se pintó en su rostro cuando comprendió que la que tenía delante no era otra que la hija de la comodora.

—¿Camille? ¿Qué haces aquí? ¿Y… y tu madre?

—Vaya, sabía que no te caía bien, pero esperaba un poco más de entusiasmo por tu parte.

Dorothia estuvo a punto de maldecir. No era que no le cayera bien, es que odiaba a esa cría. Le parecía una persona malvada, capaz de engañar a cualquiera. Sobre todo a su madre.

—Me alegra que estés a salvo.

—Ahora ya sé por qué implantaste el sistema de verdades: mentir se te da fatal.

—¿Qué ha ocurrido? —Decidió que no valía la pena entrar en aquel juego de chiquillos. Era inútil discutir con Camille.

—La atrapé.

—¿A quién?

—A la hija de Caronte, esa que se te escapó de entre las manos.

—¿Qué…? ¿Qué quieres decir? ¿Y por qué hablas en pasado?

—Porque la muy asquerosa es tan escurridiza como una serpiente. No sé cómo, pero consiguió escapar junto a su amiguito.

Si Dorothia hubiera dicho lo que pensaba en ese momento, hasta los más libertinos se habrían escandalizado. «Esta niña va a acabar con mi paciencia».

—¿Estás diciendo que has conseguido atrapar a mi mayor amenaza y que la has dejado escapar?

—Estoy diciendo que, desde luego, he hecho muchísimo más que tú, que estás encerrada en esta sala sin atreverte a salir a darle a tu pueblo lo que necesita.

—¿Y qué necesita? —«Lo que me faltaba, tener que debatir de política y estrategia con una mocosa».

—Que les des un dirigente, que seas la luz que ilumina su camino, que les digas que harás lo imposible para mantener la paz.

—Creo que no estoy preparada para esta conversación.

El bufido que soltó detrás de esa frase no gustó en absoluto a Camille, que frunció el ceño.

—¿Se puede saber qué te pasa?

Dorothia la miró con hastío. Era indescriptible el horror que le transmitían aquellos ojos.

—Que no tienes ni idea de cómo funciona el mundo, Camille. ¿Los has escuchado? ¿Has oído bien cómo los cánticos del antiguo régimen se van entremezclando con los de la Nueva Gobernacía? —Se detuvo unos segundos para dejar que las consignas perturbaran el silencio—. Quizás hoy no pase nada, quizás hoy se les pueda parar los pies a aquellos que quieren alterar esta paz que tanto me ha costado conseguir. Pero no durará para siempre. Se harán fuertes.

«Igual que lo hice yo». Le pareció muy cruel la facilidad con la que la balanza podía posicionarse en el lado contrario al deseado.

—Eso no son más que estupideces. Solo son cuatro indeseables los que ansían terminar con este sistema. Lo que deberías hacer es salir a la calle, buscarlos y matarlos a sangre fría. Erradicar el problema de raíz.

—Y eso me convertiría en una tirana peor de lo que ya lo soy.

—Admite que para dirigir un país hay que hacerlo con tiranía. Cualquier otra forma es una utopía inservible.

No, definitivamente no tenía la paciencia suficiente para mantener esa conversación. Si por ella hubiera sido, habría echado a Camille de aquel despacho. La habría mandado de nuevo a la calle o a cualquier lugar con tal de perderla de vista. Pero no podía; si hacía eso, Alice no se lo perdonaría en la vida.

—Será mejor que dejemos este tema —optó por decir—. Cuéntame todo lo relativo a Carey. Dónde la atrapaste, qué hiciste con ella, por qué se te escapó.

Camille le lanzó una mirada de soslayo, como si le pareciera inconcebible que le diera más importancia a una simple muchacha que al hecho de tener que domar a su propio pueblo. Al final, después de suspirar para dejar claro que aquella conversación la aburría soberanamente, le contó lo ocurrido. Solo que omitió a Henry a propósito. Después del pisotón que le dio Carey en la cabeza, tardaría mucho tiempo en despertar —si es que lo hacía—, así que no veía la necesidad de incluirlo en la historia.

—¿Y desaparecieron así sin más?

—Así sin más.

—Me temo que esa sabandija se conoce el Liceo como la palma de su mano; ella y su amiguito podrían estar en cualquier parte.

—No creo que hayan ido muy lejos, todavía estarán por aquí.

—Eso desde luego —coincidió Dorothia, y se asombró por ello—. No sería muy inteligente por su parte salir a dar vueltas por el edificio. Está rodeado de soldados.

—¿Y qué pretendes hacer?

La mujer guardó silencio, más por no querer compartir ni uno solo de sus planes con Camille que por no saber cuál era el siguiente paso. Porque tenía clarísimo cuál era: la buscaría por todo el Liceo, removería hasta las piedras si era necesario, la encontraría y la mataría delante de todo Vésticum, para que los vecinos vieran lo que ocurría cuando alguien le llevaba la contraria. Ni siquiera se molestó en pensar en el hecho de que Carey, en realidad, no le había hecho nada directamente. Pero ya solo por el hecho de ser la hija de Caronte, por la amenaza que suponía… No le quedaba otra opción. Ahora solo tenía que averiguar cómo desembarazarse de Camille para que esta no la siguiera. No quería que formara parte del plan, ni muchísimo menos, pero la muchacha no parecía tener intención alguna de marcharse de allí.

Cuando abrió los labios para soltar una excusa que incluso antes de decirla en voz alta ya sonaba a mentira, la puerta volvió a abrirse. Y el corazón de Dorothia se aceleró de nuevo al pensar que se trataba de la comodora.

—Qué predecible eres, gobernanta.

Aquel tono no le gustó nada en absoluto. Se giró despacio para darse de bruces con la persona que había hecho que su mundo y su poder se tambalearan.

—Tú, no te atrevas a mover ni un solo músculo —advirtió a Camille mientras le dedicaba la mirada más llena de odio que había visto jamás—. Contigo me tomaré todo el tiempo del mundo. Al principio —se dirigió a Dorothia—, pensé que estarías en uno de los despachos de arriba, uno de los grandes. ¿Con cuál te has quedado? —preguntó Carey mientras se adentraba más en la sala—. ¿Con el de mi padre? ¿O tal vez te parece demasiado amenazador como para pasar allí más de un minuto?

—No tienes ni ida de lo que haces —masculló Dorothia entre dientes.

—Pero luego pensé —continuó la chica sin darle importancia a aquel comentario— que no serías tan valiente como para estar hoy en tu sitio habitual. Los despachos de las torres quedan demasiado alejados de las salidas, así que habrías optado por un lugar bajo y que te permitiera huir en caso de que las cosas se pusieran feas. Me alegra saber que no me equivocaba.

—Eres muy osada viniendo hasta aquí —dijo Camille mientras se reía sin importarle en absoluto la amenaza que le había lanzado Carey instantes antes. Aquel sonido resonó por la sala de una forma tan antinatural que no habría sido raro que todos los allí presentes hubieran sentido un pequeño escalofrío recorriéndoles la espalda—, pero será un placer acabar contigo.

CAPÍTULO 52

Eneas Lockwood
Vésticum, al sureste de Vestalia

A Eneas le estaba costando respirar. Había seguido a Carey por los pasillos a regañadientes, tratando de averiguar si había un soldado en la siguiente esquina para poder estar preparado en caso de que los atacaran. Después de mucho insistir, entendió que la chica no iba a cejar en su intento por encontrar a la asesina de su hermana y, en el momento en que dijo que tenía una idea, no hubo manera de que cambiara de opinión. Cuando entraron en ese despacho y se toparon de bruces con la tripulante del Fuego Sagrado, Eneas supo que la cosa no iba a terminar bien.

—Por fin nos encontramos —la que habló fue la mujer que acompañaba a Camille. Eneas no la había visto nunca, pero Carey la había llamado «gobernanta» hacía un instante, así que supo de inmediato a quién tenía delante—. No me has puesto las cosas nada fáciles. Mira cómo has revolucionado la ciudad.

—Me encantaría llevarme el mérito de eso, no te voy a mentir, pero yo no he tenido nada que ver.

—Antes de que llegaras todo estaba en calma.

—No, no estaba en calma, estaba a tu gusto, que es muy distinto. —Carey permanecía inmóvil, y Eneas supo que estaba valorando la situación, tratando de averiguar cuál tenía que ser el siguiente paso. Era consciente de que lo único en lo que pensaba era en acabar con la vida de Camille, pero que, desarmada como estaba, tenía que sopesar muy bien sus movimientos—. Estaban esperando a que dieras un paso en falso para salir a la calle. A la gente no le gusta demasiado que le digan lo que tienen que hacer.

—Es curioso que tú digas eso, siendo la hija de Caronte.

—No sé qué te hace pensar que mi padre tuvo algo que ver con el sistema de mentiras —el tono de Carey estaba lleno de cansancio, como si le aburriera soberanamente tener que volver a dar las mismas explicaciones una y otra vez—; él no lo creó, él no tenía nada que ver con la Gobernacía ni con Regina Rei. Es a ella a la que deberías odiar.

Eneas no quiso decirlo en voz alta, pero pensó que era más fácil descargar el odio contra alguien que todavía estuviera vivo —aunque no tuviera la culpa— que con alguien que no podía replicar nunca más. Lo fácil era odiar a Carey, pensar que ella era la viva imagen de todo contra lo que había luchado Allinghanm.

—Estás muy equivocada. Tu padre tenía mucho que decir dentro de la Gobernacía.

—No he venido aquí para hacerte cambiar de opinión. Si te soy sincera, me da exactamente igual lo que pienses.

—¿Entonces, para qué has venido? —trataba de mostrarse segura, pero una pequeña vibración en su voz la delató: no estaba preparada para enfrentarse a ese momento.

—Para acabar con este sistema de una vez por todas. Acabaré contigo y con él, aunque sea lo último que haga en la vida.

Camille se echó a reír de una forma tan escandalosa que todos se volvieron para observarla.

—Mira que eres grandilocuente y dramática —le dijo mientras se acercaba un poco a Carey. Esta se puso en guardia en cuanto lo hizo—. Ahora entiendo de dónde le venía a tu hermana.

A Eneas se le encogió el corazón. No era posible que aquello estuviera sucediendo. Aquella chica había perdido los papeles.

—¿Cómo dices? —La sola mención a Hamica hizo que a Carey casi se le salieran los ojos de las órbitas. Había tanta furia en ellos que nada indicaba que no fuera a saltar sobre Camille y a acabar con ella con sus propias manos en ese mismo instante.

—Tu hermana, que también era bastante melodramática. Le gustaba ir de pobrecita, de huerfanita que no tenía a nadie en el mundo hasta que te conoció, pero en realidad lo único que quería era llamar la atención. Un poco de pena sí que daba.

—¿De qué estás hablando? ¿No te bastó con arrebatarle la vida a mi hermana, sino que encima tienes que inventarte historias falsas?

Desde luego, Eneas tampoco tenía ni idea de lo que estaba diciendo la chica. ¿Camille y Hamica se conocían?

—Tu hermana, esa sabandija de pelo blanco, se pensó que podía jugármela, ¡a mí! Que podía usar una verdad en mi contra. Por supuesto, el plan le salió mal y al final tuve que…

Camille no fue capaz de terminar la frase porque Carey cumplió esa amenaza silenciosa que le había hecho hacía unos instantes. Se lanzó contra ella como si fuera una fiera hambrienta a la que le daba igual el tamaño de su presa. Ese instinto salvaje que tanto la caracterizaba y que tantos problemas le había traído salió a relucir con la misma rapidez con la que su mano alcanzó una plancha de hierro del escritorio que hacía las veces de pisapapeles.

Cuando la alzó —la mano firme, los ojos ardiendo, la respiración agitada—, Camille supo que había invocado a la peor de las bestias.

—Matar a mi hermana podía ser el peor error de tu vida —masculló entre dientes sin importarle que algo de saliva se le escapara—, pero no. El peor ha sido encontrarte conmigo después.

—¿Qué vas a hacer? ¿Convertirte en una asesina? Algo en tu mirada me dice que no tienes lo que hay que tener.

Aquellas palabras tuvieron un extraño en efecto en Carey, como si le hubieran abierto los ojos y hubiera despertado de un mal sueño. Entonces, justo en el momento en el que dudó, en el que bajó levemente el brazo, Camille aprovechó para atacarla.

Eneas no pudo más. Durante esos instantes se le habían pasado por la cabeza más de mil escenarios de cómo terminaría aquello, y ninguno le había gustado nada en absoluto. Así que hizo lo único que podía hacer: correr hacia Carey tan deprisa como sus piernas se lo permitieron y arrebatarle la plancha de la mano.

Le sorprendió lo pesada que era, casi tanto como la rapidez con la que la chica se desprendió de ella, como si entendiera perfectamente lo que Eneas iba a hacer a continuación.

Cuando miró a Camille a los ojos y volvió a encontrarse con ese odio tan visceral que supuraban, lo tuvo claro: había personas que estaban mucho mejor sin poder respirar. No se lo pensó más; alzó la plancha tan alto como lo había hecho Carey unos momentos antes y arremetió contra Camille con todas sus fuerzas.

Algo dentro de él —un sentimiento horrible que después haría que se le revolvieran las tripas una y otra vez— le decía que continuara golpeando la cabeza de Camille, que no parara hasta convertirla en una masa uniforme e irreconocible.

No lo hizo.

No le hizo falta. Con el primer golpe, Camille cayó rendida en el suelo, tan inerte como las hojas que se desprenden de los árboles en otoño.

—¿Qué…? ¿Qué habéis hecho?

Solo entonces Eneas se acordó de que no estaban solos en aquella habitación. Se dio la vuelta y se encontró con una Dorothia que desprendía rabia y miedo a partes iguales.

—¿Qué habéis hecho? —repitió mientras trataba de reprimir unas lágrimas que eran más que evidentes.

Carey se acercó a Eneas y le cogió la mano. Él se lo tomó como un agradecimiento silencioso por haber vengado a Hamica y, quizás, también por haberle salvado la vida. «Por nada del mundo iba a permitir que volvieras a matar a nadie», le diría tiempo después, cuando todo pasara. Sin embargo, en ese instante en su cabeza solo había lugar para una cosa: qué iban a hacer con Allinghanm. Carey había dicho que quería acabar con ella y, ahora que la tenía delante, si era sincero consigo mismo, no creía que fuera a ser capaz.

En otras circunstancias, tener delante a la asesina de su hermana le habría hecho actuar sin cabeza, sin pensar dos veces en si lo que venía a continuación era lo correcto o no. Pero quizás, precisamente eso, el saber que su forma de ser no había podido evitar que su hermana muriera había hecho que cambiara de opinión.

—Vámonos, Carey —le susurró Eneas con la esperanza de que Allinghanm no pudiera escucharle desde allí—. Dejémosla y huyamos.

La chica no hizo el menor amago de responder, y mucho menos de seguir aquella propuesta, por apetitosa que fuera. Así que hizo lo único que podía hacer: cogerle de la mano de nuevo, transmitirle con aquella caricia todo lo que no podía decir en voz alta. «Pase lo que pase, estaremos juntos».

Lo que ocurrió a continuación pasó tan deprisa que a Eneas le dio la sensación de no estar dentro de su cuerpo, como si este fuera una marioneta dirigida por otra persona y sin la voluntad suficiente para actuar por su cuenta.

Alguien irrumpió en el despacho. Un grupo de encapuchados con túnicas moradas armados con cuchillos y pistolas perturbaron la poca paz que quedaba dentro de aquella sala. Eneas, protector, tiró de Carey hacia atrás, aunque pronto se dio cuenta de que estaban a salvo: aquellas personas ni siquiera habían reparado en ellos. Iban a por Allinghanm sin importarles nada más. Mientras unos la apuntaban sin piedad, otros se abalanzaron sobre ella para tirarla al suelo y atarle las manos a la espalda.

Eneas pudo escuchar a lo lejos que aquellos cánticos que había empezado a escuchar en las calles de Vésticum y que recordaban al antiguo régimen resonaban con fuerza por los pasillos del Liceo.

—¿Qué está ocurriendo? —preguntó Carey, que no podía despegar la mirada del gesto de derrota de Dorothia.

—Supongo que es el sistema, que ha caído por su propio peso —contestó Eneas, aunque no estaba nada convencido de esa respuesta.

Lo cierto era que no tenía ni idea de qué sucedía, incertidumbre que creció cuando uno de los encapuchados se bajó la capa que le cubría la cabeza para revelar su identidad.

—¿Tobyas?

—Hay que ver en qué sitios más curiosos nos encontramos —le dijo mientras sonreía. Se le veía radiante.

—¿Qué está pasando?

—¿No es obvio? Vamos a terminar con el sistema de verdades, y hemos empezado por el eslabón más fuerte.

Dorothia era incapaz de decir ni una sola palabra, tal vez porque había estado en la posición contraria y era plenamente consciente del lugar en el que se encontraba ahora. No tenía nada que hacer. Lo más seguro era que sus propios soldados se hubieran vuelto en su contra. Las calles se habrían llenado de gente que la odiaba y que, por fin, después de tanto tiempo, se atrevía a demostrar ese odio.

—¡Esperad! —chilló la mujer cuando parecía que no iba a ser capaz de volver a hablar.

El silencio que se instaló en la sala solo se vio perturbado por los gritos que venían de fuera.

—¿Es que acaso quieres decir unas últimas palabras? —le ofreció uno de los encapuchados. Era tan grande que parecía un oso y su pelo rubio brillaba aun con tan poca luz.

Dorothia carraspeó indecisa.

—Ya sé cómo va a terminar esto, pero antes necesito hablar con ella. —Señaló a Carey.

—Yo no tengo nada de qué hablar contigo. —Su ceño estaba tan fruncido que apenas era una línea recta.

—Debes escuchar lo que te voy a decir. Es importante —había urgencia en su voz, como si supiera que esa era su última oportunidad.

—Habla, rápido.

—Tienes que tener cuidado de con quién te rodeas.

Carey miró a Eneas, que estaba tan pálido como el yeso de las paredes desnudas.

—No, no me refiero a él. Él ha demostrado ser leal. Me refiero a Gaia, a esa mujer que te ha estado protegiendo estos días.

—¿Qué...?

—¿Cómo sabes tú eso? —preguntó Eneas. «Si sabía que estaba ahí, ¿por qué no la capturó antes?».

—Vestalia es mucho más pequeño de lo que pensáis. —Sin embargo, la mirada que le dedicó al cuerpo inerte de Camille les dio la respuesta que necesitaban—. Gaia te delató, Carey. Fue ella la que acudió al auditorio para contar que estabas en Vésticum.

El corazón de Eneas latía tan deprisa que parecía que se le iba a salir del pecho. «Demasiados secretos, esto es insoportable».

—No, eso es imposible —negó categóricamente la chica—. Gaia es de las personas más fieles que conozco. Solo lo dices para que me desmorone y no sepa en quién confiar.

—A estas alturas me da igual que me creas o no, al fin y al cabo, mi destino ya está escrito. Pero no quiero hacer más daño del que ya he hecho. Tenías que saberlo.

—¿Y por qué iba ella a contar una verdad sobre mí? ¿Por qué me delataría?

—Las personas son egoístas por naturaleza, no lo olvides jamás. Yo solo te digo que como directora de la Nueva Gobernacía toda la información sobre las verdades que se cuentan está a mi alcance.

A Eneas no le pasó inadvertida la mirada que le dedicó. «Lo sabe, sabe que yo también conté esa misma verdad». Apretó los dientes mientras esperaba que Dorothia hablara, que destapara ese secreto que sepultaría lo que fuera que había vuelto a surgir entre Carey y él. Sin embargo, después de decir eso, agachó la mirada, como si se hubiera rendido, como si no fuera capaz de articular ni una sola palabra más.

Los soldados tomaron ese gesto como una rendición y se apresuraron a ponerla en pie y asegurarse de que tenía las manos inmovilizadas.

—¿Qué vais a hacer con ella? —le preguntó Carey a Tobyas, que miraba la escena sin decir nada.

Eneas pensó que aquel chico en nada se parecía al muchacho acobardado que había conocido en el Liceo años atrás.

—Si te soy sincero, no tengo ni idea. Esa parte del plan se la dejo a ellos. Yo… yo tengo cosas más importantes que hacer.

—¿Qué hay más importante que esto? —Eneas no comprendía la situación.

Entonces Tobyas reparó en el cuerpo que yacía en el suelo sobre un charco de sangre que manchaba las baldosas de piedra del despacho. Eneas se acordó de la forma en la que el chico le había hablado de Camille cuando estuvieron en el Fuego Sagrado. La manera en la que la miraba le hizo sospechar que sentía algo por ella, algo más que la fascinación provocada por no poder descifrar el misterio que la rodeaba siempre. En esos instantes no era capaz de saber si ese sentimiento seguía existiendo o no, si se había desplomado al darse cuenta de la verdadera personalidad de Camille, al comprender que tenía delante de él a una asesina. Sea como fuere, la mueca de asco que compuso dejó claro cuál era su opinión al respecto.

—Vivir. Vivir es muchísimo más importante que esto.

EPÍLOGO

Había olvidado la cantidad de veces que su vida se había hecho trizas en los últimos años. La pérdida de su padre, el Gran Cataclismo, conocer a una hermana, tener que reinventarse, deshacerse de su pasado, renunciar al amor, perder a su hermana, asumir la traición, abandonar la vida que parecía empezar.

No era de extrañar que estuviera ausente, que le costara conectar tanto con las personas que la rodeaban como consigo misma. Era de lo más normal que quisiera estar sola, aun cuando necesitaba con toda su alma estar acompañada. También era de lo más esperable que la convivencia con ella requiriera toda la paciencia de Vestalia.

A Eneas no le importaba. En el momento en el que la sacó del Liceo, casi a rastras, sabía que no iba a ser fácil en absoluto. Que estaba llevándose de allí a una persona rota que había tratado de recomponer sus piezas con un pegamento demasiado endeble. Que tendría que despegarlas una a una, limpiarlas con todo su cariño, colocarlas y volverlas a unir. Esta vez para siempre.

Las mañanas en Hastía eran frescas, pero enseguida daban paso a una tarde de temperaturas templadas que invitaban a pasear por sus verdes prados repletos de flores. Eneas jamás había visto algo tan bonito y amable, como si el mundo desde allí se percibiera de otra manera. Selán era una tierra austera y fría;

mientras que Vésticum era el lugar donde nacían sus pesadillas. Hastía era la tierra que lo abrazaba con bondad y le prometía que otra vida era posible. Allí olía a jazmín, humedad y salvación.

No había sido fácil salir de la capital. Cuando abandonaron el Liceo, este se había convertido en una suerte de campo de batalla en el que los contrarios al nuevo régimen lo destrozaban todo a su paso. Las calles no eran distintas, solo que en estas todavía había algún defensor de Allinghanm que se empeñaba en apoyar aquel régimen que ya estaba muerto antes de nacer.

Uno de los encapuchados les dio su capa para que Carey pudiera cubrirse la cara. Les dijo que había muchas personas deseando encontrarse con ella, alzarla hasta la cima de esa lucha que había empezado en su nombre. Carey, en cambio, se hallaba en tal estado de estupefacción que no era más que una muñeca sin voluntad que hacía todo lo que Eneas le ordenaba. Él tomó las riendas y decidió por los dos.

Antes de salir de aquel despacho —del que se llevaron a Allinghanm a la fuerza—, tuvo una pequeña conversación con Tobyas. Fue él el que le dio la idea de marcharse a Hastía. «Yo os seguiré los pasos; esperadnos allí», le había dicho con contundencia. Eneas no tuvo tiempo para cuestionarlo, le tomó la palabra y unas semanas después, cuando se lo encontró en la plaza de la ciudad, se lanzó a sus brazos como si Tobyas fuera el último amigo que le quedaba en Vestalia.

De camino a las afueras de la capital, los cuerpos tirados en las aceras parecían tan habituales como los adoquines. Llegó un momento en el que Eneas dejó de fijarse en los rostros por si se encontraba con uno conocido. Pero hubo uno que llamó su atención: era la comodora Flancon, aquella mujer que había dirigido el Fuego Sagrado, y yacía tan inerte como una estatua de un cementerio. No sabía cómo había muerto, y tampoco le importaba. Era como un autómata que recorría las calles guiado por el único objetivo de sobrevivir.

Tuvieron que improvisar, tanto en el viaje como durante los primeros días. No fue fácil encontrar un carro que viajara hasta Hastía, pero cuando dieron con uno, le ofrecieron al cochero todo lo que llevaban encima. La desesperación de sus semblantes pareció ser pago suficiente. Necesitaban salir como fuera de Vésticum, de ese lugar que se había convertido en el infierno mismo y que no auguraba más que muerte y calvario. Cuando llegaron a la ciudad, durmieron en pensiones a cambio de trabajos que Eneas realizaba. La revolución todavía no había cruzado las fronteras de la capital, pero pronto lo haría, así que durante unos días se dedicaron a buscar un sitio alejado en el que vivir.

Lo encontraron, como si hubiera sido un golpe de suerte el que estuviera detrás de esa casualidad. A las afueras de la ciudad conocieron a una familia que creyó cada una de las palabras que Eneas les contó. Les aseguró que el sistema de verdades estaba a punto de caer y que necesitarían más manos para poder sobrevivir en aquella finca. Tal vez fue porque el marido estaba gravemente enfermo o tal vez porque tenían tres hijos a los que a duras penas conseguían dar de comer. Quizás solo fue porque querían llevar a cabo una buena acción. Sea como fuere, los acogieron en su finca a cambio de trabajo.

Aquel día en la plaza, Tobyas le contó a Eneas que iba a ser padre, que la mujer de sus sueños había aceptado pasar el resto de su vida junto a él y que, a pesar de no tener absolutamente nada y de no saber cómo iban a sobrevivir al día siguiente, habían apostado por ser felices juntos. Eneas se alegró tanto que hasta se le olvidó preguntarle dónde iban a vivir. Tiempo después descubrió que habían hecho algo parecido a ellos y que una amable familia los había acogido a cambio de ayudarles con el ganado.

La vida era más amable en Hastía, pero las noticias llegaban. Pronto se enteraron de que Allinghanm fue ejecutada a los pocos días de ser secuestrada por aquellos encapuchados. Eneas jamás supo si le dieron la opción de redimirse, si estuvo en sus manos asesinar ese sistema de verdades que tanto le había costado crear. Suponía que daba igual, el resultado era que ella había acabado colgada de una horca y el sistema de verdades quedó inutilizado en cuanto los encapuchados dieron con el lugar en el que se escondían las instalaciones.

—Me imaginaba que el pánico iba a cundir muchísimo más de lo que lo hizo. —Carey le obligaba todas las tardes a ir al lago de Minus para observar el sol ponerse sobre la cúpula que albergaba el antiguo auditorio, ahora inutilizado—. Pensé que el pueblo reaccionaría de otra manera.

—La gente estaba muy cansada —opinó Eneas mientras le acariciaba el pelo. Le encantaba estar así: sentado en la hierba con la cabeza de Carey sobre sus piernas, sin más preocupaciones que la de no quemarse la nívea piel—. Supongo que ahora costará un poco volver a la normalidad, pero sienta bien no tener un yugo sobre nuestras cabezas.

—¿Te preocupa el futuro?

—En absoluto. Antes sí, demasiado, y mira para lo que ha servido.

Aquello que se intuía en los labios de Carey era una sonrisa, aunque, a decir verdad, no había vuelto a sonreír en condiciones desde hacía demasiado tiempo.

—La echo de menos.

Eneas escuchaba esa frase todos los días, y todos los días le decía lo mismo:

—Estaría muy orgullosa de ti.

Y era cierto, lo creía con toda la convicción del mundo. Le parecía muy injusto que Carey se hubiera quedado sin su hermana tan pronto, pero a veces pensaba que la vida les había regalado ese tiempo juntas, un tiempo que les había sido negado y que, si se hubieran seguido los deseos de Caronte, no habría existido jamás.

De vez en cuando, el estómago de Eneas daba un vuelco, sobre todo cuando pensaba en el padre de Carey. Caronte le había ocultado muchísimas cosas a su hija y ahora era él el que lo estaba haciendo. Sentía que el secreto de que él también había desvelado cuál era su paradero le pesaba en el estómago como una losa. De ningún consuelo le servía el hecho de que Gaia hubiera contado esa verdad antes que él. Eso era algo que no mitigaba el dolor de la traición hacia la persona más importante de su vida.

Tuvo que suspirar y obligarse a dejar de pensar. No podía seguir por ese camino, no si quería continuar con su vida en común con Carey. Tenía que olvidar y perdonarse. Perdonarse y seguir.

—No sé qué va a pasar con nosotros —fueron las palabras de Carey las que le hicieron volver al momento presente.

—Supongo que no importa mientras estemos juntos, ¿no?

Ella le clavó esa mirada de hielo que tantas emociones habían llegado a transmitir. El poder que un día se reflejaba en ellos había desaparecido por completo, al igual que la alegría; pero Eneas estaba seguro de que no tardaría demasiado en volver a verlos. Le acarició la mejilla. Le parecía increíble que estuvieran así, tranquilos, mirando un atardecer que cada vez era más rojo y que cubría de fuego aquella cúpula que tanta grandeza demostró tiempo atrás.

—Creo que no nos queda otra opción que averiguarlo. Siempre mientras que estemos juntos.

AGRADECIMIENTOS

Escribo esto un veintitrés de abril. Todavía quedan meses para que este libro vea la luz, pero me arden las manos y no se me ocurre mejor día para ponerle punto y final a esta historia.

El primer agradecimiento se lo debo a *Aarón* y a *Alejandra*, por comprender que estos meses tenían que compartir mi tiempo con Carey y Eneas, cosa nada fácil en ocasiones.

El siguiente es para *Arturo*. Empecé a escribir este libro casi al mismo tiempo que supe que venía de camino. No puedo engañar a nadie: los primeros meses fueron una montaña rusa de emociones (y de sueño) que tuvimos que batallar juntos para que yo consiguiera arañarle palabras a este manuscrito. Ahora lo noto dentro de mí, loco por salir, y supongo que contento por no tener que seguir oyendo teorías sobre lo que ocurrió en Vestalia después de todo.

Siempre guardo un agradecimiento especial para *mi madre*, que sabe que el camino de las letras y el mío es uno solo y que, aunque ya se pierda con mis proyectos, no duda en preguntarme en qué estoy trabajando y en ofrecerse a leer las primeras (y penosas) versiones. Aquí también entra *mi abuela Ana*, que es la primera en devorar cualquier cosa que escribo y que es mi crítica menos cruel.

El resto de *mi familia* no se queda atrás. Tengo la suerte de estar rodeada de personas que saben lo importante que es la escritura para mí y que me dan alas en vez de cortármelas. Quiero agradecer especialmente a *Mario*, cuyas palabras sobre la primera parte de esta historia hicieron que esas alas crecieran un poquito más, y, por supuesto, a *Carla*, sin ella a saber cómo se llamaría esta bilogía.

No me olvido de todo el equipo de Sargantana, que han confiado una vez más en mí y han decidido apostar de nuevo por una de mis locuras. A *Diego*, por la preciosa ilustración que ha hecho de mis niños; a *Sandra*, por una maravillosa corrección, y, de forma inevitable, a *Marta*, por ser la mejor editora que podría soñar y una amiga imprescindible. Trabajar a su lado es una experiencia inolvidable.

Siempre leo en los agradecimientos de otros escritores que escribir es un acto solitario, pero día a día los hechos me demuestran que no siempre es así, al menos en mi caso. En este camino no solo estoy acompañada por mi familia: tengo la inmensa suerte de contar con compañeros de profesión que son mi pilar a la hora de enfrentarme a una historia. *Victoria*, *Fer*, *Patricia*, *África*, *Nora*... Esto va por vosotros. Aprendo día a día a vuestro lado, me enseñáis todo lo que necesito saber sobre este mundo que todavía me queda grande y me ilumináis un camino que, de otra forma, solo estaría compuesto por tinieblas. Sois mi inspiración.

Por último, te agradezco a ti, lector, que hayas llegado hasta este punto, que hayas querido saber cómo terminaba la historia de Eneas y Carey y que me hayas acompañado durante todo este tiempo. Quizás no lo sepas, pero mi cabeza lleva viviendo en Vestalia más de cuatro años y ahora espero que la tuya viaje a este rincón del mapa de vez en cuando, aunque solo sea para preguntarse qué haría en caso de que pudiera vender una verdad o una mentira.